STRANGE ANGELS

CIÚMES

Livro 3

Lili St. Crow

STRANGE ANGELS

CIÚMES

Livro 3

novo século

São Paulo 2012

Coordenadora Editorial Carolina Ferraz
Projeto Gráfico Sergio Gzeschnik
Diagramação e Composição de Capa Carlos Eduardo Gomes
Tradução Giorgio Cappelli
Preparação S. Papadopoulos
Revisão Filipe Nassar Larêdo

Texto de acordo com as normas do Novo Acordo Ortográfico da Língua Portuguesa (Decreto Legislativo nº 54, de 1995)

Dados Internacionais de Catalogação na Publicação (CIP)
(Câmara Brasileira do Livro, SP, Brasil)

St. Crow, Lili

Strange angels: ciúmes, livro 3 / Lili St. Crow; [tradução Giorgio Cappelli]. – Barueri, SP: Novo Século Editora, 2012.

Título original: Jealousy
1. Ficção - Literatura juvenil I. Título.

12-05216 CDD-028.5

Índices para catálogo sistemático:
1. Ficção: Literatura juvenil 028.5

2012
IMPRESSO NO BRASIL
PRINTED IN BRAZIL
DIREITOS CEDIDOS PARA ESTA EDIÇÃO À
NOVO SÉCULO EDITORA LTDA.
CEA - Centro Empresarial Araguaia II
Alameda Araguaia 2190 - 11º Andar
Bloco A - Conjunto 1111
CEP 06455-000 - Alphaville - SP
Tel. (11) 2321-5080 - Fax (11) 2321-5099
www.novoseculo.com.br
atendimento@novoseculo.com.br

Para Gates.
Ainda segurando a linha.

Agradecimentos

Obrigada aos suspeitos de sempre: Mel Stirling, Christa Hickey, Maddy e Nicky, Miriam Kriss e Jessica Rothenberg. Isso está começando a virar hábito.

Prólogo

Estou deitada numa cama de solteiro estreita dentro de um quarto não muito maior do que um closet, num apartamento minúsculo. O bloco de papéis que usei para desenhar durante a viagem é uma coleção de bordas ásperas contra o meu peito; abracei-o com mais força. Do lado de fora da janela, o bairro do Brooklyn ronca como uma enorme fera a dormir. É o trânsito, lá longe, que se expressa por meio de seu resmungo silencioso.

Após dar fim a uma infestação de ratos sobrenaturais, eles voltaram e estavam esgotados. Do lado de fora da porta, aberta aos estalos, escutei o tilintar de copos, de líquido sendo servido, e meu pai falou novamente:

– Você precisa fazer isso, August. Não posso deixá-la em outro lugar e eu tenho que...

Augustine o interrompeu.

– Deus do Céu, Dwight, você sabe o quanto é perigoso. Ela não passa de uma criança. Por que deixá-la comigo?

Aconcheguei-me no travesseiro. O travesseiro do Augie. Ele arrumou minha cama no único quarto daquele minúsculo apartamento. Os dois achavam que eu estava dormindo. Respirei fundo. Ali cheirava como um lugar limpo apenas por homens, o odor era de mofo e fumaça de cigarro.

Um copo de shot[1] bateu sobre a mesa da cozinha. Meu pai estava bebendo Jim Beam, em doses em vez de goles, aquela seria uma noite longa. Augie ficou na vodka.

1 Conhecido também como shot glass, é um pequeno copo usado para servir licores ou outras bebidas alcoólicas consumidas em dose menor (N.E.).

– Ela está mais segura aqui do que em qualquer outro lugar. Preciso fazer isso. Por... Por razões óbvias.

– A Elizabeth não...

Mesmo sonolenta, procurei me ligar na conversa. Meu pai nunca falava sobre minha mãe. E, pelo jeito, também não falaria esta noite.

– Não começa. – O copo tiniu outra vez; era o som da boca da garrafa contra o copo de shot. – Não venha dizer o que ela faria ou deixaria de fazer. Ela morreu, Dobroslaw. Minha garotinha é tudo o que restou. E ela ficará aqui. Acho que o canalha está indo para o Canadá, e quando eu voltar...

– E se você não voltar, Dwight? E se restar apenas eu para lidar com as coisas?

– Daí, – disse meu pai com doçura, – ela será o menor dos seus problemas. E você tem amigos que sabem o que fazer.

– Nenhum em quem eu possa confiar. – August parecia melancólico. – Você não tem a menor ideia do que enfrentará. Acho que para te deter, eu precisaria te amarrar e sentar em cima.

– Você teria que me matar, Augie. Então não vamos forçar a barra, não com a minha garotinha aqui. – Havia uma raiva sincera, pura e simples, por trás das palavras. Se eu estivesse lá fora, sumiria. Quando meu pai ficava desse jeito, a melhor coisa era deixá-lo em paz. Ele nunca ficava violento, mas seu silêncio frio e mesquinho não era agradável. – Além disso, essa pode ser outra caçada inútil. Aquele canalha é traiçoeiro.

– E a gente não sabe? – resmungou August. Não era uma pergunta. – Um mês. É o máximo que consigo segurar sem contar para ninguém, Anderson. E não estou fazendo isso por você. Essa menina merece ficar com os da espécie dela.

Novo silêncio, e eu quase conseguia ver os olhos do meu pai empalidecendo. A intensidade do azul sumindo, como se tivessem jogado alvejante nele.

– Eu sou da espécie dela. Sou a família dela. Eu sei o que é melhor para ela.

Queria me levantar, esfregar os olhos e andar até a cozinha. Queria exigir que me contassem o significado daquilo. Mas eu era só uma criança. Que criança teria a capacidade de se levantar, sair correndo e exigir alguma coisa?

Além do mais, eu não sabia metade do que sei hoje.

Ainda não sei o bastante.

Quando acordei pela manhã, August me recebeu com ovos mexidos quase queimados e, pela cara dele, eu soube que meu pai já tinha ido embora. Como criança, *limitei-me a encolher os ombros. Sabia que ele voltaria, e decidi que dali em diante, eu é que prepararia a comida. A criança que eu era na época sabia que tudo ficaria bem.*

A criança que sou hoje sabe mais.

1

Um uivo prolongado de desesperos cortou a noite.

Ao longe, poderia ser confundido com uma sirene, acho eu, se você ignorasse o jeito como o som teimava em se enfiar por seus ouvidos, parecendo puxar, com dedos afiados como vidro, a carne do interior de sua cabeça. O grito vinha cheio de sangue, carne quente e ar frio. Depressa, me ergui na cama, empurrando para o lado as pesadas cobertas de veludo. Senti dor no pulso esquerdo, mas o sacudi e pulei da cama.

Peguei meu pulôver do chão e o enfiei pela cabeça, feliz por não usar brincos há um bom tempo. O piso de madeira de lei era frio debaixo dos meus pés descalços.

A luz noturna, da cor do vidro azulado, iluminava o suficiente, evitando que eu batesse os dedos nos móveis desconhecidos. Não tinha ficado ali tempo suficiente para decorar coisa alguma. Também não tinha certeza se permaneceria ali. Não mesmo, se levasse em consideração que todo mundo tentava me assassinar.

Linhas finas e azuis de proteção faiscavam nos cantos dos meus olhos. Desde a primeira noite, eu havia erguido proteções nas paredes, e as linhas azuis, da espessura de fios de cabelo, corriam juntas formando nós complexos que piscavam no limite da visibilidade.

Minha avó ficaria orgulhosa. Eu conseguia criar proteções sem a sua varinha de tramazeira[1] ou sem vela, e cada vez ficava mais fácil. Claro que talvez a prática fosse reponsável por isso. No momento, eu não conseguia dormir em nenhum lugar sem colocar proteção.

1 Árvore comum nos EUA, cujo nome científico é *Sorbus aucuparia* (N.T.).

Inferno! Se eu pudesse, provavelmente não me sentaria nem em uma cadeira sem colocar proteção.

Arrombei a porta bem na hora em que um uivo horripilante cortou o ar e vibrou o lado de fora do corredor. As dobradiças da porta rangeram – a porta era de aço puro, com quatro trancas e uma corrente, sendo que duas das trancas não possuíam fechadura do lado externo. Tinha uma trava também, mas não coloquei a corrente no passante.

Eu meio que adivinhei que não dormiria a noite inteira sem algum agito.

A luz me cegou. Corri para cima do Graves, que esfregava os olhos parado diante da minha porta. A gente quase caiu enroscado num emaranhado de braços e pernas. Os dedos dele, porém, se fecharam em volta do meu bíceps direito. Ele me manteve em pé, apontou o caminho certo pelo corredor e deu um empurrãozinho que me fez seguir adiante. O cabelo dele estava todo espetado e bagunçado, e os cachos tingidos de preto mostravam raízes castanho-escuras.

Ele deveria estar no dormitório dos lobisomens. Dos olhos dele saíam faíscas verdes que contrastavam com a pele cor de caramelo. De uns tempos para cá ele estava arrasando com seu *look* oriental. Ou, quem sabe, eu só estava notando o que já existia ali o tempo todo debaixo daquela fachada de garoto gótico.

Disparamos pelo corredor. O medalhão da minha mãe batia no meio do meu peito. Cheguei até a porta de incêndio. Ela bateu com força contra a parede, e descemos com rapidez as escadas sem carpete.

Esse é o lance com os dormitórios da Schola Prima, mesmo na confortável ala onde teoricamente as *svetochas* dormem. Nos bastidores, é tudo concreto frio, como qualquer outra escola. Só porque eu tinha meu próprio quarto, o local não ficava com menos, sei lá, cara de escola.

E só porque havia uma ala completa para as *svetochas* não significava que existiam outras. Apenas eu. E mais uma, só que eu não a via desde que a outra Schola – o reformatório onde me esconderam – foi abaixo num incêndio.

Descemos dois lances de escada e viramos bruscamente para a direita. Meu ombro acertou o batente de uma porta, mas continuei. Aquele corredor não tinha sequer carpetes, então tudo fazia eco e as portas, dos dois lados, possuíam grades e fendas de observação.

Não tinha vigia na porta dele. O corredor todo sacudiu quando ele se jogou contra as paredes e uivou.

Agarrei a maçaneta; ela não quis girar.

– *Saco!* – gritei. Graves me empurrou para o lado com o ombro. Ele teve a ideia de pegar o chaveiro que estava pendurado no corredor. A chave entrou, girou, a porta abriu e eu entrei no quarto, quase trombando com um lobisomem de dois metros e trinta bem contrariado.

Ash se curvou, as grandes garras nas patas se estenderam ao tocar o concreto nu. O uivo parou no meio, como se ele estivesse surpreso. A faixa branca em sua cabeça curva e estreita brilhou na claridade fluorescente vinda do corredor.

Respirei bem fundo. Meu cabelo, uma massa de cachos selvagens, caiu no meu rosto, e eu senti o mesmo medo repentino e irracional que experimentava sempre que entrava naquele aposento. Ou, vai saber, era um medo totalmente *racional*. Alguém poderia fechar a porta e trancar, e lá estaria eu, com um lobisomem que tinha tentado me matar desde a primeira vez em que me viu.

E, é claro, ele também poderia surtar geral, virar um lobisomem alucinado e vir para cima de mim novamente. Mas, como ele salvou minha vida algumas vezes, eu estava começando a acreditar que talvez ele não fizesse isso.

– Está tudo bem – tentei, embora meus pulmões estivessem pegando fogo e a garganta ameaçando trancar. Ainda conseguia sentir o gosto da pasta de dente sabor hortelã que tinham me dado. – Está tudo bem, Ash. Está tudo bem.

O lobisomem rosnou. Seus ombros se ergueram, repletos de músculos, e as texturas inconstantes de seu pelo se misturaram. Se eu conseguisse captar aquilo no papel, talvez com carvão – mas quem eu queria enganar? Como se eu tivesse tempo para me distrair desenhando lobisomens.

Suas patas arranharam o concreto. As garras afiadas chiavam à medida que rasgavam o piso duro como pedra. Então você pode imaginar essas garras cortando carne, seria como faca quente na manteiga.

Genial, essa, Dru. Que tal meditar sobre isso por uns instantes?

Baixei minha mão. Parecia muito pequena e pálida, e quando os meus dedos tocaram o pelo espesso em sua nuca, afundaram. Ele emanava calor, e o som de ossos estalando enchia o quarto conforme Ash tentava, novamente, voltar à forma humana.

Meu coração pulou até a garganta e ficou muito à vontade ali.

– Você consegue – sussurrei como sempre. – Vamos lá.

Ondas de tremor o percorriam. Graves permaneceu na soleira da porta, contornado por um brilho pálido e fluorescente. Ele olhou de relance para trás, na direção do corredor, e enrijeceu como se avistasse um problema a caminho.

– Você consegue – tentei não parecer que implorava. Ash se inclinou sobre mim, quase me derrubando, como se fosse um cachorro se apoiando nas pernas do dono. Soltou também um ganido do fundo de sua garganta, e os estalos ficaram mais fortes.

Um gosto de bile subiu pela minha garganta. Segurei seu braço peludo, como se aquilo fosse ajudar. Senti pontadas nas marcas do meu pulso esquerdo, e uma rajada de dor percorreu meu braço. Eram duas marquinhas onde os caninos tinham penetrado e que já estavam começando a cicatrizar.

Outro pensamento maravilhoso. Deus do Céu, Dru. Para com isso.

– Tudo bem – tentei convencê-lo. – Está tudo bem. Cedo ou tarde vai rolar. Você vai se transformar de novo.

Ouvi vozes. Homens: quatro ou cinco. Os coturnos batiam no piso à medida que eles corriam. Meus dedos se tornaram madeira, e Ash rosnou. O som repetitivo e denso preencheu o cubo de concreto em que uma tábua, fixada na parede e forrada com um colchonete fino, servia como cama, sobre a qual Ash nunca dormia. A privada era baixa e larga, e no canto ficava a bandeja de metal, ainda grudenta de sangue – pelo menos ele tinha sido alimentado. Toda a carne crua havia sumido; sinal de que não estava doente, senão, ele a teria guardado. Quero dizer, sinal de que não estava *ainda* mais doente. Nas paredes havia marcas onde ele se atirou.

Um lobisomem é capaz de deixar marcas de mordida em pedra ou concreto. O medo não tão irracional voltou. Livrei-me dele.

– Shhh... – Tentei não parecer alguém apavorado que acabou de acordar. Provavelmente fracassei com louvor. – Está tudo bem. Tudo de boa.

Mentira. E, talvez, ele também soubesse. Sua boca destroçada abriu à medida que ele inclinava a cabeça, inspirando, como se fosse uivar novamente.

Recuei.

Graves deu meia-volta, permanecendo na porta. Endireitou-se e enfiou as mãos nos bolsos. O porquê de ele estar usando seu famoso casaco preto, mesmo no meio da noite, estava além da minha compreensão – talvez tivesse dormido com ele. De repente, me dei conta das minhas pernas expostas e da minha calcinha *boxer* completamente retorcida. Estava com os pés descalços e o gelo do chão parecia mordê-los, mesmo com Ash me pressionando um pouco mais, sua pelagem bagunçada raspando minha pele e um calor febril e nada saudável emanando dele.

– Ela está bem! – O grito de Graves atravessou o barulho repentino. – Fiquem calmos! Está tudo tranquilo.

Torci para que o tivessem escutado. Se eles se amontoassem aqui, com o Ash ainda nervoso, a gente teria outro problema, e eu estava simplesmente exausta. Fazia três noites que Ash nos tirava da cama, e eu começava a perder as esperanças.

Começando? Não, eu já tinha chegado ao fim. Tudo parecia mais simples quando eu corria para salvar minha vida. Engraçado, ficar em um local seguro complica as coisas.

Sempre supus que a Schola Prima era um local seguro. Mais seguro do que o pequeno reformatório onde fiquei. Aquele que foi abaixo, em chamas, graças a mim.

Se fosse seguro, o Christophe estaria aqui, não estaria?

Mais uma vez recuei ao pensar nisso, e as duas marcas que saravam na parte interna do meu pulso deram uma pontada sem esquentar. Ash ganiu de novo. Tentei pensar em algo, algo que trouxesse conforto, algo que pudesse ajudá-lo. *Sabia* que ele entendia o que eu falava, eu só... Não conseguia encontrar nada para dizer, nada que pudesse ajudá-lo.

Ash se curvou novamente, levantando o lábio inferior detonado. Seu maxilar ainda estava desfigurado por causa da bala carregada com grãos de prata que disparei contra ele depois que mordeu Graves. A teoria atual do Benjamin era de que a prata estava evitando que Ash se transformasse e interferindo no chamado de seu amo. Não sabia o que pensar sobre isso.

Aqui estava eu, em uma cela, segurando na crina de um lobisomem como se fosse um *cocker spaniel* desobediente de quase dois metros e meio de músculos e ossos mortíferos, sem falar nos dentes de navalha e no péssimo comportamento.

– Fica calmo. – Não precisei me esforçar para parecer esgotada. – Por favor, Ash. Vamos.

Sua cabeça tombou. Não tinha ideia de que horas eram; meu relógio biológico estava péssimo. Ele se apoiou em mim com mais força, seu ombro pressionando acima dos meus joelhos. Fui empurrada com o tranco, meus dedos ainda estavam agarrados à sua crina.

– Milady? – A voz do Benjamin. – Dru, você está aí dentro? Está bem? – Ash rosnou. O som chacoalhou meus ossos.

– Para com isso, tapete de pele hipervitaminado. – Tentei arrastá-lo, mas não consegui, já que ele era bem mais pesado do que eu. Pelo menos Ash parou de fazer aquele barulho.

–Assim é melhor. Estou bem.

– Você precisa sair daí. – Havia sombras na porta, e uma delas só poderia ser do Benjamin. O restante talvez fosse a equipe dele. Os *djamphirs* que tinham sido presos à tarefa de me "proteger". Maravilha.

Graves se inclinou para trás, contra o batente da porta. Seus olhos pareciam brasas. Levou um cigarro aos lábios, deu um tapinha no isqueiro e tragou.

Ah, pelo amor de deus. Suspirei e tentei não revirar os olhos.

– Essa coisa fede. – Benjamin mordeu a isca. – Você pode *apagar*?

Graves encolheu os ombros. Ondulações de fumaça escaparam de suas narinas. Seu brinco de prata, de caveira com ossos cruzados, reluziu na penumbra.

– Não. Com certeza, não posso.

Ash me deu um encontrão. Meus pés estavam dormentes. Agora vinha a parte em que eu tentaria colocá-lo na cama, fazendo ouvidos mocos ao choramingo dele quando eu fechasse e trancasse a porta, para que ele não escapasse e voltasse a seu amo.

Sergej. Só de pensar no nome já sentia um calafrio percorrer meu corpo inteiro. Alguns dos pesadelos que tive recentemente – ou seja, quando conseguia dormir – eram com um adolescente magrelo, com a pele tom de cobre e cabelo escuro cor de mel. Ele sorria enquanto algo eterno e abominável brilhava em seus olhos muito negros.

Só tinha visto o Sergej uma vez. Mas já era o bastante.

Graves exalava mais fumaça de cigarro.

– Mesmo assim, valeu por perguntar.

– Dá para vocês deixarem esse torneio de frases espirituosas para mais tarde? – Continuei segurando o Ash. Caso ele resolvesse endoidar de verdade seria o caos, mas enquanto mantivesse minha mão nele, Ash ficaria calmo.

Não sabia o que pensar. Estava presa a um estágio de pouca velocidade, menos força e menos resistência porque não tinha "desabrochado" ainda. Sem arma e sem espaço para correr, eu não era páreo para um lobisomem transtornado – e, mesmo com tudo isso, a tarefa já seria bem arriscada. Principalmente contra um lobisomem que tinha matado três ou quatro chupa-sangues ao mesmo tempo.

Só que ele não ficaria feroz enquanto eu o segurasse. Ainda não tinha certeza se era corajosa ou idiota, mas estava muito próxima de Ash para descobrir. E eu tinha escapado dele antes, não tinha? Com um tiro e depois saí correndo, após ter assassinado um cão em chamas do tamanho de um pequeno pônei.

Onde estava aquela garota – Dru, a durona? Naquele exato instante não me considerava nem uma respeitável "osso duro de roer". E me sentia um tanto confusa.

– O que ele está fazendo, Dru? – o tom de Benjamin era tenso. Quase podia vê-lo do lado de fora da porta, inclinado para frente, com a ponta do corte de cabelo emo jogado sobre seu rosto bem delineado. Alguns *djamphirs* são tão gatinhos que quase dói olhar para eles. Era complicado olhar sem me comparar e me sentir acabada.

Não que eu precisasse de ajuda para me sentir acabada ou feia. Afe! Pelo menos tinha me livrado recentemente da praga das espinhas.

Vai entender. Assim que me tornei alvo das coisas que a maioria das pessoas não sabe que existem, deixei de me preocupar com a acne. Normalmente eu diria, tá, tudo bem, desde que não ficasse com a cara esburacada.

Isso, porém, não era uma piada. Era a minha vida. E eu meio que queria as espinhas de volta.

– Ele está apoiado em mim e tentando se transformar.

Saiu da minha boca antes que eu pensasse. Minha mão desocupada estava erguida, tocando o medalhão de prata da minha mãe. As bordas afiadas da gravura raspavam sob as pontas dos meus dedos.

– Ele não consegue se transformar – disse alguém. – Ele é um Submisso não é? É o que isso *significa*.

– Não o desanime – interveio Graves com cinismo. – Não acho que ele acredite nisso.

– Continua com as gracinhas, *loup-garou*. – Benjamin não se comovia. – Dru, você vai ter de sair daí. Não é seguro.

Engraçado, mas aqui é o lugar onde me sinto mais segura. Numa cela, com um lobisomem Submisso. Engoli duas vezes. Larguei o medalhão e corri a mão desocupada por meus cabelos. Sem querer estremeci quando peguei uns emaranhados.

– Ele não vai me machucar. Ash só se atira contra as paredes quando não estou por perto.

– Milady, por favor. – E lá vinha ele, outra vez, com aquele tom de voz suplicante. Dylan fazia o mesmo lá na outra Schola.

Ninguém tinha visto Dylan desde que a treta começou. E agora, raciocinando sobre isso, não acho que o veremos novamente.

É o que acontece quando os *nosferatus* atacam. Tudo acaba e não tem como voltar atrás. Havia muitas coisas que eu não podia mudar, começando com aquela manhã em que acordei e não contei para o meu pai que tinha visto a coruja da minha avó.

Senti uma dor no coração, uma dor aguda, que perfurava. Se eu conseguisse apenas ignorá-la e lidasse com o que estava na minha frente naquele instante, talvez essa dor fosse embora.

É, bom plano, Dru. Fica nele. Quem sabe você chega em algum lugar.

– Não vou sair daqui. – A teimosia me pegou desprevenida, deixou meu maxilar tenso e minhas mãos se fecharam. A pelagem raspava em meus dedos, e se eu estivesse puxando o pelo, Ash não parecia perceber. – Já vai amanhecer. Assim que o sol sair ele ficará melhor.

– Você devia... – Benjamin parou. Talvez porque Graves se levantou e deu outra tragada. Talvez porque Ash rosnou novamente, e, para minha própria surpresa, me vi dando tapinhas no alto da sua cabeça estreita com a mão. Mas com delicadeza, como aqueles tapas de brincadeira que a gente dá no garoto que gosta ou coisa parecida.

– Pare com isso. – Respirei bem fundo. Os rosnados tinham cessado. *Acabei de dar tapinhas na cabeça de um lobisomem. Deus do céu.* – Dá para você me trazer um cobertor ou coisa assim? Esse piso é frio.

Um momento de silêncio, depois ouvi passos. Alguém me estendeu um cobertor bem bonitinho. Não era o Benjamin porque ele voltou a falar.

– Muito bem. Mas a gente vai ficar aqui, Dru. Só para garantir.

Como se eu não soubesse. Saio do meu quarto por qualquer motivo e todos surgem.

– Vocês deveriam voltar a dormir. Ou ao que estavam fazendo.

– Somos seus vigilantes. Era o que estávamos fazendo.

Falava com paciência, como se conversasse com um idiota. Benjamin era quase tão bom neste tom de voz quanto Dylan.

Meu coração apertou novamente daquele jeito engraçado e doloroso. De uns tempos para cá ele fazia isso sempre. Bem... exceto quando eu estava ocupada correndo para salvar minha vida. Mas a dor se foi quando eu engoli, pisquei e me concentrei no problema à minha frente.

– Vocês estão mais para carcereiros. – Graves não se preocupou em dizer isso gentilmente. Continuava encostado na porta, e a fumaça de seu cigarro emanava raiva. – Deixem ela em paz.

Ash rosnou de novo. Afundei novamente meus dedos em seu pelo e o som estrondoso morreu outra vez. As marcas no meu pulso direito deram outra pontada, mas sem dor.

– Para, Graves. Deus do céu. Todos vocês aí, *chega disso*.

Estava com jeito de que ia ser outra longa espera pelo amanhecer.

2

Assim que o sol nasceu, Ash ergueu a cabeça do meu colo. Afastou-se com elegância, deitou-se enrolado na cama de metal e prontamente dormiu em vez de apenas ficar deitado de olhos abertos emanando irritação.

Minhas pernas estavam rígidas e adormecidas. Graves tinha fumado meio maço e escondido todos os vestígios de bituca sob suas botas. O cobertor xadrez que me deram não ajudou muito. Sentia tanto frio que meus dentes ameaçavam bater, ainda assim, me arrastei pelo quarto e gastei um ou dois minutos cobrindo o lobisomem Submisso. Ele reduziria o cobertor a tiras quando a noite chegasse, mas isso não o machucaria.

Pelo menos eu torcia para que não o machucasse.

A faixa prateada do lado de sua cabeça tinha aumentado, eram pelos pálidos e duros numa textura muito diferente do resto de sua pelagem. A parte detonada da mandíbula me deixava estremecida sempre que a via. Os lobisomens são extremamente alérgicos a prata; o ferimento estava em carne viva, mas a infecção não estava se espalhando. Acho que o ferimento estava sarando devagar – e quando cicatrizasse, o que aconteceria? A prata ainda estava alojada ali.

Eu não sabia o suficiente. Acho que essa é a história da minha vida. Com o meu pai, isso não parecia importar – era ele quem sabia com o que lidávamos e quem me dizia o que fazer. No entanto, desde que ele se transformara num caso grave de zumbi, ficou dolorosamente claro que eu não conhecia sequer a metade do que precisava para lidar com o Mundo Real.

E eu começava a me perguntar se ele realmente conhecia tudo como eu imaginava que conhecia.

Era um pensamento incômodo. Quase uma blasfêmia. Mesmo que eu não acreditasse em nada mais do que água benta. Eu já vi água benta funcionar com baratas sobrenaturais e com certos tipos de feitiços. Mas, quanto a Deus, já não tenho a mesma certeza. Tem muita sacanagem rolando com quem não merece.

Graves apagou a brasa no concreto e escondeu a última bituca debaixo da sola da botina. A cinza deixou uma marca preta.

– Quer ajuda?

– Não. – Usei a prancha da cama para me erguer. Ash emitiu um som de quem estava dormindo, bufou e ficou quieto. – Mas valeu. – Com os pés adormecidos, dei quatro passos trôpegos, como os de um bêbado, para atravessar o quarto; e precisei agarrar o batente da porta quando os músculos das minhas pernas começaram a acordar, alfinetando e espetando. – Ai!

Benjamin estava inclinado para frente olhando fixamente para a curva do corredor. Ele era um par de olhos escuros, sob um tufo de cabelo avermelhado e espetado parecido com lâminas de punhais, que deixava apenas o topo de seu nariz visível.

– Você não está vestida. – Seu tom de voz oscilava entre o espanto e a reprovação, misturado a uma dose considerável de afetação. – Você ficou o tempo todo aí dentro, desse jeito?

– Eu estou perfeitamente vestida. – Mas meu maxilar e meus músculos ainda queriam travar por causa do frio intenso. Eu tremia, encolhida. Coloquei o pulôver do Graves amarrotado nas minhas costelas. – Cada parte minha está protegida.

– Você vai acabar morrendo de frio – resmungou Benjamin olhando para Graves de relance. – Vamos voltar para o seu quarto. Você vai querer trocar de roupa.

– Para quê? – Até trocar a perna em que estava apoiada era um sofrimento. Ter um lobisomem pesado em cima de suas coxas causa uma dor danada depois de um tempo. – Já é dia, não é? – *Vamos todos dormir um pouco.*

– Chegou uma mensagem logo depois que você foi para cama. Sua presença é obrigatória perante o Conselho dentro de uma hora – Benjamin falava como se isso lhe doesse. – Sozinha. Apenas para responder a perguntas sobre Reynard e sobre como escapou de Sergej.

– Quê? – Mas eu não estava realmente surpresa. Todos já tinham sido interrogados, menos eu. Inclusive o Graves, que se recusava a falar sobre o ocorrido até mesmo comigo. Naquele momento ele observava o Benjamin de perto, seus longos dedos tamborilando. Ocorreu-me que Graves estivesse tentando dormir logo ali, do lado de fora da minha porta. Os *djamphirs* tinham seus quartos todos em volta do meu. Só para garantir. Mas Graves era um *loup-garou*. Não um lobisomem, não um vampiro. Algo diferente. E ele obviamente não ficaria nos dormitórios como queriam que ficasse.

Tentei encará-lo, mas ele ainda mantinha os olhos em Benjamin, como se algo estivesse grudado na cara do *djamphir*. Estar rodeada de garotos com a aparência de adolescentes, mas que poderiam ser mais velhos do que meus pais, é bem bizarro. A gente começa a sacar algumas coisinhas, como o jeito de se mexer ou ficar parado, e isso indica a idade com mais competência do que a pele, ao contrário do que todos pensam.

Benjamin não parecia tão velho. Sem dúvida *mais velho*, mas não tanto quanto o Dylan...

Deus, será que toda vez que me acalmasse eu teria pensamentos dolorosos saltando sobre mim? A solução óbvia – não me acalmar – era meio que uma chatice!

– O Conselho – continuou Benjamin com paciência – administra a Prima e todas as outras Scholas e, também, a Ordem. Eles estão muito interessados em você.

Atrás do Benjamin ouvi o menosprezo silencioso do restante. Três garotos: dois loiros e um magrelo de cabelo castanho-claro, dono de um sorriso esquisito composto por dentes tortos.

– A gente vai esperar lá fora. Mas é melhor você se vestir. Eles são formais.

Queria que Graves tivesse olhado para mim. Mas ele se limitou a ficar lá parado, com o olhar fixo por entre os cabelos. Só faltou escrever *Cai fora!* na testa e acho que isso teria sido mais sutil.

– Tá legal. Tudo o que tenho é um jeans.

Tipo, um par de jeans. E esse pulôver e o casaquinho com capuz, que fazem revezamento.

Benjamin engoliu o que quer que fosse falar. Minhas pernas pararam de funcionar e fincaram no chão como agulhas. Andei com cuidado pelo corredor, entre o *loup-garou* e o *djamphir*, e desejei poder voltar e ficar na cela.

Pelo menos com o Ash eu sabia o que estava rolando. Mais ou menos. Talvez.

O silêncio entre nós aumentava. Para que eu pudesse fechar a porta, eles precisavam se mexer, só que ninguém parecia muito a fim de fazer isso. O garoto com jeito de rato e dentes tortos – *Leon*, recordei após muito esforço – olhou para trás, de relance, por cima do ombro, um movimento brusco parecido com o de um lagarto.

– Acho melhor a gente fechar isso, então – disse, enfim. – Vocês terão de se mexer.

Benjamin deu um passo adiante e eu recuei, quase esbarrando no Graves. A porta foi fechada e trancada, e Benjamin me entregou a chave.

– Talvez seja melhor você ficar com isso, já que desce para cá todas as noites.

Falou aquilo como se estivesse decepcionado.

Senti que erguia o queixo com teimosia. Algo que minha avó chamava de *ficar parecido com uma mula*.

– Ele está melhor. – Ash, pelo menos, não estava se jogando contra as paredes. Não tanto.

– Ele é um Submisso. – Benjamin deu um passo para trás, anunciando o mesmo velho argumento. – Então, vá para o seu quarto.

Parecia uma ordem, mesmo assim não discuti. Não existia muita vontade de discutir dentro de mim.

Era um milagre. Mas como em todos os milagres, havia um lado perverso.

3

Eis a Schola Prima, a maior e mais antiga da América do Norte: raios de sol perpassam as cortinas de veludo, tocando delicadamente o piso de madeira de lei; no chão, carpetes antigos e de valor inestimável; nas janelas, mais cortinas de veludo nas cores vermelho, azul e verde-escuro; pedestais de mármore sustentam bustos de belos adolescentes – lutadores e diplomatas que não constam em nenhum livro de História porque são *djamphirs*. O que significa que lutam e fazem acordos diplomáticos com coisas que o restante do mundo não sabe que existem.

Cheiro de cera, lustra-móveis, madeira velha e pedra seca misturados com a fragrância de uma escola – algo entre os detergentes dos faxineiros e o aroma oleoso de vários moleques respirando o mesmo ar por um bom tempo.

Havia uma coexistência incômoda entre idade e juventude. Todas as guerras já tinham acabado havia muito tempo, e a única coisa que restava era uma trégua na qual as partes só se olhavam de relance por força do hábito.

Benjamin caminhava na minha frente, Leon estava um pouquinho atrás à minha esquerda e Graves, com o rosto úmido de água fria, andava bem próximo, à minha direita. Era como estar no centro de uma ameba. Os outros dois *djamphirs se* mantinham atrás de mim, e se existe algo que deixa uma garota perturbada são *djamphirs* adolescentes perambulando bem perto dela e encarando suas costas. Não que, alguma vez, os tenha pego encarando, mas depois de ter sido a garota nova em milhões de escolas por todo o país, a gente acaba ganhando a sensação de que estão nos observando.

Eu chamaria isso de ter olhos na nuca. Só que eu já vi esse tipo de coisa, e é repulsiva. Tem um lugar na região do "braço" do Estado de Oklahoma – que se chama Wail[2], se é que dá para acreditar nisso –, onde o cara que administrava o armazém local tinha um olho na parte de trás do crânio raspado. Os olhos da frente eram castanhos, os de trás, azuis. Nos dias frios, escorria um filete fino e vermelho deles.

O cara usava bastante seu chapéu de cowboy. E o povo viajava quilômetros para visitá-lo. Traziam coisas para pagar pelo o que ele podia fazer, como fornecer feitiços ou poções. O troço que ele mais gostava de ter como pagamento era a parte do corpo que tinha de sobra.

Daí ele fritava. Dizia que era crocante, salgado e ia bem com mostarda.

Estremeci. Depois dessa, fiquei desenhando olhos durante semanas, rabiscando-os nas margens do papel e sombreando as íris, para matar o tempo, até que meu pai ficou com aquela expressão que dizia que talvez fosse bom eu não fazer mais aquilo.

– Você está legal? – Graves sussurrou sem mexer os lábios.

– Só estou pensando. Em olhos.

Os ombros dele recurvaram um pouquinho debaixo do casaco preto. Ele vestia aquele treco *em tudo quanto era lugar*. Meio que me consolava.

– Sei do que você está falando.

Senti o peso do meu fardo. *Não acho que você saiba, não.* Mal abri a boca para lhe dizer isso, mas fechei-a. Ele já tinha sido apresentado à sua cota mais do que justa do Mundo Real. Quando os dentes do Ash perfuraram a pele de Graves, sua vida antiga foi roubada. Não importa se era uma vida que ele não queria. Ainda assim, a culpa era minha.

– Tipo assim – continuou, falando um pouco mais alto –, dá para ficar *ainda mais* óbvio que estão te vigiando? E não podemos confiar em nenhum deles.

Benjamin inspirou profundamente.

---

2 Gemido, lamento, ou pranto, em português (N.E.).

– Do meu ponto de vista, só podemos confiar nos lobisomens. – Graves meteu as mãos nos bolsos e me acompanhou com passos largos, suas pernas eram compridas como as de um gafanhoto. – Até sabermos quem é o traidor.

Christophe sabe. Apertei meus lábios por causa do segredo. Na ausência do meu pai, costumava ficar muito tempo sozinha, e desejei demais ter outras pessoas por perto. Desde que cheguei aqui, mal fiquei sozinha. A zoeira na porta da frente da Schola tinha se transformado em um confronto entre os garotos lobisomens que vieram comigo e os meninos *djamphirs* que tentavam descobrir o que fazer comigo, até que, finalmente, alguém mandou alguém para algum lugar com uma mensagem. As ordens retornaram enquanto eu permanecia nos degraus da frente, no brilho fraco do sol, com frio, me sentindo suja e muito, muito exposta.

Dois minutos depois Benjamin surgiu com sua equipe para me levar até o quarto e a partir de então não me largou mais. Eu podia fechar a porta, para ter mais privacidade e ficar só, se não tivesse a sensação esquisita de que o próprio ar me escutava.

– *Au*, *au*, cachorrinho – falou alguém atrás de mim, mas tão baixo que eu não saberia dizer quem. E não era da maneira que normalmente falavam.

Graves deu um giro, um movimento estranhamente elegante. Agarrei o braço dele. Um pedestal que estava perto balançou um pouquinho.

– Parem com isso. Todos vocês. *Jesus Cristo!*

Todos ficaram imóveis. Até Graves, que me olhou de esguelha com seus olhos verdes cintilando.

Resolvi usar de diplomacia ao menos uma vez.

– Vocês podem ir. Tenho certeza de que o Graves pode me apresentar. – E se não pudesse, aposto que daria um jeito. Alguém me orientaria ou viria me buscar.

Benjamin inspirou novamente, como se eu o tivesse estapeado.

– Milady. Não podemos.

Aquela palavra outra vez. Milady. Como eles chamavam Anna. Não sabia direito o que pensar daquilo.

– Claro que vocês podem.

Puxei levemente o braço do Graves. Ele visivelmente se acalmou. Era impressionante. Um lobisomem doido e um *loup-garou*, e eu os carregava por aí como se fossem malas. Eram mais fortes e mais ágeis – pelo menos até que eu desabrochasse –, mas eram garotos.

Não tinha certeza se a palavra *garotos* deveria significar *obscuro* ou *incompreensível*. Eu pairava entre os dois, com uma dose saudável de *testosterona envenenada*.

– Nós *não podemos* – disse Benjamin de forma inexpressiva. Como se fosse assim e acabou.

Reagi ofendida.

– Basta vocês irem para os seus quartos, e Graves me leva até o Conselho ou o que for.

– Somos seus *Vigilantes*. – Benjamin estava realmente aderindo ao tom *como você é burra*. Imagino que isso só foi justo porque eu estava sendo um pé no saco, mas *pô!*

– Você já falou isso um milhão de vezes, mas até agora tudo o que fizeram foi...

– Não podemos fazer isso de modo algum. – Leon foi o único que se manifestou. Ele tinha uma voz profunda, algo surpreendente para um garoto com jeito de rato, do tipo que desaparece fácil na multidão. Benjamin parecia velho, mas esse garoto também. – Se o *nosferatu,* ou qualquer outra coisa, chegar perto de você e atacar, a gente vai ter que revidar. Ou morrer tentando. Nós somos os últimos na linha de defesa.

– Guarda-costas. – Um dos loiros ajudou, com uma voz clara de tenor. – Mas por que *nos* selecionaram...

– Ela ainda não conhece o bastante para fazer as seleções, e eles não começaram os Testes – disse Benjamin, decidido. – Então sobrou a gente. Mas chega de delongas. Milady, o Conselho aguarda.

– Me chame de Dru. – Apertei o braço do Graves, torcendo para que ele sacasse a mensagem. – Mas ainda não tenho certeza se preciso de guarda-costas.

Assim que falei isso, soube que era mentira. Talvez tenha sido o tato que fez Benjamin suspirar. Ele não revirou os olhos, nem pareceu sofrer, o que era um tremendo ato de generosidade.

Era lógico que eu precisava de guarda-costas. Agora que os chupa-sangues sabiam que eu estava viva e que tinha um traidor na Ordem, eu precisava de guarda-costas mais do que nunca.

Só não tinha certeza se poderia confiar em alguém. Quer dizer, tirando o Graves.

E o Christophe, sussurrou uma vozinha dentro de mim. Fingi que não era comigo.

– Certo. – Afrouxei o aperto no braço de Graves, verificando se ele não ia sair distribuindo porrada, ou tentando botar alguém para dormir. Na verdade ele se endireitou, puxou as mangas, como se a ideia de parar tivesse sido sua, e me deu outro olhar daquele que diz tudo. – Então creio que é melhor nos apressarmos. Provavelmente já estamos atrasados.

– Não tão atrasados – Leon resmungou, e deu uma risadinha estranha. – Mas eles esperariam por uma *svetocha*.

Resolvi que não gostava muito dele e puxei o braço do Graves só para testar. Ele só deu um passo para trás, e tão logo o larguei, voltou para frente, como se estivesse num desfile militar. Tinha o queixo erguido e o músculo do rosto estremeceu.

Benjamin nos conduziu através de mais corredores iluminados por raios de sol, e não era só a falta do café da manhã que estava me causando mal-estar.

✶ ✶ ✶

– Por ali. – Benjamin apontou para as imensas portas duplas. Eram feitas de carvalho sólido e ligadas com ferro. Na madeira foram entalhadas linhas profundas e elegantes. Levei um momento para perceber que os entalhes formavam uma face estilizada com olhos profundos e penetrantes e uma boca suficientemente aberta para mostrar os caninos. O pequeno espaço entre as portas percorria o topo do nariz comprido. Minhas têmporas latejaram por um instante. O medalhão da minha mãe pendia quente de encontro ao meu tórax, me reconfortando.

Aquela face parecia zangada, e de repente tive certeza absoluta de que não queria entrar ali.

Mas o que fazer quando um monte de moleques te olha com expectativa? *Não dá* para amarelar. Graves tinha uma linha minúscula entre as sobrancelhas, e desejei ter tido tempo para conversar com ele. A sós.

– Como eles são? – Tentei não parecer um gato amedrontado e enfiei, nervosa, parte do meu cabelo atrás da orelha.

– Uns inúteis – Graves retrucou de pronto. – Interrogaram o Bobby e o Dibs juntos. Quase fizeram o Dibs chorar. Mas não passam de uns inúteis.

Benjamin tossiu. Tinha corado um pouco.

– Eles são o *Conselho.* Os cabeças da Ordem, cada um deles é um guerreiro contra as trevas. Não a machucarão, Milady. Você é a coisa mais promissora que já vimos em vinte anos.

Aquilo era uma afirmação interessante. Abri minha boca. Ele, porém, recuou.

– Vamos esperar você por aqui. – Deu a Graves um olharzinho apertado e significativo. – Ele também, se quiser.

– Não vou a lugar nenhum. – Graves cruzou os braços e ficou apoiado na parede entre dois pedestais vazios de mármore. As cortinas de veludo o emolduravam, deixando suas roupas, cabelo e barba mais desleixados.

Definitivamente, a penugem escura em seu rosto começava a despontar. Eu nem achava que mestiços japoneses *tinham* penugens no rosto. Ela o deixava com uma cara menos infantil, e sua expressão nova, de deboche sutil, ajudava.

Em Dakota ele parecia impaciente ou triste. Naquele limite de desespero usual dos solitários – das ovelhas negras, dos excluídos. Acho até mesmo que as pessoas normais também podem se sentir deslocadas. Essa característica está nos garotos que levam rasteiras, apanham, são alvo de brincadeiras pesadas e são simplesmente atacados o tempo todo.

Agora ele parecia apenas debochado e impassível. Uma bela mudança.

Engoli com dificuldade. Aproximei-me das portas dando passos suaves com os meus tênis. Um de cada vez.

– Dru. – O isqueiro do Graves estalou e ouvi outro tragar de cigarro. O cara desenvolveria um câncer de pulmão a qualquer instante. Será que os *loup-garous* adquirem câncer?

Se eu frequentasse as aulas, seria capaz de responder a isso?

– Quê? – Parei, sem me virar, olhando a porta. Tinha ouvido pouco sobre o Conselho. Não o bastante para saber alguma coisa, a não ser que Anna fazia parte dele. Será que ela estaria ali? Graves não mencionou ter visto outra *svetocha*. Teoricamente ela era um segredo.

Anna. Um calafrio tocou as minhas costas. Ela tentou me fazer acreditar que o Christophe tinha assassinado minha mãe. Ainda não sabia o porquê, talvez ela o odiasse profundamente.

Christophe deu a entender que era a Ordem contra os chupa--sangues. Parecia que também era a Ordem contra si mesma. A gente acha que as pessoas vão se unir, mas se existe algo que tenho visto por todo o país são pessoas dando tiros nos próprios pés várias e várias vezes.

Graves soltou o ar dos pulmões, fazendo força.

– Vou ficar bem aqui. Você grita, e eu estarei lá.

– Valeu. – Posso apostar que ele realmente faria o que disse. Tentei não demonstrar o quanto era grata por isso. – Não esquenta. – Fingi que não me sentia meio zonza. – Vai dar tudo certo.

Perguntei-me quantas vezes meu pai usou essa frase mesmo sem acreditar nela. O pensamento foi como um apertão num local adormecido em meu coração, e quando dava um passo a frente, ele aumentava. As portas balançaram sem fazer som, e eu vi uma pequena passagem, um carpete vermelho e outra porta menor no final.

Enfiei as mãos nos bolsos do meu jeans e coloquei o canivete no da direita. Enquanto me vestia no banheiro, examinei, para me certificar de que o volume não apareceria sob a barra do casaquinho cinza com capuz.

A gente nunca sabe. E depois de tudo o que rolou, ai de mim se fosse a *qualquer lugar* desarmada.

4

Não tinha certeza do que me aguardava. Mas quatro sujeitos com cara de adolescentes e dois caras de aparentemente vinte e poucos anos estavam recostados em sofás – um deles fumava um charuto mais grosso do que dois de seus dedos. Definitivamente não era o que eu esperava.

Não havia janelas na sala, e o fogo ardia na lareira de pedra maciça, estalando alegremente. No chão, um carpete de couro vermelho-escuro e esfarrapado, que parecia persa; na estante acima da lareira, vasos de cristal com tulipas brancas. Um dos *djamphirs* parecia ter 25 anos e ser originário do Oriente Médio. Baixou o jornal atrás do qual se escondia e me examinou rapidamente com olhos pretos feito carvão. Usava jeans e uma camisa bem azul com vincos que pareciam engomados.

Lembrei que meu pai era fantástico para engomar usando aquele *spray*, até que me recusei a tocar nesse troço e ele teve de passar os próprios jeans. Daí, decidiu bem depressa que o tal *spray* causava mais problemas do que resolvia. Por um instante voltei aos meus doze anos, passando roupa e sentindo o cheiro de *spray* de goma e amaciante, enquanto meu pai jogava "Vinte Perguntas Sobre o Mundo Real" comigo, colocando balas nos pentes. *Como você destrói baratas sobrenaturais? Quais são os cinco sinais para reconhecer um ponto de encontro do Mundo Real? Quais as regras em uma boa loja de ocultismo?*

Afastei para longe a lembrança com um tremor quase físico. Talvez, se eu praticasse por muito tempo, conseguisse parar de ter pensamentos dolorosos.

A segunda porta – de mogno, sem entalhes, dava a impressão de ser bem pesada, apesar das dobradiças silenciosas – fechou-se com um murmúrio atrás de mim.

– Meu bom Deus – disse um *djamphir* ruivo com uma série de sardas que, de algum modo, evitaram que eu desviasse o olhar para os pés dele. – Milady.

Rolou uma agitação, e todos ficaram em pé. Engoli com dificuldade e desejei não ter vestido aquele jeans e casaco cinza com capuz que, certamente, já tiveram dias melhores. Ao menos uma vez meu cabelo estava se comportando, caindo em cachos macios. Mas este era o tipo de situação que ele escolheria para começar a criar *frizz*. Também senti os olhos cheios de areia e a cara inchada.

– Milady. – Outros dois ecoaram. Quase me virei para ver com quem eles estavam falando.

Outra vez, engoli com dificuldade. Parecia que havia uma rocha na minha garganta.

– Eu estou aqui para o interrogatório. – *Genial, Dru. Você está parecendo a Minnie do Mickey.* – Se eu, *hã*, me atrasei é porque...

O sujeito fumando charuto se curvou numa reverência que eu só tinha visto naqueles filmes de época que passam à meia-noite na TV a cabo, e nos quais a produção gasta uma grana boa no figurino.

– O prazer é nosso em esperar pela senhorita, e não o contrário. Entre. Apreciaria um café? Já tomou seu café da manhã?

Está mais para jantar, já que a Schola funciona à noite... Que coisa é essa? Pisquei.

– *Hã*... Isso aqui é o Conselho, certo? Rola uma formalidade, né?

– Minha filha. – Essa veio do figura com jeitão de árabe; um sotaque vagamente britânico. – Aqui não temos muita cerimônia. E o que lhe *disseram* sobre nós?

– Eu pensei... – O instinto de manter segredo brigava contra a curiosidade, e a curiosidade ganhou por muito pouco. – Eu pensei que a outra *svetocha*, Anna, estava no Conselho?

O silêncio tomou conta da sala. Até o fogo ficou quieto. O ruivo olhou de relance para o loiro magrelo num terno cinza-chumbo que parecia jamais ter sido amarrotado, nem em pensamento. O que parecia japonês, e não mestiço como o Graves, alisou a parte da frente de sua camisa de seda cinza de colarinho alto.

– Agora, filha – O cara com jeito de árabe ergueu as sobrancelhas, e eu tive uma vontade doida de esmurrar a cara dele se me chamasse de *filha* outra vez –, onde você ouviu isso?

Precisei me esforçar para afrouxar os punhos e relaxar os ombros. Meu pai dizia que na posição de sentido a gente não fica recurvada; e prestar atenção é o verdadeiro significado da *posição de sentido*.

– Eu a vi na outra Schola, o reformatório. E Dylan... – Fui atingida novamente em cheio. – Dylan provavelmente está morto. – Disse aquilo como se tivesse acabado de descobrir. – Atacaram a Schola. Tinha uma Incendiária. Era assim que todo mundo chamava aquilo. Uma chupa-sangue que conseguia fazer as coisas pegarem fogo.

Ainda em silêncio, todos me encaravam. Deixei as mãos nos bolsos, o cabo do canivete escorregava nos meus dedos suados. No centro do meu peito havia um lugar vazio, onde uma bola de fúria instável e dolorida vinha queimando há semanas, desde a noite em que meu pai não voltou para casa.

A última noite normal para mim. E que nunca foi, na verdade, o que você chamaria de "normal". Mas era bom o bastante para mim e, nesse exato instante, estava morrendo de saudades daquilo.

Agora, aquele rombo no meio peito era, de repente, só isso – um rombo. Dentro dele, não havia nada, a não ser uma treva adormecida. O que era um alívio.

– Tinha cabelo vermelho – revelei, meio atrapalhada. – A chupa-sangue, quer dizer. A Incendiária.

Uma onda passou por eles. Era o *disfarce*, o vampiro que havia em cada um, saindo. Os caninos começaram a surgir por baixo dos lábios superiores, os cabelos se tornaram mais claros ou escuros, e de repente me lembrei, bastante incomodada, o quanto aqueles caras eram fortes, velozes e perigosos.

E aqui estava eu, somente com um canivete com lâmina de prata. Mas eu tinha chegado até ali e não deixaria um bando de meio-vampiros me apavorar.

Bem, de qualquer forma, não muito. Não que desse para alguém notar.

– Vejamos se entendi direito – disse o Árabe. Seus olhos agora queimavam como carvões vívidos e seu cabelo se agitava com uma onda discreta. Listras pretas como nanquim deslizavam pelo cabelo castanho muito escuro. – A senhorita viu Lady Anna? Em uma... Schola satélite? Onde a senhorita esteve até poucos dias atrás?

Balancei a cabeça.

– Christophe deu a entender que era importante eu vir para cá. Não sei como fui parar *lá*, mas parecia que estavam me esperando. Só que aí o Dylan descobriu que ninguém sabia que eu estava lá. E ele mencionou algo sobre uma área restrita. E o... o... – Fiquei sem palavras, mas consegui recuperá-las. – Vocês já não escutaram tudo isso antes?

– Não exatamente. Os lobisomens sabiam muito pouco, e o Submisso não pode ser interrogado. – O garoto árabe olhou de relance para os outros. – E Reynard, como é de costume, nunca é localizado quando precisamos fazer perguntas. Bem... Venha e sente--se. A senhorita gostaria de um café da manhã?

Meu estômago roncou com a ideia.

– Não, valeu. Eu pego alguma coisa mais tarde no refeitório. – Achei aquilo educado o suficiente.

– Tem certeza? – O *disfarce* recuou, transformando-o em um cara bem gato, de vinte e poucos anos, só que com olhos muito velhos. De repente eu tive certeza de que esse cara era até mais velho do que o Christophe. Isso aparecia em algum lugar ali nas pupilas, e todos eles tinham aquele jeito sinistro de ficar imóvel, que eu só tinha visto em *djamphirs* mais velhos.

E no Christophe. Jesus. Eu estava tentando não pensar nele porque todas às vezes que eu fazia isso, um jorro de calor ou um balde de gelo atravessavam meu corpo. O termômetro interno estava bem desregulado. E as marcas no meu pulso estavam com feridas ainda cicatrizando.

Pelo menos, quando pensava em Christophe, o rombo no meu peito parecia suportável. Ele não diminuía, só era mais fácil de lidar. Assim como estar com Graves tornava tudo melhor, contanto que ele permanecesse ali com aquela cara de *O que é que você vai fazer, Dru*?

Saquei o jeito com que todos me olhavam, lembrei-me de minha infância e das regras rígidas de minha avó sobre "como lidar com o próximo". *Quando você num tem mais nada na vida, só resta educação*, ela sempre dizia. *Então use isso.*

– Se vocês todos estão comendo, eu não ligo de dar uma mordida. – Quase me encolhi ao falar aquelas palavras. Tipo assim, numa sala com um bando de meio-vampiros eu *peço uma mordida*?

Só que eu também era parte vampiro, não era? Uma adolescente, como tinha dito o Christophe. Todo mundo ali era adolescente. Tem a ver com a genética.

Meu Deus, Pai, por que você não me disse? Eu, porém, jamais poderia perguntar isso, mesmo se ele ainda estivesse vivo. Uma lasca de gelo se alojou em minha garganta. Ele nunca tinha dito uma só palavra a respeito. Nada, a não ser me alertar quanto aos chupa-sangues, mas captei a maioria das advertências ouvindo atrás das portas, escutando outros caçadores. Como seu amigo Augustine, que também acabou se revelando um *djamphir* e membro da Ordem.

E mais alguém estava fazendo falta. Ultimamente eu vinha pensando demais no Augie.

– Seria uma honra para nós. – O garoto árabe fez outra reverência, um pouco menos rígida. – Meu nome é Bruce. Sou o líder Interino do Conselho.

Bruce? Fala sério. Uma vontade danada de rir subiu pela minha garganta, mas achou a pedra que estava lá e morreu com um refluxo escaldante, feito ácido.

– Interino? – Essa escapou.

– Interino, como pode perceber. Assumo quando nossa líder, Lady Anna, não está conosco. – Ele se endireitou, e o restante deles relaxou um pouco.

Bem. Legal saber disso. Refletindo, Anna tinha sem dúvida aquele jeito de Vadia-no-Comando.

Eu não soltava o canivete.

Especialmente depois que que – o ruivo se manifestou – Lady Anna saiu de férias por duas semanas.

* * *

O outro recinto era um tipo de sala de estudos comprida e sem janela, com uma mesa tão bem polida no centro que parecia um espelho e que estaria perfeita em Camelot se não fosse retangular. Outra mesa, parecida com uma prateleira, corria do lado esquerdo e estava repleta de pratos quentes emanando o cheiro da comida. Uma urna e outro objeto imenso de prata ficavam na ponta; três garrafas de vinho mantinham-se em "posição de sentido", uma já em um recipiente de prata com gelo triturado. O segundo objeto imenso de prata sobre a mesa era um samovar[3], disso eu tinha certeza.

Nunca saberia o que é um samovar se não fosse aquela vez em que meu pai e eu encontramos sem querer um *coven*[4] de bruxas russas em Louisiana. Verdade, nunca. Elas administravam uma *patisserie*[5] em Nova Orleans. E como atividade secundária, mexiam com feitiços, curas, poções e premonições feitas com cartas de baralho esquisitas e sebosas, decoradas com folhas de ouro.

Queriam que eu ficasse com elas. Para aprender, disseram. Mas meu pai só balançou a cabeça, e eu segurei no braço dele o tempo todo em que ficamos lá. Não aceitei os *petits fours* que me ofereceram. Minha avó me ensinou como a comida às vezes pode ser uma armadilha.

O poder que as mulheres têm é a comida. Esteja *certa de saber onde é que tá o anzol antes de* engolir *ele, Dru. Agora, presta a atenção em mim.*

Você deve achar que eu me acostumei a ouvir as vozes dos mortos na minha cabeça. Às vezes a memória é assim, pega a gente de surpresa, salta em cima com a velocidade de uma barata sobrenatural, então você se vê chacoalhando a cabeça e tentando descobrir onde está.

Todas as cadeiras eram tronos de madeira trabalhada, com almofadas gastas feitas de crina de cavalo vermelha. As paredes eram de pedra, o piso de madeira de lei e o cheiro era de noitadas e de

3 Utensílio doméstico de origem russa. Trata-se de um recipiente metálico pequeno, com um tubo no centro, onde são colocadas brasas para manter a água quente para o chá (N.T.).

4 Reunião composta por 13 bruxas (N.T.).

5 Confeitaria especializada em doces e bolos franceses (N.T.).

fumaça de charuto que parecia competir com as fragrâncias celestiais de comida e café. Não havia nenhuma teia de aranha empoeirada nos cantos como na outra Schola. Esse prédio inteiro era impecável a ponto de me deixar meio nervosa.

Correção: tudo naquele lugar parecia terrivelmente errado. Se aqui era o lugar para onde eu deveria ter sido enviada quando aquele helicóptero me tirou do inferno de neve em Dakota, não sei se deveria me sentir aliviada.

Bruce me indicou o lugar na ponta da mesa, como se eu fosse uma pessoa do alto escalão fazendo uma visita.

– Por favor. Café? E o que a senhorita gostaria para seu café da manhã? Ou jantar, levando em conta nosso horário.

Todos estavam olhando para mim. De volta aos tempos de garota nova na escola, só que eu estava com os professores.

– Café, é. E, hã, comida. Olha, eu achei que eu ia ser...

– Tudo a seu tempo. – Bruce era totalmente imperturbável. – Não queremos apressar as coisas.

– É, eu meio que saquei isso. Fiquei presa por semanas num lugar pra lá de onde Judas perdeu as botas, com vampiros me atacando o tempo todo. – Não precisei me esforçar para parecer sarcástica. – Não tenho certeza se estou a salvo em algum lugar, a menos que eu esteja por conta própria. Então eu estou querendo acabar com isso. – *E voltar para o Graves.*

Porque o vazio dentro de mim realmente diminuía quando Graves estava por perto. E eu não estava a fim de pensar em como me sentia a salvo com o Christophe. Não fazia sentido, fazia? Não enquanto ele continuasse desaparecendo.

Eu estava começando a odiar esse lance das pessoas sumirem diante de mim.

As marcas de caninos no meu pulso esquerdo deram outra pontada, só que bem fraca. Fiquei contente por minhas mangas não estarem arregaçadas. Sem aviso, a lembrança dos caninos de Christophe surgiu dentro da minha carne. Ele tinha de fazer isso, para nos salvar – mas não foi agradável. E ai de mim se eu contasse isso a qualquer um desses garotos de cabelos embonecados.

Minha laringe congelou. Tudo o que se relacionava a mim tinha congelado. Um pensamento tentou escapar da agonia implacável – por favor, não, por favor, de novo não, por favor, não, não, não.

* * *

Mas ele voltou mais uma vez, e desta vez pior, porque os dedos horríveis que escavavam não estavam puxando nada físico. Em vez disso, me arranhavam, cavoucavam e se retorciam dentro de mim. A parte de mim que não era nada além de mim mesma. O conteúdo invisível do que eu era.

Eu a chamaria de alma, mas não sei se é a palavra adequada. É o mais perto que consigo chegar.

Um dilacerar que escavava, arranhava, puxava e despedaçava. Foram enviadas para longe coisas invisíveis dentro de mim, e algo me abandonou em um violento jato. Minha cabeça virou para trás, a respiração travou na garganta. Graves deixou escapar outro sonzinho de terror e tentou se afastar de mim.

Num tranco, Christophe jogou a cabeça para trás, os caninos deslizavam e se libertavam da minha carne, e algo se enrolou com força em torno do meu pulso, abaixo do machucado que seu aperto forte fez no meu antebraço. Ele soltou o ar estremecendo e Graves tentou se afastar novamente. Meu braço se esticava feito geleca entre eles, meu ombro gritava, e eu não conseguia emitir nenhum som.

O silêncio que recaiu sobre a gente não era nem um pouco agradável. Puxei a cadeira com força desabei nela e encarei todo mundo. A suposta almofada era dura como pedra e o espaldar não era melhor. Precisei soltar o canivete no meu bolso para sentar.

Era uma manhã ruim que estava piorando.

Um dos *djamphirs* silenciosos, de pele escura feito carvão e com dentes chocantes de tão brancos gargalhou. Seus *dreadlocks* se mexiam conforme ele se dirigia sorrateiramente à mesa do bufê. Era o único, dentre todos, que usava um jeans esfarrapado e uma camiseta.

– Sem dúvida, ela é filha de Elizabeth. – Falava muito parecido com um professor de escola preparatória[6], com vivacidade. Mas havia uma pausa esquisita entre suas palavras, como acontecia com Christophe ou Dylan. Ele parecia pensar e traduzir de outro idioma antes de falar. Um resquício de sotaque. Diferente daquele anasalado constante que todo mundo tem abaixo da linha Mason-Dixon[7].

Eu não tenho sotaque. Apenas o povo do Norte dos Estados Unidos que fala engraçado.

– Como se houvesse alguma dúvida. – Bruce pareceu azedo pela primeira vez. – Só o rosto dela já convence qualquer um.

Minhas mãos se apertaram debaixo da mesa. Meu pai nunca falou que eu parecia com a minha mãe, exceto quando mencionava o meu cabelo de vez em quando.

– Vocês conheceram a minha mãe?

– Eu conheci – disse o Japinha –, o Bruce e o Alton também, eu acho. Marcus? – O loiro magrelo de terno cinza balançou a cabeça.

– Foi antes do meu mandato.

O outro loiro balançou as mãos; ele havia deixado o charuto na outra sala. Tinha um cabelo duro e cacheado e, por um instante, me senti zonza. Alguém tinha roubado um cacho do cabelo do Christophe de cima do meu criado-mudo – não me pergunte como chegou lá, *é um lembrete,* ele disse – e deixou para trás um único cachinho loiro. Poderia ter vindo de vários professores ou alunos da outra Schola. Inclusive do tímido e gentil Dibs.

Agora eu desconfiava de todo mundo. Menos do Graves. E do Christophe.

– Então, alguns de vocês a conheceram. Portanto sabem que alguém dentro da Ordem a traiu. – Enterrei minhas unhas nas palmas das mãos. – Anna me mostrou uma transcrição da chamada.

Ficaram todos completamente quietos outra vez. Bruce enfim se afastou da mesa do bufê e me encarou, arregalando os olhos escuros.

– Ela *o quê?*

6 Escolas particulares que preparam os alunos para ingressar nas faculdades. São mais comuns nos EUA e na Grã-Bretanha (N.T.).

7 Trata-se de uma linha imaginária que nos EUA dividia as colônias favoráveis à escravidão e contra. No texto, é uma referência entre Norte e Sul (N.T.).

O Japinha inspirou com força, como se eu tivesse acabado de tirar a roupa ou soltado um som corporal constrangedor.

Respirei bem fundo. Cristo, esses caras não sabem de *nada*. Por que tinham esperado dias antes de me interrogar? Embora parecesse que *eu* os estava interrogando. Meu estômago roncou outra vez.

– Ela me mostrou uma transcrição. Mas Dylan falou que não era a versão original e sim a editada. Deu-me, então, uma cópia da versão original. O Christophe está com ela.

Silêncio. Todos continuavam trocando olhares rápidos de relance. Falando de olhares, só eu não tinha ideia do que estava rolando.

– Reynard – o loiro de terno cinza finalmente falou, e disse o nome do Christophe como se fosse um palavrão. – Sempre achando que sabe o que é melhor.

– Neste caso, bem que ele poderia mesmo saber. – A expressão no rosto de Bruce estava entre o divertido e o preocupado. – Talvez devêssemos escutar a história toda. Milady, a senhorita é um mistério. Ilumine-nos.

Lutei contra o impulso de pedir para ser chamada de Dru. Mas esse lance de Milady era como estar presa com um bando de *nerds* jogando RPG. Eles são legais, mas às vezes queremos que eles falem como seres humanos, sabe?

Por outro lado, esses caras provavelmente tinham idade para serem meus pais. Ou até mais. Não parecia correto tratá-los de igual para igual.

Uma rocha pesada, feita de pânico, se alojou em minha garganta; precisei me esforçar em dobro para engolir. Estava começando a entender que *nada* com relação a isso seria fácil.

– Tá legal. – Respirei fundo. – Vocês querem a história toda? Beleza. Começa comigo atirando num zumbi. Só que não era um zumbi comum. Era o *meu pai*.

E para piorar tudo, minha voz falhou na última palavra. Como é que eu explicaria para um bando de *djamphirs* o que significa atirar num zumbi que foi meu *pai*, pelo amor de Deus?

– Acho que isso será mais fácil se você comer um pouco. Falando nisso, meu nome é Alton. – O garoto de pele negra sorriu com gentileza, os dentes brancos despontaram outra vez. Todos eles pareciam fazer parte de um comercial de xampu, saudáveis: pele limpa, proporções certinhas, um grupo de jovens gatos. Suas roupas pareciam satisfeitas por embelezar tais supermodelos. E lá estava eu, com um jeans e um casaco de capuz velho e acabado e esse cabelo – eu quase conseguia senti-lo ganhando *frizz*. Era exatamente naquele tipo de situação que cada fio solto e cada *frizz* começava a despontar.

E cada um desses sujeitos poderia me matar sem pensar duas vezes, a menos que eu tivesse alguma vantagem sobre eles e um certo poder de fogo.

O cérebro teria de ser meu diferencial. Mas eu estava muito cansada.

– Dru – disse, de forma mecânica. Pelo menos a minha avó teria orgulho da minha educação. – Dru Anderson.

– É seu apelido? – essa veio do Japinha. – Sou o Hiro, falando nisso. Prazer em conhecê-la.

Encantada, com certeza.

– Vou levar um tempo para contar tudo.

E eu ainda não sei o que vou omitir. As palmas das minhas mãos estavam úmidas. Esfreguei-as no meu jeans e desejei que a cadeira não fosse tão dura. Mas se eu levantasse agora, ficaria esquisito.

Mais esquisito. Talvez. Sei lá.

Hiro me lançou um olhar que só poderia ser definido como gentil. Ele empurrou de propósito a cadeira para a minha esquerda e se curvou.

– Nós somos Kourois *Djamphirs*. Não temos nada, minha cara, a não ser tempo.

Aquilo trouxe outra questão.

– Como... quero dizer, vocês são idosos. Mais idosos do que muitos *djamphirs* que já vi. E o Benjamin é mais velho que o Christophe. Quanto tempo vocês... nós? – Decidi que não podia me incluir. Ou podia? Jesus, eu tinha tantas as perguntas, que não era nada engraçado. – Quanto tempo vocês vivem?

Bruce meio que surgiu próximo a mim. Sufoquei o impulso de me retrair e senti a fragrância de colônia masculina e amaciante de roupas em uma brisa morna. Nenhum deles cheirava como o Christophe – o aroma de maçã condimentada que o acompanhava não era próprio de outro *djamphir*. Pensei também sobre isso. Como é que eu deveria começar a perguntar? *Ô, moçada, vocês não têm cheiro de padaria. O que é que rola?*

– Nós somos Kourois – Bruce repetiu e colocou um prato na minha frente. Meio *Waffle* Belga, ovos mexidos, uma montanhazinha de bacon e uma tigelinha de vidro com pedaços redondos de melão, uvas, e morangos cortados em quatro. – Nós vivemos até a noite nos abater. Assim como os *nosferatus*, mas sem suas... deficiências.

– Exceto a fome. – Alton brincava com o treco de prata que – não era uma cafeteira. – Sempre ela.

Fome. Por que não chamam de sede? O local esquisito atrás do céu da minha boca estremeceu. O local que gostava de fluidos mornos, vermelhos e salgados como cobre. O ponto que pressionava um botão na minha cabeça e me transformava numa garota transparente como vidro e cheia de desejo pelo líquido vermelho.

E outra coisa. Cristo, agora que eu sabia o que era querer beber sangue, estava sendo um inferno me agarrar ao que eu costumava ser. Era com uma série de coisas rodopiando e que mudavam antes que pudesse me apegar a elas.

Olhei fixamente para a comida. Será que tinha algo escondido nela? Estava com muita fome para perceber. E o braço do meu pai não estava lá para me apoiar.

– Tente comer. – Bruce colocou um garfo e uma faca. E a não ser que eu estivesse enganada, eram de prata pesada e polidos até ganharem um brilho nítido capaz de ser visto através de uma névoa.

Meus olhos queimavam. A comida se transformou em clarões coloridos.

– Ah, não. – O ruivo parecia horrorizado. – Será que ela...

– Kir, cale-se. – Bruce me passou um guardanapo de pano. – Vou lhe servir um pouco de café, Milady. Não há por que ter pressa. A senhorita está segura agora.

Não me preocupei em falar que não acreditava nele. Em vez disso, esfreguei os meus olhos, puxei pelo nariz aquela vontade imensa de chorar e apanhei um pedaço de bacon. Deveria comer enquanto podia. Mesmo que aquilo fosse apenas uma isca no anzol.

Intermezzo

Os corredores do hospital cheiravam a sofrimento e a desinfetante. Encolhi-me no assento de plástico duro com os braços em volta das pernas. Ainda usava o jeans que vesti quando cheguei do colégio e encontrei a minha avó na cama. O fogo estava quase apagado e o vento frio assobiava pela porta parcialmente aberta.

Ela aguentou o máximo que pôde por minha causa. Eu a agasalhei e a enfiei no Packard antigo – aquilo era provavelmente mais velho do que o meu pai – e quase esperei que não fosse conseguir dar a partida. Mas ele pegou, roncou ganhando vida, e minha avó resmungou, sonolenta, que odiava ir ao povoado; sem dúvida odiava.

Dirigir vale abaixo levou um tempão, e eu tive medo que ela se fosse antes que eu pudesse chegar ao hospital, que ficava no fim do caminho. Guiei metade da noite, e ao chegar, o pessoal da emergência só deu uma olhada nela e a arrancaram das minhas mãos. Precisei procurar até encontrar o quarto onde a colocaram. Então começaram as perguntas.

Quem é você? Qual o nome dela? Quem são os parentes? Quantos anos você tem?

Eu só dizia que meu pai estava chegando e torcia muito para que fosse verdade.

Mas ele havia partido, como sempre, e já estava longe por um tempo.

Abaixei a cabeça sobre os joelhos por um instante, só que não havia como descansar. Era perigoso demais. Belisquei novamente meu braço esquerdo, com força. Belisquei tantas vezes durante a noite toda, que já estava me ferindo.

Do outro lado do saguão ficava a área de visitas. As cadeiras eram acolchoadas, mas a minha era desconfortável demais para me deixar dormir. Além disso, se aquele médico voltasse com um policial ou um assistente social, eu conseguiria escapar dali de, pelo menos, três maneiras. Mas, se eu atravessasse o saguão, seria pega.

Meus dedos faziam pequenas marcas no braço da cadeira. Desejaram muito desenhar. Eu queria ter lápis e papel. Uma janela mostrava as copas descobertas das árvores. O inverno havia começado. E no parapeito diante do vidro, a coruja da minha avó se agachava. Vigiando, assim como eu.

Ela havia ficado no quarto a noite inteira, enquanto os aparelhos faziam "bip" e a respiração da minha avó parecia constante. Empoleirando-se no peitoral da janela, suas asas se agitavam e seu olhar amarelo e brilhante se fixou em mim. Quando a linha que indicava os batimentos cardíacos enfim ficou horizontal e a equipe hospitalar se amontoou ao redor dela, tentando de modo frenético prender uma alma que já tinha se libertado de sua casca velha e desgastada, a coruja desapareceu entre um olhar e o seguinte. Dei um passo para trás e para o lado, deslizei porta afora e saguão adentro. Quanto menos os adultos reparassem em mim, melhor.

Arranquei uma casca de ferida pelo furo da minha calça jeans no joelho direito. Era incrível. Tinha caído de uma colina enquanto procurava ginseng americano. Por algum motivo era chamado de porrete do demônio. Coisa boa, e a minha avó sempre precisava de mais. Ela me dava uma bronca quando eu chegava em casa com os joelhos sangrando.

A coruja sacudiu as penas. Recolhi-me, toda a angústia no ar me comprimia. Minha avó me ensinou como bloquear coisas em minha cabeça, para desligar do blá-blá-blá atordoante dos sentimentos alheios. Mas o toque *não me alertou que ela estava a ponto de me abandonar.*

O amanhecer estava chegando. Uma luz cinza varria o horizonte. Não queria deixar minha avó aqui, sozinha neste lugar lavado com alvejante e que exalava a desespero. Só que eu não podia ficar vacilando por muito mais tempo – um adulto perceberia que eu estava ali e eu não conseguiria enganá-lo caso dissesse que o meu pai estava chegando. Não sabia exatamente o que aconteceria em seguida, mas sabia que não seria agradável.

Ah, papai. Corre, por favor. Por favor, chega logo.

O elevador no fim do saguão tiniu. Minha cabeça se levantou depressa, como a de um cachorro velho. O elevador fez barulho a noite inteira, a cada hora a campainha chiava, como se fosse impossível abrir a porta depois de despender toda sua energia para anunciar quem estava ali.

– Ela está ali – disse alguém. Olhei de relance para o fim do saguão, na direção oposta, sem virar a cabeça, usando minha visão periférica. Era uma enfermeira ruiva e corpulenta, com as mãos nos quadris. Atrás dela vinha o tal médico, ligeiro e com uma cara estranha, e uma mulher num vestido florido que gritava "sou assistente social".

Bem devagar, deslizei da cadeira, como se não os tivesse escutado. A porta do elevador estava abrindo. Não conseguiria percorrer o caminho todo até lá, a menos que começasse a correr. Mas eu poderia disparar pelas escadas e fugir por ali.

Ainda tinha as chaves do Packard. Elas chacoalharam no chaveiro, e eu caminhei com a cabeça erguida e cheia de convicção rumo ao elevador.

– Ei! Você! Garota! – Era o médico. Nem sequer se lembrava do meu nome... isso estava na cara. – Ei!

As portas do elevador abriram com um rangido. Corri seguindo o plano dentro da minha cabeça. Era como no jogo da minha avó, "O que há sobre a mesa?", no qual eu tinha de lembrar e descrever todos os objetos de costas para a mesa, ou depois que ela colocasse um pano limpo em cima de tudo. É um bom treino, *ela dizia.* Use essa carne velha no meio das suas orelhas, Dru. Preste atenção em mim agora.

Meu coração latejava nas minhas orelhas. Minha cabeça pesava. Ouvi as penas varrendo o ar enquanto a coruja da minha avó levantava voo do parapeito, e um instante de dor inexpressiva e intensa me perfurou feito lança. Não me atrevi a olhar para trás e ver a coruja.

Além disso, as pessoas normais não iriam enxergá-la. Esse era o significado de "diferente". Apenas outra palavra para solitário.

Vá para a escada. Chegando lá, você pode acessar o térreo e sair. Também tem as saídas de incêndio. Daí você pode se esconder na casa da vovó e...

– Ei! Garota!

Um homem deu um passo para fora do elevador. Meu coração saltou até a garganta, latejando. Não notei que estava correndo até que o estalar das minhas passadas ameaçou arrancar minha cabeça dos ombros. Um som curto e desesperado explodiu dentro de mim enquanto o médico gritava novamente.

O homem do elevador abriu seus braços. Ele era alto, de cabelo loiro bem claro, jeans amarrotado e amassado, a camiseta estava suja de óleo para motores. Sempre foi tão limpo e arrumadinho, foi um choque vê-lo daquele jeito. Eu não ligava. Sob seus olhos havia círculos fundos e escuros, olhos azuis como os meus. Como os da minha mãe. Os dele eram pensativos e azuis como um inverno rigoroso e gélido, com linhas violetas na íris.

Não fiquei admirada nem liguei para aquilo. Corri na direção de seu abraço. Percebi que o óleo para motores esparramado na camiseta cobria outras coisas, algo avermelhado, e eu conseguia sentir uma atadura em volta das costelas dele. Não importava. Abracei-o com tanta força que ele soltou um UUFF! *de leve e não larguei mais.*

– Dru, minha menina. – Uma de suas mãos calejadas estava em meu cabelo, acariciando os cachos embaraçados e esvoaçantes. Abracei-o com mais força ainda.

– Eu vim o mais rápido que pude. Me desculpa, querida. Me desculpa mesmo. Shhhh, queridinha, meu anjinho. Está tudo bem.

Percebi que estava fazendo um som baixinho de dor e que meu nariz estava sujo. Tudo porque durante a noite não fui capaz de chorar. Agora, porém, alguma coisa se libertou em mim e de repente comecei a colocar tudo para fora. Mas tentei não fazer tanto barulho. Eu soluçava na camisa suja dele.

O trio – enfermeira, médico e assistente social – chegou cerca de dez segundos depois e começou a atirar perguntas. Ele respondia a cada uma delas com sua fala pausada, vagarosa e clara, e eu sabia que as coisas ficariam bem. Ele estava com todas as identificações e documentos, embora só Deus soubesse como ele os tinha arrumado. Eu não ligava. Tudo o que eu sabia era que ele estava aqui e que as coisas iam dar certo.

E que eu não queria deixá-lo sair nunca mais da minha vista. Não se pudesse evitar.

Não a menos que ele fizesse isso comigo.

5

Quando terminei, tinha bebido café e suco de laranja em quantidade suficiente para fazer um navio de guerra pequeno flutuar, e minha garganta estava em carne viva de tanto falar. Queria um banheiro e uma soneca bem, mas bem comprida.

De todos ali, Kir, o ruivo, foi o que mais expressou reações. Seu rosto passou pelos estágios de descrença, perplexidade, entendimento e, por fim, raiva. Ficou um tempo aparentando "raiva", com uma nuvem cinza trovejante pairando sobre sua testa e com o *disfarce* ativado, enchendo seus cabelos com um cacho selvagem e dourado, e deslizando os caninos para fora, por debaixo de seu lábio superior.

Fiquei de olho nele.

Os loiros – Ezra e Marcus – fizeram a maioria das perguntas, enquanto Bruce intervinha uma vez ou outra. Na maior parte do tempo eles me deixavam falar e explicar, mudar de assunto e ficar nervosa e, de vez em quando, Hiro me tranquilizava.

– Está tudo bem – dizia. – Nós sabemos que você fala a verdade.

O que me fez considerar. Isso não é algo que você diz a alguém em quem acredita. E então, por instinto, decidi manter a ideia de omitir coisas pequenas – como os rubores e sensações que me atravessavam quando pensava no Christophe. E coisas nem tão pequenas, como ele ter me mordido. As marcas latejavam com instabilidade em meu pulso quando eu ficava nervosa. Deixei as mangas abaixadas, como se sentisse frio.

Estar ali era bem diferente de ser chamada à sala do diretor da escola. Tipo, a gente acha que estar em uma sala com caras mais velhos que administram uma organização imensa de combate a vampiros seria como a sala do diretor, certo? Só que, em vez disso, era... bizarro! Era como se eles apenas quisessem me ouvir.

Também me olhavam de um jeito engraçado. Como se eu fosse uma criatura mitológica que eles não conseguiam identificar de verdade. Era desviar por um segundo o olhar da minha comida na direção do Kir ou de qualquer outro que falasse, e percebia que todos me encaravam abertamente. Isso meio que transformou a comida em minha boca num bolo de papelão mastigável e me fez imaginar se eu tinha algo de errado, como um pedacinho de ovo grudado no meu queixo.

– E então a gente chegou aqui – terminei, com dificuldade. – E depois de uma certa confusão, o Benjamin apareceu com a equipe e me levou até o quarto. Falaram que eram meus guarda-costas.

– Calstead e seus protegidos – disse Bruce. – Ele é um dos nossos melhores novatos. Até que você saiba o suficiente para escolher seus guarda-costas, ele é provavelmente o melhor. E também o *loup-garou*... Graves?

– Edgar Hideaki Graves. – Hiro pousou seu garfo com um pequeno estalo preciso. – Sem dúvida, não conseguiremos encontrar um delinquente juvenil mais agradável.

Quase engasguei com o suco de laranja gelado que estava na boca. Por pouco ele não saiu pelo nariz. *Pera aí, só um instante.*

– Edgar? – Por pouco não dei um grito agudo.

– É o que diz o arquivo dele. – Bruce balançou a cabeça concordando. – Foi mordido pelo Cabeça-de-Prata?

– É, Ash o mordeu. – Eles não tinham dito nada sobre o Ash. Precisavam saber que o lobisomem estava preso em uma sala no andar de baixo. Só que eu não levantaria a questão, eles poderiam decidir que era melhor trancá-lo em algum lugar onde eu não tivesse acesso.

Me senti... responsável.

– O *loup-garou* tem um Registro. – Dava para escutar as letras maiúsculas no tom de Hiro. – Normalmente ele ficaria em uma... Schola satélite, mesmo tendo, felizmente, sido marcado pela metade.

– Ele ficou com todas as vantagens e apenas alguns inconvenientes. E menos pelos. – Marcus se inclinou para trás na cadeira. Não sei como ele conseguia se acomodar em algo tão duro e desconfortável; mesmo assim, ele tentava. – Ele é um privilegiado.

Aquilo outra vez. Alguma coisa se cristalizou dentro da minha cabeça.

Nada de lobisomens naquela sala. Aqui estava eu, entupida de café da manhã, e o Graves lá fora me esperando, talvez com fome. Aqueles eram os líderes da Ordem, e não havia um único lobisomem. Os *djamphirs* estavam sempre no controle, com seus comentários grosseiros. Falando como se o Graves tivesse sorte por não ficar todo peludo.

Fui criada nas Montanhas Apalaches por minha avó e, na maior parte do tempo, meu pai e eu ficávamos abaixo da linha Mason-Dixon. Eu sei qual é a palavra para comportamentos como este. Eu tinha visto isto em todo o lugar. E nunca é bonito. Talvez eu tenha sorte, já que mudar tantas vezes me mostrou que as pessoas são sempre iguais. Ainda assim, tem algo feio lá no Sul. Quando você não tem certeza que está no topo da cadeia alimentar, não tem sentido fazer aqueles que estão abaixo de você, nessa cadeia, sofrer. E ainda assim as pessoas fazem isso, e fazem o tempo todo. Porque assim, sentem-se maiores e mais seguras.

Eu estava prestes a dizer algo – nem sei bem o quê, talvez algo como *Ele também é uma pessoa, sabiam?* – quando as portas de mogno se abriram.

Um clarão de seda rubra, uma cachoeira de cabelos cacheados e avermelhados e botas de salto alto com botões marcharam entrando no campo de visão à frente, e tudo parou subitamente. Como se um gato visse que você está olhando para ele e ficasse imóvel, paralisado, com uma pata no ar.

Será que eu estava imaginando? Estava muito exausta e com a cabeça em frangalhos, mas juro por Deus que vi um clarão de perversidade, assim que encontrei os olhos da outra *svetocha*.

Às vezes a gente conhece uma garota e é tipo matéria e antimatéria. Vocês simplesmente se odeiam sem um bendito motivo. Já sabia que não gostava dela. Além disso, ela odiava o Christophe.

Por que eu ligava tanto para aquilo?

Anna ergueu seu queixo pontudo, e seus olhos azuis se arregalaram apenas o mínimo. Estava usando um vestido de seda vermelha diferente daquele que eu tinha visto da última vez, algo como uma saia longa e um corpete que quase chegava às raias da indecência. Em seu pescoço fino e branco repousava um camafeu numa corrente fina de ouro que pendia no meio da clavícula. Seus brincos dourados, longos e delicados, na forma de lágrimas, estremeceram quando ela parou de repente. E, meu Deus do céu, ela realmente gorjeou naquela sala cheia de garotos *djamphirs*.

– Bem! Atrasei-me de novo, mas vejo que vocês começaram sem mim.

– A senhorita está a salvo. – Bruce não parecia surpreso. – Ficamos preocupados sem necessidade.

Um silêncio reverente de *puxassaquice* se arrastou. A cadeira de Kir arranhou o piso à medida que ele se erguia devagar, os outros seguiram o exemplo. Fiquei onde estava.

Fiquei porque meus joelhos tinham virado mingau, e o farfalhar abafado de asas com penas encheu meus ouvidos como batidas de um coração. Dedinhos frios e espinhosos deslizaram por minha pele, e de repente eu tive certeza de que algo não estava certo. Um lufar de perfume quente mergulhado em condimentos marchou para a mesa na minha direção.

Por que ela cheirava daquele jeito? E Christophe, porque ele cheirava como torta de maçã morna?

O escaldante rubor que sentia quando pensava no Christophe estando ali se encontrou com a gelada consciência do perigo, e ambos lutaram por mim. Comecei a desejar não ter tomado tanto café. Por que quando estamos aterrorizados só conseguimos pensar no quanto é necessário fazer xixi?Talvez isso só aconteça comigo.

– Eu estava *en vacances*[8]; vocês sabem que eu perco a noção do tempo. Perfeitamente a salvo, com meus garotos me vigiando. E... é Dru! – Ela parecia “toda contentinha” em me ver, tinha uma voz adocicada e um sorriso largo com covinhas. – Quando entrou aqui?

---

8 *"De férias"*, em francês (N.T.).

Fico feliz por não a terem mantido naquela Schola de segunda por muito tempo.

Terem mantido... De quem ela estava falando? Dos caras nesta sala que não pareciam saber nada sobre onde eu estava ou o que vinha fazendo?

Os *djamphirs* em pé estavam totalmente imóveis, e mesmo assim eu podia sentir a tensão que os percorria. Hiro mantinha as pontas dos dedos repousadas na superfície da mesa a quase um centímetro e meio de seu garfo de prata. De repente, tive uma visão dele em *technicolor* apanhando o garfo e atirando-se sobre Anna. Sangue jorrava, gritos, o som de um estouro à medida que o garfo era enterrado em um belo olho azul.

Fiquei boquiaberta. Hiro mexeu minimamente a cabeça e, de repente, tive plena certeza de que ele me acompanhava com sua visão periférica.

Quem sabe ele quer enfiar um garfo em mim. Minha boca voltou a funcionar. Na dúvida, diga algo.

– Cheguei faz uns dias. Foi divertido.

– Divertido? – Ergueu a sobrancelha estranhamente curvada, a porta se escancarou atrás dela. A fogueira na sala de estudos estalou uma vez. Ela parecia o desenho de um livro de histórias, e desejei poder me afundar na cadeira. Minha cara parecia oleosa e eu ainda sentia o gosto de bacon.

Agora era sério, eu não ia com a cara dela. Talvez ela sentisse o mesmo. Mas ela era mais velha, certo? Não agiria feito uma adolescente, agiria?

Não me contive.

– Isso aí, divertido. Muito da hora. – Minha mão direita repousava sobre meu joelho por baixo da mesa. Impedi que ela percebesse o volume do reconfortante canivete com um esforço que ameaçava me fazer suar. – Quase fui queimada viva. Rolou também uma perseguição de carros. Se não fosse por Christophe, eu teria morrido.

– Christophe? *Reynard*? – Sua boca rosa-chiclete brilhante curvou um pouco para baixo. Reconheço que ela não parecia nem um pouco surpresa. – Sério?

– Sério – falei sem emoções ou explicações, como se ela tivesse me ofendido.

– Então aguardarei seu relatório. – Havia uma faísca naqueles olhos estreitos e azuis como os de um bebê. Parecia uma patricinha tirando sarro de um *nerd*.

Mesmo mais velha, ela era farinha do mesmo saco. Só tinha um motivo para alguém como ela ser tão educada com alguém como eu.

Ou vai aprontar algo, ou *quer* algo.

Uma hipótese tão ruim quanto gás venenoso na ventilação de uma mina surgiu do fundo da minha mente. Encarei-a, desejando poder interromper toda a tensão e o constrangimento da sala e apenas *pensar* por um minutinho.

Uma coisa, porém, era certa – eu não ia contar toda a história outra vez. Não para a patricinha embonecada.

– Acabei de entregá-lo. – Coloquei as mãos na superfície da mesa.

Era complicado, com o rufar abafado das asas em meus ouvidos tentando tornar tudo imperceptível. Torci para que a coruja da minha avó não estivesse prestes a aparecer. Era a *última* coisa que precisava agora.

Claro que, se ninguém conseguisse enxergar a coruja, não havia nada com que me preocupar. Provavelmente achariam que eu era louca. Mas eu não queria arriscar.

Não mais. Percebi que o melhor era parar de me arriscar, começando por *ontem*. Fiz força para me levantar devagar. Meus olhos se recusavam a deixar o rosto de Anna. Encarava-a como se fosse uma cascavel que eu quisesse manter à vista enquanto alcançava uma pá para decapitá-la. Na verdade, isso me fazia pensar em minha avó. O que era um consolo doloroso. *Vai bem suave e bem devagar, e num dá motivo pra essa cobra atacar você. É só ir devagar e com calma, querida.*

– E de uma forma bem encantadora, também. – Marcus olhou para Hiro de relance e de maneira bastante significativa – Acredito que Milady Anderson deva ser desculpada; ela está muito cansada.

Bruce ficou tenso, as sobrancelhas de Kir se levantaram e Ezra sorriu com afetação. Na verdade, ele fez isso tão alto que eu quase ouvi através do barulho em minha cabeça.

– Milady. – Eu não sei como Hiro conseguiu deixar claro que estava falando comigo se não tirou os olhos de Anna. – Devo acompanhá-la até seus Vigilantes.

Olha só que gentil. Tive a sensação de que havia dois grupos diferentes nesta sala. Um que talvez estivesse do meu lado, e o outro que sem dúvida estava do lado *dela*. Em essência, ela era a queridinha da escola, né? Pode apostar que tinha seu bando de puxa-sacos. Garotas assim sempre têm.

O rosto de Anna endureceu, mas seu tom não mudou:

– Vocês vão me disponibilizar uma transcrição?

Meu bom Deus, se a voz dela ficar mais doce todo mundo terá diabetes. Engoli com dificuldade. A pedra na minha garganta tinha ido embora, substituída por um gosto bem fraco de frutas cítricas apodrecendo. Minha avó chamava aquilo de *ara* – uma aura, como os doentes de enxaqueca têm, pouco antes de suas cabeças desabarem.

Quanto a mim, tenho isso pouco antes de alguém tentar me assassinar, ou quando vai pintar um velho amigo, ou quando uma coisa bem bizarra está para rolar. Se eu não estivesse tão ocupada tentando ficar ereta e parecer um pouco menos perturbada, talvez apostasse qual deles seria.

– Com certeza. – Bruce falou daquele jeito que os adultos fazem quando na verdade querem dizer, *Não, você é imbecil?*

Aquilo sim era interessante. Aquilo era um cabo de guerra, e eu era a corda. Por quanto tempo ela esteve aqui, a única menina em uma escola cheia de meninos? E olhando dessa maneira, talvez ela se divertisse horrores com essa situação. Provavelmente as coisas eram bem *fáceis* para ela. Bastava aquilo para fazer a gente querer odiar alguém.

A cadeira de Hiro raspou no piso enquanto ele a empurrava para trás. Entendi que aquilo era minha deixa para andar, e o gosto de laranjas podres inundou minha língua enquanto eu caminhava para longe e me afastava da cadeira na ponta da mesa.

Parei só uma vez, com o olhar preso no de Anna. As bochechas dela tinham ficado cor-de-rosa. Uma faísca vermelha apareceu no fundo de suas pupilas e se desfez com a mesma velocidade.

Continuei andando.

Foi desconfortável contornar a mesa, para dizer o mínimo. Odeio que me encarem. E quando cheguei ao final, Anna havia cruzado os braços e estava de pé bem na passagem.

Aquilo seria interessante. Será que eu deveria deslizar por ela encolhendo os ombros e ser a *nerd* boazinha, ou chutar o balde e dizer que já tinha sacado essa palhaçada dela de "sou a gostosona do pedaço"? Eu precisava mesmo fazer xixi, e aqui na Schola ela era a bam-bam-bam.

Só que Anna não tinha contado para ninguém sobre mim. Que tipo de segredo eu era, para ela? Será que estava me "protegendo"? Ela também queria que eu odiasse o Christophe. Por quê?

Mais perguntas. E eu tinha meio segundo para decidir o que fazer.

Endireitei os ombros, ergui o queixo, segurei um arroto com cheiro de bacon e caminhei direto até ela. Hiro fez um movimento gracioso e rápido e antes que eu conseguisse notar, ele, de algum modo, estava na minha frente. Anna deu um passo para o lado, muito esperta, e passei por ela como se estivesse em um carro alegórico.

– Dru. – Olhei por cima do meu ombro. Pensar que *dei as costas para ela* fez, por cautela, minha pele formigar. Como quando esperamos em vez do tapinha nas costas um papelzinho grudado ali. Ou a ferroada de uma faca deslizando pela roupa.

Anna estava apoiada na porta aberta, igual a uma ilustração de revista de moda. Certinha, pele perfeita e um sorriso docemente venenoso. Outro pequeno pensamento cruel cruzou minha cabeça, depois se perdeu, eu precisava *urgentemente* achar rápido um banheiro.

– O quê? – Como em O *que é que você quer agora?*

– Bem-vinda à *Schola* Prima, irmã. – Sua boca lustrosa curvou para cima, um sorrizinho que não tinha nenhum calor. – Vamos ser grandes amigas.

Se ela pretendia ser sarcástica, estava fazendo um trabalho patético.

– Pois é. Legal estar aqui. – Não precisei me esforçar para parecer maliciosa. – Queria saber quem será o próximo a tentar me assassinar.

Acompanhei as costas estreitas de Hiro pelo saguão, e a porta de madeira não trabalhada fechou atrás de nós com um clique seco.

– Aquilo não foi nada sábio. – Evitou as cadeiras com uma desenvoltura que revelava um hábito de muito tempo e me conduziu pela porta de mogno. De repente, senti que estava numa câmara hermeticamente fechada. Sem janelas, sem luz solar, só o fogo e as luz elétrica, e quando o estúdio se fechou atrás de mim, não havia ar em movimento.

Você acharia que um *djamphir* iria querer toda a luz solar que pudesse.

– O quê? – Eu queria mesmo, de verdade, um banheiro. A próxima vez em que tomasse café, não seria em galões. Meu coração espancava meu peito, tanto pela cafeína quanto pela ideia persistente de que, de algum modo, eu estava em perigo.

Era ridículo. De todos os lugares, aqui era onde eu deveria estar mais segura, com um bando de *djamphirs* e lobisomens treinados ou em treinamento para surrar os chupa-sangues. E o Conselho eram os chefões da Ordem, certo? E a Ordem me queria viva porque eu era uma garota *djamphir*. Rara o bastante para existir somente a Anna e eu. Christophe me dizia que eu era preciosa.

– Anna é... difícil. É a líder do Conselho, líder da Ordem, a única *svetocha* que conseguimos salvar durante anos. Ela se acostumou a uma determinada parcela de atenção. – Deus de ombros. – Você tem amigos aqui. Ainda assim... tome cuidado.

Tome cuidado com o quê?

– Eu sempre tomo cuidado – resmunguei. O suave bater de asas recuou, e o gosto do café da manhã disputou minha língua com as laranjas podres. – Bem, quase sempre.

– Então tome mais cuidado, Milady Anderson. – A imensa porta rígida fez menção de abrir assim que Hiro se aproximou. – Tenha cautela.

Eu poderia ter perguntado o que ele quis dizer com aquilo, mas minha bexiga estava a ponto de explodir. Tive um pressentimento engraçado de que não conseguiria mais nada dele, além de respostas ambíguas no estilo do Christophe. Daí acenei com a cabeça, tentei não reparar como Benjamin parecia aliviado ou no rosto coberto de nuvens negras do Graves, e tratei de sair logo dali.

* * *

– Segurei a onda naquele saguão desgraçado cheio de meio--vampiros. Cristo! – Graves seguiu ameaçador para a minha janela. Era um dia brilhante e ensolarado, cedo o bastante para ter passarinhos cantando e, no jardim para o qual meu quarto dava vista, tudo estava verde com a primavera. – Canalhas arrogantes. Por que você demorou tanto?

– Precisei contar a história toda. – Mirei o banheiro. Os azulejos eram de um azul profundo, as instalações eram de latão e a banheira funda o bastante para afogar um lobisomem ocupava um espaço inapropriado. Quase quis abrir a torneira para disfarçar o som escandaloso de uma bexiga muitíssimo maltratada.

Poucos minutos depois e vários litros mais leve, fucei minha sacola preta e detonada atrás de um pente e, quando saí, achei Graves deitado na minha cama com os dedos entrelaçados atrás da cabeça e as cortinas quase todas puxadas.

O quarto era duas vezes maior que o da outra Schola e também decorado em azul. Tinha um carpete onde dava para perder um monte de moedas e estantes vazias com alguns cacarecos antigos de cobre. Um deles era uma tartaruguinha de latão com peso suficiente para ser atirada em um intruso, caso eu não ligasse de matar alguém com um enfeite brega, mas nada de bustos de mármore, graças a Deus. A cama era tamanho família, com colchões empilhados, e em volta dela havia uma estrutura esquisita feita com uma tela azul. Parecia que uma fada se engasgaria nessa estrutura até a morte a qualquer instante.

Havia, também, um computador de última geração que não me dei o trabalho de ligar e três cartões de crédito com capinhas de papel que repousavam na mesa de jacarandá próxima ao teclado, registrados para a Sunrise Ltd. e uma folha com o endereço e o número da caixa postal digitados, como se eu morasse em um apartamento ou coisa assim. Além disso, eu tinha um closet do tamanho do *Titanic*, completamente vazio. Eu não tinha mais nenhuma das roupas que consegui na outra Schola e, se não fosse por uma máquina de lavar que já vinha acoplada com secadora e que ficava escondida num closet separado, eu não saberia o que fazer. Lá, usar o mesmo jeans e a mesma camiseta estava se tornando ultrapassado.

– Acho que a gente precisa arrumar alguns sacos de dormir. – Joguei-me na cama ao lado dele. – Você já viu o Shanks?

– Posso descobrir onde ele está, se você quiser. Por que você quer sacos de dormir? Você tem uma cama da hora bem aqui. – Ficou encarando o teto com os olhos verdes meio fechados e com uma expressão entre o raivoso e o resfriado. – Que foi que rolou? Quem é aquela garota?

O que respondia a uma pergunta. Anna tinha passado por ele. Onde estavam os guarda-costas *dela*?

– É a Anna. Outra *svetocha*. – Quase meti um *Edgar* no fim da frase para brincar, porém no último segundo decidi não fazer isso. Provavelmente não era bom mexer com ele naquele instante. Embora eu não fosse ligar de dar umas gargalhadas, ele não parecia muito a fim de rir.

Lançou um olhar penetrante para o teto, a fúria o dominava.

– Pensei que você fosse a única.

O que eu poderia dizer? *Eu também, e quando descobri não pude lhe contar.*

– Eles meio que a mantêm em segredo para que os vampiros não ataquem, eu acho.

Graves bufou.

– É, né? Do mesmo jeito que mantêm você em segredo? Não me diga que engoliu essa.

Agora que eu estava deitada, a cama parecia mesmo confortável, de verdade. Meus nervos estavam contraindo e saltando, por causa da cafeína.

– Acho que alguns deles estavam tentando me manter em segredo. Mas talvez não da melhor maneira.

Porque quanto mais eu pensava, mais as reações do Conselho não faziam sentido. Nem as de Anna. Como se ela estivesse tentando sabotar o controle. Por quê? Será que era porque eu estava aqui, na *Schola* Prima, o território dela, em vez de presa num reformatório no fim do mundo? Quem sabe ela estivesse muito, mas muito acostumada a ser a única garota do pedaço.

Eu não conseguia nem mesmo pensar com clareza sobre aquilo, ou poderia? Porque ela simplesmente enchia o meu saco. E nem era a típica adolescente comum. Se ela tinha idade suficiente para conhecer o Christophe, ela era adulta, mesmo com aquela cara típica de líder de torcida. E por que ela foi até a outra *Schola*? Por que tentou armar para cima do Christophe? Será que ela realmente acreditava que ele traiu minha mãe? Parecia que um monte de gente achava isso. Tirando o Dylan, talvez. E eu.

Não hesite, Dru, tinha dito Christophe, segurando a ponta da faca contra seu peito. Empurrava com força, como se fosse apunhalar a si próprio. Jurou que não tinha traído a minha mãe.

Se eu preciso de um motivo agora, Dru, terá de ser você.

Eu confiei nele, não? Mas ele me deixou aqui. Sozinha. Outra vez.

Ou talvez não tão sozinha, porque Graves estava bem aqui do meu lado, pensando. Assimilando o que eu dizia. Isso era o que gostava nele – eu não precisava explicar tudo. Ele sacava sozinho com uma ou duas dicas. Só que dessa vez a conclusão dele me surpreendeu.

– Você não parece tão surpresa de ver outra igual a você passeando por aí.

– Ela não é como eu. – Saiu tudo num fôlego só, de pronto, com firmeza. Lâminas finas de luz despontavam entre as pregas do veludo pesado. As janelas tinham venezianas de aço também do lado de dentro, iguais às da Schola antiga. Só que essas pareciam mais resistentes e tinham um padrão de corações gravados nelas. – Olha, Graves... – resolvi esquecer o lance do Edgar, pelo menos por enquanto. Se ele quisesse ser chamado de Eddie, teria falado.

– Quê? – Agora ele parecia incomodado.

Eu a vi na Schola antiga. Ela quer que eu odeie o Christophe, e sabe como é... Não posso contar nem para mim mesma o que eu estou pensando.

– Eu não sei o que fazer. – Reconhecer isso em voz alta foi, talvez, a coisa mais apavorante que vivenciei na última semana, e aquilo era significativo.

Quando o meu pai estava vivo, eu sabia o que fazer. Ele me *dizia* e nunca me deixava fracassar. Quando ele surgiu zumbificado, as coisas começaram a complicar, mas o Graves estava por perto. E enquanto eu me concentrasse em manter o Garoto Gótico longe de encrencas, o lance de não saber as coisas parecia mais fácil. Era eu quem lidava com os livros, com as armas e com certo conhecimento do Mundo Real. Graves era um civil. Agora estávamos juntos na mesma canoa furada e eu não queria que ele soubesse que não fazia a menor ideia de onde estávamos indo.

Graves expirou profundamente, fechando os olhos. Uma linha fina de cabelos castanho-escuros aparecia nas têmporas. Os pedaços tingidos de preto estavam surgindo.

– Agora, vamos tirar uma soneca. Mais tarde, vou atrás do Bobby e do Dibs para ver o que eles falam. Depois a gente descobre como mexer nesse computador e usa os cartões de crédito para arrumar algumas roupas para você. – Fez uma pausa e acrescentou, olhando-me de relance como se esperasse que eu fosse discordar. – E para mim também.

Era um plano bem legal, eu deveria ter pensado nele.

– Mas e se... – Parei. Provavelmente os vampiros não tinham me achado pela Internet, pelo amor de Deus. Não, alguém os *avisou*. Christophe me falou, e Dylan também. – Depois a gente faz o quê?

– A gente observa e espera. – Bocejou descaradamente. Quase pude ver as amígdalas dele. – Conte para o Shanks e para o Dibs o resultado da reunião, assim eles podem lhe vigiar quando eu não puder. Eu não confio nesses *djamphirs*.

– Nem eu. – *Mas que escolha a gente tem?* E aqui estava ele, pensando que me protegeria. Não tinha certeza se gostava da ideia. Se eu não cuidasse dele, bem, para que ele precisaria de mim? – Graves?

– Quê? – Agora ele parecia incomodado de verdade. Lançou o braço por cima dos olhos, quase me acertando com o cotovelo. Não me mexi; ele poderia ter me dado uma bela pancada e eu não sei se conseguiria me mexer depois.

– Estou contente por você estar aqui. – Um rubor subiu pela minha garganta e coloriu meu rosto. Tinha uma ou duas outras coisas que eu também queria dizer, só que a hora nunca parecia apropriada. Nunca parece.

Como dizer a um Garoto Gótico meio-lobisomem que você gosta dele de verdade, principalmente quando ele parece tão determinado a não escutar? Quero dizer, ele sabia, né? Eu meio que já contei. E aqui estava ele.

– Tá certo. – Outro bocejo de deslocar mandíbula. – Agora seja boazinha e não se meta em encrenca por um tempinho, tá? Estou cansado demais.

A irritação me percorreu como um relâmpago; mas engoli esse sapo. Como tinha um gosto amargo na boca, resolvi escovar os dentes. Ele não falou mais nada quando escorreguei para fora da cama, e assim que cheguei ao banheiro Graves estava roncando.

Não o culpo. Talvez dormir nos corredores não fosse fácil.

Fiquei parada bem no centro das finas lâminas de luz solar que se fincavam no carpete, meus braços estavam cruzados de um jeito frouxo, como se abraçasse a mim mesma. Olhei para ele. Como o braço estava sobre o rosto e a boca escancarada, tudo o que pude ver era parte do nariz e da barba por fazer. Ele se espalhou pela cama, uma mancha negra em todo aquele azul. Mãos rachadas e cabelo emaranhado, jeans com furos nos joelhos, camiseta amarrotada mostrando parte da barriga levemente definida com músculos e uma linha tênue de pelos que saía do umbigo e sumia sob a borda de uma samba-canção preta.

Desviei o olhar para a porta. Minhas bochechas queimavam. Tinha girado as travas e colocado a barra no suporte. Estava sozinha com ele. A vermelhidão se espalhou completamente por mim, dos dedos dos pés até os cabelos. Meu termômetro interno estava bem bagunçado.

Eu não ia dormir. Daí talvez fosse bom fazer algo útil, tipo escovar os dentes e encomendar algumas roupas para o Graves.

Parecia que eu ficaria ali por um bom tempo.

✶ ✶ ✶

Eu estava no cubículo que era a cozinha quando Augustine voltou. Duas semanas e eu só tinha pedido para ele comprar pão. Uma vez tentei pedir farinha, assim eu mesma poderia prepará-lo, mas ele me tirou do armazém correndo, como se eu estivesse emanado algum tipo estranho de som corporal. Eu tinha acabado de colocar a vasilha do meu jantar – feijões e biscoitos, desde que ele finalmente trouxe um pouco de farinha – na água quente e oleosa quando escutei os arranhões na porta.

Fiquei imóvel e olhei para a ponta do balcão onde estava o .38 de cano curto. Se você estiver aí, querida, e achar que talvez não seja eu voltando, use-a.

Eu perguntei que merda aconteceria se eu atirasse nele por engano. Ele riu e me disse para não ser boba. Era meio que igual ao meu pai.

Não tanto.

O bairro do Brooklyn respirava do lado de fora da janela. A cozinha tinha vista para um muro de tijolos, mas do lado de fora havia uma elevação, e o August me fez prestar atenção nos apoios que subiam até o telhado ou que desciam para outra janela dando em uma passagem dois andares abaixo. Jamais a luz solar chegou até ali, mas às vezes alguns raios passavam pela janela do quarto. Era como morar em buraco. E ele nunca me deixava sair sozinha ou por muito tempo.

O toque *me dizia que era o August. E que havia algo errado.*

A porta se abria com dificuldade e ele devia estar atrapalhado com as chaves, o que não era típico.

Corri até a porta. Ao lado, havia uma arma na mesinha estreita e comprida atrás de um vaso de flores artificiais empoeirado. Ele era um caçador, como meu pai, então estava sempre preparado. E tinha me mostrado onde ficavam todas as armas, caso precisasse.

August se atirou porta adentro, empurrando para fechá-la atrás dele e quase perdeu o equilíbrio. Eu o apanhei e senti o cheiro de algo com cobre.

Conheço sangue quando sinto o cheiro, mesmo nessa idade.

– Jesus Cristo. – Percebi que repeti isso diversas vezes, então encontrei algo diferente para dizer.

– O que aconteceu?

Ele sacudiu a cabeça, o cabelo loiro se mexeu de um jeito esquisito, como se estivesse molhado. Será que estava chovendo lá fora? Eu não sabia. August era alto, bem musculoso e quase nos fez tropeçar quando suas pernas vacilaram. Estava resmungando em polonês. Pelo menos eu achava que era polonês. Como se estivesse bêbado. Só que não estava.

Estava bem machucado, e não havia ninguém ali para ajudá-lo, a não ser eu.

– O quê? – Precisava saber se ele tinha sido seguido ou algo assim. Meu pai nunca voltou para casa tão detonado. A conhecida camiseta regata branca do August estava suja e rasgada, tingida de vermelho. Seu jeans era uma confusão de tiras e ele segurava uma camisa xadrez azul por cima do peito. Suas botas estavam ensopadas e escuras. Comecei a arrastá-lo até o banheiro. – Caraca, August, o que aconteceu?

Ele se livrou de mim com um chacoalhão e foi tropeçando até o banheiro. Lembrei-me do que conhecia sobre primeiros-socorros – lido bem com qualquer ferimento menos grave do que o provocado por balas. Primeiro precisava encontrar o ferimento, daí estancar a hemorragia e verificar se ele não estava em choque...

– Tá tudo bem. – Ele conseguiu chegar até a porta do banheiro. Do nada, o apartamento inteiro ficou pequeno demais. Tipo assim, já era minúsculo: um quarto, a cozinha e a sala de jantar do tamanho de um selo e forrado com pôsteres de filmes, o banheiro pequeno com uma banheira no formato da pegada de um animal. – Parece pior do que está. Traga a vodka.

O sotaque dele – meio Brooklyn, meio Bronx e totalmente Pernalonga – abreviava todas as vogais. Mas havia outra coisa que também arranhava as palavras. O som de um idioma diferente.

Consegui voltar para a cozinha com as pernas trêmulas. Se a gente precisasse vazar desse local ele não teria pedido vodka. O alívio tomou conta de mim feito uma explosão.

Afinal, ele tinha voltado. Saía para caçar quase todas as noites. Saquei que Nova York era bem perigosa. Desejei saber um pouquinho mais sobre o que rolava aqui – ratos sobrenaturais, com certeza. Feitiços e vodu, com certeza. Magia, pode apostar. Outros predadores. Quem sabe havia lobisomens também, mas meu pai nunca se metia com eles. No entanto, August não era como o meu pai; não me contou nada sobre o que ele fazia e eu não era sua ajudante.

A saudade do meu pai surgiu como uma pedra na minha garganta. Agarrei a garrafa de Stoli do freezer, chacoalhei-a e resolvi colocar outra ali dentro. Antes de levar a garrafa até o banheiro, destampei-a e dei um belo gole. Foi como fogo frio queimando o fundo da minha garganta.

Bati na porta do banheiro.

– Augie?

Nenhum som. Tinha uma imagem mental bem nítida dele de pé diante da pia, meio recurvado, lábios recuados por causa dos dentes e uma névoa vermelha que se espalhava e saía de...

Abriu a porta com tudo.

– Trouxe a vodka?

Seu cabelo tinha secado, surgindo mechas douradas e suaves. Não pensei naquilo. Estava mais preocupada com o sangramento, então esforcei para entrar no banheiro minúsculo e agarrei o estojo de primeiros-socorros na sacola de náilon verde.

– Onde está pior?

Arrancou a tampa da vodka e deu uma golada demorada. Se ele descobrisse que eu estava dando uns goles escondidos talvez ficasse furioso. De qualquer maneira, não achava que ele tinha percebido. Meu pai nunca percebeu que eu fazia isso com o Jim Beam dele. Tinha um gosto pavoroso, mas deixa a gente mais firme. Minha avó sempre dizia que um pouco de álcool era bom para os nervos. O povo dela contrabandeava bebida alcoólica nos velhos tempos.

Empurrei para o lado a camisa. Ele se retraiu. Havia marcas de garras, mas o sangue não parecia ser todo dele. Estava só arranhado; arranhões avermelhados e inflamados cruzando seu peito na diagonal. Um deles era um corte baixo, como se algo tivesse tentado lhe arrancar as tripas, mas parou. Sorte dele.

– Jesus. O que foi que fez isso? – Minhas mãos se moviam sozinhas, abrindo o estojo e pousando-o na pia seca. Agarrei seu ombro. Ele afundou no vaso sanitário. Graças a Deus a tampa estava abaixada. Havia uma tensão com relação a esse assunto. Afinal, ele era homem.

– Coisas perversas. Nada que uma garota adorável precise saber, tá, Dru?

Revirei os olhos, abri o armário e desci com a água oxigenada. Ele tomou outra dose de vodka.

– Está chovendo lá fora?

Ele balançou a cabeça, ainda engolindo. A garganta se mexia. Fechou os olhos, mas não antes de eu captar um brilho de cor amarelo, feito a luz do sol.

Mas os olhos de August eram escuros. Na época eu não sabia que ele era djamphir. *Sempre que penso nisso, faz sentido. Ele estava tentando esconder o disfarce para que eu não ficasse perguntando.*

Ei, eu era criança. Não sabia que djamphirs *existiam. É lógico que eu tinha ouvido falar em chupa-sangues – qualquer um que interage com o Mundo Real sabe deles. Só que meu pai nunca tinha dito uma palavra sobre caçadores de vampiros meio-chupa-sangues. Eu não fazia ideia da existência deles.*

Eu estava cortando sua regata com uma tesoura antes que ele percebesse.

– Sossega – falei, afastando a mão esquerda dele com um tapa. – Deixa eu olhar. Ponho remendos no meu pai o tempo todo. – Quando olhei de relance, ele estava me observando, e seus olhos tinham escurecido outra vez.

– Isso não é um problema, Dru. Eu saro depressa.

Sarava, sim. Os cortes em seu peito já estavam sumindo.

– Jesus. – Rasguei um pacote de gaze. – Vou limpar isso, mesmo assim. A gente nunca sabe.

– Se te faz feliz. – Ele encolheu os ombros, se retraindo, e ergueu a garrafa de vodka novamente.

Permaneceu no banheiro tempo suficiente para se trocar, colocar roupas limpas e fumar um de seus cigarros importados esquisitos enquanto eu preparava um omelete. Ele sobrevivia à base de ovos e vodka. Dizia que o mantinham jovem. Mas quantos anos ele tinha, vinte e cinco? Ele tinha cara de vinte cinco, mas só Deus sabe a idade dele. Caso o veja novamente, talvez pergunte.

Daí me pediu para ficar lá dentro, se abasteceu de munição e foi embora em vinte minutos. Deixou-me encarando uma pilha de roupas ensanguentadas, um cinzeiro com bituca ainda fumegando, dois carregadores de pistola usados que precisavam ser recarregados e seu prato em cima da mesa.

Pelo menos prometeu trazer pão. Talvez só para me calar, sei lá.

Corri para a janela do quarto. Às vezes, se eu fosse rápida o suficiente, conseguia pegar um instante dele na rua, movendo-se de cabeça erguida e com passos enérgicos. Às vezes ele também desaparecia tão logo a porta do apartamento fosse trancada.

Lá fora, as luzes das ruas lutavam contra a escuridão. Não estava chovendo. Estava nublado, uma névoa úmida, e os sacos de lixo continuavam empilhados na calçada do mesmo jeito de sempre. Os caminhões passavam regularmente duas vezes por semana, mas a quantidade de lixo nunca parecia diminuir. Aqui era imundo e frio. Eu não ligaria se pudesse sair e ver algumas coisas – eu adoraria ir até o Museu Metropolitano de Arte, ou caminhar pelo centro.

August, porém, tinha dito que não. Ele saía todas as noites.

Suspirei, repousando a testa no vidro frio. Toda vez que ele saía eu não tinha certeza se voltaria.

Essa é a história da minha vida.

Por fim escorreguei para fora da cama e me arrastei para a sala de estar. Ao menos poderia limpar as coisas enquanto ele estava fora. Então, se – quando *– ele voltasse, veria que eu não era um problema. Estava dando o máximo de mim.*

Além disso, era algo que eu fazia até o meu pai voltar.

Se... quando ele voltasse.

6

Era o começo da tarde quando desliguei o computador. Espreguicei-me, bocejei, andei descalça até a cama e caí no chão. Isso acordou o Graves, coisa que os cliques nas teclas e alguns xingamentos sussurrados não conseguiram.

– Hã? – Ele meio que se sentou, e eu aproveitei para resgatar um dos travesseiros que estava sob a cabeça dele. – Heeein?

– Nada. Continua dormindo – Retorci-me toda, ficando confortável. – Já acabei.

– Tá. – Inclinou-se de novo para trás, e eu fiquei deitada ali durante alguns segundos, sentindo-o se revirar antes que eu abrisse os olhos e o achasse quase nariz com nariz comigo. O brinco de prata com a caveira e os ossos cruzados brilhava. Suas íris tinham uma luminosidade esquisita, e uma leve penugem se espalhava pelo seu maxilar.

Bizarro. Ele parecia que estava ficando peludo, mas aquilo não passava de uma barba por fazer. Tive um impulso repentino de tocar o contorno de seu maxilar, uma sensação tão intensa que meus dedos coçaram. A pele na curva onde o pescoço afundava antes da clavícula e do ombro parecia tão frágil! Seus lábios estavam levemente afastados, e nos olhamos por uns poucos e demorados segundos, antes que ele recuasse um pouquinho.

– Foi mal – sussurrou. – Ainda não escovei os dentes.

– Tudo bem. – Permaneci onde estava. Ele continuava dentro do meu limite de espaço pessoal, aquele em que até os amigos não ultrapassam. – Olha... – mas fiquei sem palavras e sem coragem ao mesmo tempo.

Como é que eu virei essa garotinha medrosa?

– O quê? – Ele não demonstrava irritação, apenas curiosidade. E estava corando?

Estava. Um colorido intenso marcou as bochechas dele. O rubor se espalhou na direção do pescoço, e ele ficou de repente paralisado, como um cachorro que pressente que alguma coisa perigosa ou interessante acontecerá.

Se eu pudesse desenhá-lo exatamente daquele jeito, em carvão e, quem sabe, num papel de boa qualidade, pegando a forma da luz passando pelas maçãs do rosto e tocando sua boca, eu o guardaria na minha sacola. Aquela que uso para as emergências.

Agarrei cada migalha restante de coragem e me inclinei para frente. Na última vez que tentei fazer isso, acabei dando-lhe um beijo no rosto. Desde então, porém, ele tinha assumido seu interesse. Ou quase.

Agora eu descobriria.

Nossos lábios se encontraram. Ele estava completamente imóvel, e eu senti um calor causado pelo constrangimento. *Ai, droga. Ele não estava a fim.*

Mas aí, ele também se mexeu. Seus braços me envolveram, e a gente meio que se fundiu. Para ser sincera, eu não sou puritana; já tive minha cota de beijos atrás de arquibancadas ou momentos constrangedores de agarração em saguões ou auditórios vazios. Portanto, não sou uma inutilidade completa. E logo ficou na cara que o Graves era um principiante.

Só que ele aprendeu depressa. Tem gente que simplesmente *saca* o que é beijar; outras não. Ele sacou. Não teve nada daqueles lances molhados, nem da pressão que rola quando um cara pensa que a garota gosta de ter os lábios esmagados nos dentes dele. Sabe como é... *Afff!* Deixa a menina respirar, né?

Seus braços me apertavam, e eu encanei com o que fazer com o *meu* braço que estava preso debaixo do meu travesseiro. Mas então ele pegou mesmo a manha e se inclinou mais ainda, a língua fazia umas coisas realmente interessantes, que eu nunca pensei, e eu me senti... senti? Sim.

Senti-me *segura*. Não tão segura quando você sabe que ainda existem coisas ruins uivando do lado de fora da porta, esperando para entrar. Não, mas era o tipo de segurança em que você afunda na cama no fim do dia e sabe que pode dormir, porque tudo será igualzinho amanhã.

Ele parecia em casa. Não era como um passeio de montanha-russa aterrador, como o Christophe.

Não pensa nisso, Dru. Fiz o melhor que pude para empurrar o Christophe para longe da minha cabeça. O pensamento foi embora tranquilamente.

Coloquei meu braço ao redor do Graves e apertei, mas bem naquele momento ele escapou do meu abraço. Acabei com minha cara em seu pescoço, tão próximo que pude sentir o cheiro de um garoto saudável necessitado do banho diário e a ponto de tomá-lo imediatamente. Era um cheiro bom, e enchi meus pulmões com ele.

Logo abaixo, entretanto, havia outro aroma, tão delicioso quanto. Uma essência de cobre, com um quê de vida selvagem e noites de lua iluminada. Era o fluido em suas veias, e meus dentes formigaram um pouco. O odor de seu sangue cutucava aquele lugar no fundo da minha garganta. O lugar que as pessoas normais não têm.

O lugar onde morava a sede vermelha.

Não. Jesus Cristo. Não quis nem pensar no que aconteceria se ele descobrisse que meus caninos estavam crescendo porque meu rosto estava tão perto do pescoço dele. Será que foi por isso que ele ficou novamente imóvel tão de repente? Será que ele conseguia sentir o cheiro da fome por sangue em mim?

Será que o Christophe sentia?

– Dru – Graves sussurrou.

Descobri que tinha passado lentamente minha perna entre as dele e nos enrolamos, feito uma hera se enroscando numa cerca. Sem dúvida algo estava acontecendo abaixo do cinto dele, e a confusão me inundou. Será que ele não gostava de mim? Será que ele conseguia evitar aquilo? O que estava acontecendo com ele, afinal?

Fiquei onde estava, minha respiração era profunda e rápida, torci para que a coceira nos meus dentes e a secura na garganta fossem embora. Era como aquele velho sonho de andar pelos corredores da escola e descobrir que estamos pelados.

– Dru? – Ele parecia ter algo preso na garganta. – Olha, foi mal. Eu só...

Vou me afastar dele, disse a mim mesma. Em um segundo. Um rubor quente se espalhou por mim, como quando colocamos o espaguete na água e ela se agita. Meus dentes voltaram ao normal; e engoli um monte de vezes.

– Eu gosto demais de você. – Graves disse isso entre meus cabelos. Não queria me largar. Por sinal, seus braços ficaram tensos e acabei colocando a cara completamente no pescoço dele. Graças a Deus agora eu me continha. Ainda sentia o cheiro de sangue, mas não me dominava. – Ninguém nunca se interessou por mim, viu? Eu, hã. Só estou querendo dizer que, se você, sabe como é, se você não estiver a fim de fazer isso...

O alívio me atingiu, e fez com que eu abraçasse o Graves com força. Tanta força que ele perdeu o fôlego, tanta força que meus machucados e minhas dores voltaram. Parecia que a gente estava de novo na caminhonete do meu pai, lá em Dakota, segurando um no outro, lutando para sobreviver. Ambos náufragos que se seguravam onde quer que pudessem.

Ele era a única coisa que não perdi quando tudo na minha vida virou um turbilhão. Era a única coisa que eu tinha conseguido, e eu não deixaria ir embora. De jeito nenhum, não se pudesse evitar.

– Eu gosto de você – gaguejei de encontro à sua pulsação, movendo os lábios com cuidado para que meus dentes não ficassem com gracinhas. – Gosto de você pra caramba, Graves. – *Você é tudo o que tenho, agora. E eu estou falando sério.* – Eu, você sabe, gosto mesmo de você.

Naquele momento eu poderia ter me arrependido. *Vamos melhorar isso, Dru. "Eu gosto de você" é tudo o que consegue dizer?*

– Tudo está confuso. – Seu hálito era um ponto quente no meu cabelo. – Sabe como é. Eu não quero, bem, te pressionar.

Ah, mas neste exato momento isso não chega a ser uma preocupação.

– Não esquenta com isso. Você foi o único esboço decente de namorado que encontrei em, tipo, dezesseis Estados.

– Seletiva, você, hein? – O sarcasmo estava presente. O Garoto Gótico voltou a ser ele mesmo.

– Eu tenho bom gosto, tá? Eu gosto de você, Graves. – Me segurei com força de vontade para não dizer Edgar.

– Eu também gosto de você. Só que eu acho que a gente devia ir com calma. Ver o que é que rola. Tá legal?

Tudo bem.

– Tá legal.

O que isso significa?

Aparentemente significava que ele iria se desenroscar de mim. E foi o que ele fez. Deslizou para fora da cama, sem me olhar, e partiu para o banheiro. Observei-o se afastar, daquele jeito bizarro que os caras têm quando sentem que estamos olhando para eles. Eu devia ter dito algo, mas o quê? O que poderia dizer?

Ele fechou a porta e eu fiquei deitada lá por alguns segundos, respirando, antes que ele abrisse a água e eu o ouvisse escovando os dentes.

Será que ele tinha sacado que estava beijando alguém que poderia ter caninos? Tipo assim, lobisomens também têm dentes assustadores, mas...

Ai, Senhor. Havia acabado de dar meu primeiro beijo no Garoto Gótico, e foi bom. Só que eu não tinha a menor ideia se *ele* tinha gostado, ou se fui dispensada. *Está vendo o que acontece?* O que isso significava? E bem naquele momento ele era meu melhor e único amigo. A única pessoa em quem podia realmente confiar.

Fiquei rolando na cama, soquei o travesseiro e fechei os olhos. Quando ele voltou do banheiro, me limitei a ficar ali, respirando como se estivesse dormindo. Ele ficou parado ao lado da cama por um breve instante, talvez procurando outro lugar para se deitar, depois relaxou e se ajeitou do lado que era dele. O espaço entre a gente tinha acabado de aumentar, e de um jeito completamente diferente.

Quanto mais eu pensava naquilo, menos eu entendia.

Que beleza.

7

Com as costas apoiadas nas de Graves, observei, durante algum tempo, pela janela, a luz do sol dourada e intensa, típica do fim da tarde. Nenhum de nós tinha deitado sob as cobertas. Odeio dormir de jeans, fica tudo retorcido e repuxado, a roupa se aloja em cavidades do corpo que não deveria, e parece que você está sobre pregos.

Lá estava eu, deitada, respirando levemente. A luz do sol tremia por causa de uma sombra que se mexia através da janela. Ouvi um som fraco de algo raspando, e senti a tensão em cada músculo.

A sombra balançou novamente, e fiz força para me erguer, mesmo com os cotovelos rangendo de cansaço. Graves resmungou e se mexeu do meu lado, e a forma na janela paralisou. A luz dourada passava por ela, e eu só conseguia ver um borrão distorcido refletido no carpete azul.

Peguei o canivete sobre o pequeno e encantador criado-mudo azul e esbarrei no abajur. Ele caiu fazendo um estrondo; Graves se levantou xingando e a sombra desapareceu com um último som de arranhado. Pulei da cama, abri o canivete e estava a meio caminho da janela quando percebi que escancará-la e botar a cabeça para fora talvez não fosse uma boa ideia.

– Mas que merda – Graves disse com a voz sonolenta.

Mesmo assim, agarrei o caixilho e abri a janela, o canivete quase escorregou dos meus dedos suados. Era uma tarde de primavera gelada e úmida, a luz do sol era da cor do mel, e o jardim, no andar de baixo, estava salpicado de vegetação nova crescendo entre arbustos velhos e espinhosos. Em pouco tempo brotaria mais rosas, e se eu ainda estivesse aqui seria agradável abrir a janela em um dia sem nuvens e sentir o perfume delas.

Em vez disso senti o cheiro da brisa gelada, da grama, do sol, da chuva suave da noite passada – e da que estava a caminho – e do aroma da terra despertando de uma soneca demorada.

Precisei afastar os dedos da mão esquerda do medalhão da minha mãe. A corrente estava esquisita porque tinha girado enquanto eu cochilava e o fecho prendeu na presilha do medalhão. Ele estava quente, não gelado, como ficaria se algo perigoso estivesse por perto. Perguntei-me se o medalhão alguma vez já tinha esquentado ou esfriado com meu pai.

Também senti o cheiro de maçã morna temperada, e as marcas de caninos no meu pulso esquerdo latejaram provocando uma onda de calor.

Oh.

– Olá? – sussurrei. Tentei olhar para todos os lugares de uma vez.

– O que você es*tá fazendo porra*? – Graves quase desafinou. Saltou da cama e pensei ter visto algo cintilando do outro lado do jardim. Nesta ala havia outras janelas, mas todas vazias. É claro: não tinha nenhuma outra *svetocha* além de Anna e eu.

Onde ela dormia? Será que eu queria mesmo saber?

Fiquei parada ali, na luz do sol, e senti frio. O hálito de maçãs temperadas foi expulso por um vento animado, com cheiro de grama. Pérolas de água brilhavam sobre as plantas do jardim, cada uma perfeitamente colocada. Baixei o canivete. *Christophe?* Abri a boca para dizer o nome dele, mas fechei outra vez. Graves estava ao meu lado. Os punhos cerrando os olhos.

– O que está rolando?

– Pensei ter visto algo. – Engoli com dificuldade. Usei o parapeito para empurrar a lâmina do canivete para trás até ouvir o clique. – Na janela.

– Ah. – Piscou algumas vezes, esfregou o cabelo. – Viu alguma coisa?

– Não sei. Talvez estivesse sonhando. – A mentira tinha um amargo gosto. Sabia que não estava.

– O que você acha que viu exatamente? – Graves estava pálido sob o colorido usual de sua pele. – Um ladrão de sonhos? Outra coisa?

Pensar no ladrão de sonhos e nas convulsões que tive depois de ele ter me tirado o fôlego foi o bastante para fazer o resto da minha sonolência saltar pela janela. Meus ombros curvaram.

– Só uma sombra.

Ele se inclinou para frente e vasculhou o lado de fora.

– Daqui é uma queda e tanto até lá em baixo. E não tem nada para se pendurar. Mas isso não significa muita coisa ultimamente, né? – Farejou, inspirando profundamente. O ar entrava pelo nariz do jeito que vi pessoas cheirarem vinho em restaurantes chiques. Ele me deu uma olhada de lado bizarra, muito inocente. – *Hum.*

– Quê? – O som em minha garganta não era só o meu coração batendo.

– Sei lá. – Baixou a janela. – Será que deveríamos trancar as venezianas?

Eu acho que era o Christophe. As palavras estremeciam em meus lábios. Sacudi a cabeça. O ar sempre parece morto quando se bloqueia as janelas. Como se você estivesse sitiado. Ou enterrado.

– Sei lá.

– O.K. – Permaneceu onde estava, a luz do sol contornava sua camiseta surrada e tocava seu jeans, expondo o azul do tecido. Inclinou-se adiante, como se quisesse chegar um pouco mais perto. – Você está bem? Você parece um pouco...

Idiota? Tonta? Sonolenta?

– Estou bem. – Encolhi-me para longe dele, voltei para a cama batendo os pés, atirei o canivete na mesa de cabeceira. Apanhei o abajur e o coloquei de volta no lugar. Em seguida, me atirei na cama macia e desejei, novamente, estar usando calcinhas boxer.

– Desculpa ter te acordado.

Também estava a ponto de me arrepender de tê-lo beijado. O que ele queria dizer com aquilo? Era inútil pensar nisso.

Ficou parado lá, indeciso. Ajeitei-me para ficar confortável, coloquei meu braço sob o travesseiro. Meu pulso latejava como um dente cariado.

Se eu soubesse o que ia rolar quando o Christophe me mordeu, será que eu ainda teria agido igual? Ele precisava do meu sangue para nos salvar. Até o Shanks concordou.

Mesmo assim, eu me questionava sobre isso e sobre outras coisas.

Tipo, o que o Christophe quis dizer enquanto estávamos sozinhos no quarto dos lobisomens, com a escuridão cobrindo tudo, e a fome por sangue queimando minha garganta? *Se eu preciso de um motivo agora, Dru, terá de ser você.*

De todas as situações desconfortáveis, a pior é pensar em um *djamphir* mandão enquanto o *loup-garou* que você acabou de beijar e te rejeitou está parado, lhe encarando. Jesus. *Nunca* tive problemas assim antes.

Graves se jogou no chão perto da janela. Seu rosto estava nas sombras; então não consegui ver sua expressão.

– Você também pode voltar e descansar um pouco. – Tentei parecer atenciosa. – A menos que você queira dormir no chão.

– Acho melhor procurar o Shanks.

Fui inundada por uma onda quente de constrangimento. Será que podia ser mais óbvio que ele não me queria por perto? Mesmo assim, não me entregaria sem lutar.

– Legal. Se você quiser fazer isso, não vou dormir. Eu te acompanho.

Ele se endireitou um pouco, parecendo menos desleixado.

– Não precisa.

– Você acha que eu quero ficar sozinha? – Soei furiosa até para mim mesma – As únicas vezes em que eu me sinto a salvo é quando você está por perto.

O que era uma meia mentira. Porque também me senti a salvo quando o Christophe me abraçou e disse que não deixaria nada acontecer comigo. Era como estar com o meu pai novamente. Senti que tinha um lugar no mundo.

Mas Graves pareceu aliviado, e aquilo valia qualquer mentira meia-boca que eu conseguisse bolar.

– *Ah*. – As meias eram arrastadas conforme ele deslizava pelo carpete. – Beleza, então. – Parou aos pés da cama. – Você está bem, Dru?

Fechei os olhos. Ergui meu outro braço, e de repente eu estava abraçando o travesseiro.

– Maravilha.

Enquanto você estiver aqui, eu acho. Você é a única pessoa por perto em quem confio de verdade. Só não estou certa sobre fazer certas coisas com você.

– Beleza. – Ele se ajeitou, todo rígido, tomando cuidado para não encostar em mim. O calor em meu rosto se transformara em gotas quentes entre minhas pálpebras. – Dru?

– O quê? – Odiava ser grossa, mas minha garganta estava tomada e meus olhos prestes a lacrimejar.

Um silêncio demorado. Então ele se ajeitou, movimentando-se pela cama como um gato antes de ficar inerte.

– Você falou sério sobre aquilo?

Sobre o quê, gostar de você ou me sentir a salvo?

– Claro que sim. – Funguei com força, puxando tudo de volta para dentro do meu nariz. – Você é a única coisa boa que me aconteceu desde que o meu pai foi zumbificado, Graves. Você quer que eu coloque isso num outdoor?

– Eu só perguntei, pô. – Ele se aproximou um tantinho, experimentando o terreno. E quando colocou o braço em volta de mim, não me mexi, nem reclamei. Fiquei lá deitada, toda dura, até começar a relaxar naturalmente. Ele bafejou no meu cabelo emaranhado, senti um ponto de calor e, do nada, me senti satisfeita só de permanecer imóvel.

Não era como "ficar", mas era legal. Só que me deixou ainda mais confusa.

Ele adormeceu novamente depois de um tempinho. Dava para perceber pela respiração.

Logo anoiteceu, e a Schola acordou. Nenhuma outra coisa arranhou minha janela, e eu não soube dizer se estava aliviada ou triste quanto a isso.

8

Escovei os dentes de novo, prendi o cabelo para trás e mais uma vez liguei o computador e passei um tempo fuçando. Era uma intranet básica com outro computador ligado à internet, mas a segurança era bem mais intensa do que na Schola anterior. Precisei verificar três vezes as informações na folha próxima ao teclado antes que me deixassem chegar perto da *rede*.

Podia apostar que cada tecla que eu apertasse era inspecionada, então não visitei nada divertido nem informativo. Mas me senti mais esperta, mais "eu mesma", então procurei por roupas novas. Desta vez para mim. Há algum tempo eu estou tão fisicamente esgotada que julguei ter arranjado algumas coisas para o Graves por um preço bom, só que agora, olhando as encomendas, quase me dei um tapa na testa.

Fazer compras com o sono atrasado é roubada.

Fiquei sentada e comparei os preços, me perguntei de onde vinha o dinheiro da Ordem, e enquanto girava preguiçosamente o canivete sobre a mesa, pensei no que estava fazendo.

Sempre fiz minhas compras em lojas de sobras do exército, brechós ou coisas do gênero. Comprar pela internet sempre foi gravemente proibido pelo meu pai. A internet deixa pegadas, um rastro bonitinho e feliz, porque sempre precisamos fornecer um endereço para as entregas. E mesmo as caixas postais alugadas exigem algum tipo de identificação e quando voltamos para pegar o treco encomendado: Blamm! Não tem melhor ocasião para alguém ou alguma coisa lhe acertar.

Não, a internet é boa apenas para algumas coisas. Pesquisas, embora precisemos testar e verificar tudo sempre. Mentiras e fraudes, você não pode piscar na internet sem trombar com alguma delas. E o famoso entretenimento ocasional. Não tem nada melhor do que assistir a pessoas se fazendo de idiotas para o mundo.

Às vezes me pergunto o que minha avó teria achado da era digital. Claro que é complicado arrumar conexão nos vales e nas serras dos Apalaches. Ela talvez fungasse e chamasse aquilo de besteira maior do que a usual. O que é significativo, levando em conta a sua opinião sobre a raça humana.

Na verdade eu me diverti escolhendo mais camisetas para o Graves. Comprei uma do Capitão América e outra que tinha um dinossauro enorme, lasers e a legenda *Cuidado! Esse velociraptor tem um sabre de luz!* atravessando toda a camiseta. Coloquei a mão na boca para rir, tentando abafar o som, porque Graves resmungou um pouco e se agitou na cama. Em seguida, comprei algumas outras camisetas esportivas completamente pretas, tamanho extra GG – nada de M, para o caso de ele continuar encorpando. Virar um *loup-garou* o deixou com ombros largos.

Sabia o tamanho da roupa dele porque fizemos compras na outra Schola. Antes de ele sair com os lobisomens e *ser turbinado*. Talvez alguém daqui lhe compre alguma coisa, mas só para garantir, também pedi meias e cuecas boxer. Quando o conheci, ele parecia o tipo de garoto que usava cuecas brancas e apertadas, mas acho que isso mudou.

Fiquei sentada ali, considerando se deveria ou não lhe comprar uma coquilha[9] – para os treinos de combate e coisas assim, mas pensei que seria constrangedor –, e ouvi baterem na porta. Três pancadas gentis e educadas, uma pausa, mais dois toques.

O que foi agora?

De repente, o medalhão de minha mãe esfriou de repente, senti o metal gelado em contato com minha pele. Forcei-me a levantar da cadeira de escritório. Ela rangeu um pouco e escorregou para um desses amortecedores de plástico colocados para evitar que as

9 Peça de vestuário que protege os genitais contra golpes (N.T.).

rodinhas desgastem rapidamente os carpetes. Quando a cadeira me acertou, fiquei imóvel.

Laranjas e cera. O gosto escorregou por minha língua e alcançou aquele lugar no fundo da garganta onde habita minha fome por sangue, bem ao lado do outro local que as pessoas comuns não têm. O pontinho que avisa se estou próxima de algum perigo ou esquisitice.

Olhei para a cama. Graves estava deitado de lado, curvado, abraçando meu travesseiro como se eu ainda estivesse lá. Esforcei-me para engolir, embora não quisesse estar com aquele gosto na boca. Meus dedos ao redor do canivete se retraíram e se endireitaram.

Senti-me ridícula. Provavelmente era algum professor. Ou o Shanks, ou até mesmo o Benjamin.

Você sabe que não, Dru. Não se atreva a abrir aquela porta.

As linhas de proteção finas e azuis ficaram visíveis dentro de minha cabeça, pude enxergá-las com a minha "não-visão" esquisita, aquela que só percebi que os outros não possuíam com cerca de dez anos de idade. Ainda me lembro desse momento. Tinha voltado da escola para casa chorando porque os meninos haviam me perturbado, e minha avó ficou furiosa. A bronca que ela me deu acertou-me como uma onda, e precisei reconhecer: se quisesse que as crianças me tolerassem, não deveria ter escutado os segredinhos delas com aquele músculo dentro de minha cabeça, mesmo achando que todos conseguiam fazer o mesmo, nem revelar esses segredos.

O problema, na verdade, não era eu saber, mas deixar que os outros *soubessem* que eu sabia.

As pessoas odeiam isso. Odeiam porque têm medo. Existem lugares nos Estados Unidos onde... deixa para lá. É horrível demais para pensar.

Minha avó era fantástica para lidar com questões de intimidade, e ela me deixou aprender a lição da pior maneira. Ela dizia que se você nasceu com o *toque*, não havia outro jeito.

Passei os dedos na trava do canivete e observei a porta, nervosa.

A barra estava sobre ela, e mesmo que alguém tivesse as chaves para as quatro ou cinco trancas diferentes, duas delas não possuíam fechadura externa, então estava tudo bem.

Mas... Jesus, alguém na minha janela e outro na minha porta? Eu podia dizer que, quem quer que fosse na porta, não era boa coisa. A proteção quase dizia o mesmo, faiscando e crepitando à medida que se distorcia. Eu via linhas azuis correndo sob a superfície visível.

Outro perfume cruzou o cheiro de frutas cítricas de cera estragadas, enchendo meu nariz; então meus olhos pinicaram e queimaram por conta do exagero.

Era um cheiro de perfume morno e de temperos. Um cheiro escandaloso, feito seda e botas de salto alto com frufrus dos lados. Podia ver o cabelo comprido e a risadinha perversa.

O que ela estaria fazendo aqui?

Graves resmungou de um jeito irregular, como se estivesse tendo um sonho ruim. O silêncio cauteloso crescia em intensidade, e a maçaneta mexeu de leve.

Ah, você acha que eu sou burra demais para não trancar a porta? Tanto faz. Eu, porém, tremia horrores. Ela podia ter um motivo perfeitamente válido para vir até aqui e bater. Ah, podia.

Cristo. Eu agora estava duvidando até do *toque*, coisa que eu nunca fiz. Minha avó teria me acertado na cabeça – quer dizer, modo de falar; ela nunca me bateu. Um olhar já bastava.

Para de encanar com a vovó e descobre o que vai fazer!

Mas era aquilo, e só. A porta estava trancada e bloqueada, e eu não queria fazer nada. Só estava a fim de me proteger e me esconder. Como estratégia a longo prazo era um lixo, mas a curto prazo – tipo os próximos minutos, enquanto o último brilho cor de mel do pôr do sol preenchia a janela e transformava o jardim em neblina – estava perfeito...

As proteções acalmaram. As finas linhas azuis voltaram aos padrões normais, com formatos de circunferências bizarros, iguais àquele filme antigo do cara preso em um jogo de computador[10], e com nós complexos, com estilo celta[11], que minha avó me ensinou a fazer para acelerar a sustentação das portas e janelas. Andei de lado

10 Dru se refere ao filme *Tron: Uma Odisseia Eletrônica*, de 1982 (N.T.).

11 Povo de origem indo-europeia que habitava várias regiões da Europa e parte da Grã-Bretanha, durante a Antiguidade (N.T.).

com as meias nos pés, verificando se o piso estalava, e pelo menos uma vez o carpete grosso me deixou satisfeita.

Ainda havia nas linhas de proteção algumas poucas crepitações inquietas. Elas perderam parte do brilho, mas voltaram num tom azul muito forte. Quanto mais perto eu chegava da porta, com o passo bizarro que meu pai me ensinou para distribuir o peso sobre as tábuas do chão, mais brilhante ficava o tom de azul. A impaciência se debatia na proteção, e tinha gosto de fita isolante queimada. Fiz careta, botando a língua para fora, antes que pudesse impedir.

A porta pulou de leve, a proteção soltou faíscas, e antes que eu percebesse, ouvi um som alto e áspero: *SNAP!* Como uma ratoeira se fechando. Eu *vi, de verdade*, uma ratoeira dentro da minha cabeça saltando enquanto a força da mola era liberada e o rato fugia veloz, vivo, mas sem o queijo.

Ouvi passos rápidos e leves no corredor lá fora. Graves resmungava e se debatia, desconfortável. Descobri que estava suando na curva no fim das costas, nas axilas e ao longo da testa. Uma dor de cabeça ameaçou aparecer, como faixas de aço ao redor das minhas têmporas.

Deixei escapar o ar de meus pulmões, suave e demoradamente. Baixei o canivete.Como minha única arma, ele era uma droga. Como espécie de consolo, também era uma droga.

Mais passos. Embora mais pesados, e tão rápidos quanto os outros. Os *djamphirs* soam elegantes até mesmo quando estão correndo. Perguntei-me como faziam isso e observei a proteção.

Nenhuma faísca. Ficou apenas zumbindo num tom azul.

– Dru! – Era o Benjamin, ele ia e vinha no corredor. – Milady! Dru! – Soquei o canivete no bolso e tirei a barra da porta com as mãos tremendo e suando. Abri as trancas enquanto Graves acordava e xingava atrás de mim. A janela escurecia, a ponto de cegar, à medida que o sol deslizava por completo atrás da linha do horizonte. Abri a porta com tudo e saltei para o saguão, por pouco não trombei com o Leon, que parou certinho e ficou me encarando através de seu cabelo castanho bem claro e embaraçado. Parecia ter acabado de acordar, mas os coturnos de combate estavam amarrados com firmeza, e isso leva um tempo.

– O que está acontecendo, caramba? – rosnou ele.

– Eu sei lá! – rosnei de volta. – O Benjamin foi por ali. – Apontei, mas o garoto *djamphir* já tinha sumido, correndo numa velocidade assustadora e abrupta que os olhos não conseguem acompanhar.

– Ela está aqui! – berrou Leon. – Benjamin! Caramba, ela está aqui!

Os dois loiros surgiram. Não eram exatamente gêmeos, mas ambos vestiam camisetas pretas e jeans, então ficava mais difícil distingui-los. Um estava de meias e o outro segurava uma Walther PPK[12], apontando-a para o chão enquanto seus olhos não se fixavam em ponto algum. Agarrei a maçaneta e mantive os olhos nele enquanto o das meias passou por mim e com uma precisão militar se encostou na parede do saguão, do lado direito da porta.

Ser protegida. Era um pensamento agradável, então fiquei mais à vontade do que deveria.

– Você está bem? – perguntou-me o loiro com a arma. *Thomas*, lembrei o nome dele num esforço mental estressante que em geral associo apenas às aulas de matemática de nível avançado. Tipo, eu consigo me virar com um talão de cheques, calcular as compensações dos impostos de vendas em dezesseis Estados e conferir quanto tenho de munição. Agora, equações? Esquece.

Concordei sem emitir som. Leon apareceu no fim do saguão, balançando a cabeça. Atrás dele, Benjamin estava de tocaia. Observou bem, olhou para mim e ficou paralisado por alguns segundos.

No instante seguinte, estava bem diante de minha porta.

– A senhorita estava aqui? A senhorita *esteve aqui o tempo todo*?

Odeio essas desaparições e reaparições deles. Quase me encolhi.

– Hã, é. – Não consegui dizer isso como se ele fosse idiota ou coisa assim. Estava bastante confusa. – Eu bloqueei minha porta, mas... ouvi alguma coisa.

– Será que é pedir demais ter um tempo para dormir? – Graves gemia da cama. – Jesus Cristo, o que está acontecendo agora?

– Isso é ruim – sussurrou Leon, chegando e lançando um olhar suave, com as sobrancelhas erguidas, para as meias do primeiro loiro.

Saco, por que não consigo me lembrar dos nomes deles? Thomas e alguma coisa. Alguma coisa com G, talvez?

---

12 Pistola automática fabricada na Alemanha e popularizada pelos filmes de James Bond (N.T.).

– O que você ouviu? – Benjamin se inclinou para frente, feito um *terrier* puxando a correia. – Dru?

George. Lembrei do nome e me senti imediatamente melhor, de um jeito esquisito. Como se tivesse cumprido alguma tarefa.

– Alguém bateu na porta, mas não tive um bom pressentimento. Não tive vontade de abrir a porta. – Maravilha. Agora ele ia me achar uma pirralha teimosa ou algo do gênero.

Que ache, então. De qualquer forma, o que a Anna estava fazendo? Por que a proteção reagiu a ela e não aos meninos?

Porque ela não estava bem intencionada, Dru. Dããã. *E se você não estivesse tão ocupada tentando minimizar aquilo com explicações, provavelmente você descobriria o porquê.*

Para minha surpresa, Benjamin olhou Leon por cima de seu ombro. Trocaram aquele tipo de olhar significativo que eu estou acostumada a ver entre adultos. Então, o *djamphir* de cabelos escuros sacudiu sua franjinha emo e voltou suas atenções para mim.

– Bom – falou como se me elogiasse por acertar a resposta de um teste. – Não abra sua porta se não tiver certeza. Você deve confiar em seus instintos. Vamos colocar um vigia aqui em vez de...

– O que vocês viram? – Dane-se o resto. Primeiro eu queria detalhes.

– Eu achei... – Ele balançou a cabeça. – Não sei. Achei que a senhorita estava correndo pelo saguão para visitar novamente o Submisso. Ouvi dizer que uma *svetocha* pode fazer isso: sumir, às vezes, só por brincadeira. Deve ser... difícil ter alguém com você em todos os lugares em que vai.

Cara, você não sabe nem metade. Encolhi os ombros. Ainda preferia isso a ser morta por um chupa-sangue.

Sempre considerando, é lógico, que eu poderia acreditar em quem quer que estivesse me vigiando. Esse era todo o problema, não era?

– O que é que está acontecendo, saco? – Graves quis saber.

– Eu não encano com isso – disse ao Benjamin. – Sei do que estou falando. – *A menos que um de vocês seja um traidor e esteja a fim de me matar.* Não disse isso, mas também não parei de espiar o garoto com a Walther. Apesar de ele estar observando a outra passagem do saguão, de costas para a parede, existe uma Regra Básica quando se tem alguém com uma arma: o tempo todo, tenha certeza para onde ela está sendo apontada.

– Que bom. – Benjamin parecia aliviado. – Que bom, mesmo. Eu achei que tivesse lhe visto correndo pelo saguão. Mas não poderia ter sido você, já que estava aqui. Talvez fosse um curioso ou coisa que o valha.

Ele lançou para mim um Olhar Significativo, como se eu tivesse a obrigação de ajudá-lo naquilo.

É. Isso realmete faz sentido.

– Sei lá. – Fechei a boca depois dessa. Teoricamente, Anna deveria ser um segredo, só que, com certeza, ela não agia assim. E será que ela seria algo secreto aqui, na Schola Prima, no meio de todos os *djamphirs*? Ela deveria passar pelo Graves, pelo Benjamin e por eles para entrar na sala do Conselho, não tinha?

Mesmo assim, só porque ela estava em todo lugar, isso não quer dizer que eu tenha que ficar distribuindo informações feito bolinhos. Além disso, ela tinha vindo antes de mim aqui e era a líder do Conselho.

– Ah, faça-me o favor! – Leon bufou de verdade. – Era a Rainha Vermelha.

– Ela não é um mito? – Thomas percebeu que eu estava de olho na arma e ficou vermelho. Ela foi parar dentro do coldre debaixo do sovaco esquerdo dele, e fiquei um pouco mais relaxada. – Opa, desculpa.

Dei de ombros. Outra vez. Estava ficando boa naquilo. Podia treinar na frente do espelho e fazer diferente em cada ocasião.

Benjamin também olhava meu rosto.

– Não, ela não é um mito. Só é mantida afastada de plebeus como nós. Ela é muito ocupada com as obrigações dela. Você a viu hoje de manhã.

Thomas assimilou aquilo.

– Pensei que ela era mais alta.

George Par-de-Meias fez minha pergunta preferida entre todas.

– Então o que ela fazia *aqui*? E sem os guarda-costas? A menos que estivessem aqui, na Sombra.

Ah, que beleza. Todos os olhares se voltaram para cima de você, Dru.

– Não faço a menor ideia. – E não fazia.

Todos ficaram lá, parados por alguns segundos, olhando um para o outro. Dei um pulo; Graves estava logo atrás de mim. Em seguida, fez uma coisa esquisita: colocou os braços ao redor da minha cintura e me abraçou. Nós dois somos altos, mas ele parecia ter ficado ainda mais alto. Lá em Dakota, a gente ficava quase olho com olho. Ou talvez eu tivesse essa impressão porque ele sempre caminhava recurvado, como se seu corpo estivesse fechado para um mundo no qual não pertencia.

Os garotos *djamphirs* me encararam novamente. Corei sem motivo aparente. Ultimamente eu vinha ficando vermelha com frequência.

Então, primeiro Graves dava a entender que não gostava de mim, mas em seguida me abraçava na frente dos outros garotos?

– É. Bom. – Benjamin limpou a garganta. – Ela precisa de um vigia 24 horas. postado aqui na porta. Alguém com ela a todo o momento.

– Provavelmente serei eu, já que você ainda não tem dispensa. Maldita burocracia. – Leon encolheu os ombros. – Não esquenta. Vai ser interessante – falou como se estivesse assistindo a um programa na TV, sentado no sofá com uma cerveja na mão. Embora eu não conseguisse imaginar nenhum deles relaxando com uma cerveja. Pareciam muito... *velhos*. Ou muito sérios.

Lutar com vampiros é mesmo um lance sério. Só que essa seriedade naqueles rostos sem rugas chegava a ser de uma esquisitice, eu diria, obscena. Eles não *deveriam* parecer daquele jeito.

– Está mais para aterrorizante – resmungou Thomas. – A Rainha Vermelha.

– Mudando de ideia, Tommy? – Não dava para chamar de simpático o sorriso de Leon.

O *djamphir* loiro sorriu de volta, exibindo largamente seus dentes brancos.

– Não nesta vida, Fritz. – Um ronco passou por baixo das palavras, quase como o rosnado de advertência de um lobisomem.

Opa, segura aí.

– Espera lá. Só um segundo. O que vocês sabem sobre ela?

– Os caras do primeiro ano a acham um mito. Você sabe da existência dela até atingir o terceiro ano. – George parecia preocupado.

– Antes de arrumar esse trabalho, um mané como eu, da linha de frente, nunca veria uma *svetocha*. Agora elas estão saindo da toca. Até as que são mitos.

– Ela não é tão velha; lembro-me quando foi resgatada. Não se qualifica como mito. Leon suspirou. – Não há mais motivos para tentarmos dormir. Não com orientação e aulas.

– Orientação? – Juro por Deus que meus joelhos quase desabaram. Fiquei feliz que Graves estivesse bem ali. – Aulas?

– Para vocês dois, sim, e para nós, apenas aulas. Menos para o Leon. – Benjamin foi surpreendente ao encerrar possíveis discussões. – E amanhã, Dru, sugiro comprarmos roupas.

Já fiz isso. Mas não disse. Por que sair da Schola e me manter longe dela estava parecendo uma ideia boa. Uma ideia *fabulosa*.

– Joia.

– A primeira coisa a fazer é levá-la ao refeitório. – Agora o sorriso perturbador de Leon era dirigido a mim. – Comida e uma porção de olhos sobre você. Melhor passar logo por isso, certo?

– Certo – disse com um sorriso rígido e empurrei Graves para trás usando o recurso simples de dar, eu mesma, um passo para trás. Como fizemos aquilo sem trançar as pernas, não sei. Mas conseguimos, e eu estava contente com aquilo. – Beleza. Me dá quinze minutos.

– Não precisa se apressar. Uma hora é suficiente.

Eu, porém, já estava fechando a porta. Graves me soltou. Tranquei tudo, dei meia-volta e a gente ficou se medindo.

Ele corou violentamente. Eu também. Ficamos lá parados olhando um para o outro, os rostos vermelhos.

– Graves... – comecei, mas ele falou ao mesmo tempo que eu.

– Dru... – Os olhos dele estavam tão verdes! Depois da mordida, seus olhos tinham ficado mais claros e mais intensos.

Ambos rimos. Uma risada doída, histérica, mas tudo bem. Encostei-me na porta, rindo abafado até as lágrimas sairem de meus olhos. Ele se inclinou para frente, segurou o diafragma e soltou sons de *ah-ah-ah* porque não conseguia respirar.

Às vezes só é *preciso* desencanar um pouco. Principalmente quando estamos com os nervos e a adrenalina no limite durante semanas.

Só que tudo acabou rápido demais. Enxuguei o rosto, finalmente ele respirou, e voltamos ao ponto inicial, olhando desajeitados um para o outro.

– O que foi isso? – perguntou, percorrendo os dedos pelos cabelos. Eles ficaram espetados, mas o efeito agora era mais suave, já que os cabelos escuros estavam crescendo. – Nem ouvi você levantar!

– Eu estava no computador. Arranjando umas roupas e umas coisas. – *Precisa de uma coquilha, xará?* Engoli a pergunta e uma risada isolada ao mesmo tempo – Eu, hã, acho que a gente precisa conversar.

– Depois que eu escovar os dentes. – Ele, porém, não fez menção de se afastar. – Jesus, não vejo a hora de arrumar roupas novas. Estou ficando doente de usar a mesma coisa o tempo todo.

Eu sei. Um espinho fino de culpa me atravessou; era a segunda vez que ele perdia tudo por minha causa.

– Arranjei umas coisas para você. E parece que vão nos levar para fazer compras amanhã.

– Vão levar *você* para fazer compras amanhã. – Ele não parecia falar sério. Ou quem sabe sim, porque logo após as palavras terem saído de sua boca ele parecia levemente envergonhado delas. Seu brinco balançou conforme ele baixou depressa a cabeça, correndo os dedos pelos cabelos bagunçados.

– Nós. Senão eu não vou. – Cruzei os braços e olhei o carpete azul. – Aliás, posso te perguntar uma coisa? Sobre... isso?

– Sobre o quê?

Sobre o que ele achava que eu estava falando, caramba? Mas ele era um garoto e garotos são desligados. Assim, estudei o carpete como se ele fosse me dar alguma ideia. Não disse nada.

Graves ficou quieto uns cinco segundos, depois tossiu um pouco.

– Hã, quer dizer, aff. Eu, sabe como é, te ofendi ou fiz alguma coisa?

– Não, não. – Sacudi a cabeça. Meu Deus do céu, minha cara estava pegando fogo *outra vez*. O medalhão da minha mãe estava morno, lancei um rápido olhar para Graves só para me situar.

Ele me olhava como se houvesse algo no meu rosto.

– Eu só, bem, queria saber em que pé estamos. Só isso.

Pronto. Falei. Se eu estivesse interpretando tudo errado, queria saber.

– Ah. – Daí ele ficou calado por tanto tempo que pensei que eu gritaria. – Eu, hã. Putz. Bom.

Um grito, com certeza, era uma opção. Beleza, então eu tinha me enganado. Tipo, não achei que houvesse como se enganar, levando em consideração que enfiei minha língua na boca de um menino. Mas eu acho que rolou. Ou ele gostava de mim ou não, ou, quem sabe, gostava mas eu não valia o esforço, ou... *Jesus*. Desistir completamente dos homens era uma opção. Afinal, eu não tinha tempo livre para atividades extracurriculares, com esse monte de vampiros tentando me assassinar e tudo o mais.

Mas, sabe como é, eu gostaria de encaixar isso também. Com ele.

– Certo. – Passei por ele rumo ao banheiro. – Esquece que eu perguntei.

– Dru... – Ele disse aquilo como se estivesse perdendo o fôlego.

– Não, sério. Fica *sussa*. Eu só...

– Eu gosto de você, está bem? Gosto mesmo. É que... você tem todo esse monte de outras coisas rolando. Vampiros tentando arrancar sua cabeça do pior jeito.

Engoli com dificuldade.

– Existe uma maneira mais fácil? – Meu coração inchou feito um balão. Fazia muito, muito tempo desde que eu senti algo próximo disso. Depois de alguns segundos, resolvi que *contente* era uma palavra pálida para definir. – Tudo bem. Ótimo. Eu também gosto de você. Já acertamos isso. Vamos ser cuidadosos, certo? – *Sei lá o que isso queria dizer.*

– É, hã. Hm. – Agora era ele quem tinha algo preso na garganta. Eu estava sorrindo feito uma tonta. Ele se curvou de novo, como se estivesse esperando um murro ou algo assim.

– Bom, é. Acho que é isso aí. – E disparei até o banheiro como se estivesse fugindo. Só não queria rir e fazer ele pensar outra coisa.

Devia ter me preocupado mais. Só que não dá para se preocupar o tempo todo. E se o Graves estava comigo, bem, eu não tinha que me preocupar tanto, certo? A gente lidaria com o Mundo Real. E seja lá o que Anna estivesse fazendo no meu quarto, podia esperar.

Era a primeira vez, em semanas, que o vazio no meu peito parecia menos raivoso e menos oco. E eu estava, mesmo, mesmo, feliz quanto a isso.

9

Assim que dei as caras, o refeitório – repleto de lâmpadas fluorescentes e do aroma de garotos e comida industrializada – ficou em silêncio. *Djamphirs*, lobisomens, todos me encararam. Ao cruzar as portas, parei por dez segundos incômodos, até o Graves me empurrar, fazendo com que eu andasse novamente.

Era difícil comer com todo mundo olhando. Mas o Graves estava lá, observando tudo como se estivesse se divertindo. Acabou com um prato cheio de panquecas, uma montanha de bolinhos crocantes de batata e uma pilha de bacon na metade do tempo que levei tomando o maior cuidado com meu sanduíche de presunto embrulhado em papel celofane.

Bom para ele.

Leon me conduziu por um labirinto de saguões silenciosos, longe do som de armários com cadeados batendo e vozes masculinas. O piso mudou para madeira de lei e os bustos de mármore voltaram, me encarando como se eu fosse uma intrusa. Cortinas longas de veludo emolduravam as janelas, que viviam graças ao brilho dourado do crepúsculo, o tipo de luz que dura talvez cinco minutos antes que a penumbra caia e o Mundo Real surja para brincar.

Estremeci. Ajeitei melhor o casaco com capuz no meu corpo e também subi o zíper.

Acabamos numa sala comprida, sombria, sem janelas e com uma mesa de conferência tão lustrosa que virava um espelho, no lado direito – o lado de dentro – do corredor. O outro lado tinha janelas, mas parecia que os *djamphirs* mantinham todas as reuniões importantes longe delas. Achei que eles gostariam de um pouco de luz e ar fresco – coisas que os chupa-sangues pareciam odiar. Porém, concluí que era mais difícil penetrar numa sala sem janelas. Ou atirar em alguém com um rifle através de uma parede em vez de uma janela.

Odeio pensar em coisas assim.

Um *djamphir* magrelo, baixo e de cabelos castanhos vestindo uma camiseta vermelha ficou parado em um dos lados da porta de braços cruzados. O coldre de ombro que ele usava parecia de um tamanho absurdamente exagerado, e seu jeans de grife dava a impressão de ter sido pintado. Era bonitão mesmo, tinha cachos escuros penteados para trás, olhos grandes e instáveis num rosto quase feminino.

Pobre garoto. Tipo, eu me sentia mais garoto do que ele. Ele passaria uns apertos em alguns colégios dos quais saí.

Isso se ele fosse humano.

Leon me observou de relance com um olhar indecifrável e deu um passo para dentro.

– Seguro o bastante, Milady – disse um pouco mais alto do que seria necessário, e eu dei um passo cruzando a soleira.

Direto rumo à Desconfortópolis.

Ali, na ponta da mesa, sentava-se Anna. A penumbra transformava a pele dela numa perfeição uniforme, nem um cacho de cabelos loiros cor de cobre fora do lugar, e suas botas vermelhas de salto alto estavam sobre a mesa. Ela se recostava ali como se fosse a dona da sala. Uma saia de babado cobria suas pernas envoltas em meias de seda.

Ela sorria.

– Oh, olá. – Brilhando como uma moeda nova e lustrosa. – É a Dru! Dormiu bem, queridinha?

Kir se sentou à direita dela cabisbaixo. Mesmo parecendo infeliz, ele recuperou um pouco do ânimo quando entrei. Perguntei-me por um breve instante se ele havia tingido o cabelo para combinar com o de Anna, mas o dela era um castanho dourado e ele era ruivo. O dele era obviamente natural e o dela, se não fosse, a Ordem talvez tivesse dinheiro suficiente para marcar horários em cabeleireiros por muito tempo.

Perto dela, até os garotos *djamphirs* mais bonitinhos pareciam desengonçados. Eu me senti empalidecer ainda mais, com a cara infestada de espinhas e desajeitada.

Atrás de mim, Graves deu um passo para dentro da sala, farejou distintamente e ficou imóvel. Quase dava para sentir sua tensão.

Entendi completamente. Eu só não gostava dela. Encontrei minha voz.

– Feito uma pedra. E você? – *Ou você dorme entre uma e outra batida na porta dos outros?*

Seu sorriso alargou, seus dentes eram perfeitos como pérolas. Quando o *disfarce* surgisse ela ficaria com caninos pequenos e delicados.

– Como um bebê. Estava aqui sentada com meu querido Kir, esperando vê-la antes que começasse sua orientação. – Seu sorriso era todo certinho, meio parecido com o do Christophe. Quis verificar se havia cachinhos faltando e me estiquei.

Só que o Christophe nunca me olharia desse jeito. Nem no primeiro instante em que o conheci, quando ele botou o Ash para correr e me disse para voltar para casa. Na época achei que ele era um chupa-sangue, e ele não me assustou nem metade do que agora.

E isso já é alguma coisa.

Esquisito: como é que essa patricinha de meia-tigela me deixava mais aterrorizada do que morrer de maneira medonha pelas mãos de um chupa-sangue? Isso só demonstrava que minhas prioridades estavam todas erradas. Talvez tenha sido todo esse agito recente.

Anna me apavorava porque já tinha visto outras do naipe dela por todo o país. E se você não fica com medo quando esses tipinhos sorriem para você, ou quando agem de um jeito amigável, significa que você não vem prestando atenção e merece tudo o que lhe acontecer. Mesmo assim, algumas Annas são só descuidadas e irritantes, sem nenhuma malícia de verdade.

Ainda não tinha decidido quanto ao nível de malícia daquela ali. Só que eu tomo cuidado. Aprendi bem depressa que meu pai não sacava a crueldade das garotas. Ele compreendia quando eu me envolvia em brigas, mas se chegasse em casa soluçando depois de me desentender com uma *garota* com quem só havia rolado troca de palavras... bem, ele não me entendia.

Os olhos azul-bebê de Anna oscilaram de relance e pararam acima do meu ombro esquerdo.

– E esse deve ser o Senhor Graves. Puxa, você é mesmo um gato! Se eu tivesse uma vaga entre meus Seguranças, quase quebraria a tradição e lhe ofereceria um Desafio Experimental.

Desafio Experimental? Quê? Provavelmente algum lance de *djamphir*. Eu podia perguntar ao Benjamin. Ou ao Leon.

Tão logo eu saísse daqui.

Kir ficou tenso. Parecia bonitão na sala do Conselho, mas agora estava pálido e sua pele cintilava de leve. Será que estava suando? Coisa mais bizarra.

Escutei o barulho de tecido se mexendo – Graves ainda estava de casaco preto comprido – e também estalos de papel celofane. Em seguida, meu Deus, o clique de um isqueiro e um inspirar demorado. Ele estava *fumando*.

– Isso, considerando – disse, com calma – que eu aceitasse.

As mãos de Kir acertaram a superfície da mesa e ele agiu como se estivesse prestes a se levantar. O *disfarce* se desdobrava, caninos deslizavam para fora e mechas douradas transbordavam por seus cabelos curtos; eu me preparei para o pior. Na verdade eu me ergui ao máximo e o encarei.

Não tinha como eu peitar a velocidade de um *djamphir*. Imagine, então, um velho e poderoso o bastante para estar no Conselho. Ainda assim, podia escutar a voz do meu pai lá atrás, antes da minha vida ter virado de ponta-cabeça. *É nesse momento que você encara para intimidar. Antes de jogar o outro no chão, querida.*

Os cachorros podem farejar medo, e as pessoas – ou coisas do Mundo Real – também. Os predadores têm antenas para o terror. Mas em 99 de cada 100 vezes, um cachorro também consegue farejar quando somos o macho alfa. É preciso ter o mesmo tipo de olhar vazio e seguro de quem não tem medo de encarar um bando de marombados a fim de importunar alguém.

Eu só torcia para estar dando ao Kir o olhar de intimidação e não o olhar de esgotamento, um olhar de *ai meu Deus*.

Anna observou Kir durante um segundo longo e demorado. Fez um movimento suave com uma das mãos, seu esmalte faiscava.

– Ai, Kir, relaxa! O senhor Graves tem um senso de humor sarcástico. Algo que deve ser admirado em um homem. O humor dos garotos geralmente é *tão* infantil.

O rosto do *djamphir* mudou, como se sentisse o cheiro de algo bem ruim. Peguei um instante do sorriso afetado de Anna antes que ela olhasse diretamente para Graves. Já vi patricinhas olharem para garotos assim.

Era sinônimo de que estavam marcando o próximo corte no churrasco. Meu coração bateu enojado. Se Graves não estivesse interessado em mim – ou se só estivesse mais ou menos interessado – talvez ficasse interessado numa garota que parecia modelo. Não importava se ela no fim fosse mastigá-lo e depois cuspi-lo. Esse tipo de garota sempre age assim.

Opa, Dru, você não acha que isso é preconceito só por causa das roupas dela? Não conseguia parar de pensar que talvez estivesse sendo preconceituosa porque não gostava dela do fundo do meu coração. Não era justo.

– Não foi sarcasmo. – Graves soltou uma nuvem de fumaça amarga. – Só apontei uma falha no seu raciocínio lógico, guria.

O queixo de Anna literalmente caiu. Por um instante, eu não soube ao certo se deveria rir ou empurrá-lo para fora da sala. *Vamos embora daqui, Graves.*

– Devo ter me atrasado – disse uma voz agradável de tenor, atrás de mim. Hiro apareceu dentro da sala, suas passadas no carpete de seda soavam sobrenaturais, de tão silenciosas. – Kir. Milady.

Seus lábios mal se curvaram, o sarcasmo parecia escorrer das palavras. Então, deu meia volta e olhou para mim. Ao falar outra vez, foi um sussurro respeitoso.

– Milady.

Como ele conseguia dizer a mesma palavra de maneiras tão diferentes estava além da minha compreensão. Inclinou-se levemente, fez uma reverência minúscula, e antes que pudesse evitar fiz o mesmo. É, cara, quando em Roma... certo?

Ele sorriu à medida que eu me endireitava.

– Hábitos refinados, minha jovem. Lamento meu atraso. Perdoe-me.

Eu estava prestes a dizer *sem problema*, mas Kir quase engasgou. O rosto de Anna estava calmo e sorridente, mas alguma coisa faiscava nas profundezas de seus olhos. Suas botas bateram no carpete e ela se levantou da cadeira com elegância, a seda sussurrava enquanto seu vestido caía em dobras coreografadas. A mesa mantinha o reflexo dela com fidelidade, mas provocava uma distorção bizarra à medida que ela se mexia. Passou por trás da cadeira de Kir, e eu podia jurar que o jovem ruivo magrelo se encolheu conforme a sombra dela fluiu por ele.

Ela parou na ponta da mesa, e eu levantei a postura enquanto nos medíamos. O gosto de laranjas de cera foi sumindo, e senti seu perfume morno e condimentado.

Seu olhar azul-bebê foi até meus pés, depois voltou a se erguer. Medindo-me a todo o instante. Quando falou, era como se só nós estivéssemos na sala.

– Gostaria que fôssemos amigas, Dru.

– Também – menti, com sentimento. Se as pessoas acham que você é idiota o bastante para ser enganado, pode preparar a fuga.

Sempre deixe seus inimigos subestimarem você. Meu pai me ensinou isso. Não tinha certeza se ela era um inimigo ou só uma dessas garotas antimatéria. Era outra *djamphir* e, além disso, uma *svetocha*. Ela corria tanto perigo diante dos chupa-sangues quanto eu. Deveríamos ficar juntas, pelo menos até onde desse, embora dentro de pontas distintas da classe social.

Meu peito doeu. Percebi que estava prendendo a respiração, e expirei. O *toque* latejava dentro da minha cabeça, mas tudo na sala estava tão tenso e misturado que eu não conseguia dizer onde estava a circulação de... o que era isso? Medo? Fome de sangue? Fúria? Ninguém, contudo, parecia ao menos vagamente perturbado ali, apenas era uma situação desconfortável. O rosto de Kir tinha ficado sem cor. Suas sardas se destacaram, brilhando com intensidade.

Pensei no facho de luz vermelha que tinha visto no fim do saguão. Benjamin havia pensado que era uma *svetocha*, e eu tinha certeza de que era Anna, só que tanto ela quanto Christophe cheiravam a tempero.

Mas será que Christophe mexeria em minha porta? Ou, quem sabe, teria sido o traidor. Um *djamphir* que eu jamais vi, mas que cheirava como eles?

– Bom. – Ela estendeu a mão branca e esguia, com unhas perfeitas e cobertas com esmalte cor de maçã do amor. Combinava com o batom, e o delineador nos olhos tinha jeito de trabalho de profissional.

Nem em um milhão de anos eu conseguiria essa aparência toda. Assim que eu estendi a mão e toquei a dela, me preparando para qualquer coisa que o *Toque* fosse me revelar, me senti suja. Como se tivesse acabado de vir do parquinho, coberta de sujeira, e estivesse agora no meio de adultos, torcendo para que não sacassem as manchas e os arranhões.

O *toque* soou como um gongo dentro de minha cabeça. Imagens rodopiavam, mas nenhuma delas parava tempo o bastante para ser assimilada. Ela me deu um aperto de mão bem flácido, depois puxou a mão com um sorriso paciente. Aquele sorriso, por sinal, foi dirigido por cima do meu ombro.

Para Graves.

O fundo da minha garganta ficou áspero e seco. Fiz um *hrmph*, pigarreando, e Anna olhou novamente para mim, agora se divertindo. Queria dizer *Não olha assim para ele* – e provavelmente diria, se não tivesse de manter a boca fechada.

Porque meus dentes estavam pinicando. Senti os estalidos sutis no maxilar superior conforme meus caninos esticavam. *Chame de presas, Dru. É isso que elas são.*

Só que eu não conseguia. Só dava para ficar ali, mantendo a boca bem fechada para que ninguém ao meu redor visse os dentes se transformando em pontinhas afiadas. Porém, a sensação de óleo aquecido do disfarce não deslizou por minha pele. Torci para que meus cabelos não estivessem fazendo nada de esquisito, e resolvi que não me importava. Porque ninguém estava olhando para mim. Cada olho na sala, inclusive os meus, estava em Anna.

Ela andou confiante, deslizando pelo imóvel Hiro com uma piruetazinha meio debochada, a saia roçou seu joelho. Ouvi quando ela sussurrou algo perto da porta e passos se afastaram – talvez ela e o *djamphir* com coldre de ombro e camiseta vermelha.

Será que ele se vestiu para combinar com ela? Putz. E eu que achava patéticas as camisas com frases engraçadinhas. Respirei fundo, procurando me acalmar.

Os estalidos no ar se foram. Agora, tudo o que o *toque* me dava era algo complexo, um jorro quente de sensações que vinha do Kir. Não dava nem para definir o que era, de tão zoneada que estava. Ele tossiu e se ergueu da cadeira.

– Bem...

– Orientação. – Hiro cruzou os braços. – Acho que é melhor eu acompanhá-los. Você não tem nenhuma objeção, tem, Kir?

O *djamphir* ruivo sorriu. Era um animal arreganhando os dentes, e eu quase dei um passo para trás.

– De forma alguma, *irmão*.

Opa, calma lá.

– Vocês são parentes? – falei sem pensar e parecia completamente horrorizada. Graves soltou outra baforada demorada. Toquei meu cabelo e também fiz uma careta.

– Não. – A cara de Kir se enrugou outra vez, como se tivesse provado algo amargo. – É o modo tradicional pelos quais os Kourois se tratam entre si. Para lembrarmos que estamos todos...

– ... conectados – interrompeu Hiro suavemente. – E todos corremos o risco de ser mortos por *nosferatus*. Alguns tendem a esquecer disso.

– Fala sério – sussurrei e enfiei minhas mãos suadas nos bolsos. De repente decidi nunca ficar em uma sala a sós com o Kir, se pudesse evitar. – Será que eu podia dar uma volta por aí por conta própria?

– Pode, se assim desejar. Mas o *loup-garou* não, e antes de vocês frequentarem as aulas, terão de passar pela orientação em nossa companhia.

Hiro cruzou os braços, como se eu fosse alguém difícil de lidar.

– Milady. – Desta vez ele falou como se as sílabas quisessem dizer *por favor*.

Queria descobrir como é que ele fazia aquilo.

– Foi uma pergunta redundante. Então, por onde a gente começa? – Esfreguei as palmas das mãos, tentando me livrar da umidade, e concluí que ela não era tão ruim. Graves sussurrou algo depreciativo, mas bem suave, que se misturou com a fumaça.

– Primeiro, vamos esperar o Senhor Graves apagar seu cigarro. – Hiro nem sequer piscou. – Então passaremos às regras de segurança e faremos um passeio pela escola.

– Ótimo. – Tentei parecer empolgada e fracassei com louvor. O tempo todo eu sabia que o Kir estava me observando.

Eu conseguia *sentir*.

10

– Vamos à Nordstroms[13] – Benjamin sussurrou pela quinquagésima vez. A boca de Leon se retorceu verdadeiramente, como se estivesse segurando um sorriso. Os dois loiros estavam no estacionamento, numa tarde linda de primavera, e dormiam encostados no utilitário esportivo que Benjamin escolheu na garagem ao sul da propriedade da Schola.

Foi de arregalar os olhos o modo como Benjamin falou ao acaso "*É para a* svetocha", e também o olhar de "ela tem algo grudado na cara" do *djamphir* de cabelos escuros com a folha de registros, que em seguida se virou em mil, apresentando carros diferentes.

Virar sanduíche no banco traseiro de um *Escalade* cheio de garotos *djamphirs* bonitinhos e Graves também foi uma experiência nova.

Revirei os olhos.

– Não tem nada na Nordstroms que eu precise ou queira. Um lixo superfaturado que vai acabar estragando. – Dobrei outro par de jeans e os enfiei no carrinho de compras vermelho. Até debaixo de luzes fluorescentes os *djamphirs* pareciam modelos visitando uma favela. Ficava difícil escolher qualquer negócio com eles perambulando ali, tão lindos e entediados.

Quando Benjamin disse *fazer compras*, estava dizendo Nordstroms. Acho que ele pensou que eu queria alta costura ou algo assim.

Quando eu digo *fazer compras*, principalmente com relação a roupas, estou falando primeiro de sobras de exército e da Target

13 Trata-se de uma rede de lojas de departamento dos EUA especializada em roupas, acessórios, bolsas, joias, cosméticos, perfumes e, em certos locais, mobília (N.T.).

ou da Dillard's para coisas específicas. Tipo vai, calcinhas e coisas do gênero. Já tinha feito os garotos vazarem enquanto eu fuçava na seção de lingerie. Afinal, *dá um tempo, né*? Compro sozinha minhas calcinhas desde os nove anos.

Estou acostumada. Meu pai só me dava a grana e uma lista. Fiz nossas compras, com exceção do armamento, desde que me lembro. Ele comprava munição e coisas do gênero; eu tomava conta das roupas, da comida, todas aquelas coisinhas necessárias quando a gente viaja ou administra uma casa. Eu adorava enrolar na seção de ferramentas da Target, sem ligar para que parte do país a gente estava. Bolava historinhas na minha cabeça sobre como precisava, de verdade, de uma máquina de fazer pão ou um George Foreman Grill. Ou uma máquina de café espresso. Eu comparava, via as diferenças e fingia que a gente não se mudaria dali a uns meses. Então, por que encanar com mais peso para carregar?

Vi umas camisetas expostas que me pareceram legais e fui até lá. Graves tomava conta do carrinho de compras e o empurrava, e tinha uma expressão facial que geralmente só se vê quando alguém num tribunal é condenado a um tempão de cadeia. Claro que primeiro comprava para ele, e imaginei que, já que ele era um homem, não teria tanta vergonha em comprar cueca. Pedi, então, para ele comprar um par de pacotes do que quer que estivesse vestindo agora. Benjamin olhou como se engolisse um sapo, e eu dei um dos meus melhores olhares de relance, uma imitação da "olhadela de cala a boca" da minha avó. Ele cedeu e resmungou alguma coisa sobre a Macy's. Depois disse bem baixinho: *Neiman Marcus, por favor, até isso seria melhor*.

Imaginei que, se o Benjamin não fosse pagar por isso com os cartões aprovados pela Ordem, eu usaria o maço de dinheiro para emergências que tinha em minha sacola.

Não era lá "a" emergência, mas... Jesus Cristo. Não dava para o Graves ficar usando os mesmos troços enquanto eu estava toda equipada.

– Então, mesmo assim, de onde vem o dinheiro? – Parei na frente das camisetas e comecei a verificar tudo. Gola V, mangas curtas, nada mau. Odeio quando o tecido fica puxando no pescoço. Cem por cento algodão, bom, melhor maiores porque encolhem depois. Fui pega de surpresa por um bocejo, que mantive atrás da mão em concha. Havia quatro camisetas pretas tamanho M. Agarrei todas elas e ajeitei-as no carrinho.

– Tem bastante – de todos ali, Leon era quem aparentava ser o mais próximo de um humano debaixo das luzes fluorescentes. Ele estava observando vestidos de primavera expostos, uns trecos com bolinhas que seriam totalmente inúteis em caso de fuga.

– É isso que as garotas estão usando agora?

– Não esta garota – resmunguei. – Sério, de onde vem o dinheiro? Vai, fala aí, eu quero dar uma olhada na liquidação.

– Por quê? – o Benjamin parecia sinceramente perplexo. – Uma *svetocha* pode ter qualquer coisa que quiser, Dru; temos bastante dinheiro. A Ordem faz investimentos e tem diversas corporações.

Aquilo, sim, era interessante. Onde existe uma corporação e ações, existem evidências documentadas. Pelo menos dá para descobrir algumas coisas em registros públicos e troços assim, por bem ou por *hacker*. Arquivei a informação.

– Só porque você tem dinheiro, isso não significa que você pode desperdiçá-lo. A Target é boa o bastante. E quanto a uma *svetocha* poder ter o que ela quer? Pensei que Anna era para ser um grande segredo. – Detive-me perto das prateleiras de liquidação e comecei a fuçar. Era uma época boa para conseguir casacos com capuz, pois quando chega a primavera os caras liquidam quase tudo para dar espaço à festa dos biquínis no começo do verão. Arrepiei ao pensar naquilo.

– Ela é um segredo... para os *nosferatus*. Ela não se mistura muito com a população em geral. Ocupa-se gerenciando a Ordem e... bom, é melhor ficar fora do caminho dela. Fora do caminho de qualquer um do Conselho, na verdade. Eles não estão lá para servir de enfeite. – Benjamin parecia ainda mais incomodado. – A senhorita é, de fato, a primeira *svetocha* com quem estive. Mas isso está em todas as aulas básicas: tudo sobre as *svetochas*, e como elas... bem, conseguem tudo o que querem.

– Hã. – *E ainda assim não tem muitas por aí.* Assimilei o dado. – Então eu posso fazer compras em qualquer lugar que eu quiser? – Arrumar munição podia ser mesmo uma boa ideia.

– Eu, ééé... Sim. Na verdade, você... qualquer lugar, acho. – Benjamin aparentava estar reconsiderando. Ou com esperanças mínimas de que eu de repente decidisse que Nordstroms era uma boa.

– Se anima, velho. – Leon riu alto, de verdade, e lhe deu um tapinha no ombro. – Podia ser pior. Ela podia ficar horas num provador.

Com vocês olhando? Não, valeu. Sei meus tamanhos de roupas, e isso basta. Decidi experimentar a regra do *qualquer coisa.*

– Legal, então eu também preciso ir numa loja de sobras de exército. Vocês sabem como são as leis sobre armas por aqui?

– Impressões digitais e uma habilitação. Mas isso se resume a *Não deixe que lhe peguem se estiver dentro da Ordem.* – Leon me deu um de seus olhares esquisitos. – Podemos ir até a sala de armas, se a senhorita quiser. Você pode treinar.

Balancei a cabeça. Achei um casaco com capuz cor de carvão, com zíper e mangas boas, e verifiquei se tinha algum fio solto.

– Só pensando. Ô, Graves, você quer pegar xampu, pasta de dente, essas coisas? E se precisar de alguma coisa sem receita médica, já sabe. Me arruma um Midol[14], beleza?

Benjamin quase engasgou. Leon estudava o teto com bastante interesse, um sorriso contraía os cantos de sua boca fina. Enquanto Benjamin parecia pronto para afundar no chão, Leon aparentemente estar se divertindo muito.

Decidi que gostava dele.

– Acho que você mesma devia ver o seu Midol. – Graves falou com a cara séria, mas havia um esboço de sorriso aparecendo em seus lábios. Ele tinha encontrado um jeito de fazer a barba e parecia atraente, embora normal. Nada excessivamente embonecado que nem os *djamphirs*. – Porque, você sabe, né, tem de vários tipos.

– Boa. – Meu estômago roncou. – Talvez a gente volte logo. O refeitório fica aberto de dia?

14 Medicamento para cólicas menstruais (N.T.).

– Bom, fica. Podemos providenciar um lanche à meia-noite. Ao meio-dia. Dá no mesmo. – Benjamin estava com a cara roxa. – A senhorita não quer fazer mais compras?

Dei uma examinada no carrinho superlotado. Jeans para o Graves e para mim, camisetas e camisas de manga comprida para ele, camisetas de manga curta para mim, dois pulôveres de lã, moletons para nós dois, dois ou três casacos com capuz para cada um, inclusive o da prateleira de liquidação que eu estava segurando. Calcinhas boxer para dormir. Embalagens de cuecas, quatro topzinhos de ginástica. Um cinto para ele, outro para mim. Juntando tudo que eu tinha pedido pela internet, era, mesmo, uma quantidade sensata. A Schola estava bem provida, mas havia coisas que eu queria, tipo bolinhas de algodão e loção para pele. E minha própria marca de xampu. No chuveiro tinha uns troços caros. Me sentia em um hotel de luxo usando aquilo.

O que não era ruim. Eu simplesmente amo aquelas amostras grátis que colocam nos banheiros dos hotéis renomados. Às vezes meu pai hospedava a gente em lugares *realmente* confortáveis, com amostras grátis legais e sofisticadas que eu acumulava na caminhonete. Eu classificava aquelas coisas de acordo com a eficiência e o cheiro, e passei por uma fase, quando eu tinha quase treze anos, que guardava vários deles antes de descobrir que sempre existem mais hotéis.

Às vezes ainda penso naquela sacola de garrafinhas de amostra grátis que ficaram numa caçamba escura em algum lugar por aí. Que nem uma coleção de pedras ou algo do tipo.

Verifiquei o preço e resolvi, ah, que se dane, coloquei o casaco com capuz no carrinho.

– Acho que é tudo, depois vamos dar um pulo na farmácia. Já que o Graves acha que eu mesma tenho de escolher o Midol. Daqui, tem alguma coisa que vocês precisam?

Leon gargalhou de verdade.

– Lá no *front* tem *Slushies*[15].

– Jesus Cristo – resmungou Benjamin. – Nordstroms. Macy's. Poderíamos ir a Paris na primavera. Eu estava esperando voos internacionais.

---

15 Bebida como a nossa "raspadinha" (N.T.).

Acho que fingir não ouvir era o melhor para todos ali.

– Tem alguma loja da Old Navy por aqui? Lá tem *shorts* e coisas assim – peguei o Benjamin olhando. – Que foi?

– Nada. Só tínhamos pensado que uma *svetocha* seria mais... difícil.

A boca de Leon se contorceu.

– Eu queria *muito* um *Slushie*.

Tentei dar um sorriso breve. Sem dúvida, eu agora gostava dele.

– Faz tempo que não tomo um. Quem sabe os caras lá de fora... os dois loiros... será que não querem também?

Por algum motivo, o Leon achou aquilo a coisa mais engraçada do universo. Ficou fungando e rindo o caminho todo, desde a parte de utensílios domésticos até a seção de Saúde e Beleza. Até o Benjamin se soltou o bastante para rir.

* * *

Paramos na seção de esportes para procurar um saco de dormir e fiz Graves escolher um bom. Uma coisa são roupas, mas não se economiza em equipamentos. Também fiquei enrolando na seção de artigos para escritório até o Graves atirar blocos de papel e lápis no carrinho, olhando para mim como se me desafiasse a retirá-los.

Benjamin tentou nos levar para almoçar num restaurante italiano, mas o Leon pediu comida mexicana. E aquilo pareceu mesmo bom, daí terminamos em um lugar despretensioso, onde eu me entupi de salgadinhos de *tortilla* e Benjamin conseguiu duas *margueritas* só sorrindo para a garçonete e pedindo com educação. Naquele momento ele parecia precisar delas.

11

Eu tinha voltado à Target e escolhia vestidos de casamento. Metros de renda e véus brancos, enquanto pessoas invisíveis comentavam ao meu redor.

– Não, muito pequeno... muito grande... não cabe em você... muito clássico, muito apertado...

Até que me deu vontade de gritar, pois tudo o que eu queria era um vestido que resolvesse a parada. Daí tentei prová-los, mas não tinha provador. Então, no final de uma fila, entre as prateleiras de liquidação, briguei para entrar nos vestidos, um atrás do outro, e todos eles tinham furos. Grandes, largos, de traça, meu sutiã e minha pele aparecendo, e alguém dizia:

– Você vai ter de pagar.

As paredes da loja recuaram; borrões de tinta vermelha se esparramavam sobre elas e se transformavam em rostos compridos gritando. Senti um zumbido formigando nos dedos das mãos e dos pés, tipo quando suas pernas ficam tão dormentes que não dá nem para andar.

Eu conheço essa sensação. Ela vem com sonhos que me mostram coisas. Minha avó chamava de "Visões reais".

"Pesadelos reais" seria um termo melhor.

Por um instante pensei, confusa, que podia ter sido o sonho mais apavorante, aquele em que minha mãe me tira da cama e me leva até o andar de baixo, diz que eu sou a garota boazinha dela e me enfia no esconderijo dentro do *closet*. Briguei para acordar, mas o sonho tinha outras ideias. Ele é quem estava no banco do motorista, não eu. Não consegui lutar contra isso.

* * *

Estou deitada na cama, encarando o teto. Era um teto comum, daqueles com brilhinhos dourados. As sombras da árvore, que estava lá fora, dançavam entre os brilhinhos.

O "eu" do sonho é uma garotinha. Está sonolenta, vagueando naquele universo sossegado onde as crianças chupam o dedo e os olhos ficam fixos sem enxergar, sob as pálpebras pesadas.

Minha mãe estava ansiosa naquele dia, limpando tudo. Tensa, nervosa. Eu também estava irritada, mas ela havia lido histórias para mim e me embalado por um bom tempo, depois me colocou na cama e me cobriu. Escutei-a se movimentar pela casa, no andar de baixo, fazendo os barulhos de sempre ao preparar o lanche da madrugada para o meu pai – porque ele estava trabalhando por períodos prolongados na base e às vezes vinha para casa durante, mais ou menos, quarenta e cinco minutos no meio da noite, hora do intervalo dele – que, por algum motivo, ele não levou. Ouvi um tilintar quando ela largou um de meus brinquedos. Estava apressada, colocando-os de lado. Ouvi ela xingar calmamente enquanto escondia meu cadeirão na despensa. Mas não pensei nisso. Ao contrário, fiquei chupando o dedo e olhando o teto.

Tap-tap-tap. *Uma pausa.* Tap-tap.

Alguém na porta da frente. Não tocaram a campainha. Aquilo era estranho.

Silêncio. O próprio ar parecia estar escutando antes que eu ouvisse os passos da minha mãe, rápidos e leves. Ela abriu com tudo a porta da frente, e vozes percorreram as escadas.

Vozes femininas.

– O que você *está fazendo aqui? – Minha mãe parecia... furiosa. E um pouco surpresa, como se não estivesse esperando quem quer que fosse. Quase conseguia vê-la erguendo um pouquinho a cabeça, seus olhos azuis ficando gélidos e pensativos. Às vezes, ela olhava assim para as pessoas, em especial quando queriam algo dela. Caixas de*

supermercado ou vendedores empalideciam com aquele olhar, principalmente se estivessem tentando o que meu pai chamava de "gracinha".

Sua mãe, *às vezes ele dizia, quando tinha bebido um pouco de Jim Beam e podia ser induzida a falar sobre o passado,* não tinha muita paciência para gracinhas.

– Vim lhe visitar. Que casinha encantadora. – Ouvi uma risada que lembrava sinos e o farfalhar de vestidos de seda.

– Você não é bem-vinda aqui. – A voz da minha mãe estava afiada e irritada, uma advertência por si só. – Saí da Schola Prima, da Ordem, por sua causa. O que mais você quer?

A mulher deu uma risada falsa, que foi sumindo aos poucos, e quando falou de novo, suas palavras se arrastavam com maldade e ofensa.

– Onde ele está?

O tom de voz da minha mãe ficou frio e sistemático.

– Quem, meu marido? Ele é humano, o que você quer com ele? Experimente chegar perto dele, e eu vou...

– Humano? Um marido humano? Você está brincando. Nem você desceria tanto.

Um silêncio carregado, crepitante. Só pelo som eu sabia que minha mãe estava furiosa. Ela nunca ficava irritada; meu pai achava seu temperamento dócil. Dizia que comeria o próprio chapéu se ela dissesse uma única palavra maldosa sobre alguém.

Era algo novo e estranho. Eu não gostava daquilo. Fechei os olhos e me virei, entocada no meu travesseiro. Ali na minha cama era quente e seguro, mesmo se o vento encostasse seus dedos na minha casa com um sussurro faminto.

– Ah. – Um entendimento súbito. Ouvi minha mãe se mexer, uma gaveta abrir. – Então ele saiu. Sempre disse que sairia.

– Você sabe onde ele está – disse cortante e acusadora. – Você sabe. *Ele teria corrido para você.*

– Ele não está aqui.

– Eu devia, quem sabe, olhar por aí para ter certeza.

A gaveta fechou num estrondo. Ouvi um clique metálico e pesado.

– Anna. – O tom de advertência também era novo. Pinicou pelo meu corpo como um zumbido de estática. Meu "eu" criança

novamente se movimentava, inquieta, chutando as cobertas. – Sai. Da. Minha. Casa. Senão eu te mato.

– Você não é uma boa anfitriã. – Seria medo aquilo na voz da outra mulher? Disfarçado, mas ainda hesitante e despreparado. Claro que se minha mãe falasse assim comigo eu choraria. Estava feliz por ela nunca ter feito isso. – Você jura que ele não está aqui?

– Não vou jurar porcaria nenhuma. Saia da minha casa. Senão eu atiro em você e a Ordem vai precisar de outra vagabunda no comando.

– Se você o vir... – Mas a mulher se deteve, seu lamento sumia aos poucos. Não gostei da voz dela. Me machucava. Minha cabeça estava cheia de imagens ruins, lama, sangue e dentes afiados, e a única coisa que não me deixava choramingar era um reforço repentino no ar à minha volta. Eu estava muito cansada, e se fizesse barulho, minha mãe talvez subisse até o andar de cima e conversasse comigo com aquela voz fria e irritada.

E eu não queria aquilo. Jamais *ia querer aquilo.*

– Se eu o vir, vou dizer que você está procurando por ele. Não consigo imaginar se isso vai fazer muita diferença. Ele faz o que quer.

– Ah, eu sei disso. – Amargura, e eu conseguia ouvir a porta da frente rangendo, à medida que se escancarava sem fazer barulho. Nem chegaram a fechá-la durante toda aquela conversa. – Se eu descobrir que você o está escondendo aqui, Elizabeth...

– Eu tenho uma vida. Que não inclui ele ou você e seus joguinhos fúteis. Não venha trazer sua tristeza para a minha casa novamente.

– Então durma bem. – Soltou um sorriso malicioso que até eu conseguia ouvir, no meu quarto, no andar de cima. – Não deixe os nosferatus te morderem. Uma risadinha cruel, assustadora, e a porta da frente bateu com força.

Escutei minha mãe deixar um ar trêmulo sair de seus pulmões. E o zumbido voltou, intenso, na minha cabeça, percorrendo meus ossos. Eu sabia o que viria em seguida.

Em seguida eu adormeceria.

E quando acordasse na escuridão, sabia o que aconteceria. Aquele sonho outra vez, o pior de todos os sonhos.

Então o zumbido se despejou sobre mim, e agulhas de aço pinicaram minha carne. Luto contra o sonho. Não quero me lembrar disso. Nunca quero me lembrar disso, e a cada vez é mais doloroso, porque eu sei...

Ela está se inclinando sobre meu berço, seu rosto maior do que a lua e mais lindo que a luz do sol, ou talvez seja assim porque eu sou muito criança. Seu cabelo cai em cachos brilhantes, com o cheiro daquele xampu especial, e o medalhão prateado reluz em seu pescoço.

Mas há uma sombra em seus belos olhos escuros, que combina com a escuridão sobre a metade esquerda de seu rosto. É como a sombra da chuva vista por uma janela, com a luz se partindo em filetes.

– Dru – ela diz de modo suave, mas apressado. – Levante.

Esfrego os olhos e bocejo.

– Mamãe?

Minha voz sai abafada. Às vezes é a voz de uma criança de cinco anos, às vezes, mais velha. Mas sempre é uma voz incerta, quieta e sonolenta.

– Vem, Dru. – Ela abaixa as mãos e me apanha gemendo de leve – Ufa! – Não consegue acreditar o quanto eu cresci. Sou uma garota grande agora, e não preciso que ela me carregue, mas estou tão cansada que não reclamo. Me aninho em seu calor e sinto a batida de seu coração, rápida como um beija-flor. – Amo você, meu nenê – sussurra em meu ouvido. Seu cheiro é de biscoitinhos saídos do forno e perfume quente, e é aqui que o sonho começa a piorar. Porque escuto algo com jeito de passadas, ou de pulsação. No começo é calmo, mas vai aumentando e ficando mais rápido a cada batida – Amo tanto você.

– Mamãe... – Coloco a cabeça no ombro dela. Sei que sou pesada, mas ela está me carregando, e quando ela me coloca no chão para abrir uma porta, eu reclamo só um pouquinho.

É o closet do andar de baixo. *Como sei que é o andar de baixo, não tenho certeza. Ela puxa alguma coisa no chão, e alguns de meus bichinhos de pelúcia foram socados em um buraco quadrado, junto a cobertores e um travesseiro da cama dela e do Papai. Ela me apanha de novo e me coloca no buraco, e eu começo a sentir um leve pânico.*

– Mamãe?

– Vamos brincar, Dru. Você se esconde aqui e espera o Papai chegar do trabalho.

Eu sei o que vai acontecer. O Papai vai chegar em casa e me encontrar. As coisas, porém, jamais serão as mesmas. Porque aquela foi a noite em que o Sergej veio, a noite em que ele a matou, mas ele não me encontrou.

E é tudo minha culpa.

O sonho se transforma em mantos de gaze apodrecendo, me estrangulando. Envolvendo pulso, tornozelo e quadril com um toque frio e pegajoso e eu me contorcendo, gritando, desesperada por ar. Não quero ver, não quero ver...

...não quero ver, *para! Eu não quero ver!*

Lutei, cega, gritando, suando e sacudindo. Espanquei tudo com os pulsos e os pés, debatendo-me. Sem acertar nada, a não ser os espaços vazios.

– É só um sonho! – insistia Graves. – Só um sonho!

Não, não é, eu queria gritar. *É real. Aconteceu e continua acontecendo.*

Alguém estava esmurrando a porta. Engasguei, olhando fixamente para o Graves. Pisquei com muita fúria. Eu devia estar chorando durante o sono; tinha molhado o rosto e meu nariz estava entupido. O grito morreu na minha garganta. Engoli um pouco de ar. Minha camiseta estava toda retorcida e minha calcinha nova também, toda amarrotada. É assim que elas ficam quando a gente se agita.

O anoitecer enchia a janela com a cor violeta. Era meu primeiro dia com aulas de verdade. E alguém estava martelando a porta, berrando meu nome.

– Dru. – Graves segurava meus ombros. – É só um sonho, *tá*? *Tá*? Você está aqui, eu estou aqui, está tudo bem. Você está a salvo, eu prometo.

Enxuguei o rosto com as mãos trêmulas. Era o Benjamin quem estava na porta.

– Ai – sussurrei. – Jesus. Eu... me desculpa.

– Está tudo bem. – Os olhos verdes inflamados, Graves estava quase nariz com nariz comigo. Dava para ver os filamentos dourados nas íris dele, e um pouquinho de remela presa no olho direito. Bastou para me fazer chorar de alívio, porque ele era seguro e real. Seu saco de dormir permanecia amontoado sobre o piso. – Você estava se revirando muito, daí começou a gritar. Gritar de verdade, como se estivesse...

– Me desculpe. – Meu coração batia com muita força, funguei. A porta estava mesmo chacoalhando contra a barra. – É o Benjamin.

– Melhor eu deixar ele entrar. Acho que a gente vai para aula. – Ele, porém, ainda segurava meus ombros, com seus dedos calejados, longos e dóceis. Como se tivesse todo o tempo do mundo para ficar ajoelhado na minha cama e examinar meu rosto. Sua camiseta tinha um furo em um ombro, e eu sentia algo esquisito dentro do peito ao ver isso. – Você está legal?

Agarrei-me com as duas mãos, como diria a minha avó, e concordei com a cabeça.

– Acho que... estou. Me desculpe. Foi um lance... muito intenso.

– Legal. Eu cuido do Benjamin. Você está a salvo, está bem? Não vai acontecer nada. – Sua boca se comprimia sobre si mesma. E agora eu estava tendo algum tipo de ataque cardíaco. Porque quando ele me olhava daquele jeito, meu peito começava a parecer que tinha virado do avesso. – É uma promessa.

E isso – a promessa, a forma como ele disse, com uma certeza plena – bastou para que as lágrimas viessem novamente. Ele me largou e marchou até a porta, um moleque magricelo de samba-canção e camiseta furada. Suas pernas também tinham ganhado massa. Não estava com aquela magreza de pássaro que tinha lá em Dakota. E começava a se mover como um lobisomem, elegante e seguro de si.

Segurei os lençóis perto do peito e fechei os olhos outra vez. Ouvi quando ele tirou a barra dos suportes.

– Sossega aí! – Berrou. – Ela está bem! Um pesadelo! Foi só um pesadelo.

Só que nunca são apenas pesadelos. Ainda bem que eu tinha outras coisas para ocupar a mente. Agradeci por isso e meus olhos se abriram num estalo. Forcei meu caminho naqueles cobertores embolados e parti a toda para o banheiro. Não queria que ninguém me visse daquele jeito e quis me aprontar para enfrentar o dia. A noite. Tanto faz.

Mas, acima de tudo, não queria pensar no que tinha acabado de sonhar. Decidi que daria o máximo de mim para esquecer. Já estava sumindo, recuando calmamente para o espaço onde os sonhos vivem quando caminhamos pela luz do dia.

Devia saber que não seria assim tão simples.

12

Duas semanas depois, o anoitecer caía em faixas violetas pela cidade e a Schola Prima despertava. Aqui não havia campainhas para acordar, nem entre uma aula e outra. Não havia nem campainha de Restrição. Eu estava nervosa sobre o que aconteceria se os chupa-sangues atacassem, mas Benjamin disse que aquilo não acontecia com frequência.

Não igual à Schola-reformatório. E aquele era só o começo das diferenças. Somando tudo, eu gostava mais deste lugar.

Um pouco.

Graves encolheu os ombros outra vez para vestir seu casaco preto e comprido, correu os dedos pelos cabelos novamente. Eles formavam cachos selvagens, molinhas cheias de energia, e ele fez uma careta quando os dedos passaram por um emaranhado. Enfiou o saco de dormir enrolado perto da cama.

– *Vamos logo*, você vai se atrasar.

– Caramba – anotei correndo as duas últimas respostas, fechei o livro fazendo barulho e o coloquei dentro da minha sacola. Agarrei um pedaço de torrada, um casaco novo com capuz vermelho e estava me dirigindo para a porta quando veio aquela porção de batidas apressadas. Graves abriu a porta e Shanks botou a cabeça. Ele esteve a serviço durante a última hora antes das aulas da manhã, e para Benjamin não havia problema que um lobisomem pintasse em minha porta para que todos pudessem se aprontar para a noite.

– Jesus – disse o lobisomem, afastando a franja emo que lhe cruzava a testa. Era um estilo popular naquele ano. – Vocês vão se atrasar *todos os dias*?

– Ô, Bobby. Uma garota não consegue se arrumar a tempo.

Graves parecia aliviado.

Não é minha culpa.

– Quieto. – Coloquei a bolsa carteira nova sobre o ombro. Era marrom e de tecido grosso. Tentei enfiar toda a torrada de uma vez na boca. Graves e eu saímos correndo pela porta, Shanks me evitou com elegância. Esse cara tinha as pernas mais compridas que eu já tinha visto e se movimentava com um tipo de galope indeciso, esperando que o resto do mundo o acompanhasse.

Dibs estava no pátio de entrada com seus cabelos dourados bagunçados. Parecia um daqueles querubins que a gente vê pintado em pratos de senhoras. Só bochechas e cachinhos.

– Oi, Dru – falou, e na mesma hora ficou vermelho e baixou o olhar.

Benjamin surgiu do nada, oferecendo-me um maço de papéis num fichário de plástico.

– Consegui seu fichário. O Leon ficará com a senhorita até o almoço; os outros e eu temos treino de lutas esta manhã. Você já comeu?

Engoli uma massa enorme de torrada e quase engasguei, ela desceu todinha e eu fiz que sim com a cabeça. Leon deu um passo para fora do quarto e fechou a porta de uma só vez. Vinha trazendo – ah, graças a Deus – dois copos de papel que tinham boas chances de ser café.

– Já. – Peguei o fichário, pensei em enfiá-lo dentro da sacola, mas resolvi carregá-lo. – *Putz*, valeu. Não precisava.

– O prazer é meu. – Sorriu, e por um momento pareceu bastante jovem. Seus olhos escuros faiscaram. – Vou trazer seus livros de Biologia Paranormal e Química no almoço, tudo bem? E George vai lhe arrumar uma sacola de ginástica antes do treino de combate da tarde.

– Você salvou minha vida. – Pelo menos uma vez, não pensei quão irônico era dizer isso a um *djamphir*. – Pode ir, vai. Eu vou ficar bem. É só chegar até a classe.

– Se você não se apressar, aí não vai conseguir. – Graves pegou meu braço e puxou. Já estava com um cigarro aceso. – Até mais, Benjy.

Ai, pelo amor de Deus. Mas Leon já estava lá, apanhando meu casaco com capuz e o fichário, pondo de lado o café e olhando sério para a minha sacola. Prendi-a mais alto no ombro e me apressei para acompanhar Graves.

– Valeu.

– *Nichts zu danken*[16]. – Leon parecia pronto a agarrar de novo minha sacola. Só que o Graves não me largava, e eu fiquei bem firme nele.

Era uma das coisas mais bizarras na Schola: esperava-se que eu não carregasse *nada*. A outra coisa bizarra? Nenhum ataque de vampiro desde que cheguei aqui. Três semanas inteiras. Fiquei tão acostumada com um ataque a cada dois dias que parecia até que eu estava em férias.

Férias nas quais eu frequentava as aulas e aprendia sobre o Mundo Real, em outras palavras. E *dormia* pouco, porque Ash estava de pé com uma precisão fora do normal entre as 4 e 5 da manhã, bem na hora em que todo mundo estava relaxando e indo para a cama. Aquilo levava todo o tempo que eu usaria normalmente para as lições de casa, ou seja, algumas horas ralando depois do amanhecer e daí desabar na cama enquanto o Graves tentava dormir no saco de dormir, no chão. Ficamos dando voltas e mais voltas para arrumar horários e dividir a cama ou conseguir outra cama extra, mas ele era teimoso. *Eu gosto assim. É bom para as minhas costas. Vai fazer a lição de Química.*

Desconfio que ele agia assim porque qualquer coisa que viesse pela porta obrigatoriamente passaria por ele até chegar à cama. Mas como é que eu poderia lhe perguntar uma coisa dessas?

A gente não falava sobre nada que eu realmente quisesse saber. Ele mantinha uma distância de pelo menos um braço todas as vezes. Estava seriamente começando a achar que aquele beijo não tinha passado de um sonho. Deus sabia que pesadelos em *Technicolor* vinham pipocando todas as noites em minha mente, embora eu tivesse parado de acordar aos gritos.

Fazia um tempão que eu não via a Anna. O Conselho "solicitava" minha presença a cada dois ou três dias, uma hora incômoda de conversas não tão informais onde me examinavam e perguntavam para onde meu pai e eu tínhamos ido. O que eu lembrava da minha mãe. Tudo o que o Christophe tinha me dito.

16 "Não tem de quê" ou "de nada", em alemão (N.T.).

Kir olhava fixamente para mim durante a coisa toda.

Não me perguntaram sobre Anna ter ido à outra Schola e eu também não disse nada. Imaginei que era a estratégia mais segura. Além do quê, eu estava ocupada demais para me preocupar com ela, agora. Ela não frequentava as aulas; era totalmente treinada e tinha desabrochado por completo. Estava ocupada com a direção da Ordem, e eu acho que isso gerava vários documentos. Conclui que o lance dela era viajar pelo mundo, sempre pegando um avião para algum lugar. Paris na primavera, Londres quando queria mudar o ritmo, Fiji quando esfriava muito, Rússia quando estava a fim de algo exótico. Além disso, acho eu, que se ela ficasse se movimentando bastante os chupa-sangues tinham menos oportunidades de encontrá-la.

Se e quando ela aparecesse outra vez, tentaria descobrir alguma coisa.

As janelas estavam repletas daquele ouro viscoso do pôr-do-sol, e da vegetação que brilhava lá fora. Era na verdade muito bonito, e assim que nós descemos as escadas e viramos à direita, chegamos a uma galeria comprida, com janelas só de um lado. O sol iluminava os cabelos do Dibs, e pintou de dourado sua pele perfeita e os dentes do Shanks, e incendiou os olhos do Graves. Quanto a mim, só pisquei e tentei não parecer sonolenta – além de tentar também não engasgar com as goladas imensas de *banana latte*[17].

Opa, não fala mal antes de conhecer. *Banana latte* é muito bom. Na galeria havia um conjunto grande de portas duplas, e eu inspirei de um jeito ostensivo. Leon abriu a porta nervoso e olhou de relance para fora. Ele balançou a cabeça, e só então Graves relaxou no meu braço e todos nós atravessamos as portas e entramos num saguão quase lotado de garotos.

Frequentar uma Schola é como caminhar num mar de coadjuvantes de comerciais de pasta de dente e *sitcoms*. Os lobisomens são mais altos e os *djamphir* têm uma constituição mais esbelta. Existem em todas as formas humanas concebíveis. Lobisomens tendem a ter cabelos mais escuros, enquanto os *djamphir* têm cores de cabelos mais radicais – não só loiros, mas platinados ou dourados, não apenas escuros, mas pretos brilhantes ou marrom avermelhados. A cor da

17 Café com leite e banana (N.T.).

pele é uniforme e bonita, sem uma sarda ou mancha. Os olhos são brilhantes ou lembram pedras preciosas, além disso, *djamphirs* têm traços faciais mais angulosos, e o jeito de se movimentar é diferente.

Lobisomens se movimentam como se estivessem mexendo os ombros de uma maneira fluida através da grama alta, e os garotos *djamphirs,* com uma elegância sobrenatural. É algo que você pode não notar se olhar apenas um deles, mas e uma multidão? A imperfeição explode dentro do seu cérebro e faz cócegas naquele pontinho instintivo da sua nuca. Aquele que diz que algo é perigoso.

Ou quem sabe sou só eu. Porque, como de costume, no instante em que eu botei os pés no saguão, todos pararam para me olhar.

Acho que eu sentiria curiosidade sobre o único menino em uma escola só de meninas. É que, sabe como é, ser a única garota numa escola só de garotos era diferente. Porque era para mim que todo mundo olhava. Depois de treinar a arte da invisibilidade nos saguões de escolas por todos os Estados Unidos, isto era novo e indesejável.

Armários antigos de metal, daqueles com cadeados, estavam erguidos entre as portas das salas de aula, e os sons de armários fechando e pés trotando, assim como as vaias casuais, não penetraram a bolha de sussurros ao meu redor. Baixei a cabeça, como de costume, e deixei meu cabelo úmido escorregar para frente, fazendo uma cortina na minha cara. Dibs se aproximou mais à minha esquerda, e Graves ergueu o queixo e deu um passo saltado que fez seu brinco balançar. Parecia não se importar com os sussurros *nem* com os olhares.

Claro, talvez ele tivesse sofrido isso quando era o garoto gótico no vilarejo em Dakota. Estava na cara que ele tinha uma bela fachada para mostrar ao mundo. Às vezes ele até se esticava e pegava na minha mão, fazendo com que seus dedos escorregassem pelos meus. Era um toque que me deixava tão grata quanto confusa.

Mas hoje não. Hoje eu passo por isso sozinha.

Mandei para baixo outra golada de café, respirei na hora errada e quase cuspi tudo no chão. É isso que dá ser encarada – deixa você desajeitada.

– Você está legal? – Graves parecia preocupado.

– Fiz toda a lição de casa. – Meu nariz pinicava por causa do café. Olhei bem para os meus tênis no piso de madeira. Um passo, dois passos, três passos. Leon interrompia o trânsito para que eu não tivesse que me preocupar com esbarrões. – Acho que... – *Eu acho mesmo que ele vai voltar à forma antiga,* quase disse, mas fechei a boca. Não era o tipo de coisa para falar em um saguão. Principalmente quando tudo o que eu dizia caía num tanque enorme e agitado de silêncio.

Todas as noites o Ash lutava, seus ossos estalavam, para mudar. E a cada noite eu achava que ele ia mesmo conseguir. Benjamin dizia que não. Shanks encolhia os ombros. Graves não falava nada e Dibs nem chegava perto do saguão que abrigava o quarto do Ash.

Quase atropelei o Leon quando ele parou.

– Última Parada, Grand Central[18], queiram, por favor, sair – disse, com um de seus sorrisinhos tortos. À luz do sol, seu cabelo castanho bem claro apanhava mechas de ouro, castanho escuro e loiro acinzentado, e ficava bem em vez de lambido. Tinha um rosto bonito e anguloso, e eu ainda estava tentando descobrir como ele conseguia fazer aquele lance de sumir-na-paisagem. Não parecia natural.

– Vejo você no almoço. – Graves deu outra baforada em seu canudinho. – Vamos fazer Biologia Paranormal juntos. Vai ser divertido.

Revirei os olhos.

– Pode apostar. Até mais, galera. Valeu.

– *Ciao*, garota Dru. Não esquece, sábado a gente vai correr no parque. O Graves vai te levar. – Shanks acenou, jogou um braço por cima dos ombros do Dibs. – Vamos, cara. Aposto uma corrida contigo até a Ala Vermelha.

– Não vou esquecer. – Era a terceira vez que ele me lembrava. Mas ele já tinha ido. Desse jeito mesmo, rumo à ala onde os lobisomens assistiam às aulas deles. O saguão foi esvaziando rapidamente, e vários garotos me olhavam sorrateiros. Aguardei, ansiosa.

Graves me examinou com os olhos verdes reluzindo. Aparentemente satisfeito, ele se inclinou e pressionou os lábios no meu rosto. Uma bicada apressada, daí se endireitou, girou nos calcanhares e se afastou bem depressa.

---

18 Leon está fazendo uma brincadeira, mencionando uma estação terminal de trem de Nova York (N.T.).

Todo dia era a mesma coisa. Como demonstração pública de carinho, meio que deixava a desejar. Quem sabe ele estivesse indo devagar por causa de tudo o que vinha rolando, ou talvez ele só... Não sei.

Leon emitiu um som breve, reprimido. A porta rangeu um pouco conforme ele se reclinou, abrindo-a num puxão e olhou lá dentro de relance. Acenou para mim com a mão esguia e apática.

– Primeiro as damas, Milady.

Deus, como eu queria que vocês não me chamassem assim. Mas eu me limitei a puxar minha sacola no ombro e passei por ele batendo os pés. Era difícil ter uma irritação satisfatória quando a gente só usa tênis. Mesmo assim, eu tentei.

Como eu estava uns poucos minutos atrasada, todo mundo já estava lá. Até o professor, Beaufort, um *djamphir* alto, magro, recém--saído do "desabrochar", numa jaqueta de veludo azul desbotada e calças com listras estilo *hipster*[19].

Esses que demoram a "desabrochar" – como é chamada a puberdade quando os garotos *djamphirs* "pegam a manha" de seus poderes – aparentam ter vinte e poucos anos em vez de estar em plena adolescência.

Eles têm também uma coisa... não sei explicar direito. Uma sombra ao redor dos olhos, ou um movimento casual de agitação súbita, como se estivessem sentindo dor. O Augustine também fazia isso. Na época eu só achava que ele era esquisito. Uma porção de caçadores humanos têm tique nervoso. Que nem o Juan-Raoul de la Hoya-Smith, outro dos amigos antigos do meu pai. Ele caça chupa--cabras e outras coisas lá pelos lados de Tijuana[20]. Também cospe no chão sempre que alguém diz alguma coisa que não dá sorte, e seu conceito de sorte é... esquisito.

Um anel em volta da lua? Má sorte. Chapéu em cima da cama? A pior das más sortes. A primeira coisa que você viu de manhã foi um esquilo? Boa sorte. Gansos canadenses? Boa sorte. Agora, gaivotas? Má sorte. Ele as chama de "ratos com asas." Mas adora pombos. Vai entender.

---

19 A expressão vem do termo "Hip", que se refere a quem está associado a, ou em sintonia com, atitude e gostos avançados; na linguagem coloquial, seriam os "moderninhos" (N.E.).

20 Situada na Fronteira dos Estados Unidos com o México, é a maior cidade do Estado de Baja Califórnia (N.T.).

Beaufort fazia um movimento bizarro, como se quisesse reverenciar e se detivesse bem a tempo, se endireitando e baixando as abotoaduras. Debaixo do veludo azul, a camisa do professor era cheia de babados e esquisita. Parecia seda esfarrapada.

– Ah, alô. Alô.

Um movimento apressado atravessou o garoto *djamphir*. Nenhum deles tinha se sentado ainda; os sofás e poltronas eram dispostas em um círculo duplo ao redor do professor, todas vazias. E todos eles estavam olhando para mim.

Essas coisas nunca facilitam para o meu lado.

Escolhi um sofá na segunda fila e desabei nele. Leon ficou atrás de mim, um lembrete silencioso. Eu sabia, sem olhar, que as mãos dele estavam cruzadas, repousadas confortavelmente, e a cabeça estava um pouco inclinada para frente; assim, seus olhos estavam perdidos atrás de uma tela fina de cabelos bonitos.

Parecia que ele fazia quase todo mundo ficar incomodado.

Todos afundaram com elegância nos assentos escolhidos. A outra metade do meu sofá permaneceu vazia. Como sempre.

Era como ter uma doença contagiosa.

O professor limpou a garganta.

– Passem seus papéis, por favor.

Inclinei-me adiante. O menino que em geral sentava na minha frente – de cabelo cor de caramelo e fascinado por caras camisas de seda com botões no colarinho – olhou para trás, de relance, apanhou o fichário de plástico que eu entreguei e corou num vermelho bem forte.

Tentei não suspirar. Tirei da sacola um bloco de anotações amarelo e um lápis, ajeitei-me e esperei. Um esboço preenchia as bordas da folha, no alto: blocos de alvenaria, grama sombreada no rodapé da página e um espação vazio no centro.

Nunca consegui desenhar no centro. Daí todas as minhas anotações serem enfeitadas com essa ruína bizarra que parecia uma igreja, pairando feito um sonho ruim.

Como de costume, uma vez que você precisava me olhar diretamente, Beaufort parecia gente fina.

– Muito bem, muito bem. Bom, nós tínhamos parado na primeira tentativa real dos *nosferatus* de dominar o mundo civilizado, em 1200 a.C. Existem lendas distorcidas sobre esse período, a maior parte delas referente ao Povo do Mar, apesar das evidências arqueológicas serem, na melhor das hipóteses, inconsistentes. Então, como separar fato e ficção?

– Pela tradição oral – disse um *djamphir* loiro na fila da frente. – Daí a gente faz referência cruzada com os registros arqueológicos e uma projeção a partir do que se sabe sobre o comportamento dos *nosferatus*.

O professor concordou com a cabeça.

– Nossa tradição oral é bastante exata, específica e não escusatoria por um lado. No passado, os *wampyrs* podiam se movimentar durante o dia. No passado, o sol não era impedimento para eles. Certamente eram *enfraquecidos* por sua presença: mas não era o obstáculo que é hoje. Então, o que aconteceu?

Silêncio. Bati os olhos de novo em minhas anotações. Nada que pudesse responder à pergunta. Claro que eu nunca levantava a mão – mas queria saber antes que ele chamasse outro. Beaufort gostava de dar a todos um tempo também para digerir e apresentar algo. Não era daqueles professores que se deliciavam apanhando moleques no erro.

Havia uma coisa com a qual eu estava me acostumando aqui na Schola. As provas eram puxadas e os professores, inteligentes, mas não ficavam experimentando joguinhos fúteis pelo poder. Pelo menos não em sala de aula.

A resposta surpreendeu a todos nós. Veio por cima do meu ombro direito, e era um chiado sibilante que se insinuava através do silêncio de uma classe pensando.

– *Scarabus*. – Sutilmente, Leon distribuiu o peso do corpo e quase senti a movimentação pelo sofá. – Ele se ergueu das areias e caminhou entre eles, matando onde escolhia.

– Estou vendo que *alguém* aqui fez as leituras obrigatórias. Entretanto, Leontus, você não é aluno do primeiro ano.

Silêncio outra vez. Leon inspirou e deu um riso debochado, leve, mas preciso.

Eu gostava cada vez mais dele.

– Eu ouvi falar. – O loiro na fileira da frente disse, enfim. – Scarabus. Achei que era um mito.

O professor ergueu a cabeça.

– *Ah*, sem dúvida ele não é um mito. Se nós, Kourois, sobrevivemos como espécie hoje, é graças a ele. Seu nome se perdeu, mas os *wampyrs* o chamam Scarabus. Ele era um *ephialtes*.

O rosto de Beaufort se contraiu como se sua boca estivesse cheia de doces azedinhos e seus dentes estivessem podres.

Anotei aquilo, soletrando o melhor que pude. O professor fez uma pausa.

– Alguém?

– Nome grego. – Um *djamphir* ruivo à minha esquerda ofereceu a resposta. – Certo?

– Significa *traidor*. O termo só teve origem centenas de anos após Scarabus, mas hoje seu uso é aceito. Ele foi um *djamphir* especializado numa coisa: matar os de sua espécie para seus amos *wampyrs*.

Ele está se empolgando mesmo. Às vezes esse cara entrava um pouco demais na história, falando como se estivesse lá. Acho que nunca dá para ter certeza entre um bando de *djamphirs*. E para ser sincera, aquilo era fascinante. Beaufort pousou a ponta do dedo em seus lábios contraídos. Deu uma volta completa, seus olhos azuis passavam por todos nós e mechas de escuridão deslizavam pelos cabelos. O *disfarce* o atravessava, suas presas deslizavam para fora, criando covinhas em seu lábio inferior. As presas recuaram, o cabelo voltou ao normal e eu soltei de leve o fôlego, o bloco de notas enrugou debaixo da minha mão esquerda antes que eu afrouxasse os dedos.

Não pensei que me acostumaria com o *disfarce* atravessando um *djamphir*. É a parte que a gente herdou dos chupa-sangues. A parte que nos deixa mais fortes, mais rápidos...

...e sedentos pelo troço vermelho que corre nas veias.

Não dá para se acostumar com isso. Não tão fácil, nem tão rápido.

– Muitos *djamphirs* foram *ephialtes* no tempo deles – disse Beaufort com suavidade. – Até o melhor de nós. Criados para caçar a própria espécie, não conhecíamos nada além. É a questão original da natureza *versus* a educação.

Christophe fazia isso. Caçava outros djamphirs. Um arrepio desceu pelas minhas costas. Afinal, ele era filho do Sergej. Contaram--me que o Augustine o tinha trazido, e minha mãe foi o motivo pelo qual ele ficou na Ordem.

A não ser que Chistophe tenha me contado outra coisa.

Se eu preciso de um motivo, agora, Dru, terá de ser você.

Por falar em pensamento incômodo... As marcas de presas no meu pulso latejaram um pouco, mas eu não dei bola para a sensação. Estava ficando boa nesse lance de não dar bola. Se houvesse uma Olimpíada talvez eu me classificasse. Iria atrás do ouro.

– Depois de um tempo, os *ephialtes* começaram a se questionar por que matavam seus irmãos, e o que lhes aconteceria quando seus amos se cansassem de seus serviços. Scarabus se voltou contra o sistema. Normalmente ele seria caçado por isso, seus amos enviariam todos os *ephialtes e os wampyrs* que pudessem. Scarabus, porém, tinha uma vantagem.

Leon se agitou inquieto atrás de mim.

Beaufort terminou a última volta vagarosa pela sala e seus olhos se fixaram em mim.

– Ele tinha uma irmã.

Um murmúrio atravessou a sala. Alguns poucos garotos, não se contendo, olharam para mim e desviaram os olhos rapidamente.

Maravilha. Afundei no sofá, desejando alguma poção de desaparecimento.

– O primeiro ato de desobediência de Scarabus foi apanhar sua irmã, ainda bebê, e escondê-la. A mãe deles, humana, morreu no parto, e Scarabus mentiu ao amo dizendo que a criança também tinha morrido junto. Essas coisas eram comuns na Antiguidade. Nada mais foi dito até quinze anos mais tarde, quando a irmã estava prestes a *desabrochar*. Sem poder mais mantê-la em segredo, ele a bebeu até secar.

Meu estômago revirou com força.

– Ele *o quê*? – Essa saiu sozinha.

Beaufort se encolheu. Mesmo.

– Ele, hã, a matou. Bebeu além do ponto de união, além do ponto de trevas de sangue, além do ponto de aleijar. Absorveu a irmã. E usou a força no sangue dela para se tornar algo que os *wampyrs* não conseguiam enfrentar. Pelo menos, algo que os de sua espécie não conseguiam enfrentar.

– Calma lá. Ele comeu a *irmã*? – Foi o cara na minha frente. Senti-me meio contente por mais alguém ter tido a mesma reação. Acho que o cavalheirismo ainda não morreu.

Beaufort suspirou. Um suspiro estilo Dylan, só que sem as nuances de irritação paciente que Dylan emitia.

– Em essência, sim. Ele absorveu a essência dela e usou as trevas da aura resultantes para atacar o Vampiro Rei. Que, por acaso, foi o amo de Scarabus na maior parte de sua vida.

– Espera. As trevas da aura. – Lembrei vagamente do termo. – O que é isso?

Ninguém respirou, nem se mexeu por alguns segundos prolongados. Eu estava me acostumando com aquilo, sempre que eu fazia uma pergunta realmente básica. Eles aceitavam todas essas coisas sem questionar, já que a maioria foi criada com o *djamphir*. Meio que me fazia imaginar sobre o que eu aceitaria sem questionar se minha mãe ainda estivesse viva.

Bom, *esse* era um pensamento incômodo.

Beaufort olhou atentamente por cima da minha cabeça e uma leve coloração rosa tingiu suas bochechas.

– É o que acontece quando um *djamphir* bebe sangue. Depois de um determinado ponto, *ah*, a nossa herança *nosferat* vem à tona. Adquirimos mais força, mais velocidade... e menos tolerância à luz do sol. Ela nos queima assim como a eles, quando nos rendemos a esse apetite. – Sua boca se contraiu. – Iremos falar sobre isso mais tarde, Milady. Me permite?

Então foi por isso que o Christophe se escondeu do sol depois que me mordeu. Fiz que sim com a cabeça, fechei a boca com um estalo. Puxa, eu estava aprendendo coisas novas em tudo quanto era lugar. Queria estar usando meu casaco de capuz. Arrepios tomaram conta dos meus braços, se espalhando pelas minhas costas.

– Sem o Rei, a Corte se dispersou e gradativamente perdeu a capacidade de caminhar durante o dia. O que nos traz de volta à questão dessa aula. Por que Scarabus precisou esconder a irmã?

Eu sabia que não conteria alguma brincadeira.

– Para fazer uma boquinha mais tarde?

Ouvi um ou outro engasgar, uma risada nervosa e várias bufadas. Poucos garotos baixaram os olhos para os blocos de anotações ou livros, um ou dois estavam com as bochechas bem vermelhas.

Nunca fui de falar gracinhas em sala de aula. As coisas estavam mudando...

Se a boca do Beaufort pudesse se contorcer ainda mais, ele pareceria com o garoto propaganda de um comercial de caretas.

– Não, Milady. O que permitia ao Rei Vampiro, e portanto, ao restante dos *wampyrs,* caminhar durante o dia eram as infusões periódicas de sangue de *svetocha*. Que, por acaso, é o que as torna alvo de prioridade máxima tanto para nós quanto para eles.

A careta relaxou um pouco e virou um sorriso desconsolado, que mostrava seus dentes muito, muito brancos à medida que o *disfarce* corria por Beaufort outra vez. As presas parecem diferentes quando ficam expostas e se estendem. Parecem mais grossas e com uma curva acentuada.

– Desde então, as *svetochas* se tornaram cada vez mais raras, por motivos que ainda procuramos entender. – Finalmente ele se afastou de mim, os olhos passearam pela classe. – Durante os quatro séculos que se seguiram à morte do Rei, a Corte se dispersou. As populações humanas também evoluíram, e uma cópia da Corte original foi estabelecida na Grécia, uma vez que o império egípcio e, por extensão, o hitita comprovaram-se... nocivos. Infelizmente, porém, Scarabus e seus discípulos puderam treinar somente alguns *djamphirs*; e como as baixas eram altas, os *wampyrs* estavam com a vantagem até recentemente, quando foi firmado o Pacto com os lobisomens. – Olho para o relógio sobre a porta. – Acho que já é o suficiente por hoje. Abram seus livros na página 285, e...

Fucei a sacola procurando meu livro, mas o urro em meus ouvidos abafou a maior parte do que ele disse em seguida. As marcas no meu pulso já tinham quase sarado. Eram apenas dois furinhos inocentes com cara de machucado, bem onde se toma a pulsação. Marcas dos dentes de Christophe.

Só peguei emprestado. Não tirei. Lembre-se disso.

Ele podia ter me matado. Lembrava da sensação *horrorosa* de ser cortada, rasgada, como se algo além do sangue estivesse sendo arrancado de mim. E foram apenas três goles demorados e infernais. Depois disso, Christophe invocou aquela névoa para nos ocultar e caçou os vampiros que nos perseguiam e...

– Milady? – A voz de Beaufort. – Pode nos dar a gentileza de ler a primeira passagem da página 285?

– Tá. – Folheei mais duas páginas. – Pode deixar. Dois, oito, cinco. – Meus olhos passearam sem destino e eu tinha algo preso na garganta. Mas percorri três parágrafos sobre os padrões de migração dos vampiros durante a Guerra do Peloponeso e não fui mais solicitada no restante da aula. Passei por ela só mantendo a cabeça baixa e olhando fixamente as páginas, meus olhos embaçados. Eu ia me ferrar por causa disso nas provas da próxima semana, mas, Deus... Lembrar-se de alguém que sugou seu sangue e sua alma não é agradável.

Como seria a sensação, então, de ser sugada até a *morte*?

Todas as vezes que pensava nisso, me revirava, incomodada, e quando a aula acabou, eu estava preparada para cair fora dali. Foi uma surpresa quando o garoto da camisa de seda sentado na minha frente se virou e ficou inclinado por cima do encosto do sofá dele.

– Opa.

Foi difícil colocar o livro de volta em minha sacola. Agarrei meu casaco e me encolhi dentro dele.

– E aí?

Eu não parecia muito convidativa. Mas quem se importa?

– Você, hã, quer tomar café? Qualquer hora dessas?

O quê? Olhei fixamente para ele como se o menino estivesse falando um idioma desconhecido, e o barulho confuso na sala, enquanto todo mundo se preparava para sair, chegou ao máximo. Foi só nesse momento que compreendi o que ele me perguntava.

Finalmente encontrei as palavras.

– Acho que sim.

Por que você falou isso, Dru? Como se você tivesse tempo para tomar cafezinhos. Mas, caramba, era a primeira vez que alguém tinha me dito algo, sem ter que necessariamente fazê-lo. E sim, eu era a garota nova. Então sempre tome cuidado com o primeiro cara que falar com você – essa é a regra para garotas novas. Eu poderia recitá-la inclusive dormindo.

Mas ir contra a regra funcionou tão bem da última vez com o Graves. Tá, não tão bem assim, levando em consideração que ele me beijou uma vez e resolveu que não queria seguir adiante. E esse cara parecia tão esperançoso, e seus olhos azuis eram quentes e tímidos.

– Quero dizer, claro. – Minha boca respondeu independentemente do meu cérebro. – Tipo quando?

Ele parecia surpreso, mas disfarçava bem.

– É... Hã. Bom, quando você pode?

Leon soltou um ruído abafado atrás de mim. Fingi não ouvir.

– Fins de semana, na maior parte das vezes. Exceto este sábado porque já estou, hã, ocupada. Então, domingo? Por volta da uma hora, mais ou menos? A gente pode se encontrar no refeitório.

Banca a difícil, Dru. Ele parece que acabou de ganhar um presente de Natal.

– Joia. – Ele me estendeu a mão por cima do encosto do sofá. – Sou o Zeke.

Mal apertei os dedos mornos dele. Alguns caras espremem sua mão só para provar a macheza, mas ele não era um desses. Nem o toque saltou para mostrar-me algo sobre ele.

– Dru.

– Eu sei. – Ele sorriu para mim, largou minha mão, agarrou seus livros e saiu pela porta. Eu teria me sentido insultada, mas o jeito como ele ficou vermelho foi uma gracinha!

– O gelo – comentou Leon sobre minha cabeça – acaba de ser oficialmente quebrado.

Revirei meus olhos e meus pés me arrastaram dali. Sem dizer nada. Tem vezes que, se eu ignorar o sarcasmo, ele se cala.

Hoje não era uma dessas vezes.

– Suponho que você não se importe de tomar café com qualquer um de *nós*. – Com os braços cruzados, ele ainda falava com o vácuo sobre a minha cabeça.

Ai, Jesus. Fiz força para manter a mão abaixada. Agora eu mexia no medalhão da minha mãe com uma frequência cada vez maior.

– Ninguém nunca me convida para nada. E eu passo todos os dias com vocês. Qual é o lance?

Ele ergueu os ombros uma única vez e virou nos calcanhares.

– Você vai se atrasar. E deveria estar pronta para esse tipo de reação, Milady.

– Por quê? Qual é o grande drama de uma xícara de café? As pessoas não falam comigo.

– Às vezes, chego mesmo a acreditar que a senhorita tem a inocência de um bebê. – Deu dois passos largos e suaves e ergueu a cabeça como se esperasse que eu o seguisse. – Você é uma *svetocha*, Milady. Uma das duas garotas que existem numa escola cheia de garotos inquietos e famintos, criados e instruídos para serem Kourois. E... – Olhou rápido ao redor, seus cabelos lisos se agitaram. A sala havia esvaziado. – Onde quer que esteja, haverá problemas. Algumas usam esse tipo de problema para facilitar os próprios fins.

Será que ele queria dizer que eu já tinha criado um problema, ou quis dizer outra coisa? Adivinha no que apostei minha grana.

– Você está falando da Anna – retruquei sem emoções. Ele me deu um daqueles Olhares de Relance Significativos, daqueles que um cara dá quando te acha uma retardada, mas que, de algum modo, acertou em alguma coisa.

– Estou falando que seu tempo é mais precioso do que você imagina. Principalmente se continuarem os Testes.

Testes. Finalmente descobri o significado *daquilo*, mesmo com o Benjamin não querendo tocar no assunto. Onde rolavam competições para saber quem ficava em um determinado grupo – nesse caso, um dos meus guarda-costas. Não gostava do conceito. Tipo assim, dá para ver vantagens de quem consegue encher os outros de porrada como guarda-costas, mas... não parecia certo.

Além do mais, alguém já tinha tentado me matar na Schola anterior. Várias vezes. Quem me garante que aquele que vencer os Testes não me entregará para os chupa-sangues? Ou até...

Assim que segui esse raciocínio, me perguntei também sobre o Benjamin e a equipe dele inteira. E se um deles tivesse motivo para me odiar? Eu os via todos os dias. Os quartos deles eram bem próximos do meu.

Deus do céu, eu *almoçava* com eles.

– Não vou esperar pelos Teste. – Prendi a sacola em meu ombro e caminhei para a porta, amassando o meu copo de *latte* vazio.

Ele chegou até ali antes, abriu a porta pesada com um movimento e olhou de relance o saguão.

– É muito sábio da sua parte. Ou talvez não.

– É exatamente o que penso. – Abri caminho empurrando-o, entrei no saguão e me afastei batendo os pés.

Ia ser um dias *daqueles*.

* * *

De todas as aulas, Segurança Básica com Armas de Fogo talvez fosse a minha favorita. Quem sabe porque, na primeira vez em que apareci, o instrutor, um cara recurvado, sombrio e que não sorri – Babbage – me perguntou o que eu entendia sobre armas. Fingi que era meio tonta e perguntei sobre o que ele estava falando. Ele deu um sorriso afetado e me mostrou uma mesa com uma série de armas curtas, quatro rifles diferentes, um AK-47[21] e uma balestra. Havia um conjunto de munições deixadas de lado e ele me perguntou se eu tinha alguma ideia sobre o que fazer com alguma delas.

Diante da classe, eu verifiquei, carreguei e coloquei de volta na mesa cada arma curta; inseri as balas nos carregadores e montei a AK-47. Estava carregando os rifles quando o professor tossiu e disse:

– Bom, acho que já sabemos quem será minha assistente *neste* semestre.

---

21 Rifle de fabricação russa (N.T.).

Todo mundo caiu na gargalhada e terminei de carregar também os rifles. Não havia motivo para parar, eu me sentia bem ao executar movimentos que sabia de cor.

Só que não toquei na balestra. Parecia ser de policarboneto e recurva, não uma composta[22]. As flechas eram esquisitas, com pontas que jamais havia visto antes. Até a galera de Carmel[23], que saía para limpar esconderijos de chupa-sangues – a única vez em que eu ouvi falar de humanos encarando chupa-sangues e vencendo – usava armas, mais armas e lança-chamas. Nada que chegasse nem perto de uma balestra, pelo amor de Deus.

Não via a hora de entrar em anatomia de vampiros nas aulas de Biologia Paranormal. Naquele momento estávamos no básico da anatomia dos lobisomens porque era mais próxima dos humanos. Mas descobrir como usar uma balestra em um chupa--sangue – uau. Tipo assim, você *quer* estar cara a cara com um chupa-sangue. Mas mesmo assim... com uma balestra?!

Carreguei a 9mm, verifiquei-a, levantei-a e apertei três vezes o gatilho.

O eco dos sons foi morrendo. Acertei o alvo para me animar. Os buracos de bala estavam bem agrupados, uniformes e com formato de estrela. Baixei a arma com cuidado, verifiquei duas vezes e todos nós tiramos os protetores de ouvido. O alvo cheio de furos foi destacado e circulou pela sala.

Babbage segurava os restos de uma bala disparada, mostrando como havia se fragmentado ao contato.

– É isso o que acontece: quando acerta o tecido, ela explode. Por que isso é importante?

Essa eu poderia responder dormindo, só que não fiz isso. Ele chamou um *djamphir* de olhos azuis e cara arredondada de bebê.

– Hemorragia – disse o Cara de Bebê. Acho que o nome dele era Bjorn ou algo do tipo, não tenho certeza. – Eles cicatrizam depressa, principalmente se acabaram de comer e têm bastante hemoglobina

22 Existem dois tipos de balestra: a recurva e a composta. Enquanto a recurva exige uma maior técnica do competidor, a composta conta com ajuda de roldanas que aumentam a energia acumulada nas flechas a cada tiro. (N.T.).

23 Um pequeno povoado da Califórnia (N.T.).

fresca no organismo. Daí você tem de causar dano suficiente para deixá-los esgotados. Enfraquecê-los.

– Entretanto, mesmo um *nosferatu* fraco é um *nosferatu* perigoso. – Babbage colocou a bala na mesa. – Então, quando vocês saírem para matar, mantenham as armas à mão. Eu repito isso porque muitos Kourois não me houvem e são surpreendidos de forma incômoda.

Ninguém riu dessa. Todos vimos as fotos. Versões grandes, brilhantes, 20X25cm, maiores do que as que se veem nos livros forenses.

Só é difícil enfrentar vampiros quando eles estão alimentados. Quando eles matam um *djamphir*, gostam de se mostrar. Não tem nada como odiar algo que é parte de você para lhe deixar nervoso de verdade.

Leon, do outro lado, perto da porta de aço, ajeitou as costas na parede. Seus olhos estavam meio fechados. Talvez ele já tivesse escutado aquilo um milhão de vezes.

– Agora permitam-me fazer uma pergunta... Matthew, *não mexa nisso*! – A voz de Babbage guardava uma advertência precisa, e o garoto arrancou os dedos da .22 sobre a mesa.

Ah, esses amadores! A gente deixa as mãos *longe* de uma arma a menos que se esteja prestando atenção nela. As coisas funcionam bem melhor assim.

– Sim, senhor – Matthew resmungou. Seu corte de cabelo espetado e tingido de preto era moda ano passado, mas seu olhar de garotão mal-humorado nunca fica *démodé*.

Babbage continuou enquanto eu brincava com meus protetores de ouvido.

– Você abateu um vampiro, que está perdendo sangue depressa. Que arma escolhe para acabar com ele?

– Qualquer uma que dê para alcançá-lo – resmungou o Cara de Bebê.

– Tenho outra ideia. – Essa veio de um *djamphir* alto, desengonçado, bem loiro, com cabelos lisos feito fiapos de seda. – Um tiro na cabeça, mais tiros no tronco para sangrar, ou *malaika*. – Babbage balançou a cabeça aprovando. Senti como se tivessem me beliscado. O Christophe me deu um conjunto de *malaikas* – surpreenda-se: são espadas de madeira

– e prometeu ensinar-me a usá-las. Provavelmente queimaram quando a vampira ruiva explodiu meu quarto na Schola antiga.

Outra pessoa perguntou antes de mim.

– Ainda ensinam *malaika*? Achei que essas eram...

– Ainda são eficientes. – Babbage me olhou de relance. Um *djamphir* na primeira fila me passou o alvo de papel. Os tiros estavam reunidos com precisão. – Pela tradição, são consideradas armas de *svetocha*, já que sua velocidade, seu reflexo e sua coordenação lhe dão vantagem. Espinheiro também é mortal a um *nosferatu*, por motivos que vocês vão aprender nas aulas de Química e Feitiçaria Vibratória.

Isso fez minhas orelhas empinarem.

– Feitiçaria?

Babbage inclinou a cabeça. Apoiou a cintura numa das mesas, à vontade, obviamente sem deixar nenhum peso sobre ela.

– Sem dúvida você percebeu que as armas de um *djamphir* não são todas físicas. Estamos no processo de redescobrir as artes e métodos dos *djamphirs* que se perderam quando quase fomos extintos como espécie.

Quase saltitei de um pé para o outro.

– Você está falando de que tipo de feitiçaria? Bruxaria? Magia Cerimonial? Feitiços ou...

O interesse em seus olhos negros e astutos se elevou alguns níveis.

– Os feitiços *djamphirs* são amplamente ligados a vibrações e baseados em combates. Apresentam pontos em comum com a bruxaria padrão europeia. Os poucos *djamphirs* da Ásia e do Oriente Médio herdaram algumas feitiçarias e resistências de destaque, as quais não fomos capazes de estudar, sobretudo porque são poucas e exclusivas. Eles também lutam uma guerra contra dois inimigos, os *nosferatus e* os *Maharajas*.

Eu estava conseguindo as respostas, mas elas vinham muito lentas. Babbage, porém, era preciso. Nunca me olhava como se eu fosse retardada.

– O que são os *Maharajas*? Já ouvi falar deles, mas...

– Você saberá mais sobre eles no quarto... Ou será no quinto semestre de Biologia Paranormal? Resumindo a resposta, *djamphirs* são fruto de uniões entre vampiros ou *djamphirs* e mulheres humanas. Os Maharajas são um clã de descendentes de mulheres humanas e seres denominados *jinni*[24].

– Pensei que todo mundo soubesse isso – disse alguém.

Enrolei o alvo mais apertado. Não tirei os olhos da cara de Babbage. Às vezes um sinal de irritação tremulava acima de seus traços faciais, que pareciam esculpidos no rosto.

Como agora.

– Se alguém foi criado como *djamphir*, *claro* que sabe. – Ele era mestre em introduzir um cinismo fraco, porém mortal, em suas poucas palavras. – Os que foram salvos talvez não, e a curiosidade é um sinal de inteligência.

Salvos. Arrebatados dos chupa-sangues e trazidos para a Ordem. Como eu.

O silêncio era profundo. Segurei a vontade de tossir ou sorrir de nervoso, baixando os olhos para o alvo enquanto eu o torcia mais e mais. Fiz um cone de papel, que nem aqueles nos quais se embrulham casquinhas de sorvete.

Fazia *séculos* que eu não sabia o que era um sorvete de casquinha. Meu pai adorava o sabor framboesa. Senti meu coração apertar.

Um silêncio desagradável encheu a sala. Enfim desviei o olhar para o piso de concreto rachado. Babbage limpou a garganta.

– Aparentemente, as mulheres humanas são irresistíveis. – Um onda de risadas masculinas quebrou o silêncio. O alvo nas minhas mãos se encheu de dobras. – Mas acho que por hoje chega – prosseguiu, sereno. – Agora é hora de tiro ao alvo. Milady, você pode verificar se todos estão nas baias e gastando munição? Vamos continuar o treino durante o resto da sessão.

Engoli com dificuldade e comecei a distribuir a munição, fazendo um *checklist* com cada um dos meninos. Os olhos de Leon estavam abertos e sombrios, e ele me cumprimentou como se eu tivesse acabado de realizar um feito extraordinário.

---

24 Gênios, personagens da mitologia islâmica (N.T.).

13

Assim que coloquei meus pés no saguão, sabia que não iria gostar. Leon se endireitou, erguendo a cabeça. Ali estava Kir, cabelo vermelho penteado para trás e aquela expressão no rosto anguloso. Até as sardas dele pareciam sérias. Eu tinha desistido de me perguntar como um adolescente com a cara toda cheia de pintas poderia se parecer tanto com uma avó brava.

Lá se ia a minha meia hora de preparação antes da aula de Uso do Disfarce. Maravilha. Eu ia me ferrar nas provas da semana seguinte.

– Vem comigo, tá? – disse, enquanto o Kir se aproximava. Os estudantes se ajustaram para lhe dar espaço. Tinha sacado isso nos membros do Conselho.Todo mundo parecia *saber* que as pessoas lhe dariam espaço.

– Tenho Uso do Disfarce em meia hora.

– Eu não acho que... – começou Leon, mas eu me afastei, caminhando até o Kir. Os dois não se bicavam muito. Tipo, eu estava totalmente do lado do Leon, mas da última vez eles quase brigaram. Não estava a fim de descobrir o que aconteceria se o Leon conseguisse fazer a Vovó Ruiva perder a paciência.

– Milady. – Kir, de jeans e camisa branca com botões no colarinho, parecia elegante e clássico. Embora não tenha olhado de relance por cima do meu ombro, seu corpo todo gritava que ele estava ciente da presença de Leon, que franzia a sobrancelha logo atrás de mim.

Aquilo era a Schola Prima. Amor e alegria por todo lado.

Prendi a sacola mais acima no ombro.

– Deixa eu adivinhar. Reunião do Conselho.

Kir encolheu os ombros. Seus cílios eram acobreados. Por um momento pareceu que ele queria dizer algo, sua boca se abriu e as linhas de seu rosto suavizavam. Então ele a fechou, balançou a cabeça levemente, girou nos calcanhares e partiu pelo saguão.

Se o Bruce viesse me buscar eu poderia esperar uma certa conversa. Ele era acessível. Já os outros, não. Hiro geralmente era o mais simpático e não piscava, não importava quantas perguntas eu fizesse – mesmo que suas respostas estivessem mais para enigmas. Kir, porém, não dizia nada. Passava as reuniões me olhando com uma expressão perplexa, como se eu fosse um cachorro que falasse em vez de latir sentado no chão, onde era meu lugar.

Seu caminhar também era rápido, e eu me esforçava para acompanhar. Mantinha a cabeça baixa e esticava as pernas. Pelo menos enquanto ele abria caminho e eu me apressava, não precisava pensar, de verdade. Era como seguir meu pai escondido.

Não, não de verdade.

Leon ficou para trás, acompanhando-me, na direção do meu rastro. Nem parecia cansado. Chegamos à porta entalhada em menos tempo que eu achava possível. Ela abriu, e Kir deu um passo para o lado.

– Milady.

Avancei pela sala de estar deteriorada. Só depois do estalido das portas se fechando atrás de mim percebi que Kir não me seguia. Fiquei ali parada um segundo, a alça da minha sacola escorregando pelo ombro, e quando as portas do outro lado da sala se abriram sozinhas, sentia-me pronta.

Parte de mim ansiava por aquilo. Senti o aroma de tempero e perfume, e o tom vermelho me deixou alerta, como um cão de guarda na corrente. Anna, emoldurada pela porta, olhava fixamente para mim. Devolvi o olhar.

Ela parecia um pouco mais magra, mas o que poderia tornar outra pessoa abatida, no caso dela só a deixava mais encantadora. Era a primeira vez que eu a via usando qualquer coisa que não fosse um vestido fora de moda. Estava com um jeans de grife elegantemente puído e um pedaço de seda vermelha que, sem dúvida, era muito mais caro do que qualquer pessoa sã pagaria. Estava pálida, com os braços descobertos e um decote que deixava escapar um sutiã vermelho de laço. Não frequento academia, mas meu pai teria dado uma olhada nos braços de Anna e afirmado que eram "subnutridos". Não era seu pior adjetivo, embora chegasse perto.

Estava até mesmo sorrindo de verdade, o rosto em formato de coração se abria e brilhava.

– Opa, fala aí, forasteira!

Juro por Deus, ela *disse* isso para mim.

Senti um breve mal-estar. Pensei em dar um passo para trás; mas decidi que era melhor não demonstrar medo. Minha avó e meu pai acreditavam que demonstrar medo era uma boa maneira de enlouquecer uma pessoa ou um animal já imprevisível.

– Opa. O Kir disse que tinha...

– Eu que pedi para ele te trazer um pouco mais cedo. Sabe, para nós, garotas, termos um tempo só nosso. – Passeou pela sala com um jeito descontraído, e se atirou numa das poltronas de couro. Que nem ao menos estalou, recebendo-a como faria com uma rainha. – É tão *entediante*. Só garotos andando por aí.

Alguma coisa no jeito em que ela disse isso me dizia que ela não achava tão chato assim. Não, era como se ela tivesse a obrigação de reclamar daquele modo displicente, enquanto olhava para as unhas, exibindo aquele meio-sorriso de satisfação.

Fiquei lá parada, sem querer continuar a avançar pela sala. Não tinha a menor ideia do que dizer. Minha boca, porém, abriu e cuidou disso por mim.

– Cadê seus guarda-costas? Nunca os vejo com você.

Todos usam camisas vermelhas, não usam? Aposto que sim. E jeans apertados.

– Ah, eles. – Acenou com a mão. – Estão por aí. Não preciso deles aqui com uma companheira *svetocha*, é claro. Eles ficam me vigiando na Sombra quando não quero ser incomodada.

– Na Sombra? – repeti como uma idiota.

Ela balançou a mão elegante. O camafeu numa fita preta sobre seu pescoço esbelto e branco mudou um pouco de posição.

– Nós *podemos* passar despercebidos, você sabe disso. E com certeza já reparou que é só pedir para que surja alguém para lhe obedecer, não? Como são bonzinhos. Eu os treinei assim. Foi difícil, mas consegui.

– Ah, tá. – Relaxei e entrei um pouco mais na sala. Talvez a sensação de perigo não viesse especificamente dela.

Bem, ela odiava o Christophe. Mas era fácil entender o motivo. Ele era tão...

...o quê? Tentei achar uma palavra, mas só consegui pensar na garagem de barcos da outra Schola. Onde ele segurou a ponta da faca contra o peito e disse, *Não hesite*. E como me senti segura no momento em que ele colocou os braços ao meu redor. Não segura como me sentia com o Graves, mas ainda assim, segura.

As marcas das presas no meu pulso queimavam. Sentei em outra poltrona, uma que dava direto para a porta. Era a poltrona em que Hiro se empoleirava com mais frequência, com seus olhos escuros e ligeiros observando tudo.

Eu meio que desejei que ele estivesse aqui agora. Não conseguia pensar em mais nada para dizer.

– Em uma Schola, Dru, há sempre há alguém vigiando. – Deu um sorriso iluminado. – *Sempre*. É como um grande... cobertor de segurança.

Engraçado, não parecia um cobertor de segurança. Parecia uma ameaça. Seus olhos azuis e brilhantes estavam sobre mim, mas não senti nada a não ser um contentamento preguiçoso flutuando pela sala sem janelas. A lareira – sempre acesa – estalava de um jeito amigável. O *toque* repousava dentro do meu crânio, e fiquei um pouquinho mais tranquila.

Mas se não foi Anna, *quem* me fez sentir em perigo, então? Ou o quê? Alguém do Conselho?

Um traidor, será? Todo mundo parecia ter tanta certeza de que era o Christophe.

Tirando eu e, talvez, os lobisomens cujas vidas ele salvou. Esperava-se que eu descobrisse aqui quem me quer morta, só que eu não estava tendo sorte.

Jesus, queria que o meu pai estivesse aqui.

– Anna. – Decidi que um ataque frontal seria o melhor, por assim dizer. – Posso fazer uma pergunta?

– Você acabou de fazer uma. – Outro gesto preguiçoso, acenando com a mão. – Mas vá em frente, minha cara.

Qual a sua participação nisso, caramba? Em vez disso, porém, optei por algo diferente.

– Por que você odeia o Christophe?

Ela enrijeceu um pouco, as pálpebras caíram um pouco. O sorriso se foi, como um prato de porcelana suspenso na parede que despencou.

– Não é que eu exatamente *odeie* ele.

– Então o que é? – Descobri que ela tinha um olho em mim e outro na porta. Talvez estivesse tão nervosa comigo quanto eu estava com ela, e o lance de patricinha vadia era sua camuflagem.

Era um pensamento lógico. Será que significava que eu tinha sido preconceituosa com ela, a mesma coisa que eu odiava que fizessem comigo?

– Ele te contou? – Um canto de sua boca pintada com brilho labial se dobrou para baixo.

– Ele meio que estava ocupado tentando nos manter vivos. Não falou de você.

Além disso, Ah, Anna. Destilando seu veneno. *Não é lá uma aprovação das melhores.* E nem o Dylan parecia feliz por vê-la. Só que eu não ia contar isso para ela. Seria uma má ideia.

– Você ficaria surpresa se soubesse que o Reynard foi o meu primeiro amor? – Agora a atenção dela estava todinha voltada para mim. Aqueles olhinhos gananciosos me mediam, vigiavam-me. Senti o gosto de laranjas e cera, mas bem de leve. As marcas das presas no meu pulso pinicaram, coçando. A irritação nelas estava ficando mais intensa. – Ficariam? Percebo em seu rosto que isso te deixou surpresa. Ele arrasa corações; é o único dom real dele. Além da traição. – Fez um movimento suave, para se acomodar mais confortavelmente na poltrona. – Fomos namorados por bastante tempo. Alguns anos.

Eu *estava* surpresa. Não conseguia nem imaginar os dois juntos na mesma sala. Não sem sentir-me um pouco enjoada. E por que o Christophe não me contou?

– Eu não acho que... – comecei. Será que eu ia mesmo defender o Christophe?

– Não, não acha. Deixe-me lhe dar um conselho de irmã, Dru. A próxima vez que vir o Christophe, corra. Se minha experiência com ele serve como sinal, boa coisa ele não vai fazer. Ele gosta de meninas impressionáveis. Muitos *djamphirs* gostam. Humanas, você sabe. Supõe-se que as *svetochas* sejam infinitamente mais cativantes, mas há poucas de nós. – Uma risadinha sem som. – Só você e eu. Você não se sente especial?

Alguma coisa congelou no meu peito. *Se eu preciso de um motivo, agora, Dru, terá de ser você.* Mas lá estava ela dizendo... me dizendo o quê?

Deus, com certeza eu podia escolher os meninos. Depois de um tempão sem namorar, aqui estava eu aprendendo todo o tipo de coisa sobre os garotos que eu gostava.

Só que eu não gostava do Christophe daquele jeito, gostava? Falei para o Graves que não. Que ele me assustava de um jeito bizarro.

Decidi que mudar de assunto seria uma excelente ideia. Estava abafado aqui, e eu suava. Minhas orelhas começavam a apitar.

– Por que você se deu ao trabalho de ir até aquela Schola reformatório para me ver? Você poderia ter me trazido para cá. – Uma Schola inteira foi destruída num incêndio, lobisomens e *djamphirs* morreram, e aqui estava ela, linda feito um quadro e mexendo todos os pauzinhos possíveis.

Ela me olhou como se eu tivesse emitido um ruído corporal constrangedor.

– Achei que o Conselho *a traria* para cá. – Soou inexpressiva e não me convenceu. – Ainda estamos tentando descobrir como você foi parar tão longe. – Aquilo tinha o gosto amargo e ofensivo de uma mentira que o mentiroso não espera que aceite. Christophe tentou me enviar para Prima. O próprio Dylan tentou avisar os contatos exteriores que eu estava ao norte do Estado e em perigo.

Olhei fixamente para ela, que olhou fixamente para mim, e eu tinha acabado de abrir a boca para lhe dizer que mentia quando a porta de fora se abriu de repente, com força o bastante para bater de encontro às paredes de cada lado.

Levantei-me num salto, a sacola virou e espalhou tudo na poltrona. Anna caiu na gargalhada. Era um riso nervoso, alto, que saiu sem fôlego.

Hiro invadiu a sala com seu *disfarce* ativo e suas presas à mostra. Seu olhar vasculhou todo o local impiedosamente. Anna relaxou, eu com as bochechas vermelhas, ainda respirava com dificuldade e provavelmente com ar de culpada. Ele examinou tudo, até parar totalmente.

Kir o seguiu. Bruce o acompanhou, aparentando estar pensativo. E, assim que me viu, ficou nitidamente aliviado.

– Milady. – Mais uma vez, Hiro deixou claro (não sei dizer como) que falava comigo. – Perdoe a intromissão.

Engoli o que me pareceu ser um belo pedaço do meu coração. A sensação de perigo retornou, o cheiro de laranjas com cera explodiu atrás do céu da boca.

– Tá. Eu, hã. Tinha uma reunião do Conselho?

– Não. – O alívio de Bruce se transformou em perplexidade. – Mas... a senhorita não queria solicitar uma?

Solicitar uma? Para que essa porcaria? Sacudi a cabeça.

– Não, eu... peraí, não tem reunião nenhuma?

Só quando o Hiro atravessou metade da sala, avançando em minha direção de um jeito ameaçador que saquei estar esfregando meu pulso esquerdo na borda do casaco. Veloz como uma cobra dando o bote, os dedos dele se fecharam em torno do meu pulso, e ele o puxou para longe do meu corpo.

Por causa do peso do meu corpo, quase caí de joelhos, me esforçando para tirar meu braço dali. Mas ele observava as marcas, erguendo minha manga.

– São antigas. Tem algumas semanas. – Lançou um olhar malicioso para Anna. – Deixe-me adivinhar. Reynard.

– O quê? – Bruce se juntou a ele. Puxou fortemente o ar para os pulmões.

– Por que você não nos contou que foi marcada?

– Ele... bem... O Christophe precisou fazer isso. Os chupa--sangues queriam nos matar. Ele perguntou se podia pegar algo meu emprestado. Não sabia que era... isso.

As lembranças me engoliram, e me arrepiei.

... Num tranco, Christophe jogou a cabeça para trás, os caninos deslizavam e se libertavam da minha carne, e algo se enrolou com força em torno do meu pulso, abaixo do machucado que seu aperto forte fez no meu antebraço. Ele soltou o ar estremecendo e Graves tentou se afastar novamente. Meu braço se esticava feito geleca entre eles, meu ombro gritava, e eu não conseguia emitir nenhum som.

O azul-inverno nos olhos de Christophe ficou nublado, formando estrias negras que pareciam corante derramado na água. No entanto, seus olhos ainda brilhavam com muita intensidade, de um jeito que não devia fazer sentido.

– Querida – disse, com um som sibilado, e fez um movimento esquisito. Seu queixo afundou e seus dedos apertaram meu pulso até deixar feridas, como se fosse fazer tudo aquilo outra vez.

Quis gritar; não pude. Nada em mim funcionava. Meu corpo se limitou a ficar lá, pendurado, congelado e inerte.

– Christophe. – Shanks parecia nervoso – Hã, Christophe?

O mundo tremia. A escuridão se acumulava nos cantos. Minha cabeça pendia ainda mais para trás. Graves me mantinha erguida, agora com os dois braços ao meu redor. Estava tão cansada que até respirar dava trabalho. Dentro, fora, dentro, fora, minhas costelas quase se recusavam a levantar. Era muito difícil trazer o ar para dentro. Em vez disso, a atmosfera se comprimia e me esmagava.

– Jesus! – sussurrou Graves – O que você fez com ela?

– Quanto ele tirou? – perguntou Hiro, com calma.

Por cima de seu ombro estava o rosto de Anna. Branco. Não pálido, como usualmente. Mas *branco*. Como se tivesse acabado de ver um fantasma. Pontinhos minúsculos e vermelhos ardiam no fundo de suas pupilas; e de repente tive uma certeza arrebatadora, se Hiro não estivesse entre nós, ela ia querer falar comigo. Uma conversa direta e de perto.

Uma conversa direta e *pesada*.

– Ela está com ele – Anna sibilou. – Uma traidora, bem debaixo do nosso nariz. Tal como Eliza...

Hiro me largou e se voltou bruscamente. Na verdade ele colidiu comigo, girou muito rápido e eu tropecei para trás, quase caindo na poltrona. A mão de Bruce se fechou ao redor do meu antebraço, com força para machucar, e sua outra mão resolveu o problema, enrolando-se na parte de trás da jaqueta de seda cinza de Hiro. O material fez um som esquisito e escorregadio, como se estivesse se deformando.

– Você faz acusações com tanta facilidade, Anna. – Hiro estava frio, uma calma incisiva. Ouvi rosnados. Fiquei zonza. – E ainda assim...

De repente Kir estava lá, entre a *svetocha e* Hiro. As presas para fora, o cabelo vermelho com faixas espessas parecidas com ouro puro, enquanto o *disfarce* agia. Um zumbido profundo comprimiu todo o ar disponível. A postura de Bruce endureceu e ele me lançou um olhar rápido e indecifrável.

– Sejamos sensatos – disse, com calma. Seu tom se sobressaiu ao rosnado, e percebi que o som bizarro que ouvia eram as fibras de seda na jaqueta de Hiro se esticando ao mesmo tempo que rasgavam um pouco. – Dru.

Peraí. Ela ia dizer Elizabeth. *Será que ela conhecia a minha mãe?* Minhas pernas tinham virado macarronada. Fiquei em pé, porém, suando e tremendo.

– Senhor? – respondi como se ele fosse meu pai e estivéssemos num bar com um monte de caras maus do Mundo Real e alguém cometesse o erro de mexer com ele.

– Quanto o Reynard tirou? Machucou, não é? Quantas vezes?

– Eu... – Odiava pensar naquilo. A tremedeira piorou. – Três. Bocados. Goles, tanto faz. – Anna deixou escapar um chiado, como uma chaleira quase cheia de vapor. Seu rosto se contorceu e suavizou, e Hiro se inclinou um pouco mais. Uma hora aquela jaqueta ia rasgar, e só Deus sabia o que aconteceria.

– Então está tudo bem. – Bruce afrouxou meu braço. – Sem dúvida a senhorita tem uma vida agitada, Milady.

– Como vamos saber se ela... – Anna começou.

– Você não vai querer terminar essa frase. – Hiro interrompeu. Porém, certa tensão emanou dele, e Bruce, sem dúvida, também sentiu, porque largou a jaqueta de Hiro e me segurou. Eu ia ficar com uma ferida no braço. Dava para adivinhar.

– Não duvidamos da palavra de uma *svetocha*. – Bruce olhava por cima de minha cabeça, seu maxilar estava erguido. Um músculo na bochecha tremeu levemente, e seu rosto, que lembrava um falcão, tornou-se belo e cruel, cada plano e cada linha diminuía pouco a pouco. Seu *disfarce* não estava ativo, mesmo assim, senti que corria por baixo da superfície, como uma corrente sob a água parada.

– Certo. – Hiro ajeitou as mangas da camisa. Não sei como ele fazia isso, mas parecia alguns centímetros mais alto. – Não duvidamos da palavra de uma *svetocha*. – Parecia que Anna tinha levado um tapa na cara. Rosetas[25] brotaram logo acima de suas bochechas. Suas presas começaram a surgir, e juro por Deus, também ouvi um gato sibilando. A beleza que usava como escudo ia deslizando, e durante meio segundo algo feio apareceu por baixo dela.

Então ela se retirou rápido demais para ser vista. Ouvi um som parecido com papel rasgando e uma risada perversa e aterrorizante, conforme ela usava o truque que eu já tinha visto depois que o Christophe arremessou Ash na neve, algo que parecia ter acontecido há um milhão de anos e a quilômetros de distância.

Engoli. Minha garganta estava queimando, parecia uma bacia de gelo seco. Eu estava sentindo frio, mesmo transpirando e com a lareira emanando um calor intenso. O apetite por sangue desceu e raspou bem atrás do céu da minha boca.

– Mas que saco.

– Você não deveria ter feito isso, Hiro. – Kir, sacudia a cabeça. Seu *disfarce* tinha sumido, e ele parecia estranhamente triste.

– Mascotinho vermelho da madame. – As palavras do *djamphir* japonês só poderiam carregar mais desprezo, imagino, se tivessem alugado um caminhão. Talvez.

– Ela é a *líder da Ordem* – Kir retrucou com firmeza.

---

25 Enfeites com o formato de rosas (N.T.).

– Cavalheiros. – Bruce ergueu as mãos. – Sejamos civilizados. Todos sabemos que Milady Anna é... difícil, e...

– Ela expulsou a Elizabeth, como se...

Hiro continuaria, mas Bruce o mandou ficar quieto. Na verdade *mandou e* olhou para mim.

Nem me importei. Apanhei minha sacola com as mãos tremendo. Quando ergui os olhos, os três me encaravam.

– Eu sei que ela não gosta de mim. – Tentei parecer equilibrada. – Não consigo entender nem o *por quê*.

Tentei falar alguma coisa sobre garotas antimatéria, mas desisti. Era inútil. Não importava o quanto fossem adultos, eram garotos. Não entenderiam, e ponto final. Por que explicar, então?

Se Anna sentia algo pelo Christophe, e ele estava de sacanagem comigo... dava para ver que isso poderia criar confusão.

Hiro pareceu prestes a dizer algo, mas eu já estava de saco cheio. Dei dois passos deslizando para o lado. Bruce não se retraiu, mas vi que ele queria.

– Vou para a aula – disse, com a voz baixa. Corri para o meu quarto, tranquei a porta e não abri até que Leon, Benjamin e Graves aparecessem para dar pancadas nela. Não falei nada quando me perguntaram o que diabos aconteceu.

Conheço as regras. Nem sempre devemos abrir o bico. A gente cuida das coisas por conta própria.

Além do mais, enquanto me curvava no banheiro, respirando freneticamente, balançando para frente e para trás, descobri que não queria pensar em Anna, no Christophe ou no que fosse. Ele não gostava dela, ela o detestava, e talvez eles tenham *namorado* e Anna não gostou que Christophe xavecasse outras garotas. Quem ligava? Havia problemas maiores.

Anna era a líder da Ordem, e pelo menos uma pessoa do Conselho – Kir – estava totalmente do lado dela.

O que me levava à mais aterrorizante das perguntas.

Qual – ou quais – dos *djamphirs* que me protegiam era um dos monstros de Anna?

14

A sessão com o Ash naquela noite foi, graças a Deus, curta. Ele já tinha sossegado muito antes do amanhecer. Não estava a fim de abandoná-lo, mas Graves revirou os olhos e me falou que ele precisava dormir um pouco. E eu estava tão detonada e agitada que acabei cedendo.

Virei de lado, soquei meu travesseiro. Suspirei.

– Você quer me contar o que está errado? – A voz do Graves não era exatamente um sussurro, nem estava no volume normal. Acho que ele pensou que se dissesse aquilo com calma, eu teria a opção de não responder.

Pensei em lhe contar sobre Anna, mas se fizesse isso, o Christophe apareceria na conversa. E aquilo não era bom. Era uma confusão que nem eu tinha resolvido e, até que resolvesse eu não poderia explicar nada ao Graves que não o fizesse pensar algo que eu não queria que ele pensasse. Sobre o Christophe e, mais importante, sobre mim.

Resolvi testar um pouco o terreno, por assim dizer.

– A reunião do Conselho não rolou numa boa. – Aquilo era atenuar muito, e também era meio que uma mentira. Não teve reunião nenhuma. Só Anna. E Kir. Muito chegadinhos, aqueles dois. *Mascotinho vermelho da madame,* Hiro tinha dito.

– Você não gosta deles, grande coisa. – O som se agitava conforme ele se mexia.

Fui depressa até a beirada mais extrema da cama. Mantive, porém, os olhos fechados, e pousei as pontas dos dedos na beirada do colchão.

– Aquela foi muito pior que o normal.

Como sempre, ele não precisava de ajuda para sacar a mensagem.

– Tá, aquela garota. A outra *svetocha*.

Não saltei como se tivesse levado uma ferroada, mas chegou perto.

– Ela não gosta de mim.

– Claro que não. Uma garota daquelas. – Graves fez um barulho de indiferença, quase um "tsc!". – Aposto que ela foi a rainha do pedaço por muito tempo. Toda essa molecada para ela brincar, pondo um contra o outro. Eu sei como é.

Você também me conhece? Quase perguntei, mas resolvi que pareceria que eu estava querendo confete ou algo assim.

– Mas ela parece me odiar de verdade. – Alguma coisa veio à tona por um breve instante... uma lembrança ou um sonho.

Não deixe os nosferatus te morderem.

Empurrei para longe. Um tremor percorreu minha espinha de cima a baixo.

– Bom, *dããã*. Você é mais gata que ela – disse como se tivesse falado *a grama é verde* ou *a gravidade funciona*.

Alguma coisa quente emergiu em meu peito. Era uma sensação agradável. Bufei.

– Não consigo nem fazer meu cabelo abaixar.

– Tanto faz. Mas e aí, o que aconteceu?

Tentei colocar aquilo num formato sensato dentro de minha cabeça. O silêncio entre a gente aumentava.

– Jesus. – Disse ele por fim. – Não posso te ajudar se você não falar.

Saco, me dá um segundo para pensar.

– Estou tentando arranjar um jeito de dizer isso.

Mais silêncio. Fiquei impaciente. Ele também.

– Dru – disse ele suavemente, num som breve. – Minha mãe fazia isso, sabe? Se negava a falar. Sempre... – Ele inspirou fundo, como se estivesse nadando e acabasse de chegar à tona. – Sempre que um *deles* batia nela. Os namorados. Ela tentava agir como se nada estivesse acontecendo. Só que eu via os machucados. Não sou burro.

Era a coisa mais íntima que ele havia me contado. Saquei que Graves não gostava de falar sobre como acabou se escondendo num escritório nos fundos do shopping center. E, sabe como é, eu também tinha meus próprios segredos. A maior parte envolvia meu pai e os vários trampos que fizemos por todo os Estados Unidos. Alguns eram de muito tempo atrás, quando eu ainda não era sutil o suficiente para perambular por aí despercebida.

Tirei minha mão da beirada da cama. Ficou suspensa no ar enquanto eu me espreguiçava, meus dedos tocando o vazio.

– Ela me odeia porque o Christophe me mordeu. – Quase sussurrei as palavras dentro do travesseiro, mantendo o braço afastado e reto. Meu rosto queimava. Se ele pudesse me ver, provavelmente diria algo sobre o jeito que eu estava corando. As marcas de presas no meu punho esquerdo formigaram de leve, mas a sensação recuou.

Quando os dedos do Graves se entrelaçaram aos meus, foi, ao mesmo tempo, um choque e um alívio. Pele quente, um toque gentil. Ele assimilou a informação e depois disse a última coisa que eu esperava.

– Uma garota dessas não vai acreditar que você não gosta dele. – Tossiu bem de leve. Aposto que ele estava querendo outro cigarro naquele exato momento. – Jesus.

– Não gosto daqui. – Eu parecia uma criança assustada. – Tenho um pouco de grana. Podemos arrumar uns suprimentos.

Ele pensou.

– Pelo menos você não está mais sendo atacada por vampiros. Já é alguma coisa.

– Você me falou que era a gente contra o mundo. – *Naquela ocasião você também estava segurando minha mão.* – Eu acho que a gente consegue sair daqui. Fugir e continuar fugindo. Eu ensino você a...

– Eles sabem de coisas que você não sabe. E o Shanks e o Dibs lhe vigiam quando eu não posso.

Era um bom argumento. Ainda assim... Pensei em arrancar minha mão da dele.

– Você mudou de ideia? – Não queria parecer um bebê cujo brinquedo haviam arrancado. Verdade, não queria. Ele suspirou bem alto.

– Não. Se você está falando sério sobre vazar dessa porcaria, Dru, eu vou junto. Mas... aqui parece mesmo mais seguro. Aquela guria não passa de uma vadia de quinta categoria. Por que deixar ela lhe expulsar daqui?

Alguém aqui me quer morta. Por isso ficamos presos na outra Schola. Por isso incendiaram a outra Schola. As palavras grudaram em minha garganta. Eu contava que ele quisesse vir comigo.

– Você não a viu. – Não dava para ser mais explícita. – Ela estava falando sério.

Seus dedos escorregaram para longe dos meus. Procurei não me sentir abandonada. Virou para o outro lado e, quando me toquei, já estava me empurrando para poder deitar na cama. Se espreguiçou, virou do outro lado e se acomodou, as mãos entrelaçadas atrás da cabeça. Os olhos dele faiscavam pequenas cintilações verdes. Senti seu hálito – sal e masculinidade, o cheiro penetrante de *loup-garou*.

– Para mim você está mais segura aqui. Estou aprendendo todo o tipo de coisa. Até você falou que não sabia o bastante.

– Eu sei correr. – *Sei arrumar grana e esconder nosso rastro: pelo menos assim eu espero*. Mas ele estava, hã, meio que com a razão. Se eu pudesse ficar aqui tempo suficiente, aprender o bastante, quando vazasse estaria mais bem preparada.

Ou podia sair daqui tarde demais e acabar morta.

Queria que o meu pai estivesse aqui. O pensamento era como examinar um dente cariado. Um fiapo de raiva abriu caminho perto do meu peito, querendo entrar. *Por que ele teve que sair e ser assassinado?*

Isso não era justo. Mas, afinal de contas, por que ele estava atrás do Sergej?

Eu podia adivinhar. Pela minha mãe. Ele sentia saudades dela tanto quanto eu, no mínimo.

– Não vai embora sem mim. Estou só falando, Dru. Talvez tenhamos uma chance melhor se ficarmos aqui mais um tempo. Botar as mãos em mais coisas, descobrir mais.

Virei para o lado, dei as costas para ele.

– Tá bom.

Ele esperou mais um pouquinho.

– O quê? – perguntou.

Ele era surdo? Suspirei, ergui-me até a metade, girei o travesseiro e desabei de novo. – Tá bom. Seu argumento é bom. Vamos ficar por um tempo. – *Só espero estar viva para ver a gente indo embora.*

Meditar sobre sua própria morte apavorante é, sem dúvida, um maneira de ter insônia. Mas não rolou nenhum ataque desde que viemos para cá. Eu podia simplesmente parar de ir às reuniões do Conselho e ficar fora do caminho de Anna. Tem vezes que os *bullies* se cansam e deixam a gente em paz depois de um certo tempo.

Tirando o fato de que eu era uma das duas únicas garotas de toda a Schola. Não dava para eu me misturar. Queria que houvesse alguma garota lobisomem por perto, mas elas não vinham à Prima. Ou ficavam em casa ajudando a proteger a família, ou frequentavam as Scholas satélite de dia.

Ainda assim, teria sido agradável.

Se bem que, com a minha sorte, provavelmente elas também me odiassem, por algum motivo. Nunca fui a garota de quem as outras gostassem.

Graves estava deitado bem quieto.

– Acho que você é a única pessoa que já me ouviu.

– Os outros lobisomens fazem isso. – Fechei os olhos. Dormir? Impossível, mas meu corpo inteiro estava tão pesado!

– Você sabe do que eu estou falando. – Ele se movimentou inquieto. – Ah, Dru?

Agora que eu sabia o que fazer, sentia-me toda pesada. Sempre fui desse jeito – a coisa que mais me enche o saco é não ter um plano.

– O quê?

– Dá para eu... Quero dizer, você se importa se eu dormir aqui? Se não der, eu, é, eu entendo. Eu só...

– Tá. – As outras palavras saíram como um relâmpago. – Sim, por favor. Talvez eu consiga dormir se você estiver aqui.

– Legal. – Ele parecia satisfeito? Ou será que estava só cansado de dormir no chão? Será que ele tinha em mente, bom, alguma coisa mais ativa? Tipo me beijar novamente? Ou será que estava com medo que eu interpretasse errado se ele pedisse para dormir aqui e eu esperasse um beijo?

Às vezes ter um cérebro muito ativo é jogo duro. Porque ele começa a arremessar cinquenta realidades alternativas diferentes até lhe desgastar, e é preciso escolher em qual delas acreditar.

Ficamos lá deitados. Escutei o som da respiração dele. Acho que tirei uma soneca depois de um tempo, embalada pelo inspira-expira uniforme. A última coisa da qual me lembro, é do braço dele chegando de fininho em volta de mim à medida que o amanhecer acinzentado surgia do lado de fora da janela. Ele se ajeitou recostando em mim. Suspirei e ele ficou imóvel, mas depois relaxei e pronto.

Finalmente eu me sentia segura outra vez. Quando ele voltou a falar, era um murmurar tranquilo na escuridão.

– Dru? Não vai embora sem mim.

O que eu podia dizer? Falei a única coisa que me ocorreu.

– Eu juro.

15

Na hora do almoço vasculhei o refeitório atrás do restante deles. Leon esteve tão quieto a manhã toda que chegava a ser horrível, inclusive durante os 45 minutos de Uso do Disfarce, nos quais – graças a Deus – não fui eu quem teve de ficar na frente da classe fazendo as presas saltarem e recuarem sob comando, enquanto o professor dava aulas sobre as modificações fisiológicas. Minha vez só seria no decorrer daquela semana, e eu odiava ter pessoas *me encarando* enquanto o local no fundo da minha garganta, onde vivia o apetite por sangue, despertava e tingia tudo de vermelho.

É difícil para caramba ficar sentada quieta e fazer isso quando dá para farejar o fluido nas veias de todo mundo. Talvez aquele fosse o objetivo; mesmo assim eu ainda não curtia. Principalmente quando as ampolas de sangue surgiam e a gente precisava identificá-las de acordo com as características na planilha. Os outros caras tinham parceiros. Eu fazia tudo sozinha, e todo mundo reparava em mim enquanto isso.

O que não ajudava era a tarefa ser risivelmente fácil. Mulher. Homem. Loiro. Moreno. Sangue de lobisomem. Sangue de *djamphir*. Cada um tinha o próprio cheiro, e o *toque* também ajudava, me avisando qual era qual. Diziam que isso nos ajudaria a rastrear e a identificar os *nosferatus*.

Às vezes eles preferem um tipo particular de presa.

A hora do almoço era sempre um alívio. Embora dar as primeiras mordidas fosse difícil. Em geral eu sentia tanta fome que uma vez me obriguei a começar, tudo rolou certinho, mas aquelas mordidas iniciais pareciam areia.

– Putz, cadê eles? – Estava andando nas pontas dos pés quando os garotos *djamphirs* pararam em volta de mim.

Leon não disse nada, só cruzou os braços. Provavelmente também estava com fome.

E mesmo se eu soubesse que não, ainda assim ofereceria, como sempre.

– Bom, manda ver. Vai pegar alguma coisa para comer. Estou na frente de um milhão de *djamphirs*; não vai acontecer nada.

– Por favor. – Para ele nem valia a pena encolher os ombros. – Quer parar de dizer isso?

Era bem legal da parte dele, a menos que estivesse do lado de Anna. Seja lá qual *fosse* esse lado. Cada vez que via um dos meus supostos guarda-costas, me perguntava qual – ou quais – estava do lado dela. Todos? Nenhum? Só alguns?

Suspirei com aflição, revirei os olhos e vi Benjamin do outro lado do refeitório. Tinha o rosto duro, a boca caída, e o Graves estava ao lado dele, movendo a boca como se dissesse algo cruel e em voz baixa no ouvido do *djamphir*.

A boca do Benjamin se moveu. Deu algum tipo de resposta, e se eu fosse melhor em leitura labial talvez tivesse descoberto. De onde estava, só peguei meu nome e um encolher de ombros. Depois alguma coisa sobre Anna.

Fiquei tensa.

Graves pegou no ombro do Benjamin. Por um instante achei que o Ben se viraria para atacá-lo. Mas não, ele só baixou os olhos até os dedos cor de cobre do Graves, depois os ergueu para seu rosto. Ficaram se encarando durante dez segundos demorados, tensos e marcados no cronômetro. Em seguida, Benjamin se soltou do Graves e concordou com a cabeça. Disse mais alguma coisa, mas o olhar do Graves já tinha encontrado o meu.

Saquei que eu estava apertando o medalhão da minha mãe, a prata quente sob meus dedos. Minhas sobrancelhas se ergueram e meu rosto deve ter gritado, *O que está acontecendo, caramba?*

– Eles não vão concordar – disse Leon, tranquilo. – Não é característica do Benjamin ouvir um lobisomem, mesmo um carismático como o *loup-garou*.

– Sobre o que estão discutindo? – Eu tinha o direito de saber, não tinha?

Leon se limitou a balançar a cabeça.

– Vamos arrumar algo para comer. Estou morto de fome.

E o que eu podia dizer? Ele poderia dar aulas de grosseria educada, como Babbage.

Prendi minha sacola no ombro.

– Beleza. – Saí batendo o pé, para me servir nos balcões da cozinha industrial.

Aquilo deveria ter mexido muito comigo, mas a Schola Prima era igual à outra. A comida aparecia por detrás de uma névoa, de um vapor que escondia sombras e formas indefinidas. Os monitores levavam as caçarolas até os balcões. Todos tinham trabalho durante o almoço.

Todo mundo, menos eu. Eu não reclamava tanto com relação *a isso*.

Ainda assim, gostaria de ver quem preparava minha refeição. Cada vez mais eu sentia saudades da minha cozinha. Comida industrial é *de boa*, principalmente quando não se poupam despesas com os guardanapos de linho e os ingredientes fresquinhos. Só que eu queria o vidro de doces da minha mãe. Queria a espátula que eu sempre usava para o queijo grelhado.

Queria minha vida de volta. Os utensílios de cozinha eram só um símbolo.

Comer com o Conselho foi um nível de desconforto completamente diferente.

Em boa parte porque fiquei espiando a porta, esperando que Anna aparecesse, e também porque ficavam me olhando como se eu fosse alguma criatura exótica. O bom é que eu não estava planejando fazer isso nunca mais.

Senti os olhos sobre mim outra vez. Será que *todo mundo* estava olhando? Um clarão vermelho me chamou a atenção. Kir estava do outro lado do refeitório, na entrada do saguão que levava à ala dos professores. Inclinou de leve a cabeça, recuou para a sombra da entrada do saguão e desapareceu. Será que ele sacou que eu o tinha visto?

Um gosto fraco de laranjas com cera deslizou no fundo da minha língua.

Mas que... Fiquei encarando a passagem em forma de abóbada. Vazia. Meus dedos ainda estavam colados na curva do medalhão. O metal ficou gelado. Meu polegar roçou os símbolos gravados na parte de trás, as bordas de repente ficaram afiadas a ponto de raspar.

Ele, sem dúvida, eu sabia que estava do lado de Anna. Então o que era aquilo? Uma mensagem? Só para me confundir ou me assustar?

Funcionou. Meu coração estava acelerado e as palmas das minhas mãos ficaram escorregadias.

Leon emitiu um som breve, de incômodo.

– Não fique encarando. Você acha que somos os únicos que te vigiam?

– Não – disse. – Não mesmo. Não acho isso de jeito nenhum. – *Mastiga.* Segui de novo na direção dos balcões, mas o engraçado é que eu tinha perdido o apetite.

Graves e Benjamin apareceram enquanto eu pousava a bandeja na mesa que tomamos posse no meu segundo dia. Tentei perguntar que porcaria era aquela, só que nenhum deles respondeu. Em vez disso, os dois tentaram me divertir com tanto empenho que só pude fazer barulhos e deixar que eles se confrontassem verbalmente. Fiquei empurrando minha comida com o garfo e, tempos depois, não lembrava o que fingia comer.

16

Algumas semanas se passaram, e nada de Anna. Permaneci o mais próxima possível do Graves e dos lobisomens, e percebi que alguns deles – garotos altos de ombros musculosos que tinham o hábito de baixar as cabeças e abrir passagem quando eu os olhava – apareciam nos saguões e ficavam enrolando por ali. O Benjamin não dizia nada, mas eu o pegava trocando olhares rápidos com o Leon. Os loiros pareciam distraídos, mas seus coldres de ombro ficavam agora bem visíveis em vez de quase ocultos sob as jaquetas.

Eu torcia para Graves voltar a dormir na cama. Mas não. Ele voltou para o chão, para seu saco de dormir, e se distanciava um pouquinho mais a cada noite, até que ficou quase diante da porta.

Daí eu só ia às aulas, mantinha olhos e ouvidos abertos, fazia minha lição de casa e suportava o Uso do Disfarce o melhor que podia.

Era a única escola que havia frequentado onde eu verdadeiramente esperava pelas aulas de ginástica. Na outra Schola as instruções tinham sido evitar que eu treinasse combate com qualquer um. Tudo parte do plano para me deixar burra e vulnerável, e o *coitadinho* do Dylan não sabia o que fazer. Não fiquei lá tempo suficiente para ele descobrir como quebrar as regras.

Aqui, porém, as coisas eram diferentes.

Caí no tatame e subi num ricochete, o calor fluía pelo meu corpo enquanto meus dentes pinicavam.

– *Isso!* – Arcus gritava, seus dentes brancos contrastavam com a escuridão de seu rosto. – Gira, gira, gira!

Girei, por instinto, jogando o cotovelo para me livrar do golpe dele. Meu braço ficou dormente por uns instantes; seu punho de encontro ao meu rosto. Desviei para o lado em vez de para trás, agarrei-lhe o pulso com dedos atrapalhados e *puxei*. Meus dentes pararam de pinicar e doeram, me veio uma sensibilidade inesperada ao calor, estalando pelo meu maxilar, e as presas teriam feito covinhas no meu lábio inferior se minha boca não tivesse ficado aberta enquanto eu arfava. O suor escorria enquanto eu ajudava meu oponente a passar voando por mim, meu joelho se erguia muito rápido. Não havia peso por trás do golpe porque eu precisei recuar e me equilibrar.

Ele rodopiou sobre os calcanhares, a *mudança* se agitava em ondas sob sua pele de ébano. O cabelo negro e duro como arame saltava livre, emanando de sua pele como plantas crescendo em um ritmo acelerado. Ele tinha a constituição de um jogador de futebol americano, somada a muita elegância. Suas narinas largas dilataram, respirando rápido e forte.

– Não! Force sua vantagem enquanto pode!

– Estou sem apoio nos pés – rosnei. – Você me tirou o equilíbrio!

– Então, garota, você não devia ter perdido o apoio! – Abriu os braços, o estalar de ossos recuava à medida que ele voltava à forma humana, o cabelo caía ao longo das bochechas.

Pulei para trás, meio nervosa, guarda levantada e pronta. Observei-o.

Ele estava fingindo; não caí nessa. Chegou mais perto, parecendo que queria encerrar com um ou dois murros, mas eu fui aos poucos para o lado. Enquanto houvesse bastante espaço eu não estava tão ruim assim. Pelo menos ele não tinha declarado que eu era uma inutilidade total, algo que às vezes ele fazia.

Deixaram-me treinar combate com professores lobisomens porque o troço legal no sangue de uma *svetocha* – o mesmo troço que vai fazer de mim um veneno para os chupa-sangues depois que eu desabrochar – tende a deixar os *djamphirs* meio malucos quando alcança o oxigênio. Com certeza os lobisomens conseguem farejá-lo, mas não ficam doidões. Não mais do que com sangue humano. Ou seja, ficam "só um pouquinho". Só que eu ainda não estava sangrando. E o Arcus era cauteloso.

Ainda assim, eu me perguntava por que Dylan não tinha colocado professores lobisomens para iniciar meus treinos. Mas ele era do tipo que seguia tudo ao pé da letra e também sofria de indecisão. Embora eu também não possa odiá-lo por causa disso. Basta ver como ele tomou a decisão correta de me dar a versão integral da transcrição.

E basta ver como ele foi provavelmente... morto.

Também deixei para lá aquele pensamento. Enquanto lutava, eu não precisava pensar em nada. Era pura ação e reação e, de vez em quando, até esquecia e pensava que estava com meu pai me pressionando para me empenhar mais, ser mais rápida, pensar melhor.

E no fim da aula de ginástica, em geral, podia roubar dez minutos mais ou menos para o *tai chi* no espaço nublado e cheio de ecos do vestiário. Os movimentos já conhecidos me acalmavam, e depois do primeiro meio minuto eu não ligava tanto de estar, basicamente, treinando num banheiro. *Faça onde for preciso* era um dos lemas do meu pai.

Ou seria um mantra? Eis uma daquelas questões que me deixam louca.

Arcus veio para cima com a velocidade sobrenatural dos lobisomens, e eu caí com tudo. Mas meu tênis surgiu, dando um golpe na boca do estômago dele, e ele girou por cima de mim com um rosnado curto de surpresa. Rolei, recuperei o equilíbrio com um bote atrapalhado e saltei para trás mais um pouco. Um cacho se soltou da minha trança e caiu na minha cara, mechas loiras o percorriam à medida que a sensação de óleo aquecido do *disfarce* fluía por mim.

Ultimamente o *disfarce* fluía cada vez mais. Eu estava próxima de "desabrochar" e de começar a verdadeira diversão. Quando eu pegasse a prática, torna-me-ia mais rápida, mais forte e mais difícil de matar; tornar-me-ia um veneno para os chupa-sangues. Talvez ficasse até um pouco mais alta ou rolasse uma mudança na distribuição do peso, o que, eu acho, era uma forma pomposa de dizer *que quem sabe eu ganharia mais peito*. Meu rosto também poderia mudar. O desabrochar rolaria mais ou menos em uma semana, e depois disso começava a verdadeira diversão.

É isso aí. Não conseguia esperar. *Não mesmo*.

Arcus deveria ter vindo para cima de mim feito um trem de carga.

Em vez disso ele parou, espiando por cima do meu ombro. Não bati os olhos para ver, mas o silêncio que preencheu a sala enorme e sem janelas não era normal. Geralmente este ginásio fica cheio de alunos do primeiro ano aprendendo *katas* ou em treinos de combate mais brandos. Os tatames que forravam o chão tinham sido bem ajustados. E havia até arquibancadas presas nas paredes, prontas para serem ocupadas nos jogos de basquete.

Soube que os lobisomens são bons no basquete. Só que eu ainda não tinha visto nenhum jogo. Espera-se que os *djamphirs* joguem polo ou lacrosse[26]. Tipo, que palhaçada, hein? Sou mais assistir ao jogo dos lobisomens, o dia que for.

Arcus ficou tenso. Lançou-me um olhar indecifrável e fiquei vagamente satisfeita em ver que ele também estava suando um pouco. Devo ter dado uma canseira nele.

O professor diretor do ginásio, um *djamphir* com cabelo loiro platinado curto e franjinha, surgiu do meu lado esquerdo.

– Milady. Um instante, por favor? – Eu ainda não tinha desviado o olhar do Arcus. *Nunca tire os olhos deles,* meu pai sempre dizia, e era um bom conselho. Fiz força para engolir a pedra na minha garganta, empurrei para longe a lembrança do meu pai e mantive minha postura calma e relaxada.

– Milady? – O professor parecia nervoso. Recuei outros dois passos. Arcus também, e eu podia jurar que o lobisomem fez cara de satisfeito. Voltou depressa à forma humana completa, e a musculatura a mais e o brilho laranja no centro de suas pupilas sumiram.

– O quê? – Por fim me virei, bati os olhos e descobri que o professor estava pálido.

– Todos para fora. A senhorita aguarde aqui. – Fez uma pausa, os olhos azuis estavam agitados, de um jeito nervoso. – Milady. – Suas sobrancelhas ergueram substancialmente.

Queria que eles não me chamassem assim, mas depois de um tempo eu saquei. Meu estômago torceu e virou um nó bem complicado.

---

26 Um jogo com bastões, bolas e gols, semelhante ao hóquei, só que sem os patins e jogado na grama (N.T.).

– Ah. Eu... tá, entendi. – E não conseguia evitar: olhei em volta, procurando o Benjamin. Não o vi. O Shanks, *sim*, o vi do outro lado do recinto, encostado na parede, uma preguiça só, perto da porta dupla que dava para o saguão oeste. O jeito que o garoto emo agitou a testa, deixando seus olhos escuros por baixo da franja, foi mais enfático que o normal. – Eu aguardo aqui e pronto?

O professor – lembrei o nome dele, Frederick – ergueu as sobrancelhas, e um pouco da sua cor voltou.

– Sim, senhorita. – Girou nos calcanhares e a notícia se espalhou rápido. Os garotos me olhavam curiosos ou agradecidos e saíam, rumo ao vestiário. Quando olhei de relance de novo, o Shanks tinha ido embora.

Caramba. Aí vem. Eu devia ter ficado de costas para a parede. Mas permaneci lá, parada. O que quer que tenha acontecido agora, eu iria sobreviver; então ia achar o Graves, de algum jeito, e a gente ia embora.

Não poderia dizer que sentia muito.

O ginásio esvaziou. Grãos de poeira dançavam no ar, debaixo de cachoeiras de luz fluorescente.

Senti-me curiosamente nua. Fazia uma eternidade que eu não ficava sozinha de verdade; aquela era a primeira vez, e o ginásio era um espação vazio. Os vestiários dos meninos também eram imensos, e tinham pelo menos vinte banheiras coletivas cheias daquele treco esquisito e borbulhante, com jeito de cera, que curava as feridas e fazia tudo cicatrizar numa velocidade doida.

Só que os vestiários femininos, em comparação, eram minúsculos, embora grandes o bastante para fazer todo o treino do *tai chi* estilo *Yang* lá dentro. Nenhum dos três ou quatro ginásios em que eu fui praticar combate tinham mais do que um vestiário feminino com três banheiras. Porque as *svetochas* eram raras demais. Mudei a distribuição do meu peso, nervosa, e tentei adivinhar o que ela ia querer de mim.

Quem sabe eu tivesse uma oportunidade de lhe contar que o Christophe não era o meu tipo.

É. Seria mesmo divertido do começo ao fim. E quanto mais eu pensava naquilo mais eu sabia que o Graves estava certo. Ela não acreditaria.

O suor me coçava todinha, e puxei a camiseta para baixo. Havia um arranhão no meu antebraço e no cotovelo. Também, do jeito que eu tinha *ralado* nessa luta, tropeçando ao tentar me erguer enquanto o Arcus...

– Alô, Dru.

Dei meia-volta, e lá estava Anna, em pé com um moletom rosa grudado no corpo e uma regata vermelha. Magra e bonitinha, o cabelo cacheado tingido de vermelho puxado displicentemente para trás e as presas fazendo covinhas no seu lábio inferior brilhante, à medida que o *disfarce* deslizava por ela. Os cachos aumentaram e afrouxaram. Parecia um anúncio de roupas de academia da Victoria's Secret.

Eu estava desleixada. Camiseta cinza suja e molhada, short de malha verde que peguei emprestado em algum lugar e meias que talvez estivessem sujas. Pareciam mesmo cinzas nos dedos dos meus pés, e meus tênis novos já mostravam sinais de uso excessivo. Não acredito em roupas bonitinhas ou que estragam fácil – elas precisam encarar uma porção de maus-tratos.

Meu pai era mesmo o maioral em roupas eficientes.

Anna me examinou da cabeça aos pés, e o medalhão da minha mãe gelou no meu peito. Eu o tinha enfiado debaixo da camiseta, mas nunca o tirei. Podia trocar a corrente se quebrasse durante os treinos, mas não queria perder o medalhão deixando-o em qualquer lugar.

Era tudo o que me restava. E de repente eu não quis os olhinhos azuis e gananciosos dela sobre ele.

Estávamos lá, sozinhas. Não vi os guarda-costas dela, e desejei que alguém tivesse ficado para nos observar.

A impressão que dava era que aquilo não acabaria bem. Coisas assim nunca acabam bem. Sei como é pouco antes de começar. Parecem relâmpagos ameaçando, formigando contra a pele. Só que dessa vez parecia um furacão procurando um lugar para pousar.

– O que é que você quer, caramba? – Não tive trabalho para parecer hostil. O espaço no fundo do céu da minha boca que me avisa do perigo dilatou, ficando áspero, e desta vez o gosto de laranjas de cera apodrecendo piorou, vinha com um paladar de cobre. A pressão das presas sobre meu lábio inferior passaram a penetrar com insistência. Estavam afiados, mas eu não queria abrir a boca e exibi-los.

Ela deu um passo adiante, e eu assumi uma postura de luta sem pensar. Peso equilibrado, braços frouxos e prontos, cada nervo preparado.

– Você está se arrepiando – ela disse finalmente. Um sorriso largo e animado arreganhou seus lábios brilhantes, embora não tenha chegado aos olhos. – Você parece a sua mãe. – Vindo de qualquer um, seria um elogio. Ela falou como se fosse uma maldição.

O sonho girou dentro da minha cabeça, incomodando. Desta vez eu não o evitei.

– Isso lhe deixa brava, não? – Cuspi as palavras, como de costume. Eu estava de saco cheio de ser humilde. Ter alguém querendo sempre lhe matar meio que acaba com a diplomacia. Não que eu tivesse muita. Não precisava dela com a minha avó, e o meu pai não ligava contanto que eu não falasse palavrão perto dele. – Por que você a odeia tanto?

Anna chegou mesmo a pender para trás, jogando o peso nos calcanhares, como se eu a tivesse empurrado. Os olhos contraíram, o rosto contorceu e suavizou em menos de um segundo. A careta foi tão rápida que eu quase duvidei do que tinha visto.

Mas o clarão de ódio bem no fundo das pupilas dela permaneceu por mais tempo. Desta vez tive certeza. E, é isso aí, eu só adivinhei. Mas não precisava ser nenhum Einstein para ver que no ranking de ódio pessoal da Anna, Christophe e minha mãe disputavam cabeça a cabeça. Ponto meu por adivinhar os sentimentos sujos e mesquinhos dos outros. Nem precisei do *toque* para isso.

Então por que eu me sentia culpada?

A *svetocha* deu um passo, deslizando para o lado, e eu acompanhei seu movimento conforme meu pai me ensinou. *Quando só tem uma pessoa, mantenha os pés baixos e os olhos nela, querida. Não deixe que se mexa muito à sua volta, nem saia da sua posição.*

Deus, se ao menos eu conseguisse parar de escutar a voz dele na minha cabeça, quem sabe não doesse tanto.

– Não a odeio. – O som da mentira era como uma campainha suave, tilintando. Que voz linda que ela tinha. Veneno coberto de doce. – Só achei que ela deveria deixar certas coisas em paz. Certas coisas às quais ela não se adequava.

– Que tipo de coisas?

Minha pulsação aumentou, correndo bem debaixo da minha pele. Já estive em brigas na escola suficientes para saber a diferença entre elas e os assuntos mais graves. Esta aqui poderia ser qualquer uma das duas opções, e tudo dependia dos próximos minutos.

Anna se limitou a ficar fora de alcance. As portas estavam atrás de mim. Pelo menos eu tinha espaço para recuar.

Isso é doideira. Ela é outra svetocha; *teoricamente deveria ficar do seu lado.*

Só que eu não acreditava naquilo. Não do jeito que ela me olhava.

Por causa do Christophe? Porque ela odiava a minha mãe? O que isso tinha a ver *comigo*? Eu não era nenhum dos dois; por que ela não me deixava em paz? Sempre achei que as garotas antimatéria superassem essas coisas. Que era só uma fase ou coisa assim.

Acho que eu estava errada.

– Todo o tipo de coisas. Coisas que você também deveria deixar em paz.

Jesus. Cansei disso.

– *Uuuuuh*. – Fingi que estava tremendo – Que *saco*. Por que você não vai fazer seus joguinhos mentais com outra? Estou ocupada com coisas mais importantes. – *Tipo, sobreviver. E tentar descobrir quem aqui me quer morta.*

Um dedo frio tocou minha espinha. *Além de você, claro.* O mesmo pensamento cruel que flutuava ao redor da minha cabeça se dirigiu para a testa, só que eu não tinha tempo para me preocupar com aquilo porque o rosto de Anna se contorcia e suavizava num movimento repentino. Ela avançou dois passos como um relâmpago. Preparei-me e senti o óleo quente do *disfarce* escorregar por minha pele, de cima a baixo.

Anna parou do nada. Suas presas também estavam para fora, e nos encaramos. O ar tinha ficado rarefeito e nocivo, cheio de bordas afiadas. Escutei um farfalhar suave e abafado de asas e torci para que a coruja da minha avó não estivesse prestes a aparecer e complicar as coisas.

Fingi não ter visto o movimento pela minha visão periférica. O fundo da minha garganta doeu, o apetite por sangue latejou inquieto. Senti gosto de cobre e o aroma de perfume quente que acompanhavam Anna por todos os lugares ficar espesso e enjoativo. Estava difícil respirar com aquele cheiro todo à minha volta.

Então alguém miou.

É sério. Olhei de relance para baixo e vi um gato grande e malhado enroscado nos tornozelos de Anna. Ele jogou as orelhas para trás, a cabeça estava em forma de cunha, como uma cobra, então sibilou para mim. Faíscas azuis estalavam de seus olhos que pareciam cegos, soltei o ar com força.

Era um *disfarce* em forma animal. Alguns *djamphirs* poderosos os têm. Era a primeira vez que eu via um.

– Você é uma menina muito malcriada – disse Anna com suavidade. Acho que ela queria ser aterrorizante, mas eu estava ocupada olhando fixamente para o gato. – Precisa aprender uma lição.

Olhei bem a tempo de pegar o punho dela junto da minha cara.

17

Já levei soco na cara antes. Dói para caramba, mas se você quer derrubar alguém, um golpe no rosto não é a melhor maneira. Principalmente se o adversário já está acostumado, ou sabe como não prestar atenção a um olho roxo. A maioria que não foi treinada só se esquiva e pensa em manter a carinha bonitinha.

Não, se você quer derrubar alguém, parta para o murro no estômago. Foi o que eu fiz. Minha cabeça se recuperou depressa, meus joelhos relaxaram e eu me abaixei, então a acertei direitinho bem na barriga. Meu punho entrou, encontrando pouca resistência, e o gato sibilou outra vez, uivando de dor. Ela se dobrou; ergui meu joelho e o nariz dela esmigalhou contra a parte ossuda.

Caramba. Agora a coisa tinha pegado fogo de verdade. Se eu queria mesmo passar sem ser notada, devia ter deixado que ela me acertasse.

Recuei, me movendo de um lado a outro, respirando bem rápido e bem fundo, tentando me livrar da raiva cega. O mundo ameaçava transformar-se naquela baba viscosa de plástico transparente que endurece tudo quando vai rolar algo bem bizarro, a coisa que desacelera o mundo para que eu possa me mover com mais velocidade. É duro combater esse sentimento, e é ainda mais duro quando percebemos que o mundo tenta nos arrastar de volta à lentidão e, bem, à humanidade.

Mas eu parei, ofegando. Não conseguia pegar ar suficiente através da enxurrada rubra de fúria que borbulhava e fervia em volta do espaço vazio em meu peito. Cada músculo do meu corpo travava conforme eu lutava contra o ódio puro. Só tinha perdido a calma uma vez na outra Schola; naquela hora eu podia ter machucado bastante o Shanks. Aquilo me assustou de um jeito que eu não quero nunca mais alcançar outra vez.

Eu devia tê-la botado no chão e continuado a chutar, se fosse para levar a sério. Só que dá para matar alguém fazendo isso, e ela era outra *svetocha*. Meu corpo congelou entre se encolher feito um coelho apavorado dentro da toca e o lugar frio e perverso que não liga para quem você machuca.

O gato malhado saltou, uivando de dor, bem na minha direção. Dei um berro agudo e curto, e a coruja da minha avó mudou de direção do nada, as garras bem abertas e os olhos amarelos brilhando. Acertou o gato com um barulho igual a uma colisão entre continentes.

Anna, com chamas no lugar dos olhos e um sorriso sangrento e escancarado sob o nariz jorrando sangue, gritou e saltou para mim.

Foi aí que o cheiro me atingiu. Cobre, sal marinho, um suave apimentado e algo perverso. Sangue. Sangue *dela*.

Minhas presas pararam de doer e ficaram sensíveis, palpitantes, e bloqueei o golpe seguinte, baixando-lhe a mão com um tapa debochado e travando o cotovelo. Apliquei uma torção e ela ganiu. Ouvi o estalar de asas à medida que a coruja da minha avó se afastava rapidamente e ganhava altura. Empurrei-a e ela caiu com um baque bem legal sobre o tatame antes de saltar de volta feito um boneco de mola do mal.

Era como estar em dois lugares ao mesmo tempo. Parte de mim estava no chão, se aproximando de Anna enquanto ela chutava meu joelho esquerdo. Se ela estivesse ligada podia ter me deslocado o osso ou algo assim – é extraordinariamente fácil arrebentar o joelho de alguém e jogar essa pessoa no chão. Mas eu evitei o golpe e acabei com ela usando um soco bem forte na cara, enquanto as instruções do meu pai ricocheteavam dentro da minha cabeça como uma bala calibre .22 numa sala de concreto.

A outra parte de mim estava tranquilamente desligada, um bico afiado e asas emplumadas rodopiavam e mergulhavam, passando por um fluxo de ar e por um prazer doloroso e feroz que se derramava por meio da raiva, para deixá-la vermelho-vinho em vez de ruivo. Golpeava para matar seu alvo, o gato de cores esquisitas que se agachava no tatame. Colidiram com muito impacto outra vez, numa bola explodindo em penas e pelos multicoloridos.

Levei uma cotovelada na cara. Mesmo ela sendo extremamente rápida, não fui criada para desistir, e eu me movia bastante depressa. Depressa *demais*, como se eu fosse como ela.

Vamos, vamos, vamos! Meu pai gritava em minha cabeça e, ao menos uma vez, pensar na voz dele não machucou. Fiz o que ele tinha me ensinado – movimentei-me, minhas mãos se fecharam, e o *disfarce* fluiu por mim. Bloqueei o golpe dela, quase passei uma rasteira e repeli todos os seus ataques pelo tatame inteiro com um turbilhão de murros. Com os dedos em forma de gancho enfiei as unhas na pele dela, puxei o cabelo quando tentou fugir. Ela também me acertou algumas vezes, mas eu não estava nem aí para isso.

Não dá para lutar depois de certo ponto se a gente se preocupar em se machucar, e eu tenho certa experiência em fugir para salvar a vida. Isso meio que dá um brilho diferente a qualquer coisa, até numa briga entre meninas. Só que não era só uma briguinha. Era algo a mais. Não sabia qual palavra usar, a não ser *sério*.

Separamo-nos como se houvéssemos combinado, como se estivéssemos dançando. E eu não conseguia me lembrar do mundo tendo antes um brilho tão intenso, cada cor pintada em acrílico bem forte, a textura das superfícies do tatame eram ásperas de doer, cada rachadura e manchinha na tintura das paredes gritava com voz própria. Senti gosto de cobre, o cheiro do sangue dela no ar se misturava com o meu, e as presas em minha boca estavam *morrendo de vontade* de ter carne debaixo delas.

O jeito como minha garganta queria sangue quente para acalmar a sede fora do comum ameaçava me engolir por completo.

Saltei para trás, ela ficou dura e o gato pulou quando minha porção coruja não o pegou por poucos milímetros. Outro estalar de asas e ela se afastou.

Anna me encarava. Meu olho estava inchado e fechado, mas eu ainda conseguia enxergá-la. E o bálsamo quente do *disfarce* suavizou meus machucados. Ainda dava para senti-los, latejando e dando pontadas, mas, estranhamente, eles não tinham importância. Ela rosnou, o lábio superior enrugou, e na mesma hora rosnei de volta. Os dois sons chegaram a um registro de profundidade impossível, atingindo as paredes e chacoalhando as arquibancadas de madeira.

Foi a única vez que senti o apetite por sangue com tal intensidade, que queria colocar o rosto na garganta de um garoto lobisomem e *beber*. A prática de Uso do Disfarce não estava adiantando nada. Porque agora tudo o que eu queria era machucá-la, e isso me deixava assustada para caramba. O medo incentivava a fúria, ambos aumentaram o apetite e quase me atirei novamente em cima dela. Parei bem a tempo.

Ela me olhava como se tivesse brotado outra cabeça em mim. Uma mãozinha saída da manicure se ergueu, as unhas eram esmaltadas e tremiam um pouco, como se ela quisesse tocar no nariz.

Ela devia ver como está, pensei, de um jeito estranhamente imparcial. *Está quebrado. Talvez esteja doendo para caramba.*

Boa, respondeu uma voz mais profunda. *Tomara que esteja doendo. Tomara que ela engasgue com isso.*

– Vadia. – A voz dela tremia, vacilando por baixo de uma carga de ódio puro. – Ah, sua *vaca*.

– Olha quem fala. – Era difícil pronunciar as palavras, porque as presas indicavam que minha língua tinha atingido o céu da boca de um jeito bizarro. – Você que começou.

– E também vou *terminar*. – Contraiu-se, como se quisesse partir para um novo round. Fiquei tensa e o *Uhu! Uhu!* nítido da coruja reverberou pelo ginásio. – Você é igualzinha a ela. *Igualzinha*. Elizabeth.

Aquilo não deveria ter me feito sentir melhor, mas fez. Tenho os cabelos da minha mãe e os olhos do meu pai, e minha avó dizia que o nariz em forma de bico era o dela. Talvez ela só quisesse ser simpática. Agora, ouvir outra pessoa dizer que eu era igual à minha mãe, mesmo com a cara detonada, era bom. Não devia me confortar, mas confortou. A sensação abriu caminho direto pela raiva que pulsava sob minha pele, reforçando como se fosse gasolina. Vapores enchiam minha cabeça, esperando por uma faísca.

Engoli a raiva o melhor que pude. Só piorou a queimação na garganta.

– Que bom – disse tranquila. – Fico feliz. – O cabelo da Anna estava meio puxado para baixo; o sangue encharcando a cara. Agora ela não parecia tão glamorosa.

– Não devia. Ela era *fraca*.

– Ela era mais corajosa do que você. – Não sei o que me fez dizer aquilo. Era tipo a voz de outra pessoa em minha boca. O som de asas batendo ecoava em meus ouvidos e a coruja chamou novamente. O gato estava cuspindo e sibilando, mas eu não liguei para ele. Tudo com o que podia lidar estava bem na minha frente. – Quando foi a última vez que *você* foi a algum lugar sem guarda-costas, hein? Eles estavam com você quando foi rastejar na minha porta? Aposto que eles estão lá fora esperando a luta acabar. Esperando você levar um couro de mim, *vaca*.

Anna ficou pálida, surgiram duas manchas grandes, de cores, feias bem acima das bochechas impecáveis. As pessoas odeiam ser lembradas por suas burrices. É um fato na natureza humana: ninguém quer ser chamado de idiota. Preferem fazer suas idiotices no escuro e escondê-las com palavras elegantes. Porque não ligam se forem cruéis – só odeiam ser cruéis se alguém puder ver.

A maioria não vai mexer com ninguém que possa revidar. Só gostam de separar os fracos do rebanho. É o Reino Selvagem por todo o canto.

Anna se endireitou. O ar estalava e crepitava com a eletricidade. O uivo do gato foi sumindo aos poucos, como se transportado num trem para fora do povoado. Ela deu um passo para trás, afetadamente, e descobri que eu estava tremendo. O impulso de correr atrás dela de punhos cerrados me enlouquecia feito um *terrier* com seu brinquedo.

– Você vai se arrepender disso. – Agora ela estava calma. Ou pelo menos soava debochada e fria. A máscara de sangue no rosto dela dizia o contrário, junto com a palidez mortal que formava uma mistura nada saudável. De algum jeito o moletom dela tinha rasgado e havia uma tira de sangue bem acima do bíceps, junto de umas marcas vermelhas parecendo que se tornariam machucados; não me lembrava como tudo aconteceu. Briguei para me manter imóvel, para deixar meus pés em um só lugar.

Porque boa parte de mim queria saltar até o outro lado do recinto e encerrar a briga.

– Você começou. – Eu a lembrei. – Você fez todo mundo sair daqui porque achou que seria fácil. Você foi até minha porta bem devagarzinho quando achou que eu estava dormindo. *Covarde.*

Ela *recuou*, como se eu tivesse atirado alguma coisa nela.

– Você devia ter ficado com o idiota do seu papaizinho. – Os pontos feios e vermelhos se tornaram uma descarga inundando o rosto dela, espalhando sangue pelo pescoço abaixo. – Você *nunca* vai ser boa o bastante. Nunca será amada. Não do jeito...

– Ninguém ama *você*. – Não notei a verdade até que saiu da minha boca. Aquilo alfinetava feito um feitiço ruim que atazana antes que a gente possa se livrar dele. A coruja se inclinou, mergulhou com precisão no espaço entre nós e desviou no último segundo antes de suas garras acertarem. O vento provocado por ela bagunçou o cabelo da Anna, e ela se esquivou de verdade, o resto de seus cachos não--mais-tão-cuidadosamente-ondulados caíam. O *disfarce* recuou, e ela pareceu uma garotinha antes de correr para a porta numa rapidez medonha e entrecortada. Abriu a porta, atravessou-a toda detonada, e ouvi as vozes dos garotos.

Fiquei preparada, esperando pelo que viesse em seguida.

Sem pressa, a coruja desenhou outro círculo bem fechado sob minha cabeça. Eu não estava mais dentro dela, só dentro da minha própria pele em carne viva e latejando. O *disfarce* recuou e eu perdi a firmeza, meus joelhos golpearam o tatame num tranco que fez meus dentes baterem. Agora, eles eram apenas humanos e enfraquecidos. Fiquei feliz. As presas afiadas talvez tivessem arrancado um bife do meu lábio e aquilo não teria a menor graça.

Que porcaria foi aquela?

Inclinei-me. Meu estômago doía, repleto de enjoo, dando pontapés em seu interior elástico, e eu estava feliz por não ter almoçado.

– Interessante – disse alguém por trás das arquibancadas, que rangeram um pouco à medida que uma silhueta deslizou, vinda de trás delas.

Quê? Virei a cabeça, animada. Pisquei algumas vezes. A claridade tinha sumido e o mundo estava ficando indistinto.

Shanks escolhia o caminho pelo tatame, com os ombros curvos.

– Você não parece bem.

– Como... – Inclinei-me, enquanto uma golfada chegava sem provocar dor, subindo por minhas entranhas e era mantida ocupada pelo esforço em não colorir o tatame com algo que meu estômago pudesse inventar.

– Imaginei que devia ficar por perto. O Graves vai ficar aborrecido quando souber.

– Não... – Tentei engolir; a garganta doía. Farejei o pelo e o lado selvagem dele, uma composição de aroma de cabelos escuros que combinava, de um jeito desengonçado, com suas pernas compridas e seus olhos rápidos e escuros. Parecia as imagens que o *toque* pintou dentro de minha cabeça quando uma ampola com sangue se partiu na aula de Uso do Disfarce. – Não... – eu queria dizer. – *Não chegue mais perto que isso.*

O apetite por sangue era nítido e inevitável, queimando logo abaixo da minha pele. Como o *toque*. Como a raiva. *Fúria*. Só estava esperando por uma válvula de escape.

Se eu chegasse primeiro no Graves e contasse sobre isso, talvez conseguisse, de algum modo, fazê-lo entender que a gente precisava sair deste lugar antes que as coisas piorassem ainda mais.

Shanks ficou de cócoras em um movimento elegante e tranquilo.

– Não se preocupe, consigo ver que você está furiosa. Não vou chegar perto até se acalmar. – Ele olhou de relance por cima da minha cabeça. A coruja deu um último pio suave e o som da batida de suas asas regrediu. – Coisa que é melhor você fazer logo, antes que alguém venha aqui e te ache desse jeito. Você está sangrando.

Aquilo era a menor das minhas preocupações. Fechei os olhos e puxei o ar para dentro dos pulmões. Soltei entre os lábios contraídos.

– Não. Diz. – Primeiro eu precisava falar com o Graves. Para *explicar*.

– *Hum* – não concordou, nem discordou, só emitiu um som descompromissado – Nunca achei que veria a Rainha Vermelha pessoalmente. Ela não aparece para a ralé. – Olhou de relance para a porta pela qual ela recuou. – Jesus.

Rainha Vermelha? Emiti um som indefinido, com certeza era uma pergunta.

– Ah, *tá*. – Uma risadinha sem graça. – Os lobisomens sabem sobre ela. Não somos tontos, Dru. Gostamos de saber quem está no jogo.

18

Eu estava toda machucada e detonada, meus dois ombros doíam como se tivessem sido deslocados e depois recolocados de maneira errada, minhas pernas pareciam macarronada. O olho roxo, porém, tinha diminuído. Um pouco. Agora parecia um azul-escuro, caindo para um amarelo esverdeado em vez do vermelho vivo e escuro. Os banhos fizeram maravilhas.

Eu ainda estava lá, de pé, olhando para mim mesma na faixa que fiz sobre o vapor condensado do espelho, quando alguém esmurrou a porta do vestiário.

– Dru! Você está aí?

Era o Graves.

Caramba. Vi meus olhos arregalarem e minha boca cair, desejei uma cara mais inexpressiva.

– Estou – berrei de volta. O corte no meu lábio tinha fechado, mas ainda estava sensível e inchado. Puxei a gola da minha camiseta para baixo e me retraí com a pontada no machucado, uma dor que subiu pelo ombro. – Vai lá, eu alcanço você. – *Tão logo eu descubra um jeito de lhe explicar isso.*

– *De jeito nenhum*. Estou a serviço agora. O Benny e o Leon foram chamados para fazer alguma coisa longe daqui. – A porta abriu mais um pouquinho, mas ele não enfiou a cabeça para dentro. O som do eco ricochetou de um jeito apavorante pelos ladrilhos azuis, dividindo-se entre as cortinas do chuveiro e sendo abafado pela falsa água borbulhante nas banheiras inundadas.

– Você vai se atrasar! Anda!

– Vai, *pô!* – reclamei. Abri ao máximo a torneira de água fria. Isso talvez minimizasse parte do inchaço, e o som abafaria qualquer coisa que ele tentasse dizer.

Eu devia ter adivinhado. Ele abriu a porta na porrada e entrou batendo os pés.

– Pelo amor de Deus, você não pode chegar na hora pelo menos uma vez na... – Seus coturnos guincharam assim que ele parou. Agarrei na pia de porcelana branca e sacudi o cabelo para baixo. – Dru?

Os nós dos meus dedos estavam brancos e minhas pernas se negavam a me levantar por completo. O Shanks não tinha dito nada. Ou, se disse, o Graves não se importou.

Ele tocou meu ombro. Eu me encolhi.

Seu fôlego saiu num tranco, como se também o tivessem esmurrado. Olhava para a faixa no espelho, onde conseguia ver minha cara machucada e inchada.

– Jesus *Cristo*.

– Não é nada grave – menti e me afastei dele num impulso. Ele, porém, agarrou meu braço mais rápido do que deveria ser capaz. Perguntei-me o quão veloz ele podia ser com o *loup-garou* queimando dentro dele. Conforme seus dedos afundaram em minha carne, num machucado recente, deixei escapar um ganido curto de dor. – Graves. – Procurei as palavras para fazê-lo entender. *A gente tem que ir embora. Por favor, me escuta dessa vez.*

– Quem? – Ele quase me sacudiu, e a vibração sob a superfície da palavra era a voz de comando de um *loup-garou*. Os lobisomens usam o Outro dentro deles para ativar os pelos e a força, só que alguém marcado pela metade e vacinado contra a mordida de lobisomem, como o Graves, utiliza isso de outra forma: para domínio mental. Já o vi deter uma porção de lobisomens raivosos com aquela voz. Já o vi forçar um semelhante a se agachar só com o peso da vontade dele.

Era cheio de surpresas, meu Garoto Gótico.

O vapor no ar moldava formas com dentes afiados e narizes pontudos. Eu me afastei, vacilando, e prestei atenção no meu próprio braço, pois um machucado recente surgia por cima do antigo.

– Ai!

Ele se endireitou, os ombros distenderam sob o tecido preto de seu casaco.

– *Quem*?

Igualzinho à coruja da minha avó. O pensamento me atingiu com um humor duvidoso, inconstante, apavorado. Reprimi a gargalhada bem parecida com um soluço de choro.

– Graves, a gente precisa sair daqui. Por favor. Vamos embora e pronto.

Porque eu sabia que tinha algo a mais; sabia desde quando descemos porrada uma na outra. Seria a minha palavra contra a dela, e ela não teria descido até o ginásio sem uma boa história para contar. Shanks ter visto a coisa toda também não me ajudaria diante do Conselho – ele era um lobisomem.

Não um *djamphir*.

Além disso, nunca se é o primeiro a contar. Não é a regra do meu pai. É a regra da molecada, ensinada todo dia no almoço e nos intervalos. Anna podia romper com isso – era adulta, mesmo parecendo ter a minha idade.

Agora, eu? Não podia. Não queria contar. Queria sair daquela porcaria de lugar, caramba. De preferência, o mais cedo possível.

Tipo *já*.

Os olhos do Graves brilharam, um verde acentuado. Obviamente ele não acreditava em mim.

– *Quem*? – A palavra chacoalhou o espelho na parede, os suportes de plástico estilhaçaram. O vapor se dissolveu, nos cercando como pontos brancos e esvoaçantes dentro de um globo de neve. Do tipo que você agita quando está tocando uma música idiota de algum filme água com açúcar e esquecível da Disney.

– Não esquenta com isso. – Puxei meu casaco mais para cima, fechei o zíper até o queixo. – Vamos embora e pronto. Estou com dinheiro; a gente pode se mandar antes que saibam que a gente... – Fiquei sem palavras, encarando-o. – Por favor.

Procurei algo mais para falar.

– *Por favor*, Graves. Eu tenho que sair daqui.

Ele olhou fixo para mim, pálido como a morte sob seu tom de pele caramelo uniforme. Quando ele fazia isso, ficava quase cinza. Sua boca se tornou uma linha fina e seu cabelo quase ficou de pé, estalando com energia. Seu brinco cintilava em um ferrão intenso de luz.

– Você precisa se acalmar. – Eu parecia pálida e mórbida até para mim mesma. – Graves. Por favor. Você *tem* que se acalmar. Eu preciso...

Ergueu a mão; o punho. O apontou o dedo indicador, de forma acusatória, para a minha cara. Houve um estalar leve enquanto seus músculos aumentavam. Não ficaria peludo, mas com certeza dilataria quando o *loup-garou* saísse de dentro dele.

– Quem... te... machucou?

Essa porcaria não tem importância! Por que ele não podia *só me escutar*?

– Eu só... Só... Eu... Graves... – De todas as vezes em que a minha boca vacilou, essa foi a pior. Mas a fúria dele, inundando o ar e arranhando o *toque*, tornava difícil pensar. Pior de tudo, o apetite por sangue tinha voltado, rondando aquele ponto especial, no fundo do céu da boca. Arranhando. Minha boca inteira formigava.

Se minhas presas surgissem agora, o que ele pensaria de mim?

– É melhor você começar a me contar as coisas – disse Graves, tranquilo. – Odeio que não me falem nada, Dru. Você sabe que eu odeio que não me contem nada.

O *quê?* Ele não estava sendo coerente. Abri a boca. Não veio nada, e a fechei outra vez.

Porque eu sentia as presas aumentando. Tocando levemente os dentes de baixo, mudando todo o formato do maxilar.

Ai, por favor, não. Não.

– Beleza. – Graves girou nos calcanhares tão depressa que o casaco sacudiu todo e tocou no meu joelho. Saiu batendo os pés, mas se deteve bem perto da porta. Baixou a cabeça, sacudiu os ombros e fechou a mão.

A parede estalou. Poeira se espalhou; azulejos estilhaçaram e racharam em ziguezagues. Retraí de dor outra vez.

– *Para!* – gritei, e cada partícula de névoa no vestiário se iluminou. Diamantes pequeninos, suspensos, girando no ar.

– Quando você estiver disposta a falar – disse, com muita suavidade –, você sabe onde me achar.

Encolheu um pouco voltando ao estado normal. Tirou o punho da parede quebrada e o chacoalhou por um breve instante, espalhando caquinhos de azulejo. Espalhada na parede estava uma mancha surpreendentemente vermelha, e o cheiro de sangue explodiu em minha cabeça.

Quase-lobisomem. Uma essência parecida a morangos misturados com incenso. Olhos verdes com um leve tom metálico de neve, pele cor de caramelo e mãos rachadas. Era como enxergá-lo em quatro dimensões, com uma camada a mais acrescentada ao Graves de sempre, aquele que dormia no meu quarto e me dava uma bitoca na bochecha todas as manhãs.

Apoiei-me na pia como uma jangada afundando.

– Por favor, vamos embora e pronto. Você e eu. – Um sussurro fraco e feminino. – Graves. *Por favor.*

– É. Foge. Claro. Como minha mãe. Toda vez, fugindo e voltando. – Acenou com a mão cortada. As feridas já estavam sarando: lobisomens cicatrizam depressa, e ele tinha conseguido uma dose completa desse dom, mesmo sem ficar peludo. – Mas eu juro por Deus que vou descobrir quem fez isso. Mesmo você achando que não pode confiar em mim.

A sede urrava dentro de mim e meus dedos afundaram na porcelana rangendo. Se ele fosse agora atrás da Anna... Abriu a porta num tranco tão forte que bateu na parede, e mais azulejos despedaçaram. O espelho acima da pia rachou em zigue-zagues gigantescos, como uma teia de aranha.

Ele tinha partido. Fiquei lá, de pé, agarrada naquela pia idiota, cada milímetro meu doía e lágrimas quentes deslizavam por meu rosto. Dobrei-me, encostei a testa quente na superfície macia e fria, e foi assim que o Benjamin e o Shanks me acharam, dez minutos depois.

19

Shanks se apoiou na porta de braços cruzados.

– Eu acho que o Graves quis lhe surpreender.

– Ele não foi para a aula. – Os dedos de Dibs eram delicados. O lobisomem loiro passou um pouco da gosma no meu rosto ferido. Fez ataduras e passou gosma no resto de mim e, agora, trabalhava no meu rosto com toques suaves, feito os de uma borboleta. – Não se mexe. Queria que alguém tivesse me chamado mais cedo. Não consigo fazer muita coisa quando começa a ficar escuro assim.

– Desculpa – sussurrei. Meu lábio cortado doía. Tudo em mim doía. Parecia o dia seguinte à cicatrização: quando você está toda dura e desejando nunca ter nascido e nem ter brigado. Parece que pulei a parte da adrenalina, aquela em que você sente que deu porrada no mundo inteiro.

Não, eu só me sentia toda arrebentada.

– Ele te viu assim? – Shanks ficava repetindo. Puxou as mangas do suéter azul tricotado, mostrando os punhos largos e ossudos. – Caaara! Ai, cara! Ai, *cara*!

– Nem tive chance de falar. Ele ficou com muito ódio. – Encolhi-me quando Dibs começou a espalhar algo em minha pálpebra. Ele chamou de arnica. Bom para os machucados. Por mim, eu preferia as ervas da minha avó e um monte de aspirina. – Eu, hã. Sabe como é. – Não conseguia nem começar a explicar.

– Não quero ser o lobisomem no caminho dele se algo acontecer a você. – Os olhos azuis arregalados do Dibs estavam escuros e preocupados. Sua mala preta de médico estava largada aberta na cama perto de mim. Ele passava a arnica em sua camiseta cinza, todo desligado, sempre que precisava dos dedos limpos. – Ele está doido de raiva.

Eu conseguia sentir o Benjamin do lado de fora da porta, esperando e se preocupando.

Foi o Shanks quem o obrigou a tirar o Dibs da aula, e foi o Shanks que o empurrou porta afora quando fiquei toda sensível e comecei a chorar um pouco mais. E lá estava uma pilha de tecidos espalhada pelo carpete azul e a escuridão particular de uma da manhã enchia a janela.

Eu estava começando a desejar nunca ter saído da cama. Se não tivesse, o Graves talvez ainda estivesse ali. Teria sido legal.

Dibs bateu de levinho no meu olho. Chiei ao inspirar o ar e ele me deu um olhar rápido de desculpas.

– Você mandou bem, viu? – Shanks disse de repente. – Tipo, ela é mais velha. E totalmente treinada. E ainda assim você acabou com ela.

– Ela está enferrujada. – E *magricela.* Procurei suprimir a vontade de colocar as mãos do Dibs longe do meu olho doendo. – Foi o único motivo pelo qual eu tive uma chance. Não acho que ela treine.

– A Rainha Vermelha é perigosa. Fique quieta. – O treco que ele passava em mim tinha um cheiro esquisito que fazia o nariz ficar dormente. – Isso vai arder se entrar no seu olho.

Até parece que eu ligo – Uma dor a mais? Tinha uma pergunta melhor:

– Exatamente o que você sabe? Será que eu era a *única* pessoa a não saber quem ela era? – Shanks encolheu os ombros. Inclinou um pouco a cabeça, ouvindo o saguão.

– O Benjamin voltou para o quarto dele. Graças a Deus, aquilo já estava começando a encher o saco. – Um pouco de tensão escapou. – Na verdade eu não sei muita coisa. Só que a líder da Ordem é a Rainha Vermelha. Faz um bom tempo que ela está pressionando para que haja uma nova negociação para os termos de algum Pacto. Ela consegue quase tudo o que quer; o Conselho já está cansado. Meus pais costumavam falar sobre isso depois que a pirralhada ia para cama. – Encolheu os ombros. – Tem uns... boatos.

– Que tipo de boatos? – Fechei os olhos quando o Dibs sussurrou para mim. Foi muito gentil, e comecei a me sentir um pouco menos detonada. Pelo menos aqui, com ele e com o Shanks, ninguém estava se metendo comigo.

– Só boatos. Nada concreto, só estou dizendo que é melhor não ficar no caminho dela. – Mediu-me com os olhos demoradamente. – Posso ver por quê.

Eu também.

– Eu não sabia que ela odiava a minha mãe.

Ele deixou escapar uma gargalhada que parecia um latido. Os dentes brancos faiscaram.

– Você parece bem certa disso.

– Foi um chute. – Ou o *toque* borrando na minha cabeça e me mostrando os assuntos alheios. Minha avó era boa para se meter nos assuntos dos outros, mas tem vezes que simplesmente não dá. – Um chute bem dado, né?

Pensar na minha avó fez minha cabeça doer. A coruja dela me salvou várias vezes. Sempre pensei na coruja como sendo *dela* porque surgiu na noite em que ela morreu.

Agora eu não tinha essa certeza toda.

– Por que ela odiaria sua mãe? – Dibs terminou de espalhar meleca no meu rosto. – Pronto, é isso aí. Deixa eu olhar esse pulso novamente. Você não está sarando direito.

– *Não sei*. – Tentei não parecer irritada. – O que você quer dizer com isso, não estou sarando direito?

– Lento demais, principalmente quando seu *disfarce* se distende. Pode ser porque você não desabrochou totalmente ainda. Queria ter lembrado de trazer aquele caderno. Talvez se a gente chamasse o Benjamin...

– Não! – Tirei a mão com tudo. Dibs guinchou um pouco. – Ele já está vindo me perguntar o que aconteceu!

– E o que tem de errado nisso? – Shanks perguntou da parede. – Eu sou testemunha. Ela bateu primeiro.

Não pensei que eu tinha de explicar aquilo para ele, dentre tantas pessoas por aí.

– Ela é a líder da Ordem, certo? Quem vai acreditar que ela voou para cima de mim antes?

Além disso, não podia contar para ele que eu queria encontrar o Graves e sair desta porcaria. A necessidade de botar o pé na estrada me provocava altas coceiras na pele.

– Mas é verdade. – Dibs agarrou minha mão de maneira delicada, mas firme e começou a manipular meu pulso esquerdo. Doía. – O Shanks viu. Né?

– Você é tão otimista – suspirou Shanks, indo até a janela. – Ela está certa. A única testemunha é um lobisomem vindo de um reformatório. Ninguém vai acreditar. Por outro lado, você deu o seu melhor, menina Dru. Quem sabe ela está com vergonha.

Que pensamento feliz. Meu pulso mandava trancos agudos de dor pelo meu braço e os dedos finos e compridos do Dibs examinavam, apertavam e puxavam. Minha camiseta estava imunda com sangue seco, suor e uns troços que eu nem lembrava de terem caído em cima.

– Se você deixa um *valentão* envergonhado, ele vai ficar de tocaia, esperando em algum lugar. *Aai!* Para de dar tranco nisso aí!

– Acho que eu devia botar uma tala nisto aqui. – Um vinco se aprofundou entre as sobrancelhas loiras de Dibs. Ele é todo cuidadoso quando está remendando alguém. Difícil acreditar que ele mal falava comigo em público, de tão tímido. – Então, o que nós faremos?

Nós? Não sei quanto a você, mas quando o Graves estiver tranquilo, vou atrás dele para convencê-lo a sair desta porcaria. Tipo assim, ontem.

– Deixa quieto, estou bem. – Aquilo me tocou fortemente. Baixei a cabeça, respirei devagar. Ele tinha dito *nós*. Já tinha decidido que era problema dele também. *Nós*. Não achei que ficaria tão agradecida por uma palavrinha.

De repente, me senti péssima sobre deixá-lo para trás.

Dibs encolheu os ombros.

– Esperar para ver é tudo o que a gente *pode* fazer. Graves pode ter tido uma ideia brilhante. E pelo amor de Deus, Dru. Conte ao menos para o Benjamin. Ele não teria conseguido o emprego dele se não soubesse jogar o jogo.

– Você fica aí falando que isso é um jogo. – Deixei o Dibs brincar mais um pouco com o meu pulso. O lobisomem loiro tirou uma atadura novinha das profundezas de seu estojo médico.

– Aquieta aí. – Rasgou a embalagem com seus dentes brancos e afiados.

Shanks deixou escapar uma risadinha irônica.

– Com certeza é um jogo. Os *djamphirs* são que nem os chupa-sangues, querem sempre ficar na vantagem. – Lançou-me de relance um olhar culpado, puxou de uma só vez a armação da janela. – Tirando você, claro. E tem o Reynard. Fico imaginando qual é a dele com a Vermelha. Você disse que ela queria você a favor dela e contra ele.

– Se eu o achar, talvez possa fazer algumas perguntas. Mas vou precisar da sorte. – Era esquisito ter outra pessoa me colocando ataduras. Em geral, eu é que prestava os primeiros socorros para o meu pai. Lembro-me de remendar o August, também, mais de uma vez. Meus ombros caíram. – Você tem aspirina, Dibs?

– Um analgésico provavelmente é melhor. A gente devia botar gelo nisso. – Ainda tinha um ar perturbado, começava a envolver meu punho. – O Shanks não quer dizer que os *djamphirs* são ruins. – Ele era sempre assim, procurava botar panos quentes nos sentimentos de todo mundo. Dizia que era parte de ser um "sub": submisso, e tinha nascido assim. As únicas vezes em que o vi dar apoio era quando estava tratando das feridas de alguém.

– Ela sabe o que eu quis dizer, Dibsie. – Uma brisa fria tocou o cabelo escuro do lobisomem. – Nunca achei que teria saudades do reformatório. – Brincou com as cortinas, seus dedos agitaram o veludo. Encheu bem os pulmões com o ar da noite, revirando-o dentro da boca como se fosse champanhe. – Hã.

Dibs olhou de relance. Suas mãos ficaram imóveis, a atadura quase terminada. Seus olhos arregalaram e ele também farejou.

A tensão se espalhou por meus músculos doloridos. Não conseguia sentir o cheiro de nada além do meu, já que eu tinha chorado para caramba e meu nariz estava entupido.

– O quê? – perguntei.

Shanks endireitou a cabeça. Quando ele fazia isso, me lembrava do cachorrinho da RCA em um dos discos antigos da minha avó.

– Sei lá – respondeu. – Só... um cheiro. Se bem que pode ser você. Sempre que você fica perturbada, o tempero aparece.

– Tempero? – Aquela conversa estava ficando cada vez melhor.

– Você tem cheiro de pão doce de canela – Dibs se prontificou de um jeito prestativo. – Teoricamente, todas as *svetochas* têm um cheiro diferente... algumas têm um aroma mais floral, outras mais condimentado. É bem forte em você. Elas cheiram assim tendo ou não se alimentado.

– Ô, espera aí. Eu *tenho um cheiro*? – O calor subiu da minha garganta e tocou meu rosto machucado. Corei outra vez. Pelo menos não estava soluçando feito um nenê.

Levando tudo em conta, eu estava me saindo muito bem. Talvez eu merecesse de novo minha figurinha "Dru, a garota durona" se continuasse assim. Mas... *ai*. Não queria fazer por merecer desse jeito.

– Não estou te xingando! – Dibs pareceu meio apavorado. – Ele não está dizendo que você é...

– Relaxa. – Shanks ficou parado na janela. – Não estou dizendo que você é uma sorvedora.

– O quê? Você me conhece, Shanks. Fala minha língua. – Tipo, eu aprendia rápido e sempre soube do Mundo Real, praticamente a vida toda, mas todos os pedaços que meu pai e eu juntamos não eram nada, comparados a tudo o que a Ordem tinha. Para mim era novidade até coisas que um lobisomem bebê concluiria sozinho.

O lobisomem loiro terminou de envolver meu pulso com uma precisão cheia de frescura.

– Um sorvedor é um *djamphir* que bebe igual aos vampiros. Isso os torna mais fortes. Mas eles teoricamente não deveriam fazer isso. E nós podemos sentir o cheiro deles, dos sorvedores.

Eu estava começando a ter um pressentimento muito ruim com relação àquilo.

– Mas eu nunca...

– As *svetochas* têm esse cheiro porque, é, hum, quando elas chegam na puberdade, elas... – Dibs olhou por cima do ombro. Shanks não disse nada, mas seus ombros estremeceram bem de leve.

Será que ele estava *rindo*?

Dibs se recompôs. Começou a limpar os restos dos materiais de primeiros-socorros que estavam em cima da cama.

– Quando elas ficam, sabe como é, férteis. Começam a cheirar bem. Os sorvedores cheiram também, como doce. Algo com a assimilação da hemoglobina. Não dá para saber se uma garota *djamphir* é uma sorvedora, mas se um garoto é, dá.

– Ah, tá. – Examinei a bandagem no meu pulso. Se eu ficasse mais vermelha, provavelmente entraria em combustão. Agora entendia por que o Christophe cheirava a torta de maçã assando, ao contrário dos outros garotos *djamphirs*. Será que ele... chegou, de verdade a... – Eu não sabia disso.

– Achei que o Graves já deveria ter voltado. Tudo bem que ele tinha muita raiva para descarregar, mas mesmo assim. – Shanks parecia ter resolvido que era hora de interromper as aulas "Coisas que a Dru Já Devia Saber". – Se ele ainda estiver fora do *campus* quando anoitecer vai ser pior para ele. Mas, ainda assim, ele é problema seu. Ou, pelo menos, eles acham isso.

– Ele estava *mesmo* furioso – opinei inadequadamente. – Você falou alguma coisa sobre analgésicos, Dibs?

– Você comeu alguma coisa? – Ele tinha as mãos repletas de ataduras, bolinhas de algodão e um tubo vazio de pomada de arnica. – Porque se não comeu...

– Dá a porcaria do remédio para ela, Dibs. Jesus. – Shanks inclinou-se para fora da janela, experimentando o vento, e de repente imaginei, de maneira bem nítida, ele caindo. O parapeito da janela batia bem no meio das coxas dele; só era preciso um bom empurrão. Não tinha nem uma tela para proteger. – Ela está com cara de quem está precisando.

Dibs encolheu os ombros e se dirigiu ao banheiro para jogar tudo fora. Ouvi a torneira abrir. Ele tinha esse fanatismo por lavar as mãos depois de botar ataduras. Pensei em oferecer uma camiseta para ele, já que estava todo lambuzado de arnica.

Eu espiava o Shanks nervosa.

Há umas poucas semanas eu nem conhecia esses caras, e agora me preocupava se um deles caísse pela janela ou se machucasse. Não sabia se aquela queda ia ferir um lobisomem. Eles podem fazer coisas espetaculares.

– Cuidado aí, hein? Essa janela não tem tela.

– Estava olhando justamente isso. Parece esquisito. Todas as outras têm telas. – Inclinou-se, apoiou os braços no parapeito. Ainda assim ele parecia equilibrado em vez de recurvado. – Parece que tinha uma até recentemente. Tem também uns arranhões aqui.

Não tem uma tela desde que me mudei para cá. Minha garganta estava seca. Sentia dores por todo o corpo, e de repente eu só queria me arrastar até a cama e puxar os cobertores por cima da cabeça.

– Você acha que ele volta? – Minha voz soou muito baixa. A cama estava macia, e que se dane deitar nela... Resolvi que não ligaria de ficar *debaixo* dela, escondendo-me por um tempo.

– O Graves? Volta. Ele só precisa descarregar a raiva. – Shanks encolheu os ombros. – Ele voltaria para você até se você estivesse numa casa pegando fogo. Já fez isso uma vez.

Girou nos calcanhares e caminhou sorrateiramente até o banheiro.

– O que você quer dizer com isso, ele voltou? – Lembrei-me do incêndio na Schola e também do Christophe me arrastando para fora de lá. Mas o Graves...

– Foi ele quem fez a gente voltar para pegar você e o Christophe. A gente teria mandado tudo para o inferno e ido embora, se não fosse por ele. – A porta do banheiro fechou, e o Shanks falou alguma coisa que eu não consegui escutar por causa do barulho da água jorrando.

Cada milímetro em mim doía. Meu coração doía mais do que tudo. Estava começando a achar que era normal sentir como se ele estivesse sendo puxado para fora do meu peito o tempo inteiro. A descarga foi apertada depois de um tempinho, mas pelo menos os lobisomens eram discretos. O que quer que estivessem discutindo, faziam isso em voz baixa. O Dibs parecia preocupado e o Shanks, decidido.

Levantei. Botei o casaco com capuz e fechei o zíper. Fiquei balançando o corpo por uns instantes. O saco de dormir estava enrolado com capricho e colocado contra o criado-mudo do lado de cá, e o travesseiro dele foi atirado de volta à cama. As camisetas do Graves, incluindo a do "velociraptor com um sabre de luz" – que ele pareceu ter curtido – ainda estavam penduradas no *closet*. Havia roupas nas gavetas da penteadeira, que era enorme e antiga. Tinha me acostumado ao som da respiração dele no quarto, junto à minha. Desde que o meu pai voltou como morto-vivo, Graves tinha sido a única pessoa de quem eu podia depender.

Do que, exatamente, eu tinha medo?

Acho que da mesma coisa que eu sempre tive. De ser abandonada em algum lugar – que nem no corredor do hospital depois que a minha avó morreu, só repetindo e repetindo que o meu pai estava vindo, que ele saberia o que fazer, que ele já estava a caminho, e torcendo para caramba que fosse verdade.

Meu pai tinha voltado e tomado conta de tudo, e ainda assim eu tinha medo que um dia ele não fizesse isso. E um dia... não foi bem ele quem voltou. Entrar cambaleando na própria cozinha feito um zumbi e tentar matar a própria filha não se define exatamente como "o" retorno.

E o Graves estava me confundindo com a mãe, ou algo do tipo? Será que ele tinha decidido que eu era um grande problema e ponto final? Ou o quê? O Shanks disse que ele voltaria assim que se livrasse da raiva. É o que fazem os lobisomens – Fogem. É isso ou saem para caçar alguma coisa para comer. Todo mundo deveria ficar satisfeito por eles, em geral, escolherem a primeira opção. Tirando o fato de que as pessoas normais nunca irão, sequer, ouvir sobre coisas assim.

O peso na minha garganta, e o que pinicava no fundo dos meus olhos, era solidão.

Outra vez o barulho da descarga. Toda a rigidez saiu das minhas pernas e me sentei com dificuldade. Aqui estava eu, de novo, sentada e esperando alguém voltar. Só que eu estava escutando uma discussão de lobisomens no banheiro, em vez de apenas os estalos e as pancadas de uma casa vazia enquanto o vento gemia ansiosamente do lado de fora.

Não era lá uma melhoria, mas eu ia aceitar.

✶ ✶ ✶

O Dibs me deu alguns analgésicos e disse para passar gelo no pulso. Parecia infeliz, mas deu uma encarada significativa no Shanks e levou a sacola de médico para fora, sacudindo sua cabeça dourada. Shanks fechou a porta, virou-se, e olhou nos meus olhos.

Fiquei parada no meio do quarto enorme e azul e me senti num navio naufragando. Encarei-o de volta. A franja comprida e negra sobre os olhos de um escuro profundo, deixavam-nos agressivos em vez de angustiados, suas mangas arregaçadas revelavam antebraços musculosos e magros. O silêncio se esticava feito uma tira velha de borracha.

Molhei meus lábios com a língua, nervosamente.

– Vai fundo. Tipo, se você está querendo me dar porrada também, entra na fila. E vai desperdiçar todo o trabalho do Dibs.

Em termos de piada, era bem fraquinha. Pareceu mais engraçada dentro da minha cabeça.

– Faz favor. – Revirou os olhos. – O Graves me *mataria*. Só estou imaginando se você está... preocupada.

Preocupada? Estou plena e absolutamente paranoica a esta altura.

– Com relação à Anna? Ou com relação...

– Com relação a alguém ter tirado a tela da sua janela. Quem está te visitando? Ou ninguém está porque tem mais gente dormindo no seu quarto? – Uma sobrancelha escura desapareceu no meio da franja. – Eu ia perguntar em qual lado você está jogando, mas quanto mais tempo passo com você, mais acho que você não está em jogo nenhum.

O suspiro que saiu de mim teria deixado Dylan orgulhoso.

– Eu *não*...

Ele ergueu as duas mãos.

– Entendi, eu sei. Você quer um conselho ou vai arrancar minha cabeça por oferecer um?

Escolhas, escolhas.

– Manda.

– Porque, você sabe, você é uma *svetocha e* eu sou um lobisomem ralé recém-saído de um reformatório. Você nem devia estar conversando conosco, que dirá tratando Dibs e eu como seus melhores amigos.

– Mas vocês *são* meus melhores amigos. Não posso confiar em mais ninguém! – Atirei-me para frente de verdade, arremessando as palavras nele como bolas de queimada.

– Como eu disse. Mas, de qualquer modo... Não boto fé nisso. Tem alguma coisa fora do lugar. Que história é essa da Vermelha partir para cima de você e alguém deixar marcas na sua janela, sem falar no fato de que, para começo de conversa, você não deveria ser mandada para nossa Schola no fim do mundo, e também, mais vampiros do que eu já vi na vida estão te caçando. E nem vamos falar no Reynard, tá? – Parou, esperou eu concordar com a cabeça e prosseguiu. – Estou dizendo que pode não ser uma boa ideia dormir nesse quarto, sem alguém em quem você confia junto. Então, ou a gente te esconde em algum lugar que ninguém saiba, ou... – Seu rosto se remexeu um pouco, como se ele estivesse chupando um limão.

Meu cérebro, tadinho, todo zoado, ainda levou alguns segundos para entender o que ele estava sugerindo.

– Ou você fica aqui. *Hum*, acho que não, Shanks. Tipo, eu confio em você, mas não acho que seja uma boa ideia.

Ele ficou tão aliviado.

– Beleza. Porque o Graves teria um ataque cardíaco. É provável que ele volte a qualquer momento. Ele sabe que a gente não pode te deixar sozinha, então...

Uma lâmpada acendeu na minha cabeça.

– Tive uma ideia – disse, e contei a ele.

Como eu esperava, ele não refletiu muito.

– Você vai acabar se metendo em encrenca, Dru.

Sacudi a cabeça.

– Ele não me machucou. Ainda não. E você consegue pensar num lugar melhor? Ninguém esperaria por isso.

– Péssima ideia. – Shanks chacoalhou a cabeça com tanta força que seus ombros também se mexeram. – Jesus Cristo. Você pirou. Surtou geral.

– Basta vocês agirem como se eu estivesse aqui. – Eu parecia perfeitamente sensata, até para mim mesma. – E em todo caso, pelo amor de Deus! Não é como se eu não fosse lá todas as noites.

– Mas... – ele parou. – Sabe, na verdade não é uma ideia tão ruim. É completamente maluca, mas não é ruim, não.

– Exatamente. – Enfiei as mãos nos bolsos do casaco com gentileza. As faixas no pulso ajudaram. A gente descobre que a briga acabou quando estamos totalmente enfaixados. Dá para relaxar um pouquinho.

Talvez. Até a próxima crise aparecer. E eu estava agitada. Quem não estaria depois disso tudo?

Shanks considerava tudo.

– Mas quando o Graves voltar...

– Ele é esperto. Ele vai sacar onde estou. – Iria e ficaria furioso ou... o quê? Como ele estaria quando voltasse?

Tinha muita coisa que eu não sabia sobre ele. Quis lançar a cabeça na parede. O Conselho nunca mais mencionou o arquivo dele, e não caí na tentação de perguntar. Achava que ele me contaria o que pudesse...

Shanks fez um movimento inquieto, como um cachorro sacudindo a água do próprio pelo.

– Se ele puder descobrir, outras pessoas também poderão.

Lobisomens funcionam somente quando chegam a um consenso entre si. Às vezes fazer com que decidam depressa e parem de enrolar é algo impossível. Não me entenda mal – quando se tem dentes, garras e reflexos sobre-humanos, é bom querer que todos concordem sem violência. Sou a primeira a admitir isso.

Mas às vezes isso me deixa realmente enfurecida.

– Então todos poderemos descer e bater papo e tomar um cafezinho. – Revirei os olhos. – Ele matou três chupa-sangues na outra Schola, Shanks. Ele é uma boa proteção.

– Neste momento eu não estou preocupado com chupa-sangues. Estou preocupado é com o cara endoidando e abrindo você como um pacote de salgadinhos.

Eu estava chegando no ponto em que esse pensamento estava perdendo a capacidade de me assustar.

– Bom, então isso vai ser um lance teórico, não vai? E todo mundo vai ficar bem mais contente sem o problema que sou eu, perambulando por aí. – Ajeitei as coisas na cama, peguei o saco de dormir e o travesseiro. – É o que eu estou fazendo. Vou me enfiar em algum lugar onde ninguém, além do Graves, vai pensar em me procurar. Vocês ficam aí pela porta até o Benjamin vir me examinar, e finjam que eu estou no quarto. E *tcham-tchaaaam!*, amanhã o Graves vai estar de volta e calmo o bastante para agir de modo sensato e vamos descobrir... algo mais.

Tipo sair dessa porcaria de lugar. Ei, vocês também podem acompanhar a gente. Quanto mais pessoas, mais ficaremos felizes. Eu parecia desesperada até mesmo dentro de minha própria cabeça.

Shanks me olhava de um jeito esquisito.

– Ele vai voltar esta noite. Acho que eu vou ficar e esperar por ele. Você quer mesmo fazer isso, garota Dru? – Já estava no meu limite de garotos olhando-me de maneira engraçada, mas para ele dei um sorriso que machucou meu rosto. Meu lábio cortado rachou um pouco e todas as feridas deram uma pontada.

– Quero. Qual é a pior coisa que pode acontecer? – Assim que disse isso, desejei não tê-lo feito. Mas Shanks só balançou os cabelos escuros, abriu a porta e olhou com atenção o lado de fora, farejando.

– Tudo limpo – sussurrou enfim. – Vamos, então.

– Valeu. De verdade. Por tudo. – Fiquei ajeitando o saco de dormir e me encolhi quando quase tive uma cãimbra no braço, do jeito que os machucados fazem quando se acomodam no trabalho doloroso da cura.

Como sempre, quando eu agradecia, ele sacudia a franja do cabelo e fungava.

– Sempre fui curioso demais para o meu próprio bem. Se cuida, tá?

– Pode deixar. – E parti pelo saguão antes que qualquer um de nós ficasse ainda mais envergonhado.

20

A cama de metal era sólida, e eu provavelmente deveria ter trazido meu tênis comigo. E um cobertor a mais. Mas só desenrolei o saco de dormir e me certifiquei de que a chave estava no meu bolso pela quinquagésima vez.

Você conhece essa sensação, né? A gente tem o bilhete do ônibus ou alguma coisa importante no bolso e precisa ficar conferindo só para ter certeza de que está lá. É bem assim. Tipo um tique nervoso ou algo quando a gente está viajando ou esgotada, mesmo, mesmo, de verdade. Ou, vai ver, eu sou a única que faz isso, sei lá.

A respiração do Ash era constante. Ele se deitou recurvado debaixo da cama de metal, e havia outra bandeja grudenta no canto. Cheguei próximo o suficiente dela para sentir o cheiro do cobre no sangue vermelho, e pipocou, gigantesca, dentro de minha cabeça, a imagem de uma vaca marrom da raça Jersey, era o *toque* latejando. Recuei apressada para o outro lado do quarto. Pelo menos, estavam alimentando-o. Eu teria de brigar com um lobisomem louco e bem alimentado em vez de um louco e faminto.

Acho que é por aí: a gente ganha o que pode.

Abaixei o travesseiro, afofei, daí levantei e fiquei encarando o saco de dormir. Tinha o cheiro do Graves. Cheiro de um adolescente saudável, do seu desodorante e do aroma frio da luz do luar próprio de um *loup-garou*.

Procurei ficar mais à vontade, com cuidado, os joelhos reclamaram quando acertaram o concreto frio. Meu pulso enfaixado também deu pontadas. Espiei debaixo da cama.

Havia um brilho laranja e fraco. Eram olhos na sombra mais profunda. A respiração dele não tinha mudado, mas Ash estava acordado. Cada inspiração terminava num som suave de borbulhar passando por sua boca destruída.

– Desculpe por ter atirado em você. – As palavras me surpreenderam. Mais ainda, estava surpresa por descobrir que eu realmente *sentia aquilo*. Se o Benjamin estivesse certo, a única coisa que o impedia de obedecer Sergej e me matar era um rosto cheio de grãos de prata, mas eu ainda me sentia mal por ter disparado contra ele. – Deve doer, né?

A sombra não se mexeu; mesmo assim eu sabia que ele estava prestando atenção pelo modo como o silêncio no quarto se modificou. Pessoas comuns também podem observar isso – o que acontece quando alguém, de repente, começa a prestar atenção.

– Vai entender. – O frio do piso parecia agarrar os machucados nas minhas pernas com dedos ossudos. – Este é o único lugar, por perto, em que me sinto a salvo. E você poderia arrancar minha cabeça a dentadas sem nem refletir sobre isso. Meu cheiro é esquisito para você também? Acho que deve ser.

Sem respostas. Só o efervescer suave de sua respiração. A luz pequenina e fraca de seus olhos sumiram, e ele se acomodou mais para trás, de encontro à parede.

Não subi o zíper do saco de dormir, mas embolei tudo ao meu redor. A cama de metal era dura e incômoda, mas não era pior do que o chão de um quarto de hotel. Eu só não conseguia relaxar, principalmente com as dores nas feridas e nos músculos que brincavam de *pinball* por todo o meu corpo. Toda vez que eu distribuía o peso do corpo, o zíper do saco esfregava um pouco na cama de metal, ou um machucado provocava um grito de dor, ou alguma porcaria dessas. Só que eu estava esgotada, e logo depois comecei a me sentir sonolenta.

Acordei no tranco, ouvindo a tranquilidade intensa de todos na Schola se dirigindo para o descanso da madrugada. Precisei de alguns segundos para sacar que estava naquela hora, antes dos uivos normais do Ash, geralmente iniciados às três da manhã, e ele não estava emitindo nenhum som. Em vez disso, pisquei algumas vezes, sem enxergar direito, e naquela iluminação fraca através da fenda bloqueada da porta, vi uma forma comprida e peluda com olhos cor de laranja.

Estava deitado ao longo da soleira da porta, com a cabeça sobre as patas, e me observava.

Isso deveria me deixar arrepiada, sério. Só que eu peguei no sono de novo. Fui envolvida num período demorado, lento e aveludado de escuridão sem sonhos.

E então...

O saguão era comprido e estreito, e a porta ao final dele deslizou abrindo-se. Lembrei-me dessa sensação – um cordão que chiava, amarrado em volta da minha cintura, fazia com que eu me aproximasse. Devia estar sentindo frio usando meias nos pés e camiseta, e por um instante me perguntei onde estava meu casaco. Foi quando percebi que estava sonhando e a pergunta se perdeu.

O chiado iniciou, vibrando através dos dedos das mãos e dos pés. Era como a estática entre os canais de TV nos cafundós dos Estados Unidos, ou nos quartos de hotel salpicados de moscas, com carpetes gordurosos, todas sintonizadas em uma tela em branco. Alguns desses lugares anunciam TV a cabo, mas é preciso de sorte para conseguir que um aparelho sintonize qualquer coisa vagamente similar a um sinal.

Lembrei dessa sensação, era como tachinhas e agulhas se arrastando por uma carne que formigava. Ergui a mão e não fiquei espantada ao ver cópias transparentes dos meus dedos com unhas roídas. Mexiam-se depressa quando eu queria, obedientes, e baixei a mão. Meus pés apenas arrastavam pelo chão. Eu me movimentava lentamente, como em um esqui aquático, só que mais ou menos a um quarto da velocidade, inclinando-me para trás, contra o empuxo.

Subi a escada, passei pelo saguão onde ficava meu quarto, e o empuxo aumentou.

As paredes de pedra da Schola oscilavam como algas marinhas. Um estrondo suave de asas batendo me rodeou, isolando-me daquele chiado formigante.

A Schola estremeceu e voltou com as cores apagadas. Tudo estava mudando, como aqueles filmes bem velhos em que a cor granulada desbotou. Ou como aquelas fotografias pintadas que vemos em lojas de antiguidades – retratos em preto e branco tingidos de um jeito bizarro nas bochechas e nos olhos, presos a molduras empoeiradas nos encarando através de um vidro sujo e manchado.

As vozes iam surgindo aos poucos em meio à estática. Reconheci uma delas, e as paredes da Schola recuaram. Eu estava do lado de fora, as árvores cintilavam – num instante repletas de folhas, no outro, ramos vazios e ansiosos.

As vozes voltaram à medida que as árvores surgiram de repente, voltando ao verde do verão. Tudo ao redor ficou uniforme e transparente, enquanto as cores inundaram minha vista. O som oscilou, mas, em seguida, foi como achar a estação de rádio preferida: como uma imperfeição na estrada que faz o dedo bater no dial, do jeito certinho, para que a música venha em alto e bom som.

– Não se preocupe – ele disse. – Vai melhorar.

– Ela me odeia. – Houve um estalo, parecido com madeira contra madeira, e um som curto, agudo, de frustração. – Quero ir para casa.

– Ela não pode fazer nada com você. Não comigo aqui. Primeira formação, Elizabeth.

Um espasmo me atravessou.

Era uma capela meio destruída, com videiras crescendo nas paredes de pedra. Era vagamente familiar, e percebi o porquê num jeito meio delirante. Faz algumas semanas que venho desenhando isso. Há um centro amplo, cheio de grama e um altar de pedra, e ela aparece entre os véus da neblina. Seu rosto em forma de coração é lindo de doer, uns poucos cachos compridos escapam sobre suas bochechas. Ela usa calças capri pretas e uma camisa branca com botões na gola, cabelo repartido ao meio e puxado para trás. O desenho das roupas de algum modo dizia "antigo". Dava até para dizer que ela queria passar o cabelo a ferro e fazer um macramé[27].

27 Arte de tecer fios com nós, para fins práticos ou decorativos, sem maquinário ou ferramenta, apenas com as mãos (N.T.).

Ela segurava as malaikas, *espadas de madeira levemente curvas, com uma elegância doce e natural. Uma delas desenhou um semicírculo tão preciso que dava para ouvir o ar sendo cortado. Empoleirados no topo do altar, seus* keds[28] *deslizaram no piso à medida que ela recuou e as espadas realizaram um padrão complicado; ela era um pássaro lindo e mortal mexendo as asas.*

– Endireite a perna – Christophe disse das sombras sob a parede à direita. A luz do sol era um peso físico, em grãos dourados como mel velho. Seus olhos queimavam, azuis, e ele a observava de um modo crítico, com as sobrancelhas unidas.

Cada vez que o via, era como se eu tivesse esquecido como as partes de seu rosto funcionavam bem juntas, cada ângulo e linha se encaixavam cuidadosamente. Estava de jeans e com uma camiseta preta, seu cabelo era puro Londres anos 1960, com um toque de reflexos loiros.

– Pulso – disse suave, e minha mãe parou. Deu meia-volta e Olhou para ele.

Ah, mas aquilo eu reconheci; era o jeito que ela olhava para o meu pai quando ele se atrasava para o jantar, ou quando fazia uma piada sobre ela lavar a louça. Era o olhar sarcástico de uma mulher linda para um homem que ela conhece muito bem. Meio provocativo, quase bravo, e sabendo muito bem que ele também está olhando para ela.

O bater de asas foi interrompido. As tachinhas, as agulhas e a estática borraram a cena, mas me concentrei, como se estivesse segurando o pêndulo acima da mesa da cozinha da minha avó atrás daquela coceirinha interna que faz o instrumento responder às perguntas.

Nunca enjoava de vê-la. Respirava à vontade e afastou um cacho perdido com as costas da mão. Segurava as malaikas *com muita facilidade, como se fossem uma faca de manteiga. Tão graciosa! Vi, como se tivesse um binóculo, que suas unhas também eram roídas.*

Iguais às minhas.

Parecia muito nova. Na foto que meu pai levava na carteira, as sombras em seus olhos eram mais escuras, e ela parecia mais velha. Naquele exato instante ela parecia uma adolescente.

---

28 Marca de tênis (N.T.).

Toda garotinha acha que sua mãe é a mulher mais bonita do mundo. Mas a minha era. Era mesmo.

Seu olhar debochado tomou uma expressão definida, a boca firme e as sobrancelhas um pouquinho juntas.

– Eu me sinto uma idiota, presa aqui. Por que a gente não pode treinar lá dentro?

O rosto do Christophe era indecifrável, mas ele estava tenso. Os ombros retesados e a forma como os pés se achavam cuidadosamente colocados me diziam tudo.

– O brilho do sol lhe faz bem. Primeira formação, outra vez. Concentração, Elizabeth.

Ela revirou os olhos e se afastou.

– Gostaria me chamasse só de Liz.

– Nem sonharia com isso. – Parecia exatamente o mesmo: debochado, leve e sarcástico. Só que alguma coisa em seu tom de voz me fez olhar para ele, e só por um instante seu rosto estava aberto. O disfarce *estava sobre ele, presas tocavam os lábios e o seu cabelo era escuro, lustroso e penteado para trás.*

Christophe olhava fixamente para minha mãe como se quisesse devorá-la.

Minha mãe, porém, tinha olhado para o alto, para o telhado destruído da capela. Seu tom de voz ficou suave e distante, como se não quisesse lembrar de que ele estava com ela.

– É sério. Quero ir para casa.

– Você está *em casa. – Ele rejeitou a hipótese com quatro palavras, e por que a olhava daquele jeito? Era quase indecente.*

– Ela me odeia. – Fez uma careta rápida, de lado. – Você não percebe isso, Chris.

Ele se endireitou. Deu passos exatamente até a beirada da sombra na parede. O ódio estalava ao redor dele. Seu rosto, porém, não se alterou, e seu tom de voz era o mesmo.

– A aversão dela é menos que nada.

– Nós treinamos aqui para que ela não me veja. Porque vocês estão namorando sério.

– Não estou namorando sério com ela. Mas ajuda se ela pensar assim. Primeira formação, Elizabeth.

Se queria a atenção dela, ele conseguiu. Ela franziu o rosto de verdade, e lembro-me de como ela costumava parecer quando algo não estava certo. Quando sorria, o mundo iluminava, mas quando estava séria, quase ameaçadora, sua beleza ficava mais severa. Mudou o peso do corpo de um jeito incômodo.

– Como você consegue ser tão frio?

Christophe cruzou os braços.

– Primeira formação, Elizabeth.

– A garota é louca por você, novato.

Ao menos uma vez, Christophe parecia mesmo intrigado.

– Novato?

– Deus, como você é tonto. Ela acha você gostoso. – Minha mãe riu, e a luz do sol brilhou ainda mais.– E você é, certo? Reynard.

Uma pausa demorada, enquanto ele a observava. Ela girou as malaika, *mas sem entusiasmo.*

Por fim, ele recuou para dentro da sombra.

– Isto é sério. Você tem um dom para essas coisas, e...

– Esquece. – Ela largou as armas, que caíram com um som de madeira tinindo, saindo do bloco quadrado de pedra num movimento harmônico. – Todo dia é a mesma coisa. Por que você não volta e brinca com a Anna em vez disso? Estou enjoada desses jogos.

– Não é um jogo. É sério, e quanto mais cedo você...

– Tchau. – Acenou com os dedos sobre os ombros conforme se afastava zangada, vindo na minha direção. Meu coração inchou até ficar do tamanho de uma bola de basquete, e um estouro daquela estática atravessou toda a cena.

NÃO! *Quis gritar, mas não consegui fazer meus lábios funcionarem. O chiado urrava através de mim. Obriguei que se afastasse.* Eu quero ver!

A estática fluía feito neve. Clareou o bastante para que eu visse o Christophe, sua mão em volta da cintura da minha mãe, e ela o empurrando para longe. Ela torceu o polegar para impedi-lo; ele apanhou-lhe o ombro com a outra mão. Ela a tirou novamente, hesitante, o cabelo esvoaçava e um par de presas delicadas ficavam visíveis à medida que sua boca se abria, gritando algo.

Deu um tapa nele. O som era o estalar de um rifle, zumbindo. Olharam um para o outro, o peito de minha mãe estufava e seus olhos estavam cheios de lágrimas, como se ele *tivesse batido* nela.

Christophe sorria. Mostrava dentes brilhantes como a luz do sol, um sorriso largo, como se ela tivesse acabado de beijá-lo. A marca de uma mão aparecia em seu rosto pálido, nitidamente ruborizado.

– Faz de novo – disse, calmo. – Vá em frente, Beth. Eu deixo.

Os lábios dela se mexeram, mas eu não ouvi o que ela disse. Porque o barulho de estática piorou e o chiado se transformou num rugido que me sacudiu o corpo; as tachinhas e as agulhas agora eram facas e espadas. A linha que me segurava firme na cena estalou, e eu...

... caí com um estrondo enquanto Ash uivava e arranhava a porta. Estava fazendo um som igual ao de pedras raspando umas nas outras, o rosnado aumentava e diminuía à medida que suas costelas estreitas estremeciam. Recuou, as garras estalavam, e voou na direção da porta outra vez.

Sentei, verifiquei um machucado no ombro. Esfreguei-o.

– Argh. Ai. – Pisquei com raiva.

Ash se virou depressa. O rosnado ficou cada vez mais alto, e eu paralisei.

Ele me encarou, os olhos eram como lâmpadas cor de laranja. Então deu dois passos para trás de propósito, preenchendo o canto atrás da porta. Ergueu uma pata.

Minha boca estava seca, os olhos grudavam e, de repente, quis fazer xixi como nunca. Não havia pensado *naquilo* quando tive essa brilhante ideia, e fazer xixi na privada de metal no canto não ia rolar mesmo!

Fora que eu odeio dormir de roupa. Sempre ficam beliscando em todo lugar quando a gente acorda.

A pata do Ash deu um golpe à frente, e ele apontou as garras para mim. Então, muito devagar, apontou para a porta. Ainda rosnando, o lábio erguia, mostrando o brilho de dentes de marfim sob o nariz.

Quase engasguei. Agarrada na cama de metal, dei impulso para ficar em pé. Estava rígida, mas bem. Meu relógio interno estava desregulado, apesar disso imaginei que era antes do amanhecer.

Ash apontou para a porta. Por baixo do rosnado, um som de curiosidade e súplica. Estava além do meu conhecimento saber como ele conseguia emitir dois sons ao mesmo tempo.

– Cala a boca! – disse, com firmeza.

Ele se calou.

Ficamos nos encarando. Ele se curvou, a cabeça estava erguida, e senti o gosto de laranjas de cera estragadas. Derramavam-se pela minha língua, pinicavam o fundo da minha garganta e eu soube que algo ruim estava acontecendo.

Ash gania suave. Estava ainda mais recurvado, do jeito que um cachorro faz quando precisa sair à noite, mas pensa que a gente vai gritar com ele se pedir alto demais. Pensei em cuspir para limpar a boca, embora soubesse que mesmo assim o gosto não iria embora.

– Está bem – sussurrei. – Está bem. – Busquei a chave com dedos desajeitados.

Paralisei outra vez quando ele se mexeu.

O lobisomem Submisso ficou completamente silencioso e se agachou, de cara para a porta. Passadas que eu não deveria ter sido capaz de ouvir, bem acima do silêncio da Schola Prima. O *toque* tremia dentro da minha cabeça, cada passo distinto, contrastava com a textura da noite.

Passos errados – pousando com muito peso, ou com muita leveza. Eu sabia, pela maneira como o *toque* funciona dentro do meu cérebro, que aqueles eram vampiros.

E se estavam aqui, boa coisa não fariam.

21

Caminhei sem fazer barulho pelo piso de pedra, os pés estavam dormentes. Se eles chegassem até a porta antes que eu conseguisse destravá-la, seria pega sem ter para onde fugir. E o Ash...

Eu suava tanto que a chave quase escorregou dos meus dedos. Encaixei-a na fechadura com um som de metal arranhando e os passos foram interrompidos. Não sabia dizer a que distância estavam, mas a consciência do perigo molhava as palmas das minhas mãos e as batidas do meu coração eram tão intensas que se confundiam, como as asas de um beija-flor.

Ai, caramba.

Ash deslizou para frente, silencioso e com muito esforço. A textura de seu pelo raspava em meu jeans. Uma risadinha total e completamente inadequada se arrastava garganta adentro, afogada no gosto horroroso de frutas cítricas. *Estou a ponto de deixar o lobisomem sair. É como deixar o gato sair, só que sem os arranhões na porta nem o xixi para marcar o território.*

Girei a chave bem na hora em que as passadas correram para frente, aproximando-se na ponta dos pés. Os sons ecoaram e um dardo brilhante de ódio cristalino atingiu o interior do meu crânio. Deixei escapar um grito distorcido e tentei abrir a porta empurrando--a usando cada pedacinho de força que eu consegui reunir. Minhas costas travaram, mas o Ash estava mesmo se movendo. Atingiu a porta como um trem de carga, com tanta força que amassou o aço. Bateu contra a parede e fez um som oco: Gong! Teria sido engraçado se um grito alto e inexpressivo não tivesse repartido o ar no momento seguinte. Saí atrás dele aos tropeções, desesperada para escapar daquele quartinho.

Senti uma dor de cabeça parecida com garras ossudas apertando meu crânio. Soltei o ar, tentando controlar o *toque*. Era o único jeito de desligar o ódio que zumbia por todos os lados.

Esse é o lance dos chupa-sangues. Eles têm muito, muito ódio. Às vezes me pergunto se eles substituem seu sangue por raiva líquida pura.

As passadas se esparramavam pelos saguões da Schola Prima, chegando cada vez mais perto. Muitas delas. Contudo, não havia campainha de alarme, nenhum alarme como na outra Schola.

Um estouro foi gerado por Ash, que girou num círculo tão rápido que seu pelo fez um barulho estranho. Ficou parado, com pose de quem quer fazer xixi, e eu caminhei nervosa do quarto para o saguão.

Ele investiu contra mim, e eu recuei no saguão. Parou por um instante, mediu-me, investiu outra vez. Dei um passo para trás e ele parou.

Ah.

Saquei a parada, mas isso demandou toda minha coragem para dar meia-volta e seguir, uma de minhas mãos tocava a parede, porque eu não tinha tanta firmeza nos pés. Ash ficou atrás de mim, caminhando em silêncio, às vezes quase patinando no mesmo lugar quando eu era muito lenta, a impaciência dele era aparente. O sangue rugia em meus ouvidos, quase abafando aquelas passadas horrorosas na ponta dos pés, e o pensamento mais medonho do mundo pairou pela minha cabeça.

Ele está me levando para algum lugar a salvo ou me guiando até eles?

Droga de pensamento. Tinha acabado de dormir no mesmo quarto que o Ash e vim confiando nele todo esse tempo. Mas, *ah, meu Deus*, aquela suspeita perversa não saía da minha cabeça.

O saguão se bifurcava no final. Olhei de relance para trás, nervosa, meu cabelo caindo nos olhos, e engoli uma respiração inconstante.

– Ash? – sussurrei. – Eu, sei lá...

Ele deu um encontrão em mim. Saltei e quase trombei na parede. Passou por mim escorregando. O ombro, depois o peito e a lateral tocaram meu quadril. Sua cabeça estreita e esguia olhou para a esquerda e para a direita, e eu ouvi os passos novamente, parecidos com pancadinhas de leve de cotonete no tímpano, cada um deles nítido, mas confuso.

Estavam cada vez mais próximos. Não me pergunte como eu sabia.

Ash mantinha a cabeça erguida. Então olhou para trás, para mim, e a horrível loucura humana em seus olhos brilhantes diminuiu um pouco. Ele se precipitou e me empurrou para a direita.

Não sabia onde aquele saguão daria. Se fosse por ali, estaria confiando nele totalmente.

Você estava dormindo com ele perto da porta, Dru. Agora é tarde demais. A voz da minha avó era prática e contundente. Minhas bochechas estavam quentes e molhadas.

Não vou mentir. Cuspi, *mesmo*. Não dava para aguentar o gosto na minha boca, mas ele não parava. Minha cabeça doía, uma morsa apertando minhas têmporas. Inacreditável: minha bexiga estava cheia, e eu sentia frio. O medalhão da minha mãe, tocando meu peito, era uma lasca de gelo. Meus dedos eram madeira.

Mais perto. Estavam chegando mais perto. É sério: saía vapor do meu hálito, tal o frio que eu sentia.

Virei para a direita. Havia uma porta no fim, uma coisa enorme, feita de carvalho. Do tipo que, aqui na Schola, dá *para o lado de fora*.

Deixei escapar um leve soluço de alívio. O frio, porém, chegou ao máximo, despejando-se sobre mim feito uma onda de gelo, como se eu tivesse voltado à neve lá em Dakota. E havia um silvo atrás de mim.

– *Sssssssvetossssha* – Quase trombei na parede. O rosnado de Ash partiu de uma frequência subsônica, sacudindo tudo à nossa volta.

E se você nunca ouviu o uivo de um lobisomem nervoso peitando quatro vampiros em um saguão de pedra que faz eco... Pô, você realmente vacilou.

Não, na verdade não.

Anda! Se te pegam aqui, você morre! Era o grito do meu pai, do jeito que sempre soou na minha cabeça quando algo ruim estava acontecendo. Afastei-me da parede, meus joelhos estavam sem nenhuma firmeza, e quase caí. Era como estar num sonho horroroso, em que a gente não consegue correr porque o corpo inteiro está pesado demais para se mexer, e aquilo que lhe persegue está fungando na sua nuca. Um hálito quente, cheirando a carne, ou muito frio e afiado feito faca.

Eu tinha de olhar para trás. Não podia *não* olhar. O barulho era incrível.

Uma massa estraçalhante de gritos penetrantes, rosnados, ossos estalando e coisas esmagando se retorcia no saguão. Olhos como lâmpadas, e só havia três deles agora porque tinha acontecido uma explosão de sangue negro vampírico, pintando as paredes com seu fedor ácido. De novo dei um grito cortado, um sussurro gutural, porque havia perdido todo o ar.

Ash se agachou, rosnando. O vampiro que ele tinha matado repousava inerte sobre o chão, sangrando uma poça larga, negra e repugnante. O gosto acentuado de cobre da adrenalina abriu caminho pelas laranjas de cera na minha língua à medida que eu recuava, o piso de madeira raspava a pele da palma da minha mão, arrancando e afrouxando as ataduras do meu pulso, as meias arranhavam os meus pés.

Tentei *fugir,* porque o ódio deles se derramava pela minha cabeça desprotegida e me incendiava por completo.

Gritei, Ash fazia aquele barulho baixo parecido com um trem de carga, os vampiros sibilavam enquanto se encolhiam e recuavam. E, por cima de tudo isso, uma buzina soou como um uivo selvagem. A Schola Prima respirou fundo e acordou, mas era tarde demais. Porque os vampiros pálidos e esbeltos, todos com equipamentos pretos, presilhas de couro e fivelas, aparentemente profissionais, surgiram e avançaram, e eu sabia que o Ash não poderia contê-los para sempre.

22

Minhas costas bateram na porta. Trancei as pernas, em busca da maçaneta, com dedos atrapalhados, apanhada num pesadelo. Ash velozmente recuou dois passos, curvou-se ainda mais e continuou rosnando. A tensão corria através dele, mas os três vampiros restantes – um deles uma mulher levemente pálida com cabelos escuros e compridos, os outros dois, um par de loiros, todos com olhos muito, muito pretos – olhavam fixamente para mim. Suas mãos brancas e estreitas eram como pássaros estrangulados, e por um instante incrivelmente incômodo eu tinha voltado àquele palácio, em Dakota, com uma tonelada de neve do lado de fora e um frio pior do lado de dentro.

A casa onde o Sergej tentou me matar. Seus olhos eram desse mesmo jeito, redemoinhos de piche negro, que nos puxava para dentro deles, marcados com uma poeira repleta de cores. Nenhum dos três tinha o controle no olhar ao ponto de esmagar meus pensamentos, mas quando abriram suas bocas e sibilaram era ruim o bastante. A mulher recuou, movendo-se com elegância muito suave.

O pior é que eles pareciam ter uns quinze anos. O próprio Sergej não parecia mais velho do que o Christophe, a não ser pelos olhos. Mas as presas deslizaram dos lábios superiores sem impedimento, curvando-se para baixo até tocar os queixos. Não como os caninos menores de um *djamphir*, que só chegam até o lábio inferior – não, os dentes completamente desenvolvidos de um vampiro são para trabalhar. Os maxilares também expandem quando eles sibilam. Igualzinho a uma cobra tentando engolir algo grande.

A mulher se agachou devagar. Suas juntas se mexiam de um jeito bizarro e não humano. O rosnado de advertência do Ash desceu um ou dois níveis. Meus dedos escorregadios de suor encontraram a maçaneta da porta, giraram e deslizaram.

Caramba. É claro. A porta estava trancada. Se dava para fora, claro que estaria trancada. Os dois vampiros homens avançaram. A buzina ainda ressoava, o som de gritos e pés corriam abafados.

Pensa, caramba! Pensa!

Meu cérebro, porém, estava avariado. Minha cabeça teve uma erupção espetacular de dor, e a cena se desenrolou na minha frente. Os homens saltariam em volta do Ash, e se conseguissem segurá-lo, a mulher já estaria agachada, pronta para saltar feito uma mola por cima deles e trombar comigo. Eu tinha visto imagens do que as garras de vampiro fazem com a carne. Nem sequer tinha meu canivete, só tinha posto no bolso a chave. Burra, burra, *burra.*

Deveria ter me mandado com ou sem o Graves. Mas eu jurei não deixá-lo para trás.

Mais gritaria. Um uivo de desespero – talvez houvesse outros chupa-sangues criando caos por toda a Schola. Logo aqui, que eu achava que era tão seguro.

Fala a verdade, Dru. Você sabia que aqui não era seguro. Mas você está cansada, né? Com o saco cheio disso tudo.

Fiz força para engolir. Libertei meus dedos da maçaneta escorregadia e os sacudi, me erguendo.

Se for para ser derrotada, que fosse lutando. Sei lá se o Ash sacou o plano deles, mas o traseiro dele se aprumou, os pelos ondularam, e ele se atirou para frente, colidindo com os dois homens. Ergui as mãos, ambas fechadas em punhos, e quase engasguei com o gosto de frutas cítricas podres e enceradas.

E tudo... ficou parado.

Meus ouvidos estavam cheios de um rosnado. O medalhão da minha mãe dilatava com um calor de derreter; as marcas de presas em meu pulso esquerdo repuxaram feito anzóis na carne. Tive tempo de observar cada pedra nas paredes, cada fiapo de rachadura, conforme minhas pupilas dilataram e a passagem mal iluminada do saguão assumiu um brilho descolorido. A vampira ficou parada no ar; tinha passado pela massa congelada e confusa dos garotos, em pleno nocaute, e estava toda esticada, como o Super-Homem, suas unhas transformadas em dez garras polidas como resina, cada uma com mais ou menos dez centímetros e apontadas para mim. Tinha a pele perfeita, opaca e limpinha, os cabelos pareciam uma bandeira tremulando.

Tudo faiscava, embalado em plástico duro e transparente. Não tinha para onde ir – se eu pudesse, teria desviado para o lado, teria feito isso. O estalo – Snap! – feito uma tira de elástico trouxe o mundo de volta à sua velocidade normal, no limite de minha consciência, sustentado por músculos mentais enrijecidos pela prática que minha avó me ensinou à força, quando eu ainda usava fralda.

Será que ela sabia para o que estava me treinando?

Algo em mim, que nunca havia reparado antes, dilatou. O calor desabrochou no topo da minha cabeça e jorrou por minha pele e por meus pés dormentes, apesar das meias. Meus dentes pinicaram um pouco, as presas deslizaram sem impedimentos e o conforto do *disfarce* lutou com a repulsa.

Porque eles também tinham presas. Maiores, sem dúvida – mas iguais.

Meus joelhos bateram no piso de pedra com um tranco e eu me arremessei para frente, rolando.

Snap!

O som de ossos se chocando, um uivo e novamente o sangue negro e ácido se esparramando. Senti a umidade espirrar sobre mim. Deixei escapar um grito curto, vergonhoso, de pânico e nojo, e continuei rolando. O cheiro era de todas as coisas infectas e podres no mundo, embrulhadas juntas e trituradas com ovos podres. A vampira bateu contra a porta com um estrondo alto, oco, parecido um gongo, e o Ash estava caído, arranhando o chão numa luta com o último vampiro sobrevivente. Não estava mais rosnando. Nenhum deles emitia sons.

A vampira foi descendo, pousou sobre os pés e inverteu sua posição com uma velocidade graciosa e não natural. Acertei com força a parede, parando ali meio atordoada e sacudi a cabeça para me livrar do som, o calor do *disfarce* aliviava e ainda me revestia. O som da minha pulsação trovejava em meus ouvidos como asas emplumadas.

Ela me viu outra vez, e o ódio nos olhos negros me deixou enjoada. Joguei minhas mãos para frente como se estivesse atirando uma bola de queimada, um grande borrifo de força indolor me abandonou. Era como lançar um feitiço na professora de História dos Estados Unidos, novamente, naquela mesma classe onde conheci o Graves, a sensação do vapor escapando por uma válvula, um alívio.

Só que desta vez eu não me senti culpada nem puxaria o feitiço de volta como alguém estalando uma toalha. Não, desta vez era pra valer, e eu queria matar a coisa no corpo de mulher que estava a fim de *me* matar.

O feitiço voou com precisão e acertou-a direto, bem na hora em que ela se preparava para saltar. Fez com que ela voasse novamente contra a parede com outro som de esmagamento, e uma gargalhada alta e alucinada escapou de mim. Porque a força estava se recompondo outra vez – e a coruja da minha avó desceu muito veloz pelo saguão, com as garras bem abertas. Desta vez não errou a mira. As garras do pássaro beliscaram fundo, o sangue preto explodiu e a vampira gritou de maneira tão horrorosa que chacoalhou o saguão e jogou meu cabelo para trás numa correnteza quente e fedorenta. Fui escorregando pela parede, cada vez mais longe, à medida que o Ash lutava para se libertar do corpo do último vampiro. Ele desabou, forçou para se levantar, mas as patas escorregavam.

Minhas mãos escorregavam no sangue quente e seboso dos vampiros. Engasguei de novo, trançando os pés, tentando recuar ao longo da parede, minhas pernas subiam e desciam de um jeito selvagem.

A chupa-sangue cambaleou enquanto a coruja da minha avó vibrava as asas, cada batida era abafada e quase tocava os cabelos da mulher. As garras ainda estavam enroscadas na cara dela, e a força que fluía através de mim chegava novamente ao seu máximo, enquanto as esporas da coruja se entranhavam ainda mais.

Uma luz explodiu pelo saguão. Uma faixa vermelha passou como uma flecha por Ash, que vergou para o lado sobre os meus pés. Mal enxerguei a criatura pequena com jeito de cachorro, a cauda castanho-avermelhada com a ponta preta passando erguida e roçando enquanto saltava sobre a vampira, mordendo e enfiando-lhe as garras. A mulher gritou outra vez, mas era o som de um animal sofrendo numa armadilha.

Agarrei o pelo do Ash. Ele sangrava muito, o fluido vermelho manchava o negro lago pútrido borbulhante em que nós dois estávamos sentados. Os curativos que Dibs enrolou tão cuidadosamente em meu pulso pendiam frouxos, amolecidos e fumegando.

A luz brilhava demais. Alguém tinha ligado um interruptor e as lâmpadas incandescentes ardiam acima de nós. Eu me perguntava, num daqueles pensamentos loucos que duravam menos de um segundo, o quanto pagavam por ano para colocar lâmpadas naquele local.

Ele se atirou pelo saguão, num silêncio de morte, e eu puxei com mais força, tentando aproximar o Ash de mim. Christophe, com seu cabelo lustroso e escuro, e o *disfarce* brilhando sobre si feito uma auréola rasgou a garganta da vampira. O sangue negro vinha em jorros. O corpo dela caiu com tudo para o lado e ele golpeou por baixo, a estaca de madeira polida em suas mãos ensanguentadas zunia conforme se enterrava no peito dela com um baque enjoativo e substancial.

Virou-se. Seu pulôver fino e preto com decote em V estava rasgado. Uma gota de sangue vermelho pintou a maçã do rosto perfeita e bem recurvada, e de seus olhos partiram chamas de um azul sobrenatural. As presas estavam para fora, seu rosto inteiro era uma máscara de esforço e ferocidade. Seu jeans estava todo rasgado e encharcado com sangue negro.

Acho que nunca estive tão contente e tão aterrorizada ao mesmo tempo.

– Chr- Chr- Chri – gaguejava o nome dele. A coruja da minha avó tinha desaparecido e o bichinho vermelho (não maior do que um gato) roçava a canela do Christophe, seu focinho estreito e preto se erguia de um jeito interrogativo. Encolhi-me e percebi o que era.

Uma raposa. O *disfarce* do Christophe na forma animal.

Ash se inclinou. Meus dentes formigaram, o *disfarce* me envolvia. Christophe largou a estaca. Ela tiniu ao bater no piso, e ele avançou em silêncio. Eu teria empurrado as pernas para trás, mas a parede estava atrás de mim e não tinha para onde ir, principalmente com os quilos de peso morto do lobisomem sobre as minhas coxas.

Ele caiu de joelhos, espirrando o sangue de vampiro. Levantou vapor à medida que o icor preto corroía o tecido. Eu quis carregar o Ash dali. Não tive força nem apoio.

Christophe chegou até o lobisomem Submisso e agarrou meus ombros feridos, os dedos afundavam neles. Seu rosto se contorceu e ele gritou alguma coisa para mim. Só fiquei encarando. Além disso, ele estava falando numa língua estrangeira esquisitona, a mesma que coloria sua pronúncia quando ele estava sonolento ou perturbado.

Depois falam que *eu* é que tenho sotaque, só porque fui criada por minha avó e abaixo da linha Mason-Dixon. Deixa só eu dizer um negócio: o povo do Norte dos Estados Unidos morde cada sílaba como se quisesse matar as palavras à base da dentada em vez de saboreá-las adequadamente.

Christophe levou o ar aos pulmões com intensidade, a garganta se mexendo à medida que ele engolia. Tentou de novo, e desta vez as palavras estavam reconhecíveis.

– *Você está ferida*?

Fiz um levantamento. Sentia dores por tudo quanto era lado. Parecia que meus dentes estavam sendo atingidos por um relâmpago. A sensação de óleo aquecido do *disfarce* banhou o sofrimento e os machucados, sem apagá-los por completo.

Ele me sacudia. Minha cabeça chacoalhou. Ele continuava berrando.

– Que *inferno*, Dru, você está *ferida*?

Finalmente eu balancei a cabeça. Encontrei minha voz.

– Ash. *Ash*. – Minhas mãos estavam cheias da pelagem do Submisso e eu não gostava do jeito que ele estava deitado em cima de mim. Dá para sacar quando alguém está mesmo machucado pela forma que a pessoa fica largada; nem mesmo a inconsciência ajeita.

– Graças a Deus. – Christophe suspirou e me puxou da parede. Colocou os braços em torno de mim e senti o cheiro de torta de maçã condimentada. O aroma entupiu meu nariz. Ele apertou os lábios contra minha testa dolorida e estava falando alguma coisa num tom irregular e entrecortado, mas não liguei. O Ash estava entre nós, sangrando e inconsciente.

Eu queria chorar. Só que meus olhos estavam cheios de granulações quentes e tudo o que eu conseguia ver, com a minha cabeça inclinada em um ângulo bizarro e desajeitado, era um arco recurvado de sangue de vampiro espalhado e soltando fumaça na parede de pedra cinza.

23

Foram necessários três *djamphirs* de olhos brilhantes, todos de roupas rasgadas e ensanguentados, para apanhar o Ash e começar a carregá-lo dali. Empurrei as mãos do Christophe para me soltar.

– Não, por favor... *não*, eu preciso ir com ele, *não*...

– Fique quieta. – Christophe passou a mão sobre um arranhão na minha testa, que eu não lembrava como tinha conseguido. – Nenhum osso quebrado, nenhum sangramento. *Dziękuję Bogu, moj maly ptaszku*[29] ... – Os olhos azuis estavam erguidos, encarando meu rosto. Os reflexos loiros tinham deslizado para trás por seus cabelos, conforme o *disfarce* recuava. A raposa tinha sumido, mas eu não estava preocupada com aquilo. – Fique *quieta*.

– Quero ir com ele. – Olhei fixamente o Christophe, minha garganta estava seca. – Onde você estava?

– Vigiando sua janela. Eu disse que não a deixaria desprotegida. Também falei para os lobisomens tomarem conta de você. Quando eu puser as mãos...

O que trazia outra pergunta. Tentei me livrar de novo dele.

– Shanks. Você o viu? Ele está...

Christophe agarrou meu ombro.

– Robert? Embora esteja ferido, ele está bem. Onde está o *loup-garou*? Eu pensei que ele estaria com você. Agora, Dru, por favor. Fique quieta, acalme-se, deixe-me trabalhar.

– Trabalhar? Jesus Cristo, aqueles lá eram *vampiros!* Ash... ele está...

29 "Graças a Deus, meu passarinho" em polonês (N.T.).

– Talvez ele viva. Nunca acreditei que um lobisomem pudesse fazer isso. Mas ele é um Submisso, e... bem. Em todo o caso, você está a salvo. Tudo o mais não interessa.

– Reynard! – disse uma voz familiar. Benjamin deu a volta pelo canto feito um foguete, seus pés se deslocavam e escorregavam em uma papa oleosa de sangue vampírico apodrecendo. Examinou bem a cena, seus olhos negros passaram por tudo, desenhando um arco breve e contido. – Que diabos *você* está fazendo aqui? – Estava bagunçado para caramba. Todo acabado e machucado, com ferimentos inchando por um dos lados do rosto, o cabelo estava bastante desgrenhado. As roupas também estavam rasgadas e eu vi, sem um pingo de surpresa, que ele estava segurando uma única *malaika* entre os nós dos dedos esbranquiçados, de tanta força que fazia. Também me viu e quase engasgou. Seus olhos lançavam chamas.

– *Aí* está você! – Deu um único passo adiante. – Onde estava a senhorita? O que estava fazendo? Como conseguiu escapar? Estávamos prestes a...

– Deixe-a em paz – Christophe disse, em tom suave, e Benjamin ficou branco e quase engoliu a língua. – Sua equipe?

– Continua eficiente. Alguns levemente feridos. – Os ombros do *djamphir* endireitaram, e ele aparentava orgulho de verdade.

– Minha fé em você está recobrada. – Christophe não tirou os olhar do meu rosto. Suas sobrancelhas se uniram. Fiz força para engolir e desabei contra a parede. – Verifique os danos aos aposentos de Milady, por gentileza, e chame Leontus. Obrigado.

Acho que foi a primeira vez que eu ouvi um *djamphir* ser dispensado de verdade, embora não com tantas palavras. Benjamin fez uma saudação pequena e curiosa com a mão desocupada e me olhou de relance.

– Milady – e desapareceu pelo saguão correndo à toda.

– Bateram muito em você nos treinos? – A mão de Christophe surgiu. Encolhi, mas ele pousou as pontas dos dedos em minha bochecha. Tinha quase esquecido das sombras de machucados na minha cara, embora talvez aquela confusão as cobrisse. Eu devia saber; ele não deixava escapar muita coisa.

– Anna. – Saiu de uma vez só, e imediatamente me arrependi. O rosto de Christophe endureceu, e ele me largou.

Um enxame de *djamphirs* agora tomava o saguão, a maior parte deles, estudantes mais antigos. Estavam se certificando de que os vampiros já eram, e os sons de coisas estalando e rompendo fez minha traqueia erguer. O saguão também se achava cheio de uma fumaça de secar o nariz, do sangue vampírico carcomendo tecidos. Christophe começou a gritar ordens, e cada um dos *djhampir*s se juntavam pra obedecer, como se ele fosse um professor ou algo assim. Até pareciam aliviados com alguém ali para lhes dizer o que fazer.

Conheço esse sentimento. Eu sempre me sentia melhor quando meu pai estava por perto para me dizer que porcaria estava rolando e qual era minha função naquilo. Tentava não olhar para a confusão no piso. Cada machucado e músculo que me pertenciam começaram a sacudir. Meu cabelo pendia em me rosto, o loiro brilhava através dos cachos e retraía conforme o *disfarce* borbulhava por mim e recuava.

Um *djamphir* loiro e recurvado chegou no maior pau com, veja você, uma latinha de Coca. Christophe a apanhou dos dedos do rapaz com um aceno e se voltou para mim.

– Tome. Você precisa de açúcar.

– Reynard. – Leon surgiu do nada. – O Conselho ficou ansioso com isso. Estão a caminho.

– Não importa. Ela está a salvo. – Christophe apertou minha mão ao redor do alumínio frio, a lata estava “suada”. – E posso lidar com o fato de ser apanhado, agora que concluí minha tarefa.

– Espero que você saiba o que está fazendo. – Leon me deu um olhar sombrio. – A última coisa que ela está é indefesa. Não posso ficar em todos os lugares ao mesmo tempo. Nem Calstead. Principalmente por que nem ele, nem os outros receberam dispensas de aulas.

– Não receberam... – Christophe aceitou a situação e encolheu os ombros. – Onde está o *loup-garou*? – disse com suavidade, como se não ligasse.

Leon ficou rígido.

– Ele não está com ela?

– Não. Só o Submisso. E por que, em nome de tudo o que é mais sagrado, ela foi deixada a sós com Anna?

– O quê? – Leon me deu um olhar severo, examinando também as sombras dos ferimentos. Xingou, de um jeito lento e suave. Havia uma confusão se aproximando. Gritos, informações passadas. – Vá – O *djamphir* de cabelos castanho claros disse, num sussurro de urgência. – Se pegarem você...

O sorriso de Christophe era um assombro de doçura. Quando ria mostrando os dentes daquela forma, parecia mais bonito do que nunca, o rastro de perigo quase ameaçava parar o coração de uma garota.

– Ora, Leontus. Não sabia que você *se preocupava*. – Olhou-me de volta. – Eu disse, beba, passarinha. Vai se arrepender se não o fizer.

Abri a lata e dei um gole demorado, efervescente e frio. O gás do refrigerante queimou minha garganta. Na minha frente, tudo estremecia, eu via o saguão através de uma névoa.

Cadê o Graves? Ele deveria estar aqui.

A realidade do que tinha acabado de acontecer me atingiu. Virei a cabeça, fios de ferro enferrujado estalavam em minha nuca.

– Deus – sussurrei. Tinha uma mancha imensa e preta na frente da porta, ainda soltando vapor.

Eu só queria mesmo, mesmo, ver o Graves. Queria ver o rosto dele e escutar o que ele faria com relação a tudo isso. Queria ter o braço dele em volta dos meus ombros, porque quando ele fazia isso eu sentia que era possível lidar com tudo. Inclusive com isto.

Em vez disso eu desabei de encontro à parede e dei outra golada na Coca.

– É serio – disse Leon, com ansiedade, e a confusão ficou pior.

– A *svetocha*! – Era o Kir; reconheci a voz. – Onde está a *svetocha*? – Passou correndo pela canto e, de repente, por mágica, o saguão ficou vazio. Os estudantes mais antigos desapareceram, e eu não os culpo. Parecia que uma tempestade de trovões estava se aproximando, ou aquela calma bizarra após as sirenes antes de um furacão.

Hiro estava atrás dele, e Bruce completava o trio. Todos os três pararam de repente. Kir ficou vermelho até a raiz dos cabelos, e Hiro se atirou para frente.

Bruce agarrou o *djamphir* japonês.

– Fique aí, homem.

– Isso, deixa ele aí. – Christophe cruzou os braços. – Eu odiaria ter a família dele querendo vingança.

Hiro disse qualquer coisa com as presas para fora e os lábios se contorcendo. Não parecia um "alô" educado.

Não consegui evitar. Todo aquele gás me subiu pela garganta e eu arrotei. Foi um arroto lindo, alto e demorado. Mas meu estômago, que se retorcia e dava espasmos, sossegou. O açúcar no refrigerante ajudou a repelir o choque. Claro que, mais tarde, ele ia arrebentar.

Leon riu, de verdade, com as mãos na frente da boca, como se quisesse prender a risada e guardar para a posteridade.

Christophe deu um sorriso bem de leve, mas estava tenso. E o *disfarce* não tinha saído dele. Os olhos de Hiro ganharam uma cor estranha de âmbar. Seu cabelo preto e curto ficou em pé, e as mãos se curvaram lentamente, tornando-se punhos, antes que afrouxassem – e se curvaram de novo como se ele estivesse imaginando o pescoço do Christophe por baixo deles.

Não estava nem aí para o que eles fizessem, contanto que eu pudesse me deitar por aí.

Já estava quase enjoada de tanto querer ver o Graves outra vez.

Resolvi que era melhor conseguir umas respostas agora que eu tinha a atenção de todo mundo.

– Graves. Cadê ele? – *Porque eu vou sair daqui. Não dá mais para aguentar isso.*

– Eu não sei – A mão de Leon caiu, voltando a ficar ao lado, mas percebi que ele tinha se posicionado cuidadosamente entre o Christophe e os três do Conselho. – Eu pensei que ele estava com a senhorita, Milady.

– Eu não o vejo desde... desde a Educação Física. – Isso quase tirou toda a minha energia. De uma briga difícil à outra, e o Ash... Não tinha nada que eu pudesse fazer. Só corri para fora do vapor e fiquei lá, parada, desajeitada, com a Coca meio erguida.

– Foi lá que você ganhou esses machucados? – Christophe nem sequer me olhou. Estava ocupado demais intimidando Hiro com o olhar.

– Tapinhas de amor, sem dúvida. Onde estava a Vadia Vermelha enquanto minha passarinha praticava combate, Kir? Você é quem tem as maiores probabilidades de saber, não é? E Bruce. Vejo que vocês pararam de beber direto da veia.

– Lady Anna está a caminho. – Bruce ainda segurava as lapelas de Hiro. Seu próprio cabelo estava em pé, os cachos escuros se retorciam uns contra os outros, quase do mesmo jeito que os da vampira, e comecei a sentir enjoo outra vez. – Quando ela chegar aqui será obrigatório tomar uma decisão. Não quero prendê-lo, Reynard. É melhor você partir.

– E deixar *moja księżniczko* aqui, aos seus caridosos cuidados? Quando ela já passou por *esse* sofrimento? Eis a fina flor da Ordem, que jurou defender esta menina, e é um lobisomem Submisso que tem de fazer o serviço. – Christophe sacudiu seu cabelo escuro e lustroso. – Quanta decepção.

Kir ruborizou profundamente, quase se comparando aos seus cabelos. Bruce deu a Hiro um olhar expressivo e examinador e o soltou. Hiro ajeitou as lapelas de seu paletó cinza, seus dedos longos e belos se moviam com uma precisão aracnídea.

Leon por fim se mexeu. Passou por trás de Christophe, deslizando, e deu um passo na minha frente.

– A senhorita deveria beber mais disso. Usou seu *disfarce*, correto? Está ficando mais forte?

Concordei com a cabeça.

– Ti... tinha três deles, e o Ash...

– Graças a Deus que não a apanharam naquela cela. Mesmo tão próxima de desabrochar, a senhorita teria sido morta. – Elevou o tom das palavras alto o bastante para deixar claro que estava tentando botar panos quentes, ou coisa parecida. Muito simpático da parte dele.

Procurei as palavras.

– O Ash surtou. Eu... Eu deixei ele sair. Ele me trouxe até aqui.

– Para longe da briga. – Balançou a cabeça em aprovação. Cabelos finos e longos caíram nos olhos de Leon. Parecia simplesmente o mesmo cara de todas as manhãs e eu ficava satisfeita com aquilo. Se eu só me concentrasse nele, podia evitar a entrada das demais, na conversa. – Mais deles arrombaram seu quarto, Milady. Despedaçaram tudo atrás de você. Esses três provavelmente queriam praticar eutanásia no Submisso.

– *Praticar eutanásia?* Desde quando você passou a usar eufemismos, Leontus? Você quer dizer *assassinar.*

Christophe nem ao menos tinha relaxado. Saquei que nenhum deles ousava chegar perto dele.

– Acredito que envergonhei todos vocês o suficiente para que se lembrem de suas obrigações, não?

Leon chegou a bufar de verdade.

– Eu estava onde devia estar, Reynard. Poupe sua ira para quem quer que tenha entregue a localização exata do quarto desta menina a uma equipe de assassinos *nosferatus.*

Esta menina. Como se eu nem estivesse aqui. Tipo assim, não estar aqui seria bem oportuno para mim. Fechei os olhos e inclinei minha cabeça dolorida para trás. Senti a chegada dela como se estivesse à beira de uma tempestade. Um perfume quente lutava contra a podridão dos vampiros e contra uma corrente perdida do aroma de torta de maçã do Christophe. A mistura me deixou zonza. Era como vapores de combustível só esperando por uma faísca.

Leon me estabilizou. Não roçou os dedos em feridas antigas ou novas, o que me deixou grata.

– Ela está desmaiando – observou, calmo.

– Existe algum local aqui que possa ser classificado como seguro para a filha de Elizabeth? – O tom da voz de Christophe poderia ter cortado pedra.

– Christophe. – Anna estava estranhamente sem fôlego. – O que está acontecendo?O que você está fazendo aqui? Kir, por que ele ainda não foi preso? Ele é um traidor.

– Cuidado com a língua – A voz de Christophe atravessou a dela. Leon era forte apesar de tão magrinho, e eu estava mesmo feliz por isso, porque meus joelhos vergaram. A lata de Coca bateu no chão com um som oco e um chiado de líquido esparramando. Mais bagunça para limpar. – Eu exijo um Julgamento completo, segundo as nossas Leis.

– Você está fora das nossas Leis. – Dava muito bem para *ver* o sorriso afetado e convencido de Anna, na maneira como ela disse aquilo. Tive a impressão de que ela nunca teve, de verdade, alguém que discordasse dela. Não poderia ter, não quando falava daquele jeito. – Você é um traidor, Reynard, e já passou dos próprios limites.

Meu Deus. Nenhum deles fala feito criança. Mantive os olhos bem fechados. A temperatura despencou, quase tão fria quanto há alguns minutos, quando os vampiros vinham perseguindo Ash e eu. A fúria de Christophe era como o ar-condicionado sobre uma pele já morrendo de frio.

– Se eles chegarem um pouco mais perto, *Rainha Vermelha*, você vai perder seus belos guarda-costas.

Silêncio. Havia uma tensão que se arrastava como o tique--taque de um relógio. Obriguei meus olhos a abrir e espiei por cima do ombro de Leon.

Anna estava parada atrás de três garotos *djamphirs* esbeltos e de cabelos escuros. Todos os três tinham camisetas vermelhas e me veio uma ideia não muito agradável de que ela os escolhia pela aparência.

Não eram gêmeos. Quem sabe, irmãos. E de camisa vermelha? Não é uma boa opção. Será que nenhum deles nunca assistiu *Jornada nas Estrelas*?

Dois deles tinham pistolas 9mm apontadas para Christophe. O do meio – já o tinha visto antes – estava parado, com as mãos frouxas e o olhar vazio, parado. Kir, Bruce e Hiro ficaram de lado, Hiro distribuía o peso do corpo nas pernas e lançava o tronco para frente. A ideia de que ele pudesse se jogar em cima de Anna retornou e rodeou meu cérebro enevoado pela dor.

O olhar azul de Anna travou no de Christophe. Seu rosto em forma de coração ficou de uma palidez mórbida e o cabelo dela era uma massa perfeita de cachinhos aglomerados tingidos de vermelho. Vestia outra vez roupas de seda, um vestido fora de moda amarrado firme com um laço branco como a neve, um decote quadrado e mais laços brotavam das dobras das mangas como se fossem uma fonte.

Saquei que ela tinha se produzido especialmente para aquilo. Não que precisasse. Estava absoluta e completamente bonita, tirando o ódio que brilhava em seus olhos.

Parecia um daqueles velhos confrontos de faroeste. Não estranharia se aparecessem aquelas vegetações arredondadas sendo carregadas pelo vento.

Bruce limpou a garganta.

– Na verdade, ele não está fora das nossas Leis.

Anna disparou contra ele um olhar de relance brilhante e venenoso.

– *Eu* é que sou a líder do Conselho e...

– Você é uma *svetocha*. – Hiro disse sem hesitar. – As Leis servem para manter o *princeps* da Ordem. E eis aqui Bruce, o líder interino do Conselho. – Fez uma pausa. Um quê de satisfação perversa tingia seu tom de voz. – O anúncio de um Julgamento completo está dentro da competência dele.

– Só um segundo, caramba! – Kir distribuiu o peso do corpo nas pernas como se fosse dar um passo à frente e pensou melhor quando a atenção fria de Christophe se fixou nele. – Como vamos saber que ele não vai desaparecer outra vez?

– Não pretendo desaparecer – Christophe replicou. – Se quiserem me encontrar, não precisam ir muito além de onde Dru estiver. Os alojamentos dela não são mantidos em segredo assim como os de Anna, os seguranças dela não recebem dispensa das aulas, como os de Anna.– Aqui, ele inclinou a cabeça com classe e o lábio de Anna se retorceu por uma fração de segundo antes de ela suavizar o rosto – e quando ela *está tendo aulas*, está entre os estudantes comuns em vez de ter orientadores, como era com a Anna. O quê, exatamente, *está acontecendo* aqui? Kir, seja gentil e me esclareça.

– Eu sou a líder da Ordem! – Anna se jogou para frente, os babadinhos do vestido estalaram, e foi abrindo caminho empurrando os *djamphirs* par-de-vasos. – Ele é *Reynard!* Ele é um *traidor!* É o *filho de Sergej!*

Meu Deus, ela o odeia mesmo. Concentrei-me em vencer a tontura que ameaçava me engolir.

– Também está dentro das nossas Leis que ele pode solicitar um Julgamento completo, Milady. – A voz de Bruce trazia uma suavidade enganosa.

– Reunião de Conselho, então. Vamos votar.

Bruce se endireitou, ficando em pé. Seu queixo se ergueu um pouquinho.

– Não se trata de um assunto a ser votado. Mas caso desejem solicitar uma reunião, sem dúvida, podem fazê-lo. Precisaremos, porém, aguardar até que Milady Dru possa participar ou nomear um procurador.

Imaginei que devia protestar contra isso, mas Leon balançou a cabeça.

O que eu queria era ver o Graves. Percebi que ele me ajudaria a achar uma solução para isto. Ou se ele estivesse aqui, pelo menos, eu podia largar a mão da consciência e saber que as coisas dariam certo quando eu acordasse.

Se fosse preciso, eu imploraria para que ele ficasse apenas deitado na cama perto de mim e respirasse. Daí eu saberia que tudo estava bem.

Então a consciência disso me atingiu.

Talvez ele tivesse ido embora, como eu esperava. Talvez estivesse cansado disso tudo, de *mim*, e me deixou para trás. Eu tinha jurado que não iria embora sem ele, só que *ele* não tinha jurado nada.

– Ela não tem condições de fazer parte do Conselho. – Os dentes de Anna estavam fechados com tanta força que as palavras estavam tendo trabalho para sair. Faíscas vermelhas dançavam no fundo de suas pupilas, rodopiando.

– Bruce, você não pode...

– Posso e vou. Ela é uma *svetocha*; tem direitos. Lembra-se? Suas próprias palavras retornaram para assombrá-la, Milady. Acho que é melhor ficar calada. Principalmente porque pretendo fazer um interrogatório completo referente às acusações feitas por Christophe. *Não fui eu* quem assinou uma diretriz para inserir Milady Anderson entre os estudantes comuns.

– Traidores – sibilou ela. – Todos vocês. *Traidores*.

– Você lança mão dessa palavra com tanta frequência! – Christophe se inclinou para frente e jogou todo o peso sobre as pontas dos pés. Reconheci essa postura. Meu pai ficava assim quando estava escolhendo alguém para brigar. – Eu me pergunto, por quê?

– Você e essa sua *vadiazinha*...

Escorreguei para o lado, perdendo a briga contra a escuridão. Leon me pegou e, pelo menos, não me machucou.

– Briguem mais tarde – disse, por cima do ombro. – Ou pelo menos me ajudem a tirá-la daqui. Pelo amor de Deus, ela nem *desabrochou* ainda.

24

Ao menos uma vez, o August não demonstrou vontade de sair quando ficou escuro. Em vez disso, se ajeitou no velho sofá de estampa florida, fumando, colocando munição nos carregadores e encarando a televisão. O volume estava totalmente abaixado e passava um filme em preto e branco, a luz estava tremida. Sentei na outra ponta do sofá, dobrando as roupas da lavanderia. Ele tinha trazido duas grandes sacolas da lavanderia no andar de baixo, e embora eu estivesse feliz por não ter de me arrastar até uma Laundromat da vida, me sentia meio esquisita em ter alguém lavando minhas calcinhas.

August tinha mudado as regras: me deixar sair com ele em dias de sol uma ou duas vezes, não me deixar sair de casa de jeito nenhum. Trazia comida de fora ou a gente comia omelete. Eu estava começando a ficar inquieta, e se o meu pai não tivesse me dito para não sair dali eu teria no mínimo subido no telhado escondida à noite. Só para tomar um pouco de ar. Todos os pôsteres de filmes nas paredes ficavam me espiando com olhos sem expressão.

Não tinha nem mesmo uma planta aqui. Ao menos eu podia conversar com uma costela-de-adão ou coisa assim. E a ausência de luz natural estava, de verdade, me deixando deprimida. Eu me virava deitando diante da janela do quarto, olhando para cima e louca por um pouco de sol. Mas o céu estava cinzento, ameaçando nevar. Estava começando a achar que o brilho do sol era invenção minha.

Ergui uma das camisetas do August. Marcas de garras em farrapos deixavam o tecido fino em tiras. Era de se admirar que ainda havia sobrado roupa ali.

– Que foi isso?

– Isso aí? Ah, só o fim de uma encrenca em Manhattan. – Empurrava as balas para dentro do carregador da arma, cada uma delas descia suavemente. Ele não precisava olhar enquanto fazia. Seu cigarrinho russo soltava fumaças no cinzeiro, e eu enruguei o nariz. Na tela, um Marlon Brando bem novinho sentava num balanço e colocava a luva de uma garota na mão, observando uma loira magra e bonita. – Cerquei-os numa escadaria fechada. Serviço tenebroso. – August baixou o carregador, apanhou um vazio. Os músculos se mexiam por baixo da pele de seu braço, deixado à mostra por uma camiseta dos Rolling Stones.

Serviço tenebroso. *Querendo dizer que eu não precisava saber mais. Fiz que sim com a cabeça, sabendo que ele tinha enxergado o movimento com sua visão periférica. Taquei a camisa na minha pilha de roupas para consertar. Ele tinha uma máquina de costura Singer bem velha, e eu tinha começado a remendar qualquer roupa dele que conseguisse. Em geral, o material das camisetas é fino demais para que tivesse conserto, mas eu tentava. Pelo menos nunca precisava perguntar duas vezes por suprimentos – ele trazia para casa exatamente o que eu pedia, todas as vezes. A não ser pão. Ele* nunca *trazia um bendito de um pão.*

Minhas mãos também se moviam sem pensar. Tinha dobrado tanta peça de roupa que mal precisava prestar atenção. O August usava um amaciante de roupa esquisito; tinha cheiro cítrico.

– Você vai aumentar o volume? Não dá para escutar nada.

– Daqui a pouco. Essa parte não é boa para uma garota impressionável. – A última palavra saiu "impressionávi." Seus lábios esticavam num sorriso largo e perturbador. Se eu não estivesse tão acostumada a ele, podia quase ter passado por um momento de desconforto. Mas era só o Augie. Ele parecia se divertir contorcendo o rosto das formas mais bizarras possíveis. Só para manter as coisas flexíveis.

Dobrei um jeans dele. O sangue tinha sido bem lavado depois de encharcado na água fria. Mesmo a gosma oleosa que ficou enfiada nos joelhos tinha saído. Claro que já estava no ponto quando eu a apanhei.

– Quer café? – O que significava: – Você vai sair essa noite? *– Só que eu não me atrevi a perguntar, no caso de ele decidir sair. Daí eu*

me sentiria como se o tivesse obrigado a fazer isso, e ficaria perambulando pelo apartamento minúsculo, limpando as coisas ou deixando um espaço para fazer um pouco de tai chi. *Desejando que eu pudesse sair e correr. Até mesmo dar uma volta até o armazém da esquina para pegar uma caixa de chicletes teria sido legal. Mas não. O August não me levava para qualquer lugar, só resmungava alguma coisa sobre cheiros. Eu estava crente que não estava fedendo, tomando banho todos os dias. Então não fazia mais perguntas, só ficava pedindo para ele trazer pra casa um pacote de pão de forma para que eu pudesse comer com geleia e manteiga de amendoim. Eu era louca por isso de um jeito que você nem faz ideia.*

Estava de saco cheio de omeletes.

– Não, valeu – disse ele, enfim. – Vou ficar aqui esta noite.

– Ah. Tá. – Achei um jeans meu e dobrei rapidamente. Depois, uma das camisas de flanela do August. Eu me ofereci para passá--las, só que ele me lançou um olhar bizarro e disse para eu não fazer isso. Mesmo assim. Passei algumas, só que ao chegar em casa e ver as camisas, ele pegou o ferro e colocou em outro lugar.

Bizarro. Mas até aí, caçadores são bizarros. Até meu pai tinha os tiques dele.

Pronto. Pensei no meu pai. Nunca perguntava para o August quando ele voltaria. Às vezes um trabalho leva um tempo, né? Eu tinha certeza de que ele voltaria.

Não tinha?

Tentava não pensar naquilo. Ele sempre voltava. Mas... jamais tive certeza. Bem lá no fundo, toda vez que ele voltava, eu achava que seria a última.

Olhei para a televisão. Para um cara com um trambolhão de plasma daqueles, ele até que não assistia tanto. Quando fazia, eram sempre filmes em preto e branco. Para que ter uma TV da hora se tudo o que você consegue enxergar são tons de cinza?

Alguém esmurrou a porta. Meu coração saltou até a garganta como um coelho. Eu teria ficado em pé num pulo, mas o August já estava se erguendo, agarrando seu cigarro e dando um último trago antes de amassar e jogar fora.

– Fica firme, princesa. – Ele parecia se divertir. – Se fosse alguma encrenca eu estaria lá fora, comandando uma caça a essa encrenca. Isso aqui é boa notícia. Eu sinto o cheiro.

Agora eu estava dobrando um suéter azul. Concentrei-me nas mangas, com todo o cuidado, enquanto o August chegava até a porta. Por favor, faça que seja ele, *eu rezava.* Por favor.

E então, maravilha das maravilhas, Deus apareceu. Ouvi a voz do meu pai.

– Caramba, Dobrowski. Por que é que você tem que morar depois de três lances de escada? – Pisou forte, como se seus coturnos estivessem cheios de neve.

August parecia se divertir.

– É seguro aqui em cima. Você está um lixo. Você...

Cortou e foi direto:

– Não peguei ele. Cadê a Dru?

August suspirou.

– Sã e salva. É surpreendente a obsessão dela por torradas. Se mexe, para eu poder fechar a porta.

Meus olhos ficaram embaçados. Deixei o ar sair demoradamente dos pulmões, meus ombros desabaram. Meu coração batia com força, um galope alto e vigoroso de felicidade. Eu sabia como uma bagagem se sentia no aeroporto no instante em que dedos conhecidos se fechavam em sua alça.

Era o meu pai. Finalmente ele tinha voltado. Estava aqui, e a gente ia embora. A felicidade me enchia tanto que eu achava que explodiria, e enxuguei as lágrimas com raiva. Se eu abrisse o berreiro ele me daria Aquela olhada, como se eu fosse uma fracote e ele não soubesse o que fazer. Só que eu não conseguia parar de chorar. Agora eu conseguia admitir meu medo de ficar presa aqui para sempre.

Agora era seguro.

Enrolei o suéter como se estivesse colocando-o numa caixa. Ele estava aqui. Significava que a gente estava partindo.

Eu mal podia esperar.

25

Paredes brancas. Luz do sol. O cheiro era de limão, de móveis encerados, de ar fresco. Meus olhos se abriram aos poucos, apanhando as imagens. Fiquei lá, parada, só observando, durante um tempão. Curioso, eu estava "confortavelmente entorpecida".

Ouvi alguém respirar, e um alívio quente, rápido feito um relâmpago se derramou por mim. *Graves? Ai, graças a Deus. Eu tenho mesmo um monte de coisa para te contar.*

Rolei na cama, devagar. Minhas costas enrijeceram; o mesmo aconteceu com os braços e as pernas. Minha nuca beliscou. Sentia-me cheia de terra e suor quando minha pele deslizou nos lençóis limpos. Estava de calcinha, e só. Nem ao menos as ataduras no pulso, sequer um sutiã.

Como isso aconteceu? O teto era de cimento branco, um padrão repetitivo de diamantes e rosas esculpidos com precisão. A outra Schola era mais suja – fuligem por todo lado, os tatames na capela de combates eram usados até rasgar, o vestiário feminino era mofado nos cantos. Nem cloro conseguia matar esse tipo de terror.

Mas não aqui. Aqui na Prima tudo era limpinho e brilhante, e eu viajava em cima daquilo. Nunca vi ninguém tirando o pó. Imagina-se que teriam um exército de zeladores.

Havia um abajur em um criado-mudo pintado de branco, com pernas finas e compridas. Tinha pingentes de cristal em vez de um quebra-luz, e ainda estava aceso. Pequenos arco-íris surgiam nos pingentes quando a luz refletia na base antiga de latão. Levantei-me fazendo força nos cotovelos, olhando para aquilo como se fosse uma nave espacial ou coisa assim.

Onde é que eu estou, caramba?

Odeio acordar com essa dúvida. Com certeza é um clichê, mas também é um poço fundo de insegurança que engole qualquer descanso que a gente tenha tido à noite. Minha pulsação saltava. Sentei-me devagar, apertei o lençol de cor pastel no peito e o cobertor branco acolchoado. O ar gelado acariciou minhas costas despidas que estalava com o suor seco.

Embora pequeno, o quarto era todo certinho, tinha uma parede alinhada com estantes de pinho sem verniz. As janelas eram imensas, abertas e cheias daquela luz de sol vespertina atravessando as cortinas de malha com um sofá largo e de cetim branco próximo a elas. Uma escrivaninha branca com tampo de correr ficava do outro lado do quarto, uma cadeira de escritório antiga, fora do esquema, de madeira descolorida, ficava diante dela. Uma porta levemente aberta mostrava azulejos brancos e o que, talvez, fosse um banheiro. Uma outra porta deveria levar ao saguão, pois estava repleta de trancas e bloqueada. Também estava aberta uma porta com espelho, que levava a um *closet* tão grande que dava para entrar nele; e eu vi roupas conhecidas penduradas lá. Havia também uma penteadeira com espelho e uma cadeira acolchoada de cetim branco, a superfície do espelho curiosamente sem enfeites e sem riscos contrastava com a moldura dele, bem antiga, de latão e toda ornamentada.

Que porcaria...?

No espaço sombreado entre a escrivaninha e as prateleiras, Christophe estava sentado no chão. Sua cabeça estava inclinada para trás, o pescoço esticado, os cabelos artisticamente despenteados. Seus olhos estavam fechados e os lábios separados muito de leve. Estava num sono profundo, e uma arma de fogo – talvez a que eu tinha visto com ele em Dakota – pousada sobre o colo. Suas mãos repousavam flácidas e graciosas; ele vestia outro suéter fino e preto com gola em V e um jeans. Com as pernas estendidas, as pontas de seus coturnos estavam levemente caídas para o lado, as solas gastas faziam um V e a luz do sol acariciava suas bordas.

Estiquei-me para alcançá-lo, toquei o medalhão da minha mãe. Deixei os cobertores amontoados sobre meu peito enquanto olhava em volta, atrás de umas roupas. Se tudo o mais desse errado, eu rasgava o lençol da cama, mas...

Quando olhei sorrateira para o Christophe, os olhos dele estavam abertos, eram chamas azuis na sombra da prateleira. Sua respiração não tinha mudado. Nem ao menos um único músculo. Ele olhou para mim e, Jesus. Um jorro quente ia subindo, começando do meu pescoço até queimar as bochechas. As marcas cicatrizadas de presas no meu pulso estavam repletas de um formigamento esquisito e eu obriguei meus dedos a se afastarem do metal quente do medalhão.

Ele também tinha um sorriso abatido. Algo naquele sorriso me deixava vagamente incomodada. Fiz força para engolir.

– Você está a salvo – enfim ele disse. E lá vinha aquilo outra vez: o tom gentil e não aquele costumeiro deboche tímido. Nunca falava daquela forma quando havia mais alguém por perto. – Asa norte. Aqui era o quarto da sua mãe. Fiz com que trouxessem suas roupas para cá. Seu computador e todo o restante virão em seguida, assim que forem verificados e considerados seguros.

Eu ficava só arrumando os cobertores de um jeito bem idiota e encarando-o.

– Quando o sol se puser, eles vão começar meu Julgamento. Mas você não precisa se preocupar. Tudo vai ficar bem. – Fora as pálpebras, que piscavam rapidamente, ele ainda não se mexia. – Falando nisso, bom dia. Aceita um café? Almoço? Acho que está na hora do almoço. Para quem fica acordado de dia, por assim dizer.

Tive a sensação perturbadora de que o mundo tinha virado de ponta-cabeça outra vez.

– O Graves. O Ash. O Shanks, o Dibs. Eles estão bem?

– O Submisso está na enfermaria, sedado e confinado. Talvez ele sobreviva. Robert e Samuel estão bem, os dois; Samuel também está na enfermaria. Ele tem um talento e tanto para trabalhar com medicina.

Samuel? Ah, tá. O Dibs.

– E o Graves? E o Benjamin, o Leon, esses caras?

– Benjamin e a equipe dele estão muito bem, considerando-se tudo, e estão montando guarda nas duas extremidades deste saguão.

Vamos encontrar um horário para um orientador tão logo essa situação desagradável termine e...

Isso não me interessava.

– O Graves. Cadê o Graves?

Diga que você o encontrou. Mas acho que eu sabia.

Só queria que ele me dissesse que eu estava errada.

Sua boca repuxou para baixo, de leve, antes que o sorriso voltasse. Desta vez era uma careta rígida e abatida.

– Ninguém o viu, Dru.

Meu peito apertou.

– Mas...

– Cada professor e estudante está em vigília. A menos que os lobisomens o estejam escondendo em algum lugar nos dormitórios, mas Robert jura que não estão. Solicitamos que todos, feridos ou não, aparecessem, e ele não veio. Não houve vítimas graves desse ataque, graças a Deus.

– Ai, meu Deus. – Descobri uma palavra para definir o que estava borbulhando na minha garganta.

Aquela mesma velha sensação. *Abandono.* Ele tinha me deixado para trás, igualzinho à minha mãe, minha avó e meu pai. Aonde é que ele foi *parar*, caramba?

Percebi, de repente, que não importava. Longe de mim, ele estava a salvo. Só que eu nunca achei que ele me deixaria para trás. Sério, nunca.

Mas agora eu estava completa e terrivelmente apavorada por ele ter feito isso.

– Aconteceu alguma coisa? – Christophe lançou a pergunta de uma maneira calma, no quarto inundado pela luz do sol, e parecia mesmo querer saber. – Entre vocês dois?

– Sim. Não. Sei lá. Quem sabe. Olha, eu só... essas roupas são minhas?

E quem foi que me tirou o sutiã? Meu rosto estava quase tão vermelho quanto os cabelos do Kir, como se a queimação nele fosse algum indicativo.

Kir. Jesus. Um tremor frio riscou minhas costas. Ele era do Conselho, e estava do lado de Anna. E se ele...

Num instante Christophe estava em pé, a arma pendendo frouxa e hábil estava apontada para o chão. Eu podia ficar preocupada com alguém perambulando pelo meu quarto com uma arma, mas ele era profissional.

E para falar a verdade, a presença dele me deixava feliz.

Ele tinha voltado por mim. De novo. A intensidade do alívio era bastante ridícula. Quando a gente passa a vida inteira feito um item de bagagem para os outros, mesmo se for um item *útil* e sabendo que se é amada, a gente se sente um *golden retriever* quando alguém volta para casa.

Ele fez a porta do *closet* abrir com um giro, pousou a espingarda com cuidado e deu um passo para dentro.

– Algo especial ou só alguma roupa qualquer? Você tem sangue de *nosferatu* nas roupas; Samuel as cortou para que você pudesse dormir com um pouco mais de conforto. Achei que você não se importaria tanto.

Você espiou? Mas não era o tipo de pergunta que eu podia fazer para ele. Podia ter feito essa gracinha com o Graves, mas com o Christophe não. Primeiro porque ele estava no meu *closet*. Depois, porque tinha aquela espingarda. E eu ainda estava corando e com a sensação de ter feito algo errado por desmaiar.

– Ah. Tudo bem. Eu, hã, estava pensando nisso.

– Aqui. – Surgiu com um amontoado de roupas. – Uma dessas, eu acho. Alguma coisa específica que você queira usar? Ou vai... aqui, veja. – Ele as fez deslizar por seus braços até os pés da cama. Seis camisetas, duas camisas de flanela, um casaco com capuz... Jesus. Tinha uma parte do meu guarda-roupa bem aqui.

– Christophe...

Foi a primeira vez em que eu o vi *perto* de ficar incomodado.

– Não se preocupe, não vou olhar. Está vendo? – Recuou dois passos, girou como se estivesse num desfile e se dirigiu ao *closet*. Guardou a espingarda na roupa e cruzou até a janela. Parou na luz do sol, iluminando os reflexos loiros nos cabelos cortados emaranhados.

Nunca o tinha visto sob o sol. As mechas loiras viraram ouro, e a textura de sua pele brilhava. A luz refletia no metal da empunhadura da espingarda. A cabeça estava para baixo como se estivesse olhando pela janela.

Parte do que ele disse ficou na minha cabeça. O quarto da minha mãe. Havia livros nas estantes sem verniz. Seriam dela?

Faça isso outra vez.... Vá em frente, Beth. Eu deixo. O sonho surgiu na minha cabeça. Será que era aquilo que a minha avó chamava de visão da realidade? Sonhos eram escorregadios, era melhor não dar muito crédito a eles. Aquilo que você quisesse poderia se tornar aquilo que você via, não o que era real.

Só que, ultimamente, cada vez mais eu sonhava com coisas que descobri que eram verdade. Tipo com meu pai em um corredor de concreto imenso, caminhando rumo à morte. Tipo com minha mãe me escondendo num *closet* e saindo para brigar com o Sergej.

Agarrei uma camisa de flanela mais comprida e a vesti, abotoando-a.

– Cadê todas as minhas calças?

– Verifique a penteadeira. Seu outro quarto foi destruído. Alguém revelou a localização. Você vai ficar mais segura aqui.

Minha pele ficou muito arrepiada e minhas pernas congelaram à medida que eu as deslizava para fora da cama com muito cuidado. Estava repleta de machucados, alguns verde-amarelados e outros azul-avermelhados, e as palmas da minha mão se achavam em carne viva. Também havia queimaduras de um vermelho vivo na pele, onde o sangue de vampiro tinha espirrado. Isso não corrói a pele, mas é *cáustico*. Os músculos ao longo da minha coluna repuxavam e enviavam mensagens de *não estamos contentes* tanto para cima quanto para baixo.

Depois que os garotos se acostumam, saram de quase qualquer coisa em questão de horas. Eu estava usando o *disfarce*, mas não estava sarando como eles. Às vezes ser uma menina é um saco.

Arrastei os pés até chegar na penteadeira, descobri que alguém tinha se limitado a jogar minhas calcinhas e meus sutiãs, fazendo uma bagunça, na gaveta do alto, do lado esquerdo, e fiquei aliviada. Quem quer que as tivesse colocado ali não ficou, bom, enrolando para fazer o serviço.

São aquelas coisinhas pelas quais você acaba sendo agradecida, minha avó sempre falava.

Também achei um jeans. Quase metade das minhas tranqueiras estavam lá. A outra metade, vai saber! Com sangue de vampiro? Queimada? Largaram onde estava e pronto?

E onde é que estavam as roupas do Graves? Agarrei a ponta da gaveta, os nós dos meus dedos embranqueceram.

Minha voz me surpreendeu.

– Eu odeio isso.

Christophe não se virou.

– O quê?

– Ataques de vampiros. Eu me acostumo com uma coisa, e eles vêm feito uns cavalos, e detonam tudo. Daí eu preciso me acostumar com outra coisa tudo de novo. É... Jesus. É *um saco*.

Desta vez não consegui achar uma palavra melhor, e me senti completamente incapaz, parada ali, de jeans e um punhado de biquínis azuis minúsculos.

– Sinto muito. – Ele *parecia* sentir isso. – Irá melhorar, agora. Eu prometo.

O Graves não diria isso. Teria feito um comentariozinho irônico, eu riria e me sentiria melhor. Meu coração encolheu mais alguns milímetros.

– Não tem como melhorar, Christophe. Isso vai continuar até que me matem, ou até que...

– Não vão matá-la – disse curto e grosso. Os ombros se ergueram como se eu o tivesse atingido. – Não enquanto eu estiver aqui.

– Mas é exatamente essa a questão. – Foi maldade minha, eu sei. Também era verdade. – Você vai desaparecer outra vez, e eu vou ter de lidar com tudo por conta própria. Outra vez. – Minha mãe me colocou no esconderijo do *closet*, me dizendo que eu era sua garota boazinha. Minha avó no leito do hospital se esvaía a cada hora que passava. Meu pai caminhava por aquele corredor de concreto na direção da porta que se abriria para algo que sorria com os dentes à mostra – e mortal.

Agora era o Graves.

Parecia que o Christophe tinha alguma coisa entalada na garganta.

– Quando você acha que eu não fiquei vigiando você? Eu não vou "desaparecer" outra vez, Dru. Isso já acabou. – Christophe distribuiu o peso do corpo nas pernas como se fosse virar, e eu juntei as roupas sobre mim, só para prevenir.

– Ah, sim. Claro. – Parti para a luz com azulejos brancos que eu tinha certeza de que era um banheiro. Torci para que alguém tivesse pensado em trazer também minha escova de dentes. Se é que os vampiros não tinham sangrado nela. – Claro que já.

– Espere e veja. – O deboche tinha voltado. – Daqui para frente vai ser difícil se livrar de mim, *moj maly ptaszku*[30].

Descobri que era mesmo um banheiro. Branco e escovado, com enfeites de latão antigos e uma janela no teto que deixava entrar um fluxo de luz solar. Gente, pelo amor de Deus! Dava para se bronzear ficando no chuveiro!

– É fácil se livrar das pessoas, Christophe. Basta confiar nelas. – Fiz a porta fechar num movimento circular e a tranquei, sentindo como se tivesse tido uma pequena vitória.

Foi ridículo. O que havia para se vencer? Ele não estava lutando.

Eu, Deus, eu só queria que ele fosse o Graves. Queria ver aquele sorriso de lado, meio sofrido e aqueles olhos verdes, mais do que eu conseguia assumir para mim mesma.

Quando você tiver a fim de falar, vem atrás e me acha.

Queria dizer então que ele voltaria, né? Onde é que ele estava, caramba? Não era coisa dele agir assim. Só que ele estava bem furioso. Quase atravessou a parede com o punho. Porque eu não tinha sido capaz de abrir a boca rápido o bastante.

Até o Shanks disse que ele voltaria. Só que o Shanks não o conhecia tão bem, ou conhecia? Não deu tempo de eles ficarem tão próximos.

Será que *eu* conhecia tão bem o meu Garoto Gótico?

Estava parecendo que não.

Graves era a única coisa em que eu podia depender naquela situação absolutamente estranha, e sem ele por perto eu era...

---

30 "Meu passarinho", em polonês (N.T.).

Seja durona, Dru. Affe. *Ele é só um garoto. Sai dessa.*

Mas ele não era *só* um garoto. Era o único garoto que eu tinha achado que valia a pena namorar em sabe lá Deus quantas escolas. Tipo assim, desde que foi mordido por um lobisomem ele tem sido firme como uma rocha. Isso era a melhor coisa dessa situação horrível.

Agora ele tinha ido embora. E eu não conseguia tirar a ideia engraçada da cabeça, por mais que tentasse, de que ele não voltaria a caminhar pelo meu quarto atirando frases irônicas.

Então vá procurá-lo, como ele pediu. Certo?

Só que eu não fazia a menor ideia de onde começar a procurar. Meu cérebro estava bem ruim.

A banheira era um treco enorme de ferro fundido e o chuveiro parecia mais velho do que era. Havia uma cortina de plástico novinha no chuveiro presa em um anel parafusado à parede. Por alguns minutos, a água jorrou para dentro da pia numa cor de ferrugem, mas depois clareou e esquentou.

Tentei não pensar naquilo.

Descobri que estava chorando em silêncio. Não olhei para o espelho acima da pia. Havia um armário que entrava na parede cheio de toalhas brancas e novas que cheiravam a amaciante de roupas. Abafei os soluços numa delas enquanto o chuveiro funcionava, daí entrei debaixo dele e lavei o suor do meu corpo dolorido, as remelas e lágrimas de medo, sem falar no fedor do sangue vampírico apodrecendo. Tinha xampu. Condicionador. Sabão em um papel encerado, escrito em francês do lado de fora. Alguém *tinha* se lembrado da escova de dentes e das coisas mais importantes no meu quarto.

Era que como estar, de novo, num quarto de hotel. Só que desta vez o meu pai não estava do outro lado da porta, assistindo TV enquanto botava bala nos carregadores ou limpava as armas e verificava sua lista de contatos. Não, do outro lado da porta estava silencioso, como se o Christophe estivesse escutando e soubesse que eu estava chorando.

E eu odiava aquilo.

26

Tinha uma mesa pequena perto da porta do saguão, e quando eu finalmente me arrastei para fora do banheiro com um punhado de toalhas úmidas confundidas e enroladas com as minhas roupas de baixo, descobri para que essa mesinha servia. Em cima dela havia uma bandeja, com um copo de papel para café. Uma travessa coberta de prata polida e brilhante. Uma pilha de torradas de trigo com manteiga, das quais dava para ver muito bem que saía vapor, e uma tigelinha com morangos e mirtilos[31]. Além de um potinho de prata com creme dentro.

Resumindo, parecia um café da manhã típico da Schola. No refeitório lá embaixo não tinha a prata. Mas o resto com certeza tinha, eles não poupavam despesas para alimentar bem os moleques. Mesmo que não fossem moleques.

– Eu não tinha certeza do que você ia querer. – Christophe apanhou o café com leite. Lá estava ele, zombando timidamente. Não era possível ver a espingarda em lugar nenhum. – Leontus, porém, insistiu sobre isto.

Era um *banana latte*. Apanhei com delicadeza, sem tocar em seus dedos. *Acho que certas coisas são confiáveis.*

– Eu, é... É. Valeu. Christophe...

– Não a culpo – disse calmamente. – Você vem sendo lançada de um lugar para outro como uma peça de xadrez. Um peão. Você deve ter se perguntado várias vezes se eu estava usando você como isca ou se eu me importava mesmo.

31 Um fruto parecido com uva, de cor azul e sabor meio doce (N.T.).

Putz. Essa foi incômoda, principalmente porque ele estava certo. E a minha boca, tão acostumada a produzir gracinhas, agora me deixava na mão.

– Eu, bom. Hã.

– Eu não sabia que você existia até seu pai me telefonar. Nem Augustine nunca contou a ninguém.

August. Ele tinha sumido após verificar que o Christophe era parte da Ordem. Foi o August que garantiu, ao telefone, que eu poderia confiar no Christophe.

– Por que ele ligaria...

– Ele não sabia em quem confiar. Eu estava sob suspeita e... bom, existem outros motivos. – Falava mais alto que eu e olhava para baixo com as mãos pendendo vazias e elegantes. – A sua mãe sempre quis uma vida normal. Ela era uma... alma gentil. – Emitiu um leve som, limpando a garganta, como se estivesse envergonhado. – Em geral não somos almas gentis.

A firmeza ameaçou abandonar minhas pernas. Recuei, achei a cama e me sentei com tanta força que meus dentes bateram.

Christophe prosseguiu, escolhendo cada palavra com cuidado.

– Não sei como o seu pai me achou. Foi uma surpresa, em especial porque da última vez em que nos falamos, as coisas não, hã... não foram bem. – Tocou a cúpula de prata sob a qual talvez houvesse um prato com o café da manhã. – De jeito nenhum.

Ele te encontrou do jeito que a gente sempre descobria as coisas – em lojinhas esquisitas de ocultismo e outros locais que eu escolhia para ele. Quem sabe você é o que ele vinha procurando esse tempo todo. Levei o copo de papel até a minha boca. Parei no meio do caminho porque ele parecia ter ficado sem palavras.

– O que aconteceu?

A cabeça dele despencou para frente, como se estivesse orando.

Minha avó era a maioral em orações. Só que as dela não eram daquelas muito conhecidas. Ela conversava com Deus como algumas pessoas falam com um psicólogo. Ela dizia a Ele como as coisas poderiam ser feitas de maneira mais eficiente, mas Ele era Deus, e ela apenas uma senhora, então, do que ela sabia, né?

Acho que Deus teve uma bela surpresa quando minha avó cruzou os portões do paraíso.

– Eu a encontrei. Ela largou a Schola, largou tudo. Levou uma malinha. Não me disse o porquê, e eu não acho que ela acreditou que conseguiria se esconder de mim. – Respirou bem fundo, os ombros carregando um fardo pesado. – Quando descobri como ela se ajeitou... Fiquei furioso. Ameacei seu pai. Mas nunca pensei em fazer nada de verdade, Dru, eu *juro*. Ela o amava. Eu não podia magoá-la afastando-a dele. Já haviam tirado muitas coisas dela. Ela viu os pais morrerem. Você sabia disso?

Minha boca estava adormecida, embora cheia de café quente. Fiz força para engolir. Desceu queimando.

– N-não. Nunca me contaram nada.

Tipo, minha avó falava de parentes – a maioria, mortos. Às vezes, meu pai falava da minha avó; ela o tinha criado depois que o *pai* dele a abandonou grávida. Mas ninguém jamais falou da família da minha mãe. Meu pai também nunca falava sobre ela. Só ficava com aquela expressão de *Sinto saudade, mas nem ouse comentar,* na qual ele era tão bom.

Eu não fazia tantas perguntas. Melhor não fazer. Além do mais, o que tinha para responder? Nunca duvidei do amor dele. Nunca duvidei que tinha acontecido algo com a minha mãe. Também nunca duvidei do amor da minha avó, mas ela era velha demais para ficar por perto por minha causa.

Acho que quando a gente é criança não pensa muito nessas coisas. Elas estão lá e pronto, que nem marca de nascença. Afinal, foi nessas rochas que se construiu o mundo, e elas não se mexiam. Não enquanto eu era pequena.

Agora estava tudo mudando, e eu não achava um local sólido para pular.

Os ombros de Christophe estavam tensos a ponto de enrijecer. Ele se continha como se esperasse um ou dois socos.

– Não sei se ela contou para ele. O pai dela era Kouroi, e a mãe era humana. Mas eles criaram um milagre. Ela estava com quinze anos quando eles foram atacados de surpresa. Assassinados. Sergej, de novo. Mal conseguimos chegar lá a tempo; ela sobreviveu apenas por acidente. Foi trazida para a Ordem. Foi um choque. O pai dela... Queria que ela conhecesse uma vida normal. Deve ter pensado que viver no meio de uma região segura era um luxo pelo qual podia pagar. – Deu uma risada e sua boca parecia cheia de cinzas amargas. – Ela queria ser normal; queria ir *para casa*. Vivia dizendo isso. Achei que, no fim, ela entenderia que era impossível.

O que eu podia dizer sobre aquilo? Passei a língua nos lábios secos.

– Ela te chamou de novato.

Acho que eu queria saber. Se era real ou se eu tinha sonhado com aquilo.

Ele girou e me encarou. O *disfarce* deslizava por ele, o perigo irradiava em todas as direções. Seus olhos queimavam, os cabelos se ajeitavam para trás e escureciam. Eu, porém, sentia um conforto esquisito e curioso. Sabia, lá no fundo, que estava certa. Nada como um bocadinho de certeza quando o mundo está girando e dançando à nossa volta.

– Sim – por fim ele falou. – É... era... uma gíria. Lá atrás. Ela achava divertido.

Dei outro gole no *banana latte*. Estava mesmo precisando de cafeína caso fosse lidar com aquilo. Cada ferida pinicou um pouco e se acomodou de novo a um nível mais baixo de dor.

– Então você gostava dela de verdade.

Encolheu os ombros. O *disfarce* recuou e os reflexos loiros deslizaram.

– Ela acreditava que eu permaneceria aqui. Na luz.

Se eu preciso de um motivo, agora, Dru, terá de ser você. Sabia que *aquele* lance não tinha sido sonho, principalmente a pressão dos lábios dele nos meus. Aquilo foi logo depois que ele ajudou em nossa fuga da outra Schola. A que foi queimada, quando ele me arrastou para fora das chamas.

E o Graves obrigou os lobisomens a voltarem para nos pegar juntos.

Respirei fundo.

– Você tem ideia do quanto isso é apavorante, saber que você foi apaixonado por minha mãe e está tão... tão em cima de mim?

Talvez eu devesse ter colocado isso em termos mais diplomáticos. Só que eu estava no limite e em geral, nesses casos, a diplomacia é a primeira a ir embora.

–Também sou velho demais para você. – Seu sorriso era largo, brilhante e perturbador. E aqueles olhos azuis, que cabiam tão bem naquele rosto de proporções perfeitas, estavam famintos. – Mas me dê um crédito, passarinha. Fiz alguma coisa que a deixou incomodada?

Percebi que estava roçando o pulso esquerdo no meu jeans. Quase cuspi o *latte*, pois estava tremendo muito.

– Além de sugar meu sangue e estar por perto toda vez que vampiros tentam me matar? E me deixar apavorada? Fora isso, bom, acho que a gente está beleza. – Parecia que eu precisava acrescentar algo mais. – Eu confio em você. – *Acho. Mesmo se você estiver me movendo feito um peão de xadrez. Gozado, foi o Graves quem sugeriu isso.*

Eu queria mesmo, de verdade, ver o Graves agora. Mas como é que eu explicaria qualquer coisa? Por onde *começaria*? Tá, ele sacava muito. Era mesmo um cara que sacava. Só que isso... era meio que contar para o Christophe que o Graves e eu estávamos namorando.

Isso me acertou como se fosse uma Ideia Bem Ruim.

Christophe balançou a cabeça bem devagar.

– Isso é mais do que eu consigo de muitos dos meus pretensos amigos. Até agora eu cheguei a te decepcionar, Dru?

Pensei naquilo. A primeira vez que o vi foi depois de ter dado um tiro na cara do Ash. Christophe o tinha afastado e me dito para voltar para casa. Daí apareceu na porta da frente da minha casa, contou sobre a Ordem, trouxe mantimentos... subiu no capô da caminhonete do meu pai e falou para o Graves guiar, atravessou uma parede e encarou o Sergej para que eu pudesse escapar. Sem falar que ele me tirou de dentro do incêndio da Schola e acobertou nossa fuga.

Colocou os braços em torno de mim na palafita de barcos. E depois, na escuridão, beijou meus lábios e me disse que eu seria seu motivo.

Fiquei vermelha e quente com a lembrança.

E, pelo menos, com o Christophe por perto eu sabia o que fazer. Era mais ou menos como ter novamente o meu pai. Tipo, não de verdade, porque o Christophe não me acalmava tanto assim. Era como se eu, bem, soubesse meu lugar no mundo de novo. Estava esperando por um adulto que me preparasse contra o Mundo Real.

Fiquei lá sentada, pensando naquilo por um momento, e o Christophe se limitou a esperar. Sem se intrometer, nem pressionar, nem nada. Agradeci por aquilo.

Só que eu teria agradecido bem mais se ele fosse o Graves.

– Não – decidi, enfim. – Mas não acredito que você vai ficar por aqui.

– Será que tenho uma chance para provar isso? – Perguntou ainda olhando pela janela.

Seus ombros, porém, ainda estavam erguidos. Ainda aguardando uma porrada.

Fiquei viajando naquilo. Como deve ser, ser como ele? Ter todo mundo com medo de você por causa de coisas que não podem ser mudadas – onde você nasceu, para que você foi treinado?

Era como os *djamphirs* tirando sarro dos lobisomens. Não era legal e eu odiava aquilo. E o Graves pelo menos tinha uma espécie de elo com os lobisomens para ser aceito por eles – fez amizade com os caras quase de uma hora para outra. Já os da espécie do Christophe tinham medo dele.

O mínimo que eu podia fazer era lhe dar uma chance. Principalmente porque ele sempre fez o que disse que faria.

– Acho que sim. – Não pareci muito receptiva. Nem feliz. Mas era tudo o que eu tinha.

Os ombros caíram.

– É o bastante. Então, vai tomar seu café?

– Acho que vou. – Mas pensar em como o conheci trouxe à tona o que eu realmente queria fazer. – Eu quero ver o Ash. E quero procurar o Graves. – *Mesmo se ele estiver a dois Estados de distância daqui. A esta altura já poderia ter ido bem mais longe.*

Por enquanto. *Vem atrás e me acha.* Será que o Graves pensou mesmo que eu iria?

Christophe concordou com a cabeça.

– Eu esperava algo assim. Você irá me dizer o que aconteceu ontem? *Você não estava lá?* Só que aí entendi o que ele estava fazendo. Anna. Então, engatei outro assunto.

– O que vai acontecer com você? De que tipo de Julgamento estamos falando?

– Não se preocupe com isso. – Dispensou com um aceno de mão, voltando, enfim, a me olhar. A luz do sol enfraquecia por trás de uma nuvem. – Tudo está bem ao nosso alcance.

De jeito nenhum. Affe.

– Anna te odeia mesmo. – *Do mesmo jeito que me odeia. O que eu fiz para ela? Jesus.*

– Mulherzinha volúvel – resmungou. – Veja bem, Dru, isso é temporário. Deixe-me lidar com a situação, e depois poderemos nos concentrar nos negócios de fato.

Ah, então você vai "lidar" com a situação? Um alívio gélido e distante encheu meio peito adormecido. *Já fazia um bom tempo que alguém não lidava com as coisas por mim. Eu não posso me virar sozinha.*

– Que são...?

– Treinar você. Certificar-se de que Sergej não possa alcançá-la até você desabrochar, e assim por diante.

Bom, eu já estava cheia disso. Não me sentia confortável.

– Qual o objetivo? Ele vai continuar tentando me matar.

Meu pai teria reconhecido o sarcasmo e dito para não ser inocente. Graves teria revirado os olhos e fungado.

O sorriso do Christophe não era nada simpático. Era dirigido ao chão, não a mim. Ainda era frio o bastante para congelar a espinha.

– Você pode notar que ele próprio ainda não veio. Ele tem medo de você.

Engasguei com uma golada do *banana latte*.

– *Quê?* – *Pelo amor de Deus, o cara é o rei dos vampiros! Por que teria medo de* mim, *caramba?*

– Você fugiu dele, Dru. Você resistiu a ele até o socorro chegar. Verdade que teve sorte, mas *você resistiu a ele*. O que foi mais do que a sua mãe ou até mesmo Anna poderiam ter feito. – Ele me olhava como se eu devesse ter descoberto isso por conta própria. – Ele enviou Ash, e Ash não retornou. Ele implorou, emprestou ou roubou um ladrão de sonhos, e você ainda sobreviveu. Mandou uma Incendiária e teve a ajuda de um traidor na Ordem, e você *ainda* está viva.

– Por causa do Graves. E de você. – Meu queixo se ergueu com teimosia. – Não sou eu.

– É você *sim*, Dru. Você não é como Elizabeth. Você é uma lutadora. Você pode nos ajudar a virar o jogo ainda mais. – Seus olhos brilharam, seu rosto repleto de linhas firmes. Até a luz do céu nublado lhe fazia bem, iluminando sua pele pálida. – Eis por que você é tão importante. Hoje, Sergej é o que eles têm de mais próximo a um rei. Mate-o, e...

Meu estômago virou de cabeça para baixo.

– Opa, espera um segundo. Matá-lo?

– Esta é, sem dúvida, a única solução que eu consigo ver. – A luz do sol enfraqueceu ainda mais, e as sombras sob os olhos e as maçãs do rosto ficaram mais uniformes. – Mas você vai ter de treinar arduamente antes que isso seja possível. Há também outros obstáculos a vencer.

– É. Será que você pode repetir? Olha, Anna ainda está viva, né?

– Ela nunca enfrentou Sergej.

Nossa. Essa conversa era totalmente esclarecedora, do começo ao fim.

– Nunca?

– Nem uma vez. Ela foi resgatada de um ataque de *nosferatus* usual, trazida para cá e não provoca rebuliços fora das muralhas da Schola sem ter um esquema de guarda-costas e seguranças que faz o Presidente parecer um alvo fácil.

– Mas ela foi até...

– Foi até a Schola reformatório, onde distraiu você, sim. O que você acha que é isso?

Espera um segundo. Quê?

– Ela... – Assimilei aquilo. O *latte* começou a borbulhar em meu estômago. Alguma vez você arrotou ácido, xarope de banana e café? Não tem graça. Meus lábios adormeceram. Meu coração disparou como as rodas de um trem de carga. – Achei que a gente não soubesse como fui parar lá.

– Agora eu sei. O que você acha que eu estava fazendo, além de vigiar sua janela? Estava reunindo evidências, Dru. E mesmo que você não me conte o que houve entre você e Anna ontem, eu posso adivinhar.

Não, não acho que ele possa. Não de verdade. O sonho que eu venho tentando afastar há semanas voltou, só cinzas e fumaça e terror.

Não deixe os nosferatus *te morderem.*

Sentei ali. Uma forma horrível estava se erguendo no fundo de minha mente, como um corpo que você sabe que não é humano por baixo de um lençol. Afastei essa imagem, mas ela não queria ir embora. Só uma coisa explicaria tudo isso, explicaria tudo o que tenho visto.

A Schola estava silenciosa, mas eu podia ouvir o vento lá fora. Era uma brisa suave de primavera, e eu quis abrir a janela num empurrão e saltar para fora. Queria correr. Não tinha saído da Schola desde que cheguei, e isso me enchia o saco. Precisava de um pouco de ar fresco.

Logo depois que eu vomitasse tudo que pensei em comer.

– Ela queria que eu te odiasse. – Eu parecia ter uns cinco anos. – Eu... Ela olhou pra mim como se quisesse saber alguma coisa.

– Ela queria mesmo saber, Dru. Queria saber do que você se lembrava. Queria saber o que você viu...

Eu não vi. Eu escutei. Eu só tinha cinco anos!

– Cala a boca. – O *latte* despencou da minha mão e fez um *plop!* No piso de madeira de lei. O líquido se agitou, mas o copo permaneceu na vertical por milagre. – *Cala a boca.* – Cheguei a bater as mãos nos meus ouvidos. – *Cala a boca, cala a boca, cala a boca!*

Ele agarrou meus punhos, e senti o aroma de torta de maçã. Por algum motivo, aquilo bagunçou tudo dentro de mim, e o mundo virou um borrão branco durante alguns segundos. Quando voltou ao normal, de algum modo, estava no chão, os joelhos ainda latejavam por eu ter caído com força, e estava batendo furiosamente no Christophe. Nem ao menos havia peso nos meus golpes, eu apenas me agitava.

– *Cala a boca*! – gritei. Continuei gritando, embora ele não estivesse dizendo nada. Estava apenas deixando que eu o acertasse, desviando dos golpes quando ameaçavam chegar perto do rosto. Quando fui respirar, não tentou fazer com que eu parasse. Apenas me deixou acertá-lo, e quando parei e me curvei para frente sob o peso, ele me envolveu em seus braços e fez carinho em meus cabelos enquanto eu soluçava.

Não era apenas o pensamento horroroso em minha cabeça. Era tudo. Era a minha avó, o meu pai, os sonhos, o medalhão, os lobisomens, os vampiros, o Sergej e a minha mãe. Era o Graves ter partido, os ataques, a incerteza e aquele rombo horrível dentro do meu peito, rachando e sangrando. A gente consegue ficar um tempão varrendo a sujeira pra debaixo do tapete, depois ela começa a se agitar, querendo sair de lá.

A gente atura um tempão. Depois, desaba. E se ele fosse lidar com alguma coisa, se eu não estivesse sozinha, isso queria dizer que eu *podia* desabar. Isso queria dizer que eu não precisava guardar tudo com tanto empenho.

Tentei bater nele mais algumas poucas vezes, pancadas sem ânimo, chorando tanto que nem conseguia respirar.

– Ponha para fora. – Ele sussurrava em meus cabelos. – Ponha para fora, *moj maly ptaszku.*

Acho que a maior parte disso era porque ele tinha voltado novamente para mim. Era como o alívio que eu costumava sentir todas as vezes que eu ouvia a porta da caminhonete do meu pai fechando, cada vez que ele entrava na casa, no apartamento ou no quarto de hotel ou qualquer droga de lugar em que a gente estivesse morando, batendo os pés. Todas as vezes meu coração inchava feito uma bexiga de ar porque ele não tinha me esquecido, nem me deixado para trás. Toda criança tem medo disso, né? De um dia ser largada num canto, como um brinquedo, com um olhar sem expressão e um coração quebrado.

Christophe continuava voltando para mim. Estava aqui, agora. Tinha salvo minha vida novamente.

Mas, Deus, como eu queria que ele fosse o Graves.

27

Suando a gente chora desse jeito, sente-se lavada e não entorpecida. E envergonhada, principalmente se está coberta de lágrimas e meleca de nariz. Sentei no chão de encontro à cama branca, olhando fixamente para a mancha pegajosa de café com sabor de banana. Meu cérebro tinha sintonizado naquele zumbido bizarro de quando a gente deixa tudo para trás na base da choradeira e não quer pensar. Tudo regrediu para um ruído de estática.

Christophe trouxe uma toalha de rosto úmida e fria e uma caixa de lenços de papel. Ajeitou-se sobre o piso, com as pernas cruzadas, a poucos metros de distância. O que fazer quando um *djamphir* gato olha para a gente tão de perto? Estava me encarando como se tivesse visto algo esverdeado. Ou como se eu tivesse uma porção de remela em cima de mim e ele fosse simpático demais para avisar.

Assoei o nariz e me limpei. A pilha de lenços de papel usado ficou maior e eu, por fim, apertei a toalha em meu rosto quente e dolorido. Acariciei as feridas com energia. É bom ter uma toalha fria depois que a gente abriu o berreiro. Minha avó tinha o costume de colocar um pano frio em meu pescoço assim que eu parava de chorar por algo que tinha acontecido na escola do vale ou qualquer outra coisa. É bom também quando a gente está com o estômago inflamado e vomita. É reconfortante.

Mas era difícil respirar através do tecido felpudo e grosso e precisei arrancar o pano da cara e enfrentar o mundo de novo.

Ele ainda me observava. A linha leve entre suas sobrancelhas escuras, mostrava que talvez ele estivesse preocupado comigo ou coisa parecida.

Não o culpo. Eu também estava preocupada comigo.

Após um tempinho, talvez ele pudesse dizer que eu estava pronta. Ele me olhava com tanta intensidade, que parecia estar lendo a expressão do meu rosto. Meu fingimento não estava com nada depois disso tudo.

– Meu Julgamento começa ao pôr do sol. – Suas mãos repousavam sobre os joelhos, frouxas e à vontade. Sempre parecia *tão elegante*, de um jeito que era impossível; cada mecha de cabelo estava sempre arrumada e cada área cuidadosamente ajustada. Nunca o vi dando um tempo no banheiro para ajeitar o visual ou qualquer coisa. Eu estava começando a pensar que, se ele não fosse *djamphir*, seria desse jeitinho mesmo. – Se tudo correr bem, vai levar pouco mais de uma hora para tudo vir à tona. Então...

– O que você vai fazer? – Mais uma vez, apertei a toalha de rosto na testa.

– Vou me certificar de que Anna não possa feri-la. Vou me certificar de que ela pague pelo que fez. – O maxilar estava tenso, e de repente agradeci por ele não ter falado a meu respeito daquele jeito gélido e objetivo. – Quando tudo terminar, você não terá mais preocupações. Pelo menos em relação à Ordem. A menos que a corrupção de Sergej esteja mais profunda do que descobri. – Um músculo tremeu logo acima de uma bochecha lisa. – Mas mesmo assim não vou te abandonar. Não irei a lugar algum, Dru.

– Tá. Lógico. – Fechei meus olhos, coloquei o pano sobre eles. Era gostoso. – Sei lá. Eu quero achar o Graves.

– Todos estão procurando por ele. Ele escolheu um belo local para se esconder. A menos que...

– A menos que o quê? – Espiei por baixo da toalha de rosto.

– Não sei o que aconteceu entre você e ele. Mas se algo aconteceu, não haveria a possibilidade de ele abandonar a Schola? – Tranquilo, gentil, como se estivesse com medo que eu desabasse novamente.

Ouvi-lo dizer o que eu já estava pensando só piorou a situação.

– Ele não faria isso. – Me ofendi na mesma hora. Era como defender meu pai. A gente faz isso porque precisa, não porque acredita. – Ele não me abandonaria.

Não conseguia tolerar o Christophe dizendo isso. Não era a cara do Graves me dispensar. Simplesmente não era. Ele vinha grudando em mim feito cola desde Dakota. *Somos você e eu contra o mundo*, ele tinha dito. *Não se atreva a me deixar para trás.*

Vem atrás e me acha.

Mantive a esperança, por mais idiota que fosse.

– Deve ter acontecido alguma coisa com ele. – As palavras estavam presas na garganta. – Deus.

– Se ele ainda estiver na Schola, iremos encontrá-lo. Isso, porém, vai levar um tempo. Quer que eles busquem em cada aposento?

Não ajudará em nada.

– Eles não farão isso.

– Farão se você pedir – disse com a mesma naturalidade de, *O céu é azul*, ou *Vampiros bebem sangue*. Com uma ajudinha considerável de um *dããã, Dru*. – Eles foram treinados para obedecer a uma *svetocha*.

– Anna – resmunguei como se fosse uma palavra suja. Na verdade, ela estava a ponto de se tornar. Quase encolhi ao dizer isso, como se ela fosse surgir do nada. – Christophe?

– O quê?

Senti que ele se inclinava para frente. É esquisito sentir alguém prestando atenção em você desse jeito, como se eu fosse a única coisa no mundo para ser escutada. Na maior parte do tempo as pessoas se distraem, ou só pensam no que *elas* dirão em seguida. Não tem muitas que *escutam* de verdade, e as que existem, nunca me ouvem. Adultos acham que eu não tenho nada sério a dizer, garotos estão ocupados demais com seus próprios assuntos, garotas estão a anos-luz de distância no Shopping, na classe, ou coisa parecida, e não se importam. Nenhum deles sabe o que é quebrar um feitiço ou acabar com um ninho de baratas sobrenaturais. Ou o que é perder cada pessoa ou coisa que acreditou ser estável e verdadeiro. Enquanto vampiros rosnam por aí tentando te matar.

Busquei algo para dizer.

– Eu cheiro esquisito? – Abri um olho e fiquei espiando o Christophe.

Suas sobrancelhas se ergueram até o topo, seus olhos frios se abriram por um instante e não pareciam mais cercados por uma muralha.

– O quê?

– Eu, hããã, alguns dos lobisomens me disseram que eu... tenho um cheiro. E você, bem... – *Tem cheiro de vela de Natal, mas no bom sentido. Só que, se isso vem do sangue, e não sei se vou gostar tanto.*

– Você é muito curiosa e perspicaz, *moja księżniczko*[32]. – Tossiu de leve. Conheço esse tom; é um adulto se preparando para falar de sexo com uma criança. – Seu cheiro é muito atraente. Temperos e sal. Bastante agradável. Isso significa que uma *svetocha* chegou na idade de desabrochar, o que é diferente da maturidade física. – Se ele fosse começar a usar eufemismos, eu daria um grito.

– Isso é bom. E quanto a você? Nenhum dos outros garotos cheiram como você.

– Isso deveria me deixar orgulhoso. – Só que o rosto dele se fechou outra vez, o leve deboche metódico estava de volta.

– Se você não vai responder ao que eu estou perguntando, Christophe, avisa, tá? – Agora eu me arrependia de ter mencionado o assunto. Deixei a toalha de rosto imunda e suspirei, me erguendo e estalando toda. Lavada e esvaziada, tudo dentro de mim desligou. Era um tipo diferente de torpor, um do qual gostava. Mesmo pensar no meu pai não doía tanto. Era como beliscar sua perna dormente. – Que horas são?

– Três. Ah, Dru – Eu quero ver o Ash. Depois quero procurar o Graves. – Você deveria descansar. Essa noite pode ser difícil.

Meu queixo ergueu. Era o olhar de "mula empacada" com o qual a minha avó me censurava com bastante frequência.

– Não sou eu quem vai a julgamento.

Ele concordou com a cabeça, como se esperasse por aquilo.

32 "Minha princesa", em polonês (N.T.).

– Verdade. Mas você poderia ser um pouquinho mais gentil comigo, passarinha.

Você espera que eu seja gentil com você? Então me senti culpada. Ele tinha salvo a minha vida, mais de uma vez. Eu nem ao menos estaria ali, em um quarto branco repleto de uma iluminação difusa – porque o sol estava se escondendo atrás das nuvens, e as luzes do céu estavam cheias de um brilho confuso –, se não fosse por ele. O medalhão no meu peito repuxou um pouco enquanto a velha raiva de costume tentava acordar. Não era uma raiva de verdade, era apenas confortável. Naquele momento, ficar furiosa era a única coisa que eu sabia fazer.

Mesmo se eu não sentisse nada de verdade, o choro tinha lavado tudo. O pensamento realmente terrível, que levava ao pânico, ainda se achava no fundo da minha cabeça. Como a gente lida com um troço desses?

Trabalhar, decidi. *Deve haver alguma coisa que eu possa fazer até esta noite.*

– Quero ir à enfermaria – disse, calma e nitidamente, e joguei a toalha de rosto no chão, bem no meio do lago de café secando. A bandeja de café permanecia abandonada perto da porta da frente. – E eu quero procurar o Graves. Se ele estiver aqui, posso encontrá-lo. – *E se não estiver, eu quero saber. Quero saber se ele se livrou de mim como se eu fosse um hábito desagradável.*

– Muito bem. – Ele se ergueu com elegância, e eu precisei afastar os olhos. O tecido branco ensopado de café se transformou numa coisa esquisita manchada de marrom. Tive uma sensação ruim com aquilo por quase um segundo. Afinal, fui ensinada a limpar minha própria bagunça. Meu pai era o máximo para deixar tudo em ordem. E a minha avó era do tipo que deixava as coisas em seus lugares.

Mas eles não estavam aqui, e eu era um espectro. Quase esperei para erguer a mão e ver a luz passar certinha por ela. Livrei-me de tudo pelo choro.

Olhei ao redor atrás de sapatos. O *closet* tinha um único par de tênis. Acho que é sorte, eu acho. Quase gemi quando me curvei para pegá-los. *Saco!* Se eu sobreviver até a meia-idade vou ter tantos problemas de coluna!

Mas talvez não pareceria mais velha. Os garotos *djamphirs* não pareciam, tirando uma certa coisa nos olhos deles. E qual era a idade de Anna?

Não queria pensar naquilo.

Não conseguia nem imaginar ter cinquenta anos e estar presa nesse corpo magrelo de adolescente. As últimas doze horas me pegaram com uma surra. Inclinei-me de encontro ao batente da porta do *closet* e tentei recuperar o fôlego. Um óleo morno deslizava pela minha pele, o *disfarce* crescia como faixas de calor. A dor em todos os meus músculos diminuiu, e meus dentes formigaram.

Péssimo que o *disfarce* não pudesse fazer nada quanto às dores dentro de mim. Funguei um tantinho. Em geral uma gota suspensa de choro sai do nariz, crua e suja, mas meus canais nasais estavam abertos, e debaixo do ar cítrico e fresco no quarto havia um quê diferenciado de poeira e torta de maçã condimentada.

– Eu também estou sob julgamento com você? – Christophe perguntou, suave.

Sim. Não. Sei lá.

– Eu confio em você – disse outra vez. Parecia mentira. – É que... nada disso foi planejado para me deixar feliz, não é?

– Com certeza. – Pareceu-me que ele queria dizer mais alguma coisa, mas deixou para lá.

Foi esperteza dele. Coloquei os meus tênis, respirei fundo algumas vezes e o *disfarce* recuou. Não conseguia mais sentir as presas quando me virei e dei de cara com ele.

– Vamos.

28

Tanto *djamphirs* quanto lobisomens cicatrizam bem depressa. Assim a enfermaria não é um lugar onde você quer parar. Se você está tão machucado a ponto de ter que ir à enfermaria, provavelmente isso não acabará bem.

O Ash não estava em um daqueles leitos cercados com uma cortina no meio de um espaço rodeado de arcos. Estava em um daqueles quartos ladeados por paredes de pedra, embrulhado em ataduras brancas e amarrado ao que parecia ser uma mesa de cirurgia, enquanto um monte de tubos pingavam soro em suas veias e máquinas mediam seus sinais vitais com um *bip*. Coração, pressão sanguínea, ondas cerebrais, tudo.

Debaixo dos *bips* e *bumps*, ouvia-se um crepitar semelhante a um zumbido. Seus pelos estavam opacos com o sangue seco e o formato de seu rosto estava mudando. O focinho fino e comprido estava retrocedendo, a pelagem sumindo e eu quase, *eu disse quase*, podia ter uma ideia de como ele se pareceria na forma de garoto. Tirando a mandíbula detonada. Dava para ver onde tinham entrado os grãos de prata, e ainda estava gotejando um líquido claro e esquisito. Seus olhos estavam fechados, e a crepitação crescia em ondas.

– Ele está tentando voltar ao normal. – Dibs tinha um estetoscópio em volta do pescoço e a atitude profissional que sempre assumia com os feridos. – Também está se aproximando disso. Se a gente puder mantê-lo vivo tempo suficiente. Ele está sendo alimentado por via intravenosa em 5% e por via hipodérmica em 50% com dextrose[33] para estimular a mudança...

– Quais as chances dele? – Christophe não parecia impressionado.

– Você sabe que eu ainda não sou médico. Acabaram de me colocar como assistente porque sou sub o bastante para não irritá-lo.

– Quais as chances dele?

– Mais ou menos 20%. Mas é melhor do que nada, correto? Existe esperança. – Dibs ergueu a cabeça e olhou para mim como se se fosse eu que estivesse perguntando. – A gente está fazendo tudo o que pode, Dru. Ele está preso com cordas porque, do contrário, arrancará o catéter da subclávia. É assim que a gente está dando para ele os 5% daquele líquido, está vendo? E para a solução com 50% usamos uma injeção hipodérmica de hora em hora, mais ou menos. Ela está aguentando firme.

As crepitações chegaram ao máximo novamente, a pelagem sumia e se fundia. Um fragmento de pele pálida e sem pelos apareceu no peito dele. Prendi a respiração. A mancha pálida retrocedeu, engolida por pelos escuros e duros.

Ash ondulava de encontro às contenções. Descobri que minhas mãos eram punhos. *Você consegue.* A mesma coisa que eu vinha dizendo a ele noite após noite. *Vamos lá. Você consegue.*

Estiquei-me para frente, meus dedos afrouxaram só um pouco.

– Dru – Christophe, me deu uma advertência.

Não liguei. Toquei as costas da pata do Ash. Da mão. Tanto faz. A pelagem ia sumindo aos poucos, outro fragmento de pele sem pelos, branca, apareceu como a lua atrás das nuvens. Dedos compridos e elegantes terminavam em garras que deslizavam e se retraíam em espasmos, apertando e afrouxando. Parecia que a faixa branca na têmpora dele estava alargando, mas eu não tinha certeza.

A pele tinha uma textura incomum. Suave, como a de um bebê. Como se não tivesse sido exposta. Aquilo era impressionante – uma criatura tão durona e, por baixo de tudo, tão frágil. Até aqui, quantas vezes ele tinha salvo a minha vida?

---

33 A dextrose, também conhecida como glicose, é a principal fonte de energia do corpo (N.T.).

Percebi que era sexta-feira. Será que amanhã os lobisomens fariam a corrida semanal de sempre? Será que eu poderia sair com eles?

E quando chegasse o domingo, eu seria capaz de descer até o refeitório e agir feito uma garota normal num encontro para tomar café ou coisa assim?

Boa sorte com isso, Dru.

– Me pergunto por que ele está fazendo isso.

– "Submisso" não quer dizer "burro". – Dibs olhava fixamente as máquinas que acompanhavam os ritmos com seu rosto loiro enrugando. – Talvez ele saiba que você quer ajudá-lo.

– Eu dei um tiro na cara dele. Com uma bala de prata. E depois disso ele também quis me matar, mas... – repeti a cena na cabeça. Tanta coisa tinha acontecido, mas eu tinha certeza de uma coisa: o Ash estava vindo atrás de mim antes de o Christophe tê-lo posto para correr, lá na neve.

Com um passo cauteloso, Christophe se aproximou mais.

– Talvez a prata interfira na evocação de Sergej. Eu pagaria muito bem para saber se ele voltou mancando até seu amo e recebeu uma nova diretriz, ou se foi se esconder e a prata causou alguma alteração nele.

– Essa é a pergunta que vale um milhão de dólares, não é? Ele ainda não consegue nos contar. – Dibs observava o lobisomem Submisso. De longe era a situação em que eu o via ter menos medo. Acho que como o Ash estava amarrado e era, tecnicamente, um paciente, Dibs conseguia administrar. – Apesar de eu achar que é a segunda opção.

– Por quê? – Christophe ergueu os olhos, que ficaram mais claros e mais pensativos. Ainda eram frios. Os do meu pai eram daquele tom de azul, mas nunca chegaram a tal ponto de frieza. Os do Christophe eram como um céu de inverno num dia que o vento penetra qualquer coisa que a gente avista. Olhos que podem nos deixar entorpecidos, quando espiam como se você fosse uma borboleta pregada na parede.

O interesse de Christophe fez Dibs baixar a cabeça como uma tartaruga.

– Só um pressentimento, mais nada.

– Bem, a sua intuição é boa, Samuel. Se ele pode ser salvo, você vai salvá-lo.

O Dibs não acreditou. Pelo menos tinha cara de quem não tinha acreditado, e eu não o culpo. Algumas ataduras brancas começavam a mostrar manchas rubras como flores raivosas. E eu estava esgotada e entorpecida demais para ter alguma reação, sentindo o cheiro de sal e cobre do sangue.

Foi uma bênção. Minhas presas não formigaram.

Dibs suspirou.

– O que me preocupa é o que vai rolar depois que ele se recuperar, não só estabilizar o quadro. O que é que farão com ele?

– Aposto que o mesmo que *vêm* fazendo. Transformar em problema para a Dru. – Christophe deixou escapar o ar dos pulmões de um jeito profundo. – Você tem visto o *loup-garou*?

– O Graves? Não. Ninguém. O Shanks o viu ontem, saindo do ginásio de treinos com uma cara péssima. Mas ele estava a serviço de Dru e ele não o acompanhou. Bizarro, hein? Ele nunca se afasta tanto dela. – Dibs deu uma tossidinha, talvez lembrando que eu estava bem ali. – Mas é que os machos-alfa *ficam* loucos. Quem sabe ele só deu uma saída para esfriar a cabeça.

Pareceu algo inadequado, e todos nós sabíamos.

– Ele ainda está sangrando. – Eu não conseguia arrancar os olhos do estrago na mandíbula do Submisso, e as manchas nas ataduras aumentaram. O fragmento de pele debaixo dos meus dedos encolheu, sufocado na pelagem vital e dura.

– Saco. Ele está prestes a ter uma daquelas oscilações outra vez. Dru, some daqui. – Dibs se voltou para uma bandeja com vários acessórios e garrafas e sacou dali um pacote, quebrou-o para abrir com um movimento rápido e treinado dos dedos e retirou uma agulha hipodérmica do tamanho da Estrela da Morte[34]. Baixou o olhar até o Submisso e seu rosto mudou um pouquinho. – A última coisa que eu preciso é de você tendo um enfarte na mesa. Vou salvar sua vida,

34 A Estrela da Morte é a arma de guerra que o Império queria usar para destruir a Aliança Rebelde, na série de cinema *Star Wars* (N.T.)

lobo, goste ou não. – Voltou o olhar para mim enquanto os *bips* e *bumps* escolhiam seu ritmo. – Eu não mandei você sair?

Caraca. Aonde tinha ido o Dibs que não conseguia nem dizer o próprio nome num refeitório apinhado de gente?

A mão de Christophe se curvou ao redor do meu braço e ele me puxou dali. Dibs xingava enquanto alguma coisa fazia um som de chocalho, e um rosnado estremeceu o recinto. Christophe fechou a porta num vai e vem e não diminuiu a velocidade até a gente ter passado para a outra extremidade da enfermaria.

– Por que aquele lobisomem estava preso numa Schola reformatório está além da minha compreensão – resmungou, pessimista – Bom Deus, a Ordem costumava ser uma meritocracia.

– Ele vai ficar legal?

– Qual deles? Samuel pode cuidar de si mesmo. A menos que Ash rompa as contenções, e ainda assim, ele não enxergaria um lobisomem subespécie como ameaça. A menos que tenha enlouquecido. O que é bem provável. – Com a palma da mão, abriu a porta pesada na outra extremidade da enfermaria, examinou o saguão e talvez tenha esquecido a mão ao redor do meu braço. Pelo menos ele não estava somando outro machucado a todo o restante.

– E o Ash? Christophe, mais devagar.

Ele parou. A passagem de entrada estava deserta. Os bustos espalhados ao longo do saguão olhavam uns para os outros, mas nunca olhando diretamente nos olhos de ninguém. Estava parecendo que eu ia rastejar para baixo de uma cama e me esconder por um tempo. Quanto mais eu pensava naquilo, mais parecia sensato.

– Está um silêncio! – Tentei puxar meu braço de volta, mas não consegui. – Se você está sob Julgamento, por que estão deixando você correr por aí assim? Ninguém está lhe vigiando.

– Você é quem *pensa* que ninguém está vigiando, *skowroneczko moja*[35]. Aqui é a Schola Prima; sempre existem olhares. Além disso, eu dei minha palavra. – Ergueu a cabeça, escutando.

– Você deu sua palavra. – Não quis parecer inexpressiva e desanimada, mas saiu assim.

35 Minha linda em polonês (N.T.).

– Quando digo que farei alguma coisa, Dru, eu *faço*. Onde você gostaria de começar a procurar pelo *loup-garou*?

Encolhi os ombros. Não fazia nem ideia.

– Muito bem. Venha comigo, vamos começar com Robert.

– Você vai ter que me largar. – Desta vez eu consegui puxar meu braço da mão dele. Ficamos lá, parados, um encarando o outro, e agora fui eu quem desviou o olhar primeiro. Se havia alguém vigiando, eu não tinha tanta certeza do que deveria fazer.

– Como queira. – O deboche impassível voltara. – Você tem um ou dois dias ocupados. O que aconteceu entre você e o *loup-garou*, Dru?

– Nada que lhe interesse. – E eu falava sério. – O que está rolando entre você e Anna?

– Um a zero para você. – Fez uma careta, deu meia-volta e partiu pelo saguão. Eu tinha que ir atrás.

O que mais havia para fazer?

29

– Jesus. – Fiquei boquiaberta; e depois fechei a boca com um estalo. Quando me disseram que o quarto azul estava destruído, não era brincadeira.

Shanks dobrou os braços. Tinha um olho roxo bem feio que sarava enquanto eu observava, a cor foi de azul-avermelhado a verde--amarelado em instantes. Ele se movia com uma certa rigidez, mas parecia bem.

– Estou procurando por alguma coisa que dê para salvar, mas não tem muito. As roupas estão todas rasgadas; até o carpete vai ter que ser arrancado e recolocado. Quebraram tudo no banheiro. A lavadora e a secadora... Você sabe. Chupa-sangues.

Não sabia, mas isso era... Deus. A cama foi reduzida a lascas e palitos de fósforo, os colchões rasgados e as molas arrancadas. O carpete estava em tiras, pedaços das minhas roupas e do Graves estavam espalhadas e manchadas com borrões de sangue de vampiro. As persianas tinham sido retorcidas e arrancadas das janelas, a porta do *closet* estraçalhada; a penteadeira parecia ter sido retalhada por um lenhador com excesso de estímulo. Além do *fedor* de sangue vampírico apodrecendo. Borrifadas e manchas enormes pintavam as paredes, secando e virando crostas negras.

– Por quanto tempo eles ficaram aqui?

– Sei lá. Eles conseguem fazer um belo estrago num período de tempo curto, e se você estivesse escondida aqui... – Bobby encolheu os ombros. Continuava observando Christophe de um jeito esquisito, lançando breves olhares por debaixo de sua franjinha emo. Também continuava encolhendo os ombros quando eu perguntava se ele estava ferido.

– O sortudo do Graves também não estava aqui.

– Temos certeza que não? – Christophe perguntou com suficiente gentileza.

Shanks lhe deu outro daqueles olhares de relance.

– Nenhum restinho dele à vista.

O pensamento me deu uma cólica no estômago. Abri um pouco a porta do banheiro com um empurrãozinho. A caixa acoplada da privada estava pendendo para um lado, havia fragmentos e cacos de cerâmica fria por todo lado. Até a banheira estava rachada e não se podia mais contar com o espelho, só cacos e pedaços pendurados na parede.

– Meu Deus.

– A destruição tem uma proporção quase bíblica, não? Principalmente quando vista pela primeira vez. – Christophe atravessou o quarto até a janela e observou as persianas. O metal estava escurecido, sustentado por fragmentos. – Será que entraram pela janela?

– A maioria sim. – Shanks fez uma pausa. – Alguém fez a gentileza de marcar e arrancar a tela para eles.

Parti para a entrada do banheiro me sentindo culpada. Christophe ficou bastante imóvel por uma fração de segundo. Então se esticou de propósito para alcançar a persiana e empurrou-a.

– Você disse marcar?

– A tela já tinha sido tirada antes. Fede a *djamphir*. – Shanks olhava fixamente para o espaço acima da cabeça de Christophe.

Curvei meus dedos em torno do batente. Estava apertando com tanta força que me doía o braço, e a dor irradiava pelas minhas costas já bem maltratadas. Sentia como se tivesse sido arrastada por um par de cavalos enlouquecidos numa estrada ruim por quilômetros. Fiz força para engolir.

– Christophe... – Ele tinha vindo pela janela do meu quarto na outra Schola. Será que o Shanks desconfiava mesmo dele?

– Você estava lá fora, no saguão? Fingindo que Dru estava aqui? Finalmente arrumei algo para dizer.

– Foi ideia minha.

Christophe girou nos calcanhares, erguendo um olhar que cruzava o quarto.

– E também foi uma boa ideia. Podemos perder um lobisomem com mais facilidade do que uma *svetocha.*

Não era bem isso que eu tinha pensado, o que me deixou ainda mais enjoada.

– Ai, meu Deus.

Shanks encolheu os ombros.

– Não esquenta com isso, garota Dru. É o preço que um lobisomem paga para estar na Ordem. – Mas ele estava devolvendo um olhar penetrante ao Christophe, e eu tinha um pressentimento desagradável de que os dois estavam a ponto de brigar.

Limpei a garganta. Se eu não distraísse os dois, podia acontecer alguma coisa. E eu não estava a fim de mais agito por enquanto. Não mesmo. Estava detonada de cansaço.

– Vocês dois querem parar? Nossa obrigação é descobrir onde o Graves está.

– O último lugar que eu o vi foi batendo o pé e saindo do vestiário depois da aula de educação física. – Shanks conseguia ficar bem inexpressivo; não mencionou o resto. – Parecia bem nervoso. Não deu as caras nos dormitórios, do contrário o Dibs saberia. Não é a cara dele não voltar por sua causa.

Ouvir outra pessoa dizer isso me fez sentir um pouco melhor. Dei um suspiro profundo.

– Então aonde vocês iriam se estivessem bravos?

Ele encolheu os ombros, mas pelo menos agora estava olhando para mim. Parte da tensão nociva voou para longe do quarto detonado.

– Eu correria um tempo. Para me livrar da raiva.

– Então ele foi para fora?

– Era para lá que ele estava se dirigindo. Para a saída leste.

– Beleza. – Eu me recobrei. – Vamos embora.

* * *

A saída leste não estava trancada. A porta tinha sido aberta com tamanha força que havia deixado marcas na parede de concreto do lado de fora, e aquela coisinha que fica na parte de cima e evita que ela bata quando se fecha ou se abre muito rápido estava detonada. Não tive dificuldade alguma para imaginar o Graves atravessando, batendo os pés e arrebentando. O ginásio estaria deserto também, graças a Anna. Ninguém para vê-lo, tirando o Shanks, não havia motivo para ele diminuir o ritmo.

Uma brisa gelada de fim de tarde tocou meu rosto à medida que eu empurrava a porta para abri-la. Shanks deu um assobiozinho.

– O cara não conhece a própria força.

– Na verdade, alguém conhece? – Christophe se esticou por cima do meu ombro, escorando a porta. – Mas, sim, isso é bastante impressionante. Ainda não se sente à vontade para falar, Dru?

– Não é da sua *conta*, Christophe. – Deus do céu, ele conseguia me irritar mesmo estando feliz por ele estar aqui.

– Podia ser da minha conta. Como você vê, muitas coisas aconteceram ontem. Só um imbecil não acreditaria que elas têm ligação...

– Os *djamphirs* não aceitam "não" como resposta – Shanks resmungou. Passou por nós e caminhou para a luz do sol em direção oeste. A luz pintou seus cabelos escuros de dourado e tocou suas bochechas côncavas e barbeadas enquanto ele agarrava a porta e a abria mais ainda com um empurrão, arrancando da mão de Christophe.

Ao longe, um caminho de concreto se dividia em dois, para baixo, rumo a um bosquezinho de árvores ornamentais e faixas bifurcadas de jardins bem tratados. Outro caminho partia na direção de um campo de *baseball* que parecia pronto para sediar um campeonato, suas linhas eram pintadas com cal surpreendentemente branca e os abrigos dos jogadores estavam recém-pintados. As arquibancadas até pareciam limpas.

Christophe enrijeceu o corpo, mas ficou calado. Andei para fora, avançando pelo caminho, e percebi que já tinha passado tempo demais desde que eu havia saído. A última vez em que senti o vento todo sobre mim foi há semanas, golinhos apressados de ar enquanto o Benjamin tinha levado a gente para comprar roupas.

Depois de mais ou menos trinta segundos demorados, Christophe se manifestou outra vez.

– Dru. Está quase escurecendo.

Fechei os olhos. Um pêndulo só me diria o que eu quisesse ouvir, portanto era inútil. Cartas de tarô talvez fossem um pouquinho melhor, mas ainda assim... não revelariam nada de útil. Eu estava fisicamente muito perturbada e queria demais.

Só que havia outras formas de descobrir o que *era necessário* saber. Se eu conseguisse só limpar a cabeça um pouco.

– Dru – Christophe de novo.

– Fica quieto. – Ouvi minha própria voz, um murmuro esquisito e distante. – Ainda não escureceu. – O sussurro de asas emplumadas encheu meus ouvidos, acariciou meu rosto. Era como um pincel de maquiagem grande e fofo, apenas tocando a pele.

Certa vez fui a um balcão de maquiagem numa loja de departamentos sofisticada em Boca Raton, enquanto meu pai estava procurando munição a seis quadras dali. A vendedora tinha passado um pouco de maquiagem cara em todo o meu rosto com a ponta do dedo, bem de leve, e ela tinha o cheiro de perfume quente e laquê em spray. Sem o laquê era quase igual à minha mãe. Depois de um tempo comecei a ficar impaciente e, no fim, dei uma desculpa meio constrangida e caí fora enquanto ela tentava me vender uma sombra para os olhos. Isso tudo me lembrou aquilo.

Shanks inspirou com suavidade. Christophe estava num silêncio absoluto atrás de mim, mas arabescos mornos com o aroma de torta de maçã se enroscavam na brisa fria lavada pela chuva.

Senti o cheiro de terra molhada acordando depois do inverno, o rio emanando uma fragrância uniforme de água oleosa, a cidade todinha ao redor do terreno da Schola Prima em uma maré de concreto e fumaça, as salas de aula repletas de pó de cal e o cheiro da disputa entre o jovem e o idoso. A seiva crescia nas árvores, o cheiro verde e robusto da grama aparada que crescia pela primeira vez na primavera, de manhã.

O bater das asas chegava ao máximo, feito uma coisinha emplumada na minha mão, seu coração batia de forma frenética. Minha avó dizia que não havia segredo em enfeitiçar pardais no céu; a gente precisava enfeitiçá-los e fazê-los retornar a salvo: *esse* era o segredo.

Num adianta de nada fazê o que cê num sabe disfazê – ou memo quando cê pode disfazê. Presta atenção em mim, Dru.

Minha mão furou o ar com o meu dedo indicador apontando. Abri meus olhos e o mundo voltou apressado com tanta força que eu precisei fechá-los depressa para me proteger. Raios de sol fincaram em meus olhos, e eu tinha que piscar para recuperar o foco. Lágrimas quentes se acumularam, caindo em gotas pelo meu rosto.

O caroço na minha garganta não era meu. Era do Graves. Eu conseguia *vê-lo*, um vestígio em sombras na poeira que se acumulava feito pó nas asas de uma mariposa. Ele tinha deixado algo chamuscado no ar, que nem chaleira quente em cima de um balcão. Era raiva involuntária, uma esfera de ódio que eu jamais suspeitaria que ele sentisse. Era sempre tão...

Dru, você não sabe nada sobre esse garoto.

Ele saiu batendo o pé na direção do campo de beisebol, o casaco esvoaçou em silêncio. Alfinetes e agulhas fantasmas deslizaram pelos meus dedos das mãos e dos pés. Inclinei-me para frente, enxerguei-o desviando da quadra. Agachou e saltou, as mãos pegaram impulso, agarradas à parte mais alta da estrutura das arquibancadas, e passou por elas num mergulho de autoridade elegante que nenhum corpo humano teria sido capaz de realizar.

Ele gostou desse lance de *loup-garou* assim como pato gostava de água.

Tinha parado na arquibancada, indeciso, a cabeça inclinada para trás como se ele estivesse observando o céu. Estava escuro e frio – no meio de um "dia" na Schola. Shanks estava dentro, tentando me acalmar e me levar para o quarto.

O espectro do Graves se curvou para baixo, num movimento maleável. Sua atenção agora estava centrada no exterior, alerta. Seus cabelos se erguiam em pontas compridas e encaracoladas, de um negro cheio de energia e quebradiço, visto daquela distância. Não dava para enxergar as raízes.

Saltou para frente. Uma explosão de eletricidade estática borbulhou dentro da minha cabeça. Meu rosto repuxou para o lado como se tivessem me dado um tapa. Avancei, Christophe agarrou meu braço, mas me livrei dele, e estava a meio caminho da trilha antes de perceber que estava andando. Os alfinetes e as agulhas deviam ter me deixado desajeitada, só que não deixaram. Passei correndo pelas arquibancadas, cheguei a tempo de ver o vestígio do Graves. Corria como se fosse um prazer para ele. Os lobisomens se mexem de forma rápida e fluente, e ele fazia aquilo sem ficar peludo. Seu casaco estalava atrás dele, um som longínquo, e ele mergulhou dentro do espaço das árvores apenas segundos depois de mim.

As árvores se amontoavam, próximas, ao redor de uma pequena clareira; aqui, a grama não estava aparada. Sombra e luz rodopiavam unidas, ouvi um *snap!* dentro da minha cabeça e tudo... parou.

A escuridão se dilatou no ar da tardinha. Os carvalhos se aproximaram, sussurrando com suas folhas verdes, novas e frescas, e captei um emaranhado confuso de atividade antes que o Shanks disparasse para dentro da clareira e quase trombasse comigo.

Gritou alguma coisa que não dá pra repetir e saltou para longe, quase acertando uma árvore. Voltei ao meu corpo com um solavanco e o encarei.

– Não faz *isso*! – berrou. – *Jesus*!

– Eu perdi! – berrei de volta. – Quase tinha conseguido!

– Que m...? – mas ele se calou assim que o Christophe passou andando por ele, surgindo do nada com um som sussurrado.

– Não é uma boa ideia. – Os olhos do *djamphir* brilharam azuis na penumbra. A luz faz umas coisas engraçadas quando está para se desfazer por completo; as sombras se mexiam como coisas vivas sobre a pele pálida do Christophe, e transformaram Shanks numa estátua cor de terra. – Volte para dentro, Dru.

Procurei pelo zumbido interno que ia me contar se o *toque* estava querendo me mostrar mais. Nada. Zero. *Niente*. Coisa nenhuma.

Até que um facho de luz sem som preencheu toda a clareira, iluminando-a dentro da minha cabeça feito os holofotes de um campo de futebol americano. Passei pelo Shanks e parei, ajoelhando-me diante de um arbusto bizarro e cheio de espinhos. Podia até ter sido uma roseira, mas parecia murcho e meio esmagado.

Uma tira minúscula de material, não maior do que meu dedo mindinho, estava presa a ela. Havia algodão preto e pesado, de um casaco comprido. Animada, tirei a tira de lá e a segurei suspensa. Tinha um negócio seco, talvez porque tivesse passado por orvalhos caindo.

– Ele veio por aqui. Será que a gente pode...?

– Não sinto muito o cheiro dele. – Shanks curvou os ombros com desconforto. – Cortaram a grama mais cedo hoje, mas eu...

Aguardei, mas ele apenas abriu as mãos. Toda a clareira era um emaranhado de sombras e vento gelado que não era apenas o significado de uma tarde que avança aos poucos. Estava frio e eu farejava *intenções*, como um feitiço sendo preparado num canto escuro.

Minha mão agarrou o pedaço do material.

– Talvez ele só precisasse sair e aliviar a cabeça.

Só que o Shanks não pareceu acreditar nisso.

– Não há nada que possamos fazer agora. – As mãos do Christophe pendiam frouxas para os lados, mas seu corpo inteiro gritava: *Pronto para se mover.* – Dru, por favor. Dentro é melhor. Especialmente quando está próximo de escurecer.

– Você não sente o cheiro dele? – Tentei não parecer que estava implorando ao Shanks.

– O bastante para saber que ele veio por aqui. É tudo. Ele pode ter só roçado nessas coisas, mas ele consegue ver no escuro. Como nós.

Soltei um suspiro demorado de frustração. Ouvi passadas ao longe, e será que era o Leon me chamando pelo nome? Acho que não dá mesmo pra ir a lugar nenhum da Schola sem ser vigiada.

Quem é que vinha me vigiando esse tempo todo? O que é que eu *não tinha visto*?

– Beleza. – Mas meti a tira no bolso da minha calça. Quando tiver um tempo pra pensar quem sabe eu descubra algo.

Vem atrás e me acha.

Não seria a primeira vez em que eu acharia alguém só com um pedaço de roupa. Assim que você tem o elo físico é o jeito mais fácil de encontrar.

Deixei o Christophe guiar para sair do meio daquelas árvores. O sol estava rumando para o horizonte, desaparecendo atrás dos prédios.

Hora do Julgamento.

30

Bem no centro do prédio principal da Schola Prima, aquele de onde todas as alas saem como se fossem uma aranha abraçando sua teia, há um espação aberto com um teto de vidro. Eu disse *teto de vidro* quando na verdade queria dizer uma cúpula grande o bastante para abrigar debaixo dela uma exposição de armas do sudeste dos Estados Unidos, feita com painéis enormes de vidro atados com suportes de pedra. Provavelmente era uma maravilha da arquitetura, mas parecia que viria abaixo se estilhaçando a qualquer momento. O espaço abaixo dela era um piso de pedras, fora os corredores largos de tapetes vermelhos e empoeirados. Um estrado alto no centro sustentava sete cadeiras de ferro, três de cada lado nos flancos de uma enorme armação de pontas de ferro e um almofadão vermelho, suspenso com amarras de seda cor carmim.

Duas chances para você adivinhar de quem é isso, e a primeira não conta. Bile quente subiu raspando pela minha garganta. Fui me arrastando atrás do Christophe com Leon logo atrás de mim; mantive a cabeça baixa, olhando de relance ligeiramente.

Os espaços amplos eram ocupados por *djamphirs*, a maioria deles, mais velhos. Os mais jovens entravam aos poucos e ficavam em pé próximos da parte traseira, e eu vi um ou dois lobisomens aguardando perto das saídas. Eles se foram assim que eu olhei novamente, erguendo meu pescoço.

As cadeiras estavam voltadas para o sul e, na frente delas, posicionada à esquerda, um tipo de anexo. Um cercado de madeira escura e antiga que batia na cintura, com cruzes e corações esculpidos, formava um círculo ao redor de assentos de igreja sem estofamento. Christophe abriu algo com cara de portão e apontou para mim com uma meia reverência.

– Por favor, *skowroneczko moja*. Fique aqui.

Leon me acompanhou, e quando me ajeitei na primeira fila, ele escolheu o assento logo atrás de mim e um pouquinho à esquerda. Christophe se inclinou sobre o cercado à minha frente.

– O que quer que aconteça, Dru, não se preocupe. Não acho que alguém possa feri-la na presença de toda a Ordem.

Não falei nada. Quem sabia quantos deles tinham algum ressentimento contra mim, por qualquer razão que fosse? Anna me odiava, e ver o Christophe não era garantia para deixá-la de bom humor.

Eu também tinha outras coisas para me preocupar.

Se o Graves estivesse aqui a gente poderia ter uma conversa inteira numa fração de segundos só trocando aqueles olhares significativos. Não é lá uma coisa que se pode fazer com qualquer pessoa.

Mas havia aquele pedaço de material no meu bolso. Tão logo eu ficasse sozinha, poderia esvaziar a cabeça e ver se aquilo me levaria a algum lugar. Não seria a primeira vez que eu encontraria alguém usando o *toque*.

Seria, porém, a primeira vez que eu encontraria alguém sem o meu pai.

– De verdade. – Christophe insistiu. – Você está a salvo. Eu prometo.

Mais *djamphirs* iam chegando. Eu conseguia sentir os olhos deles em mim. De novo o lance da garota nova, pela milésima terceira vez. Christophe observava meu rosto, buscando como se esperasse encontrar ouro ali.

– Não se preocupe comigo – eu disse, enfim. – É sério. Estou mais preocupada com *você*. – *E ainda mais preocupada com o Graves.*

– Está mesmo? – Um sorriso mágico iluminou-lhe o rosto, e eu recuperei o fôlego. Era um choque vê-lo tão alegre. – Que bom, então.

Leon se inclinou para frente. Senti a movimentação mesmo sem ele ter me tocado.

– Aí vem Benjamin. Não faça cara de surpresa.

Benjamin atravessou as pedras pisando forte, seu rosto parecia uma nuvem de trovões. Passou esbarrando pelo Christophe, atravessou a portinhola e desabou no banco do meu outro lado.

– Maldição. – Era um sussurro de presídio; seus lábios mal se mexeram. – Ninguém sabe nada. Que diabos está acontecendo por aqui?

– Você encontrou o Graves? – Não estava nem aí se me escutassem. – Por favor, diz que encontrou.

Eu sabia que não tinha encontrado, mesmo antes de ele balançar a cabeça. Os olhos escuros se moviam pela multidão.

– Os pertences dele ainda se encontram em seus aposentos, Milady. Dilacerados e maculados com fluidos de *nosferatu*, mas ainda estão lá. Onde quer que tenha ido, ele não levou as roupas consigo. Shanks foi a última pessoa que o viu. Há tempos não o encontramos em parte alguma. Thomas e George ainda procuram, mas não faltará proteção à senhorita. Tenho outras equipes de sobreaviso, e eu irei convocá-las pessoalmente.

Minha expressão mudou. Se houvesse no dicionário deles a expressão *Que merda é essa?*, meu rosto agora seria a imagem perfeita.

– Eu sei onde ele largou as roupas. Tem um lugar, fora do ginásio – as palavras tropeçaram umas nas outras, tentando avisá-lo de que eu já sabia aonde o Graves tinha ido depois de...

– Shh. – Benjamin fez um gesto rápido com a mão esquerda para pedir silêncio – Acho que algo... Não, creio que não. Ainda não.

Um silêncio desabou sobre os *djamphirs* reunidos. A multidão tinha aumentado enquanto eu não estava olhando. A cúpula de vidro acima estava tomada pelo pôr-do-sol, nuvens rosadas e laranjas reluziam como um olho cego e super colorido. As figuras no *teto* estavam também me encarando. Jesus.

Toda vez que olhava ao redor, lá estavam mais *djamphirs*. Quando há um mar inteiro deles olhando para a gente, dá para ver algumas leves semelhanças na estrutura óssea, não importava a cor da pele. Olhos brilhantes, e um cochicho passou por eles. O *disfarce* ia em ondas sobre a multidão, presas começavam a aparecer e os cabelos mudavam com as sombras.

Alguma vez você já escutou um milharal numa tardinha com brisa? Ou saiu pelas Grandes Planícies e viu a grama batendo na cintura quando o vento se mexe por ela, escovando-a como se fosse cabelo? Observar o *disfarce* numa multidão parece levemente com ambos. Curvei meus ombros. Mas Christophe se achava bem na minha frente, inclinado sobre a cancela, e de vez em quando um cheiro de torta de maçãs vinha me acariciar.

Não vou mentir. Aquilo me tranquilizava. Só que meus olhos sem rumo continuavam sendo fisgados pela cadeira pendurada pelo tecido vermelho.

– Lobisomens. – Leon estava se inclinando para frente, os braços estavam cruzados atrás do meu banco. – Também estão observando de perto. Quer apostar o motivo?

– É uma afronta. – O maxilar de Benjamin ficou parecido com concreto.

– Não é pessoal. – Leon chegou mesmo a fungar de leve rindo. – Eles não confiam em ninguém. Não os culpo.

Avistei Zeke numa camisa de seda azul-marinho com botões na gola, seus olhos azuis sombrios de preocupação. Eu ergui mesmo a mão e acenei um pouco para ele; me arrependi instantaneamente. Ele corou de verdade, baixando os olhos, e seus amigos lhe deram cotoveladinhas. Alguém riu, e minhas bochechas ficaram quentes.

Era uma vez o meu encontro de domingo para tomar um café. Não que eu realmente estivesse contando com isso, mas, que saco.

Leon riu outra vez, um risinho esquisito e engasgado, e eu considerei me virar e lhe dar um murro na cara.

– Quem é? – Christophe quis saber, mas eu me limitei a afundar no banco e revirar meus olhos.

– Ninguém. Está na minha classe de História. – *Queria que o Graves estivesse aqui, saco.* Não interessa como isto vai acabar, a primeira coisa que eu faria quando saísse daqui era procurar por ele. Ia me mandar para fora de algum jeito, de qualquer jeito, e seguir o *toque* até que me levasse a ele. Eu ia achá-lo e *fazer* todo mundo nos deixar em paz o tempo suficiente para que eu contasse a ele...

...o quê? O que é que teria a capacidade de melhorar esse tipo de coisa?

Eu não sabia, mas descobriria. Diria qualquer coisa que precisasse, para que ele entendesse.

A multidão voltou a ficar quieta, só que de um jeito diferente. Quando olhei com atenção, vi o porquê. O Conselho tinha chegado.

Da esquerda para a direita, pararam diante de suas cadeiras: Kir com seus cabelos vermelhos fazendo coro com o céu em chamas que cobria o vidro, Marcus com outro terno cinza e Bruce colocado exatamente um passo adiante, a meio caminho entre sua cadeira e o enorme trono vermelho. Do outro lado, Alton parecia melancólico ao cruzar os braços e prestar atenção nas pessoas, Hiro me encarava com firmeza, mas sua expressão parecia querer me animar, e Ezra puxava as mangas do pulôver para baixo e se metia numa imobilidade vigilante.

Esqueci de respirar. Puxei o ar para dentro.

Bruce inclinou um pouquinho a cabeça. Não precisava gritar; as palavras cortavam o silêncio feito faca quente na manteiga.

– Os Kourois estão reunidos. O Julgamento irá começar. – Sua boca se voltou para baixo por um instante, como se estivesse saboreando algo amargo. – Christophe Reynard, você está sendo acusado de traição. Apresente-se.

Metade da boca de Christophe se contorceu. Ele ficou onde estava por alguns momentos, olhando para mim atentamente, depois se endireitou. Virou e caminhou para o púlpito, onde a multidão se fundiu como mágica.

Ele se movia naquele espaço como se fosse o dono de cada centímetro de lá.

– Teoricamente, a líder da Ordem não deveria estar aqui? – Teria sido possível inserir um pouquinho mais de *Vai se ferrar* no tom de voz dele, mas uma parte disso teria derramado para os lados.

Kir enrijeceu. Embora Hiro parecesse entediado, seus olhos reluziam. Eu conhecia aquele olhar, já o tinha visto em alguns bares em que meu pai me levava, em busca de informações sobre o Mundo Real enquanto eu bebia uma Coca e ignorava um monte de coisas, zombando daqueles com quem ele estivesse falando.

– E nós pensando que ele tinha aprendido a ser diplomático – o sussurro de Leon correu pelo meu ouvido direito. – Respire, Milady.

– Você será julgado por seus semelhantes, Reynard. – O peso de Hiro estava todo sobre as pontas de seus pés, e o *disfarce* crepitava de verdade ao redor dele. Seus cabelos se eriçaram, pequenos espinhos pretos roçando uns nos outros.

Comecei a me sentir enjoada. Bastante, muito enjoada.

– E quem, dentre vocês, é *meu* semelhante? Minha Linhagem é ancestral e meus feitos são ensinados em salas de aula. Salvei uma *svetocha*, o que é mais do que qualquer um de vocês tem feito nos últimos sessenta anos. Tenho me mantido um passo adiante dos *nosferatus* e daqueles que foram enviados para me matar: os Kourois. Estou aqui porque *escolho* estar, porque Milady solicitou. – Inclinou a cabeça muito de leve para mim, e eu me perguntei como ele deixava tão nítido sobre quem ele estava falando. Claro que eu era a única garota do recinto. Só que eu estava olhando em volta, procurando Anna. Ela tinha de estar em algum lugar por aqui.

– Nenhum Kouroi foi enviado para... – começou Alton.

– Foram. – Debaixo de sua palidez, Kir ficou verde. – Eu assinei as ordens. A pedido da Líder.

Ninguém se mexeu; ninguém ao menos piscou. As presas de Bruce deslizaram para fora sob seu lábio inferior. Ele parou, rígido, e eu tive um pressentimento muito ruim quanto àquilo tudo. Enjoo e terror reviraram em conjunto, agitados bem no meio do meu estômago.

Christophe parou, bem ereto e elegante, seus coturnos estavam colocados com exatidão militar de encontro ao piso de pedra.

– Colocar uns contra os outros. Dividir e conquistar. Pelo menos ela aprendeu bem.

– Uma ordem de extermínio a outro Kouroi? – Hiro balançou a cabeça. – Isso é contra a Lei.

– Milady... – Kir encolheu dentro de si mesmo. – A Líder disse que era uma questão de necessidade. Ela... ela me mostrou uma transcrição. De um telefonema feito para trair a posição de Elizabeth Lefevre. Ela morreu onze anos atrás, e a transcrição era a prova de que Reynard a tinha traído perante o *nosferatu*.

A mão de Leon desceu sobre o meu ombro. Ele me puxou para trás no banco.

– Mas... – comecei. *Lefevre?* Devia ser o nome de solteira dela. Engraçado, nunca pensei nisso antes. Era como se a vida da minha mãe só tivesse começado com o meu pai e comigo.

– Quieta – cochichou no meu ouvido. – *Por favor*, Dru!

Recuei.

– *Mentira!* – Alguém berrou na multidão. – *Mentira*, e eu posso provar!

Espera um segundo. Eu *conhecia* aquela voz, e se o Leon não estivesse me segurando, eu teria pulado para fora daquele banco como um foguete.

Bruce não parecia surpreso, mas assim mesmo ergueu a cabeça e arregalou os olhos na direção de onde a voz havia vindo.

– Aproxime-se. – Foi tudo o que ele disse.

– Ai, Jesus. – Kir lamentava. – O que eu fiz?

– Ela prometeu a você o *Princeps,* não foi? – As mãos de Christophe se fecharam. – Pergunto-me quem teria assinado as ordens. Você também assinou a diretriz para enviar equipes de lobisomens atrás de mim, em Dakota?

Kir chegou mesmo a tropeçar para trás e desabar em sua cadeira.

– Assinei. Juro por Deus, Reynard, ela me contou que precisávamos proteger a...

– E quanto a Dru? – Christophe não tinha pena. – Você assinou as diretrizes para mantê-la na Schola, desprotegida e vulnerável? Assinou?

– Não. – Marcus se ergueu desafiador. – *Eu* que assinei. A Líder me disse que eram para um Kouroi novo e encrenqueiro, não para uma *svetocha*. E quando eu voltei mais tarde para verificá-las, depois que Milady Dru nos contou sua história, descobri que haviam desaparecido.

Ah. Bom, respondeu essa pergunta. Não que eu estivesse surpresa, mas estava feliz por saber. Bom.

Agora, se eu pudesse só evitar que meu estômago descarregasse tudo no chão, ficaria beleza.

A multidão se abriu. Soltei um gritinho sem ar. Era um *djamphir* conhecido meu, ele tinha cabelos loiros e seus olhos estavam em chamas. Estava cheio de crostas de sangue seco. Seu uniforme padrão, formado por regata branca, camisa de flanela vermelha e jeans, estava esfarrapado e rasgado. Havia feridas atravessando seu rosto familiar de um dos lados, e ele segurava – vejam só – uma pasta flexível de arquivo vermelha.

– Eu posso provar! – gritou outra vez. E ele se mantinha ereto como um bastão, com o mesmo coldre de ombro debaixo do braço e a conhecida empunhadura da arma começando a aparecer à medida que ele se deslocava.

– Augie – era quase um sussurro. Minha boca não estava funcionando. *Ai, meu Deus, é ele. É mesmo ele.*

– Eu próprio quase não escapei do Sergej. – O nome fez todos se encolherem e meteu um prego de vidro em minha cabeça. Por fim me livrei da mão do Leon com um chacoalhão e fiquei em pé. – Está tudo aqui. A transcrição original e uma gravação. Trairagem de uma baixeza tão inenarrável que vai ferir o coração de qualquer um que a ouvir. Cópias de diretrizes, com assinaturas de cada membro do Conselho, posteriormente alteradas. – August engasgou, e Christophe se afastou, habilmente se concentrando em cada olho sobre ele. Eu vi isso acontecer, mesmo sem acreditar. O alívio era...

Indescritível. Era a única palavra adequada. August jamais havia utilizado o *disfarce* naquele mês que fiquei no apartamento dele, no Brooklyn. Saía quase toda noite para caçar e às vezes voltava todo detonado. Eu fazia o jantar para ele. Ajudava a aplicar as ataduras, e não fiquei pensando muito na rapidez com a qual ele sarava. Vale tudo no Mundo Real. Eu não tinha nenhuma capacidade curativa; isso era coisa da minha avó.

Ainda assim, avistá-lo, ainda que todo detonado e sujo de sangue, era como se fosse Natal.

– *August!* – berrei e escorreguei os braços para fora do meu casaco enquanto Leon agarrava a parte de trás dele. Num segundo já havia ultrapassado as grades de madeira, e me joguei sobre ele. – *August!*

– E aí, Dru? – meio-Bronx, meio-Brooklyn, Augie total. – Nunca pensei que lhe veria outra vez.

Passei pelo Christophe empurrando-o e atirei meus braços em volta do August. Abracei *forte*. O cheiro dele era horroroso, mas peguei o aroma conhecido de fumaça de cigarro. O August conseguia fazer pular uma labareda fina e amarela de seu dedo indicador.

Era ele de verdade e estava aqui, e era um pedaço da vida que eu achava que tinha ido embora para sempre. Esqueci todo o resto, até a confusão que era o sumiço do Graves e Anna espreitando em algum lugar, no jorro daquele alívio em ebulição.

Lágrimas quentes deslizaram pelo meu rosto. Eu ficava só repetindo o nome dele. Ele se retraiu e eu afrouxei um pouquinho aquele abraço.

– Dru – disse Christophe, tentando me afastar.

Mas eu tinha grudado no Augie. Não ia largar. Ele me envolveu com um braço.

– Calma aí, *księżniczko*. Não vai quebrar minha costela, hein?

– Augie! – O enjoo foi embora. Abracei-o com mais força ainda, esquecendo, de novo, que ele estava ferido. E o cheiro do sangue seco nele não fez o *disfarce* surgir. Eu estava muito, muito feliz. – Jesus! Augie!

– Um ou outro! – disse ele. – Agora se aquiete, Dru. Tenho trabalho para fazer.

Fiquei calada. Mas continuei abraçada nele.

– Cheguei aqui em tempo. – Levantou o arquivo grande e vermelho com a mão livre. Estava borrifado de sangue, tanto preto quanto vermelho em crostas e secando. – Tá aqui. Christophe?

– Não duvidei de você, Augustine. – Christophe pegou em suas mãos, abriu o arquivo cheio de dobras e puxou, para surpresa geral, um minigravador. Os papéis de dentro produziram um som sussurrado, conforme ele fechava o arquivo com sua fita elástica; então, atirou-o. Um arremesso displicente e exato, que criou um arco perfeito até pousar aos pés de Bruce.

– Solicito que o Conselho examine, e ouça, a evidência – Christophe disse e manteve o gravador erguido.

Apertou o botão “play”. Era um modelo antigão, e a chiadeira da fita magnética preencheu o silêncio fraco de expectativa. Eu poderia me preocupar com a impossibilidade de alguém ouvir nesse espaço cavernoso, mas os *djamphirs* estavam todos absolutamente calados.

Eu havia lido a transcrição quando o Dylan a revelou para mim. Mesmo assim, não estava preparada para o choque. A primeira voz era fria, de homem, com um tom engraçado e com dificuldade de articular o "s", porque as presas dificultavam a pronúncia. Era a voz gélida de um chupa-sangue gélida, arranhando com ódio.

– *Você está com ela aí?*

A outra voz... Meu Deus.

– *A informação está bem guardada.*

O chupa-sangue parecia estar perdendo a paciência.

– *Isso não é problema nosso. Onde ela está? Estamos preparados para pagar pela informação.*

– *Guarde o seu dinheiro* – disse Anna. – *Só quero aquela vadia morta.*

O chupa-sangue gargalhou, um som horroroso, macio como seda e decadente.

– *Eu posso providenciar isso.*

Kir deixou escapar um gemido muito agudo. Ninguém prestou atenção.

– *Como podemos ter certeza?* – O chupa-sangue continuou. – Ele *vai precisar de alguma garantia.*

Anna fez um som curto, displicente. Até dava para vê-la agitando a mão, como se aquilo não fosse grande coisa.

– *Ah, isso é fácil. Vou tomar conta disso. Um sinal combinado, no exato local. Você cuida* dela *e eu...*

Então a fita foi tomada pela estática. Minha boca estava seca feito um deserto.

– *Ephialtes* – sibilava o chupa-sangue. Debaixo da minha camiseta, eu estava suando frio. E doía enquanto eu me segurava no Augie. Ele estava com seu braço em volta de mim. Mas Christophe tinha se virado, e estava me olhando diretamente.

Você está vendo? Seus olhos frios me perguntavam. Agora você está vendo, Dru?

E eu estava. Só não *entendia*. Como é que se podia vender alguém aos vampiros? E se Anna estava com a Ordem, devia saber o que os chupa-sangues podiam fazer. Como atacavam ferozmente os *djamphirs*. Sem parar até que o corpo fosse reduzido a farrapos de carne e lascas de ossos.

E eu a ouvi outra vez, do cofre na minha memória, onde se ocultavam as coisas realmente ruins. Coisas nas quais eu nem queria voltar a pensar, coisas que o *toque* me mostrava e eu não queria enxergar.

Não deixe os nosferatus *te morderem. Um sinal combinado, no exato local.* Significava a nossa casa. A casa da minha mãe. A casa onde eu estava dormindo no andar de cima até que ela me acordou. A casa amarela com o carvalho na frente, com seus galhos retorcidos e enegrecidos pelo que quer que o Sergej tenha feito ao cadáver da minha mãe.

Como é que Anna poderia ter traído outra *svetocha*, mesmo uma que ela odiasse? Como é que alguém poderia fazer isso?

– *Guarde seu comentário com você e transmita a mensagem* – disse Anna, com calma. E o som de um telefone sendo depositado no gancho estalou, pouco antes de Christophe apertar o botão "stop". Ainda me encarava, e eu tive a sensação de que ele estava tentando me contar alguma coisa.

Eu não sabia o quê. Nem ao menos conseguia adivinhar. Mas era como se ele tivesse me atirado uma linha, e o cordão fino que se esticava entre a gente despejasse um fluxo de calor para dentro de mim. Aquilo correu para o meu rosto, eu fechei os olhos e me inclinei no Augie. Ele oscilou um pouco.

– Vocês deviam buscar seu traidor em outro lugar, Kourois. Não em mim. – O salto do coturno de Christophe raspou o piso conforme ele se virou.

Um zum-zum-zum atravessou correndo a multidão. Desejei poder abrir o chão e rastejar para dentro dele. Sentia-me totalmente enjoada. Tinha sido Anna. Anna tinha feito aquilo, entregado minha mãe para os vampiros.

Não deixe os nosferatus *te morderem.*

Por quê?

Eu, porém, sabia o porquê. A forma horrível debaixo do lençol na minha cabeça beliscou.

Onde ele está... se você o está escondendo aqui...

– Dru – Christophe estava bem perto agora. – Você tem algo para nos contar. Algo de que se lembre.

Sacudi a cabeça. *Não. Meu Deus, não.* Não queria me lembrar de nada daquela noite. Não queria me lembrar do que tinha acontecido depois que eu fui para a cama. Não queria me lembrar da visita de Anna nem da minha mãe me escondendo antes de sair para a luta.

A única coisa de que eu queria me lembrar era do rosto do meu pai quando ele abriu o esconderijo no *closet* e me apanhou. Disse-me que eu estava segura e me tirou de lá e me levou até o carro, e demorou dias até chegar à casa da minha avó.

Não havia mais nada de que eu quisesse me lembrar. *Nada.* Nem mesmo do rosto da minha mãe, ou do perfume dela, ou – mas o Christophe não teve dó.

– Eis o porquê de Anna ter ido vê-la na Schola. – Paciente e tranquilo, como um professor com um aluno lerdo. – Você esteve tão perto, Dru. Tão perto de recordar. Mas não se recordou, não ainda. Foi há muito tempo, e você era muito nova.

Eu lembrava sim; só não ia contar a ele.

– Cala a boca – sussurrei.

– Isso não é necessário – disse Bruce. – A evidência...

– É necessário, *sim*. – As palavras de Christophe recortaram as dele, como se ele estivesse no comando. Até onde eu sabia, talvez estivesse. Com certeza, parecia que ele era daqui. – Vocês não irão acreditar. Talvez até escondam a evidência ou mintam sobre ela. Mas a palavra de uma *svetocha*... quem pode ficar contra isso? – As palavras eram perversas, como balas ásperas de fúria. Elas raspavam a parte interna do meu crânio, igual a aversão aos *nosferatus*.

Será que o Christophe tinha alguma ideia de como ele estava parecendo? Estava se parecendo com o pai dele.

Eu não queria participar de nada daquilo. Só queria que me deixassem em paz, para que eu pudesse descobrir como fugir desse lugar.

– Cala a boca – sussurrei de novo. – Cala a boca.

– Você já disse o que tinha de dizer, Chris. – O braço de Augie em volta de mim me apertou.

Christophe se afastou, a fúria ao redor dele cheirava a fita isolante queimada, vidros quebrados, dor, e fumaça com as cores da raiva. Os saltos de seus coturnos marcaram de preto o piso de mármore.

– Não acho. Quantos anos se passaram desde que a Ordem foi capaz de salvar uma *svetocha*? Sem dúvida nós as encontramos. Encontramos antes que desabrochassem. Mas os *nosferatus* as tiram de nós, às vezes poucas horas, *meia hora* antes de nós. Por quê? Por que isso?

Kir gemeu outra vez. – Deus do Céu. Eu não sabia. *Eu não sabia*.

Imaginei se ele estava tentando convencê-los ou a si próprio.

– Cale-se, Kir – disse Hiro, com calma. –, ou eu mesmo o matarei.

Ele também parecia falar sério.

Som de papéis sendo embaralhados.

– São legítimos. – Alton parecia se sentir tão enjoado quanto eu. Outra vez, August oscilou.

Abri meus olhos e tentei firmá-lo. Debaixo dos ferimentos, do sangue e da sujeira, ele tinha uma cor cinza. Não era bom.

– Augie? – Minha voz soava tão pequena quanto eu me sentia. – Você está bem?

– Uma maravilha. – Seu lábio partido tremia, enquanto ele tentava me dar um sorriso. – Foi uma semana complicada, Dru. Até parece que fui caçado por todos os *nosferatus* do planeta, já que acabaram com o meu quarto. Foi uma verdadeira façanha conseguir mudar de lugar e arrumar as informações que o Dylan...

– O Dylan? – fiquei sem ar. – Ele está vivo?

– Espero que sim. – A expressão sofrida de August disse tudo o que eu precisava saber. – Ele mandou isso antes de destruírem a outra Schola, Dru. Acreditei que ele podia confiar em mim, acho eu.

– Claro que são legítimos – rosnou Christophe. – Pergunto outra vez, *por que* vocês têm sido incapazes de salvar outra *svetocha*?

– Po-po-por quê? – Marcus tropeçou e desabou no *próprio* assento, que rangeu um pouco. – Ah, meu Deus, *por quê*?

Os *djamphirs* reunidos cochicharam entre si. Tive um pressentimento muito ruim sobre aquilo.

– Porque – Christophe disse enfim, como se estivesse dando uma resposta em sala de aula – a Rainha Vermelha pensa que só precisamos de uma *svetocha*.

Alguém gargalhou. Uma risadinha nervosa, aguda e feminina, repicando e ecoando por todas as pedras e vidros. Cada cabeça se inclinou para trás, e lá, bem acima de todos, numa das grades de pedra esculpida que rodeava a parte inferior da cúpula, estava Anna.

– *Por quê*? – berrou ela. – Vocês querem saber *por quê*? Perguntem a Reynard! Perguntem-lhe o que sabe! *Ele me fez fazer isso!*

O balanço dos ecos me deixou ainda mais enjoada. August e eu estávamos passando por dificuldades para nos mantermos em pé. Ou ele oscilava feito um bêbado, ou era eu, ou o mundo estava se inclinando sob os nossos pés feito um carrossel.

– *Nada disso* teria acontecido sem ele! – gritou Anna. Mesmo bem longe, lá no alto, o ódio que contorcia sua face era visível. Seu cabelo era uma massa de cachos selvagens, de um escuro avermelhado, e ela vestia seda, também vermelha. Mais um daqueles vestidos fora de moda que esvoaçavam enquanto ela se pendurava nas grades. – Ela o *roubou* de mim! Ele era *meu* e ela o *roubou!*

Christophe respirou bem fundo.

– *Eu nunca te amei!* – gritou, e a força do grito me embalou, e voltei a me equilibrar. O *disfarce* queimava através dele, seus cabelos voltaram a ficar lustrosos e ele parecia nervoso o suficiente para tentar pular até a cúpula. Eu também apostava que ele faria isso. Naquele exato momento, eu não ousaria fazer nada contra ele.

Uma gargalhada medonha e sombria queimava e borbulhava dentro de mim. A empunhadura da arma de August estava entre a gente, e não seria muito difícil livrá-la do coldre com um tranco. Eu tinha de fazer pontaria, e sabia agora o quanto ela era veloz. A palma da minha mão estava coçando por causa da arma, e meus dedos recurvaram.

– Amaria, se não fosse aquela *vadia!* – O rosto de Anna se contorceu outra vez. – *Você me amaria!*

Será que ela estava chorando? Difícil dizer. Meu enjoo chegou ao ponto máximo, o som de asas enchia meus ouvidos, até engasguei.

Anna fez um movimento rápido. O rifle de assalto se ajustou contra o ombro dela, e Christophe soltou outro grito.

– *DRU!* – berrou, rodopiando e ficando tenso, prestes a pular sobre mim. Anna gritou outra vez, um grito de repugnância e frustração, sem palavras, e puxou o gatilho.

Ecos estilhaçaram o ar dentro da cúpula. Os *djamphirs* partiram para a ação e uma martelada estourou no meu ombro esquerdo. Perdi o equilíbrio.

Os joelhos do August vergaram. Ele caiu e tentei detê-lo. Ele, porém, era pesado e eu não consegui agarrá-lo direito porque, do nada, meu braço esquerdo parou de me obedecer. Meus joelhos bateram com força e eu soltei um ganido de surpresa, tentando evitar que a cabeça dele batesse no piso de pedra. Por fim, metade dele caiu no meu colo e seus olhos estremeceram, embora fechados. Ele disse algo bem baixinho que não consegui ouvir por causa da barulheira. Lascas de pedra voavam à medida que as balas se metiam no chão.

Outra coisa me atingiu pelo lado e eu acabei esparramada no chão. A dor veio feito um *tsunami* enorme, meu ombro raspava e gritava. Havia mãos sobre mim, e uma onda familiar de torta de maçã emanava, abafada com uma umidade revestida de cobre.

Doía. Doía pra caramba. O ponto no fundo da minha garganta em que vivia o apetite por sangue se fechou com tudo, afastando o *disfarce* de mim.

O *quê?* Eu me debatia, presa entre o August e o Christophe.

Augie estava deitado no chão com a cabeça inclinada para trás e o pescoço se movendo como se ele tentasse se mexer. Christophe se agachou por cima de mim, seus braços eram feito tiras de aço.

– *Não!* – gritou, quase no meu ouvido. Uma fileira comprida de sílabas que soavam grosseiras, e que eu achei que fossem xingamentos em outra língua, me engolia antes que a dor me atingisse de novo, então, o mundo ficou num tom cinza engraçado, a cor dele se esvaía.

Gente falando em voz alta. Gritos estridentes. Tiroteio. *Esconda-se. Procure abrigo.* Tentei me mexer, só consegui me sacudir um pouquinho. Christophe ainda estava agachado por cima de mim, falando com raiva, e percebi que ele estava me protegendo. Mais lascas de pedra voaram, e o tiroteio aos poucos foi aumentando. O corpo de Christophe deu um solavanco e ele sibilou.

De repente, de um tranco, August voltou a se mover. Rolou de lado, e minha cabeça estava inclinada bem no jeito para ver o *disfarce* borbulhando por ele. Faixas brancas deslizaram por seus cabelos sujos, suas presas surgiram e seus olhos, do nada, estavam em chamas, nitidamente amarelos, em vez de escuros. Dava para ver aquilo através da névoa que descia por cima de mim, apesar de o restante do mundo estar perdendo a cor aos poucos, virando um desenho esboçado com carvão.

Ele se curvou como um tatu-bola, em seguida estava se ajoelhando, puxando a arma do coldre de ombro e apontando para o alto enquanto preparava a pontaria. Soltou o ar, apertou o gatilho e a arma disparou e o som se perdeu dentro da cacofonia.

Tudo parou. A cortina cinza desceu e escutei um baque.

Tum. Tum.

Asas emplumadas batiam frenéticas. Acariciavam-me por completo, beijinhos de penas, a não ser pela esfera de agonia logo acima do meu ombro esquerdo. Não sentia os dedos das mãos nem dos pés, e quando tentei me erguer, para correr desordenada atrás de um lugar para me proteger (porque alguém estava atirando, dãããããã!), eu *não conseguia*. Um ovo quente de agonia quebrou outra vez dentro do meu peito, e eu chorava.

Tum... Tum...

Um instante demorado e silencioso, os tiros morreram aos poucos. Será que tinha terminado? Tentei mover-me outra vez e chorei sem fazer som. *Doía* só de tentar.

Então percebi que o baque nos meus ouvidos era o bater do meu coração. Cada batida era o carinho das asas emplumadas, e eu ouvia ao pio suave da coruja: *Uhu! Uhu!*

A dormência rastejava até minhas mãos. *O que aconteceu agora? O que foi aquilo?*

Eu ainda estava tentando descobrir quando o mundo embranqueceu. Um som como o lamento de mil alto-falantes encheu minha cabeça. Minha pulsação vacilava, os espaços entre um baque e outro cresciam, cada vez mais amplos, até que meu coração sobrecarregado...

... parou.

31

– Afastem-se! – berrou alguém, e um brilho intenso e branco parecia me atravessar. Alguém ainda estava xingando. Era uma confusão de vozes. – Tirem-no daqui!

– Dru? Dru, aguenta. Aguenta.

– Ela ainda está sangrando. Por que não cicatriza?

– Esgotamento, e ela não desabrochou por completo. A pressão sanguínea dela está caindo. Cadê aquela outra atadura? Elas sempre somem.

– Estilhaços de munição. Odeio isso.

– Vamos torcer para que nenhum deles tenha se alojado no coração dela. O pericárdio parece intacto, mas ela está desmaiando. Não dá para injetar sangue depressa o bastante...

– Faça uma transfusão com o meu. – A voz do Christophe era fria e calma.

– Não podemos. Isso pode matá-la. Não identificamos ainda seu tipo sanguíneo – outra voz que reconheci. O sotaque britânico do Bruce.

– Então saia. – Christophe parecia furioso. Engraçado como ele ficou tranquilo e gélido, meio que igual ao meu pai. Só que magoa quando o Christophe fala assim. A voz do meu pai furioso nunca me magoou porque quando ele a usava, eu sabia que não estava bravo comigo. Ele nunca ficou.

– O que você está...

– Você não pode...

– Eu disse saia. Eu não vou perdê-la.

– Ela nem desabrochou ainda! – Bruce parecia morto de cansaço. Tentei abrir os olhos, não consegui, e ouvi um gemido. Alguém estava tendo um dia ruim.

A voz da minha avó, calma e decisiva, ecoava pelo meu crânio repleto de algodão. Dru, querida, esse alguém é você.

Um estampido silencioso, e eu vi o quarto num clarão de relâmpago.

Era outra área da enfermaria com paredes de pedra. Uma luz de prata, difusa e bizarra se espalhava feito neve, pousando sobre cada superfície. Fiquei lá, quieta, e escutei os bips *e os* bumps *das máquinas. Uma pequena forma repousava sobre o leito, os* djamphirs *se ajuntavam ao redor. Bruce encarava Christophe, o Garoto Árabe era um pouquinho mais alto, mas o Christophe parecia maior por causa da ira vibrante que emanava dele em todas as direções.*

Ouvi o som de metal.

– Solução salina! – Alguém falou de repente. – Lava isso direito, caramba! Vamos fechar isso; ela ainda *está perdendo sangue!*

– Pressão sanguínea ainda caindo. Leve isso lá para fora, Kouroi, estamos tentando salvá-la.

– Eu sei o que irá salvá-la. – Christophe deu meia-volta e empurrou a figura vestida de branco sobre a mesa. A vibração dos baques que atravessavam meu corpo fez uma pausa.

Bruce agarrou o braço dele e alguém berrou.

– O coração está parando de novo! Afastem-se!

Um brilho intenso cobriu minha visão, mas não antes de eu ter visto a cabeça da figura sobre a mesa, o rosto voltado para o lado e com um tubo de plástico no nariz. O cabelo escuro e cacheado emaranhava-se selvagem contra a mesa de cirurgia, e eu vi meus olhos tremularem, como se eu estivesse sonhando. Minha pele era branca como cal e Bruce estava no chão.

– Toque em mim novamente – disse Christophe, com calma – e será seu último ato em vida. – Empurrou para o lado dois djamphirs *de cabelos escuros, desengonçados, em casacos brancos, que estavam operando as máquinas, e eu vi uma bagunça imensa e esfolada onde deveria estar meu ombro esquerdo. O sangue estava quase preto. Eu*

não via muito bem a cor. Pedaços de ossos brancos brilhavam e cintilavam, enquanto isso, outra dupla de Kourois, com jeito de adolescente em meio à confusão, examinava, usando instrumentos cirúrgicos brilhantes, e largava fragmentos de alguma coisa em um tacho de metal. Outro djamphir *de cabelos cacheados ficava de prontidão com desfibriladores, e pude ver a eletricidade vibrando neles como gotas de água espatifando num* grill *quente.*

Tô mal, *pensei. Não parecia ter nenhuma importância especial. Só ficava parada e observava enquanto Bruce enxugava a boca com as costas de sua mão.*

– Não faça isso, Reynard. Não podemos nos permitir perder...

– Eu não vou perdê-la. SAIAM! – O grito sacudiu as paredes. Mesmo assim, ninguém se mexeu.

Christophe ergueu o punho até a boca. Mordeu com força, o disfarce *tremeluzindo sobre ele. Havia um clarão vermelho lá embaixo, perto de seus pés, contrastando com o filme em preto e branco em que o mundo tinha se transformado; era a raposa que eu havia visto antes. Estava inchada, mostrando seus dentes e se curvando, pronta para saltar.*

Ele baixou seu pulso.

– Isso em geral é particular, mas já que vocês insistem. – Alguma coisa escura gotejou de sua mão; agora, ele também estava sangrando.

Comprimiu a ferida em seu pulso na boca do corpo sobre a mesa.

– Você pode me ouvir – sussurrou, curvando-se para baixo. – Você está aí, skowroneczko moja. *Você está lutando. Lute só um pouquinho mais. Tire o que for preciso.*

Ai, que nojo. *Um tremor percorreu meu corpo, que contraía. Lembrei como era aquilo, aquela noite na floresta, fogo e fumaça e as presas do Christophe no meu punho. Aquela sensação horrível de repuxar, empurrar, rasgar, estraçalhar, como se pedaços de mim mesma – algo que eu chamaria de minha alma – fossem arrancados de mim. Eu não conseguiria fazer isso com outra pessoa.*

Mas o corpo sobre a mesa se mexeu muito fraco. Reflexos mais claros deslizavam e desciam pelos cachos emaranhados, e eu vi as presas na minha própria boca crescerem com um crepitar imperceptível. As máquinas estavam endoidando.

– *Ela vai ter um ataque – um dos* djamphirs *disse, sem fôlego.*

Meu corpo estava em convulsões.

Não faz isso. *Foi uma briga para eu abrir a boca, dizer alguma coisa.* Não. Não faz isso com outra pessoa.

Nessa situação, sugar o sangue de alguém me tornava uma das coisas que meu pai teria caçado. Não é isso? Principalmente quando eu conhecia a sensação, quando eu já sabia o quanto doía ter algo invisível dentro de você sendo jogado para fora um milímetro de cada vez.

O corpo no leito dava trancos. As presas entraram no pulso ensanguentado de Christophe, enquanto eu lutava para gritar, para me mexer, para me impedir. Só que o corpo não ouvia, ele engolia demorada e interminavelmente cada gole.

Christophe tinha ganho uma cor desesperadora, uma pele pálida acinzentada e doente. O djamphir *de cabelos cacheados xingava. Bruce se ergueu do piso, batendo de leve na boca com as costas da mão. Um fio fino de sangue desceu marcando seu queixo; era preto naquela luz bizarra e difusa, e eu vi uma irradiação perto de seu ombro direito. Uma forma de pássaro pairava bem no limite do visível, mas eu estava mais preocupada com o corpo no leito e com o que ele estava fazendo ao Christophe.*

Outra golada longa. Christophe ia perdendo a firmeza, segurando-se na mesa de cirurgia com a mão livre. A raposa se enroscava ao redor de seus tornozelos, sua cauda perdendo a cor.

Para com isso! *Queria gritar, mas não conseguia. Só estava observando. Não havia nada que eu pudesse fazer, caramba. Nem ao menos* me mexer.

TUM... TUM... TUM. *As batidas me assustavam. Se eu não estivesse pregada ali, naquele lugar, teria pulado feito um gato que encontrou uma cobra. O bater das asas emplumadas voltou, acariciando de cima a baixo o meu corpo – ou meu não corpo, porque meu corpo verdadeiro estava deitado no leito.*

A desordem no meu ombro esquerdo estava se recompondo sozinha.

Uma cor fraca ia tingindo os tecidos, como as cores daquelas fotografias antigas. Um desabrochar rosado se espalhou a partir do machucado que sarava depressa, as lascas de ossos se uniam e recuavam devagar e cuidadosamente, com um sussurro, e com os músculos deslizando por cima; cacos de metal se esvaíam em um trecho de líquido claro, antes que a pele se acomodasse em torno dele. Num instante, o machucado jorrava um vermelho profundo e raivoso. Em seguida, meu ombro fez um movimento de convulsão, e ouvi o baque. A junta do osso voltou ao lugar, e o som era uma onda de choque que me atravessou por completo.

O topo da minha não cabeça começou a formigar. Os joelhos de Christophe curvaram, mas ele se manteve ereto.

– Pegue o que for preciso – sussurrou para o rosto insensível sobre a mesa, seus cabelos se contorciam e ondulavam iguaizinhos aos de um vampiro. – Pegue tudo, se for necessário. Quero que viva, passarinha. Viva.

As pancadas ficaram mais próximas, batidas que borravam como as asas de um beija-flor. O formigamento se intensificou à medida que a cor atravessava o restante do meu corpo. Os trapos da minha camiseta tinham manchas espirradas de sangue secando, e um de meus seios escapuliu por um momento através de uma fenda no tecido. Uma sensação de vergonha muito fraca e distante me queimou de leve. Minha pele começou a corar, estava muito feia no meio daquele mundo em preto e branco.

Cada parte de mim que não estava repousada sobre a mesa tomava impulso para se libertar, batendo contra o peso colossal que fazia pressão contrária, mantendo-me imóvel.

O corpo na mesa pegava ar pelo nariz, fazendo um chiado leve por causa do sangue endurecido em crostas.

E começava a sorver outro gole demorado.

Christophe quase caiu sobre os aparelhos que apitavam, empurrando-os contra a parede. Buscou apoio e seu rosto se voltou para o teto.

Sua boca escancarou e seus olhos reviraram para trás até que só dava para ver o branco deles. Seu quadril deu um tranco para frente e ele quase caiu de novo, esmigalhando e estalando o estojo de plástico pesado da máquina que exibia os picos altos e difíceis da minha pulsação. A tela borrou com a estática assim que eu a olhei de relance, e voaram faíscas.

– NÃO! – Bruce urrou e saltou para frente. Agarrou Christophe, arrancando seu braço da boca voraz e dotada de presas, sobre a cama. Um tranco me atravessou, da cabeça aos pés, e por um instante vertiginoso eu estava de pé e deitada ao mesmo tempo, capturada em direções completamente distintas, feito um pedaço de plástico para embalar que alguém estivesse tentando desenroscar. Meus dentes bateram estalando, fazendo o som de uma bola de bilhar pesada, ecoando dentro do meu crânio e uma agonia violenta se rasgou através de mim.

Rosnados. Som de punho acertando a carne, um grito de dor que era meu, que surgia da minha garganta ardendo. O fundo do céu da minha boca, onde morava o apetite por sangue, estava pegando fogo, era quente e doce como o Jim Beam com o qual eu costumava temperar minha Coca às vezes, quando meu pai não estava em casa. Meu corpo era uma turbulência, a carne se contraía ao redor do núcleo daquilo que eu era, o "eu" que tinha acabado de se acostumar com a liberdade. Músculos gritaram, travaram e eu...

Caí, resvalando para fora da mesa de cirurgia e dando em minha cabeça um golpe atordoante. Pousei em algo muito macio para ser o chão, que se contorcia debaixo de mim, e meus dedos afundaram em um monte de cabelos, foi aí que alguém apareceu e me livrou dali rodando e chacoalhando. Tubos de plástico saíram do meu nariz num tranco, e as voltas que fazia escaparam das minhas orelhas.

Confusão. Gritaria. Barulheira. Gritei outra vez, espancando tudo, à medida que o apetite por sangue foi despertado. *Doía.* Doía em todo canto, como se tivessem me mergulhado em gasolina e ateado fogo, e eu queria mais daquela substância vermelha e doce. Conseguia sentir o gosto em meus lábios, gosto de fumaça e tempero, de uma vermelhidão quente, cheia do sabor dos lábios de um garoto de olhos frios como o inverno. Ele tinha o gosto do perigo e do selvagem, como uma brisa quente através da janela de um carro ao anoitecer no deserto, quando você está chegando aos dezoito anos e não vai chegar à cidade seguinte tão cedo. Canela, masculinidade e mansidão, e eu queria *mais*.

Christophe me agarrou. Estava pálido, as bochechas murchas. Seus olhos, porém, ardiam em chamas, e o *disfarce* nele era como um perfume saturado. Eu conseguia *senti-lo*, ondas de poder invisível envolviam minha pele.

Mais ninguém chegou perto de senti-lo.

Meu queixo deu um tranco para frente, rápido como uma serpente dando o bote, e meus dentes se comprimiram outra vez, um milímetro perto da garganta dele. A essa distância eu sentia o cheiro do sal em seu suor, e seu corpo meio que embaixo do meu estava irritantemente longínquo. Era frio e quente ao mesmo tempo, sensações ferozes lutavam pelo meu controle.

– *Dru!* – gritou, e eu paralisei.

Eu conhecia aquela voz. Era aquele tom de *cala boca e me passa essa munição* do meu pai. Querendo dizer que eu precisava parar e prestar atenção, e eu fiz isso. Minhas pálpebras estremeciam, como se eu estivesse olhando tudo por trás de uma persiana.

– Quanto? – Bruce intimava do outro lado do recinto. Estranho, mas ele parecia apavorado. – Reynard? *Quanto?*

Os tremores me deixaram feito um animal sacudindo algo entre os dentes. Mas o apetite por sangue retrocedeu, e um enjoo subiu com uma cãibra rápida e complicada.

– Três – respondeu Christophe. – Sorte sua que ela não precisou de mais.

– Maldito seja. – Bruce se moveu. Um farfalhar de roupas, e Christophe ficou tenso. Emiti um som estranho de lamento. Parecia que eu estava sendo despedaçada e arrumada de novo com as partes erradas, cada pedaço de mim doía.

Um calor repentino me acertou o estômago e foi espalhando uma névoa de satisfação quente. As dores suavizaram, e se eu não tivesse acabado de sangrar pelo lugar todo, achava que, quem sabe, pudesse me erguer.

Mas deixei os olhos fechados. Era um alívio ficar ali, só deitada, nos braços de Christophe, e eu sabia que ele estava lidando com a situação.

Uma vozinha dentro de mim tentava me dizer para eu me preocupar com alguma coisa, mas eu a fiz calar. Já tinha tudo com o que eu poderia ficar preocupada. Não havia mais espaço na minha caixa de preocupações.

– Sim, já sou. Vá embora. – A voz de Christophe era seca. Limpou a garganta. – Todos vocês. Deem um pouco de privacidade a ela. Se as trevas da aura a atingirem...

– Não vão. É uma *svetocha*. – Era um dos outros *djamphirs*, e ele parecia admirado. – Veja, ela está bem. Pressão sanguínea normal, pulsação um tanto elevada, mas boa... ela vai conseguir. Olhem o ombro dela.

Eu não queria olhar para o meu ombro. Contorci-me com mais força ainda em Christophe e pensei na minha camiseta rasgada. O calor tingiu meu rosto, um calor diferente do bem-estar que rodopiava por minha pele.

– Christophe... – sussurrei e me senti levemente envergonhada.

– Está tudo bem, *skowroneczko moja*. – Um leve toque; seus lábios foram de encontro ao meu cabelo embaraçado. – Está tudo bem.

Era o que eu queria ouvir. Continuei apertando os olhos fechados.

– Você corre riscos intoleráveis. – Bruce tinha de forçar a saída das palavras entre os dentes apertados. – Está me ouvindo, Reynard?

– Vá latir para outro, Allas. Eu fiz o que precisava.

Será que o Christophe estava mesmo contorcendo os lábios? Difícil dizer com minha cara enterrada no rosto dele. Ele inspirava profundamente.

– Estou aqui, e se os Kourois pararem de tentar me matar, serei o melhor aliado que você tem. Enquanto você a mantiver a salvo, claro.

– Anna será capturada. Pagará pelo que fez.

– O que você fará? Ela é uma *svetocha*, e sua Guarda é de uma fidelidade fanática. – Christophe se mexeu. Ele se levantou oscilando, tropeçou e se endireitou. – Você ajudou isso acontecer. Cada um de vocês no Conselho fez vistas grossas ou incentivou essa atitude ativamente. Ela é um monstro. Por Deus, os *nosferatus* vão encontrá-la e matá-la se ela não fizer um pacto com eles antes.

– Ela é mimada e manipuladora, mas não é um...

– Ela abriu fogo contra uma multidão de Kourois e outra *svetocha*, Bruce! – As máquinas emitiam sons de faísca, de estática, de lamentos. – Ela traiu uma de nossa própria espécie... *mais* de um... por Sergej! Quando você vai enxergar?

– Isso não trará Elizabeth de volta!

Silêncio. E com o silêncio, um rosnado crescia. Encolhi-me ainda mais no Christophe até que saquei que o som vinha dele. O medalhão da minha mãe estava quente e inativo de encontro ao meu peito.

Passadas, e a porta se fechou. A sensação de uma presença escoava para fora do recinto, e Christophe fez um movimento curto e furioso, me carregando com ele, se firmando nos pés e provocando um som desagradável de quem está fazendo força. Meu nariz bateu de leve na clavícula dele e uma das máquinas que acompanhava meu ritmo cardíaco soltou um guincho sufocado, parando seus *bips*, porém, continuou funcionando. Minha pulsação acelerou, alta, rápida e áspera. Parecia que eu era movida a combustível de jatos ou, quem sabe, excesso de cafeína.

Christophe envolveu seus braços em mim e pôs o rosto nos meus cabelos. A gente ficou daquele jeito, minhas pernas bambas aos poucos ganhavam força. Por várias vezes engoli, mas o apetite por sangue pinicava naquele ponto no fundo do céu da minha boca. Ele ainda cheirava a maçãs, canela e calor. Cada vez que eu inspirava, o aroma golpeava esse ponto sensível de um lado a outro, e um tremor estimulava esse apetite. A máquina que media minha pulsação enviava outra enxurrada de *bips*.

– O que aconteceu? – cochichei, enfim.

– Você deveria ter ficado com Leontus – cochichou de volta. – Os assentos teriam lhe dado cobertura.

Não sabia por que estava surpresa.

– Você *sabia* que ela ia fazer algo do tipo?

– Não. Achei que era uma probabilidade. Ela está se desmantelando.

É assim que você chama isso? Tentei, primeiro com gentileza, me afastar dele. Ele não me largava. Insisti por um tempinho, sem ânimo nenhum, Christophe enfim parecia se divertir.

– Você não consegue ficar em pé sozinha. Pare de me empurrar.

Então, ele me colocou na mesa de cirurgia. Que se mexia um pouco, como se não quisesse me aguentar, mas ele me segurou ali até que eu conseguisse me equilibrar. Apoiei minhas pernas que vacilavam de encontro ao piso, até me sentir estável.

Segurei a camiseta rasgada por cima do meu peito e pisquei. Eu estava todinha dura e dolorida, porém apesar do calor lá no fundo, a sensação de bem-estar se espalhava em ondas.

Não queria pensar no que havia no meu estômago e que fornecia essas ondulações.

– Aqui. – Christophe se mexeu de repente. Levei um segundo antes de me ligar que ele estava tirando o pulôver pela cabeça. – Está sujo, mas...

Então me ofereceu.

Eu não tinha certeza de onde vinha todo aquele sangue que eu usei para ficar corada, principalmente agora. Mas eu fiquei muito, muito vermelha, e comecei a gaguejar qualquer coisa.

Ele insistiu em colocar o pulôver nas minhas mãos e se virou, olhando para a parede do outro lado do recinto, como se ela detivesse os segredos da vida.

Nem era tanto o pulôver ou minha camisa que agora só prestava para fazer pano de chão. Nem a palidez da pele dele, riscada com sangue secando.

Eram aqueles três furos raivosos em forma de rugas em suas costas, curiosamente parecendo sem sangue à medida que fechavam, cicatrizando de forma lenta, mas visível. Buracos de bala se fechavam diante dos meus olhos.

E as cicatrizes.

Parecia que ele tinha rolado em vidro quebrado. A pele cicatrizada se espalhava para cima e para baixo nas costas, cordões brilhantes e pálidos iam de encontro e estragavam uma pele perfeita, chegando a se transformar em dedos de aparência perversa ao redor de suas costelas. Eles se mexiam conforme ele respirava, e fiquei ali, sentada, observando por uns instantes, enquanto meu coração batia e o sangue sussurrava nas minhas veias, e me dei conta de que ainda estava viva.

– Dru – por fim ele disse –, você já se vestiu?

– Ah. Eu, é hum. *Espera um pouco.* – Foram duas tentativas para tirar minha camiseta em trapos e meus braços tremeram quando puxei o pulôver por cima da cabeça. Tinha até o cheiro dele, e havia três furos nas costas. Mas a parte da frente estava boa, mesmo com o decote em V muito grande para mim. Embora ele parecesse um falso magro, vi os músculos se mexendo enquanto ele distribuía um pouco do peso nas pernas, depois enrijeceu como uma estátua de mármore quando ficou quieto, daquele jeitão dos *djamphirs* mais velhos.

Aqueles eram buracos de bala. Balas que ele havia detido enquanto estava agachado por cima de mim. Mas as outras cicatrizes... Jesus.

– De onde veio isso? – sussurrei.

Por uma fração de segundo apenas, seus ombros se curvaram, como se ele estivesse envergonhado.

– Você sabe que podemos ficar com cicatrizes – ele disse tranquilo, apenas para me comunicar. – Antes de atingirmos a adolescência, e depois, se o ferimento for severo o bastante ou se ameaçar nossa vida.

Não quis deixar claro que ele tinha fugido da pergunta. Mais uma vez. Meus dentes pinicavam, principalmente os caninos superiores.

São presas, Dru. Chame-as do que elas são.

– O que houve? – Parecia que eu não conseguia fazer minha voz funcionar como de costume. As marcas de presas já bastante cicatrizadas no meu pulso deram uma pontada, e eu as esfreguei contra o meu jeans ensopado de sangue. O recinto inteiro se achava inundado pelo odor de cobre, debochando do apetite por sangue.

Ele enrijeceu.

– Eu era desobediente. Já terminou?

Fiz que sim com a cabeça, percebi que ele não podia me ver.

– Já. Hum. Valeu. Christophe...

Ele me rodeou com os olhos brilhando. Tinha cruzado a distância entre nós com dois passos rápidos. Do nada, eu estava nariz com nariz com ele, tão perto que seu calor acariciava meu rosto como a luz do sol numa pele já queimada.

– Eu *falei* para você ficar lá. Ali havia uma proteção, e Leontus teria se certificado de que você estaria a salvo. – As palavras eram cruas, como se, ao sair, estivessem raspando sua garganta com lixa. – Eu poderia ter *perdido* você.

Minha boca estava seca. Disse a primeira coisa que me veio à cabeça, e foi um cochicho rouco e áspero igualzinho ao dele.

– Chris... Eu não sou *ela*.

Queria dizer: *Eu não sou a minha mãe.* Ele pareceu assustado só por um segundo, mas seus olhos não vacilaram. Olhava-me direto e sem piscar, e como eu pude alguma vez ter imaginado que eram frios? Porque agora estavam azuis iguais a um maçarico. Olhos assim conseguiam queimar qualquer lugar que encostassem, e meu coração disparou e se alojou na garganta.

– Não – concordou. – Não é. Ela nunca me causou tanto sofrimento.

O que eu podia dizer? O jeito que ele me olhava me fazia sentir algo esquisito na cabeça. Fazia-me sentir algo esquisito no corpo inteiro, e não só daquele jeitão *Ai meu Deus, eu quase acabei de morrer*.

Christophe se inclinou. Sua boca estava a meros centímetros da minha.

– Ela nunca me fez pensar que eu morreria de insuficiência cardíaca. Nunca, *nunca* me fez temer desse jeito por ela.

Dava para me escutar engolindo. Minha garganta estalou. Se eu me inclinasse para trás a fim de me afastar dele, simplesmente viraria por cima da mesa de cirurgia.

Só que eu não queria me afastar dele.

– Christophe... – Seu nome morreu em meus lábios. De repente eu fiquei todinha sensível, de um jeito agradável, todos os meus pelos arrepiados, e a meio caminho de esquecer que me achava coberta de suor e sangue seco.

Os lábios dele tocaram os meus. Quase encolhi, tal a intensidade do choque.

Então, um relâmpago me atingiu.

Tipo assim, já me deixaram entusiasmada algumas vezes, em geral garotos da cidade mais ou menos gatinhos, quando eu sabia que não ia ficar por ali por mais de uma ou duas semanas. Esse não era como aqueles beijos desajeitados de boca aberta feito lambida de cachorro, nas estantes das bibliotecas, ou uma meia hora roubada de chupão no pescoço na parte isolada que todo parquinho tem para jogos. Sua língua deslizava, e não era como se ele estivesse tentando preencher minha boca com ela. Era como se estivesse me convidando.

Não era como o Graves, o conforto e a segurança. Isto aqui era...

Tudo em mim formigava, não apenas os meus dentes. Esqueci das coisas comuns que passam pela cabeça da gente quando isso acontece – coisas do tipo *Ai, meu Deus, será que escovei meus dentes direito* ou *Queria que ele não respirasse assim* ou *Alguém pode aparecer*. Esqueci que, assustada, talvez fizesse isso errado.

Esqueci de tudo, tirando o calor e a luz correndo através de mim. Uma das presas dele roçou na minha, um chacoalhão passou queimando de leve por nós, e afundei no Christophe por um instante bem, bem, demorado, antes de me afastar para tomar fôlego e descobrir que, sim, havia um mundo exterior e era duro, frio e brilhante, e cheirava a sangue, metal e sofrimento.

Christophe beijou meu rosto. Sussurrou alguma coisa que não escutei direito. Cada centímetro de mim era acompanhado de eletricidade repleta de cores.

Nossa.

– Nunca – disse ele, suave, ao meu ouvido. Seu hálito tocava a minha pele, e eu tive o desejo súbito de me contorcer só porque eu *precisava* me mexer; minhas roupas estavam quentes e prendiam meus movimentos. – Você entende?

– Hã – foi minha resposta completamente profunda.

Ele se esticou, colocou as mãos em concha no meu rosto, e se inclinou para mim, batendo meus joelhos para os lados. Baixou os olhos para me ver, e não estava com aquela cara de lobo esfomeado que usava quando olhava para a minha mãe. Era outra coisa.

Só que eu não sabia o quê. Era só... outra coisa. Mais vulnerável. Como se ele tivesse medo que a qualquer segundo eu recuasse ou dissesse para ele não fazer isso, ou coisa assim.

Não aguentava vê-lo daquele jeito. Então, eu fechei os olhos e inclinei o queixo um pouquinho para cima, e ele me beijou de novo. Desta vez não foi a mesma coisa.

Não, desta vez foi melhor. E de novo eu esqueci de todo o resto, inclusive do Graves. Por uns segundos, eu era eu novamente.

E foi *maravilhoso*.

Daí o mundo real voltou, destruindo tudo. Eu fiquei dura e ele se afastou. Ainda segurava meu rosto com gentileza, sua pele quente de encontro à minha, e eu percebi que estava tocando as costelas dele, percorrendo as palmas das mãos para cima e para baixo, como se estivesse brincando com a tábua de lavar roupa da minha avó.

Puxei minhas mãos dali.

– Hã – disse outra vez. – Christophe.

– Dru. – Levemente divertido. Eu vivia esquecendo como os elementos do rosto dele trabalhavam bem juntos.

– Eu acho... – nem consegui dizer o que eu estava pensando. A não ser, *Nossa*. E mais, *Nossa,* e uma ajuda coadjuvante de um *hã*.

É. Constrangedor. E o Graves...

Graves tinha me largado para trás. Era isso. Tinha me abandonado, e o Christophe tinha voltado. Era assim que eram as coisas?

– Você tem razão – disse ele, como se eu tivesse falado algo profundo. – Ainda existem coisas a fazer. E devemos nos limpar. Nós dois.

Concordei com a cabeça. Mais uma vez ele se inclinou para frente, e eu fiquei um pouco decepcionada quando ele me beijou na bochecha com uma pressão recatada dos lábios e pronto.

– Agora você confia em mim? – perguntou, e eu só podia acenar com a cabeça. E ficar admirada por que, dentre tantas coisas, ele me perguntou *isso*.

32

Depois que você tem um caso complicado de infecção estomacal ou coisa assim, quando você botou para fora tudo que alguma vez *pensou* em comer, chega-se a um ponto em que você se sente, de verdade, muito bem. Em geral é depois que a gente encerra uma sessão demorada de vômitos, quando você se lava, enxuga a boca, quem sabe escova os dentes com animação pela décima vez e descobre que consegue andar, tremendo toda, feito um potro recém-nascido.

O mundo parece mais limpo e mais nítido, e a gente acha que pode ter vencido a infecção – mas a tremedeira nos braços e nas pernas avisa que estamos mentindo para nós mesmos.

Era assim que eu me sentia. Machucada e tremendo, mas bastante bem, pelo menos por um tempinho. Percebi que se pudesse chegar até uma cama antes de ficar esgotada, é porque estava mandando bem.

Antes, porém, tinha que ver o Augustine.

Ele estava em um quarto particular no claustro tranquilo que era a enfermaria, só que esse era diferente do outro onde o Ash tinha sido amarrado, ou mesmo daquele em que estavam tentando me proteger. O dele era em uma parede externa, uma cama e uma janela, e parecia uma suíte de hospital sofisticada. Era até feito em tons de pêssego e creme, e por um segundo fiquei tão zonza que tive medo de cair bem ali, naquele instante.

Ainda tinha *cheiro* de hospital. Tipo desinfetante, remédio, dor. E tristeza. O *toque* latejava dentro da minha cabeça, que doía como dente cariado.

O apartamento do Augie, no Brooklyn era bem arrumadinho e limpinho, levando em conta que ali morava um cara solteiro. Eu deixei impecável no mês que passei lá.

Ele e o meu pai trabalhavam para exterminar uma infestação de ratos demoníacos. E na época meu pai estava na fronteira com o Canadá fazendo alguma coisa, e eu passava um tempo com o August. Que nunca, agora eu percebo, me deixava sair muito longe da vista dele, mesmo no apartamento. Um mês em uma das maiores e mais iradas, cidades do mundo, e tudo o que eu conhecia era uma rua do Brooklyn.

Agora que sabia que o Augie era *djamphir*, eu me perguntava se ele podia me ensinar a acender o cigarro de alguém daquele jeito. Estava torcendo para ter uma oportunidade de perguntar para ele.

Ele e o meu pai discutiam o tempo todo sobre o Mundo Real, se as autoridades o conheciam e controlavam de propósito as informações referentes, ou se as pessoas *não queriam* saber e, assim, ignoravam. Agora, o sorriso tímido na cara do August durante todo aquele debate fazia sentido.

Outras coisas das quais me lembro também faziam sentido. Tipo a voz do August quando eu deitava na cama e tentava dormir, escutando meu pai e ele. *Aquela garota merece ficar com os da espécie dela.* E como ele voltava todo arrebentado algumas vezes, e cicatrizava tão depressa. Enquanto eu estive lá, quantas vezes ele tinha ido matar chupa-sangues?

Será que alguns dos chupa-sangues que ele tinha matado estavam atrás de mim? Será que chegaram a desconfiar que eu existia? Eu podia estar em perigo e nem saber.

Jesus.

August estava deitado no leito, enfaixado em ataduras brancas. Seus olhos negros estavam sonolentos, os cabelos loiros bagunçados, como se ele só tivesse passado uma noite difícil, tossindo o tempo todo. As feridas sumiam, mas ele tinha aquele olhar distante de alguém à base de tranquilizantes realmente bons. A mão direita repousava, curiosamente pálida e sem ataduras, na colcha cor de pêssego.

– Ele está sedado – disse Christophe, tranquilo. – O suficiente para que seu psicológico e seu corpo tenham espaço para se recompor. Impactos podem matar, mais do que ferimentos de verdade.

Consegui chegar até a lateral da cama, Christophe pairava bem atrás de mim.

– Augie? – Eu parecia ter uns cinco anos de idade.

Piscou. Seu ombro direito era uma massa imensa de curativos.

– Beleza, Dru. – O sotaque nova-iorquino estridente abreviava todas as vogais, como se elas fossem uma ofensa pessoal. – Bom ver você, fofinha.

Agarrei sua mão. Não consegui falar. Tudo o que eu queria dizer parou na minha garganta, emperrou e eu soltei um som que parecia um soluço.

– Ah, não faz isso. – Por um instante ele era o velho August, um sorriso torto dizia que ele estava rindo do mundo e com as sobrancelhas erguidas um pouquinho. Dava para ver quem ele era quando ria, através da cara inchada e da neblina dos sedativos. – O que eu tenho que fazer para você me conseguir uma garrafa de vodka, gatinha?

Um misto de soluço e risada pulou de dentro de mim. Estava tão aliviada que oscilei perto do leito.

– Não posso *comprar* vodka, Augie. Tenho *dezesseis anos*.

– Isso nunca lhe impediu. – Riu mostrando os dentes, mas os olhos estavam se agitando, mesmo fechados. Uma perna estava maior do que a outra sob as cobertas; vai ver, também era curativo. – Me faz um omelete, fofinha. Estou acabado. Foi uma longa noite.

– Claro. – Eu faria *cinquenta* omeletes para ele, meu Deus. – O que aconteceu com você, Augie?

– Assim que você me telefonou, comecei a pensar. – Os olhos fechados, de repente abriram do nada, conforme ele brigava para se manter acordado. – Então, ninguém sabia de você. Durante semanas não consegui lhe achar. Mas o Dylan me ligou, e foi quando as coisas ficaram interessantes.

– Ele será interrogado assim que estiver suficientemente bem, Dru – murmurou Christophe.

– Eu o conheci em Pomona. Ele tinha a transcrição, e me contou onde encontrar o resto. O lugar inteiro estava entupido de *nosferatus*. Fomos apanhados.

– Já basta – disse Christophe, inflexível. – Eu deveria levá-la até o leito, Augustine. Falaremos mais tarde.

– Sergej. – Augustine cochichou, e senti frio. Meus dentes ameaçaram bater, e uma fisgada de dor se alojou dentro do meu crânio. – Sergej estava com algumas das partes. Pegou nós dois. Dylan... a gente se separou. Pobre garoto.

Quase engasguei. Então Dylan tinha sobrevivido depois que queimaram a outra Schola. O alívio brigava contra a preocupação, lutavam por mim feito dois cachorros com um osso. Eu estava tremendo e suando e, de súbito, consciente de que não estava cheirando tão bem.

– Achei o outro negócio, mas eu estava sendo observado. Todo mundo que visitei tinha uma parte, mas eram atacados por um enxame de vampiros depois que eu ia embora. Os *nosferatus* não queriam que a gente soubesse, e a gente foi queimado. Cada um de nós, *bem* queimados.

Prendi a respiração. "Queimado" não é bom. É o que se diz quando um da nossa espécie trai a gente.

Quando você é entregue ao inimigo.

Não deixe os nosferatus *lhe morderem... Ah, isso é fácil. Vou tomar conta disso. Um sinal combinado, no exato local.*

Os tremores pioraram. Se o August não estivesse totalmente chapado, ele poderia ter percebido que eu estava tremendo. Ouvi asas emplumadas e senti um leve gosto de laranjas de cera.

Anna tinha ido até minha casa na esperança de trair minha mãe e procurar o Christophe. Ela se assegurou de que eu havia sido enviada para a outra Schola e ela mesma foi até lá para ver se eu me lembrava. Para ver se eu tinha contado a alguém sobre alguma coisa que eu não conseguia lembrar sem a ajuda do *toque*, algo que eu não fazia ideia de que recordava.

Ela entregou uma Schola inteira, cheia de garotos, ao Sergej.

Mas *por quê*? Eu ainda não estava perto de entender isso. Quando se sabe o que os *nosferatus* fizeram aos *djamphirs*, quando já se viu o que eles fazem com os corpos, como é que alguém *faz* uma coisa dessas? Essa era a parte que eu não entendia.

August disse alguma coisa incompreensível e cheia de consoantes. E, para o meu espanto, Christophe se inclinou para frente, por trás de mim. Soltou meus dedos suados e flácidos e ele mesmo apertou a mão do August. Também respondeu no mesmo idioma.

Os olhos do *djamphir* ferido se fecharam completamente. Ele suspirou e resmungou mais alguma coisa. Daí caiu no sono.

– Deus. – Minha voz não estava funcionando, mas eu ia sussurrar mesmo. A gente sempre quer fazer isso quando tem alguém num hospital. Sussurrar como um camundongo rastejando. Eu sussurrei para a minha avó quando ela estava morrendo deitada, se aguentando até onde podia por minha causa.

Não me abandone, eu implorei naquela mesma voz, porque minha garganta não estava funcionando direito. *Vó, eu te amo, por favor não me abandone.*

Só que ela não podia ficar. Eu estava sempre me apoiando nas pessoas, e elas estavam sempre partindo.

Não conseguia evitar isso. Toquei nos dedos flácidos do August outra vez.

– Não me abandona, Augie. – Sabia que ele não me ouvia, mas insisti. – Certo? Não vai.

– Ele vai ficar bom. – Christophe colocou seu braço por cima dos meus ombros. – Eu prometo que ele vai viver, *moj maly ptaszku.*

Quase abri o berreiro outra vez, bem ali. Coloquei meu braço em volta da cintura do Christophe à medida que eu endireitava. Inclinei-me na direção dele, e ele não se mexeu. Era como se apoiar numa estátua. Ele ficava completamente imóvel, aquela imobilidade apavorante de um *djamphir* mais velho. Nem sequer respirava.

Meus joelhos estavam bem frouxos.

– Está falando sério? – Tentei não parecer que estava implorando. Jesus, minha imagem de garota durona nunca mais voltaria depois disso tudo.

Naquele momento eu não tinha certeza se ligava para isso.

– Sim. – Christophe me puxou para longe da lateral do leito. – Ele já sobreviveu a coisas piores e está enfaixado e medicado. Agora só precisa descansar.

Fui embora hesitando, feliz por contar com ele. A parte do sentimento que era tranquila, mas insegura, estava indo embora, e eu estava começando a querer dormir, sem brincadeira. Minha cabeça parecia uma abóbora equilibrada no caule fino demais que era o meu pescoço, meus braços e minhas pernas ficavam dando umas chacoalhadinhas esquisitas, e uns pontinhos escuros dançavam ao redor das bordas do meu campo de visão.

– Christophe?

Ele me ajudou a sair pela porta, fechou-a com calma. Deu-me apoio e começou a atravessar a enfermaria, meus pés arrastavam de encontro ao piso de pedra.

– O quê?

Queria dizer para ele que eu também precisava ver o Ash. Queria dizer para ele que eu ia começar a procurar o Graves, já que agora a gente tinha tempo, né? Também queria pedir para ele sentar e explicar sobre Anna desde o começo. Queria, não, eu *precisava* saber como é que ela acabou daquele jeito.

O ponto quente no meio do meu estômago estava encolhendo de forma constante. A maioria das dores tinha parado, mas eu estava tão fraca quanto um gatinho recém-nascido. E também me *sentia* como uma cega. Ainda estava tentando perguntar tudo aquilo para ele, tal o meu desespero pelas respostas, quando ele fez um "Psiu" delicado e quase me carregou dali.

33

Luz branca, cheiro de lustra-móveis de limão, poeira, ar fresco e torta de maçã sendo cozida. Pequenas lascas de luz de sol espiavam por baixo das minhas pálpebras.

Eu, porém, não podia ficar lá deitada e pronto. Tinha coisas a fazer. Então, quando me virei e resmunguei, e abri bem de leve os olhos pela enésima vez, vi a mim mesma encarando o teto de gesso. Meus olhos estavam grudentos, daí eu pisquei e os esfreguei. Meus braços não doíam, nem meu rosto.

Sentia a cabeça zonza, claro, mas estava bem o bastante. Bocejei e me levantei, descobri que estava usando o pulôver do Christophe e as minhas calcinhas, e fiz uma anotação mental para deixar de acordar com algumas roupas a menos. Meu jeans, com crostas de sangue e outras coisas, repousava no chão perto da cama, com minhas meias.

O quarto ainda era o mesmo. A luz do sol entrava pelas claraboias e pela janela, a penteadeira brilhava em cada centímetro, novinha em folha. Os livros nas estantes de pinho sem verniz me saudavam, as lombadas em branco ficavam de frente para mim. Será que alguma vez minha mãe ficou aqui, se aninhando nas cobertas e esfregando os olhos, e imaginando que porcaria fazer em seguida?

Eu conseguia sentir o cheiro do Christophe, só que ele não estava à vista. O pulôver me cobria quase toda, então deslizei rapidinho, com as pernas nuas, para fora da cama. Não estava nem tão quente nem tão frio, era o dia simplesmente perfeito para sair da cama numa manhã preguiçosa de domingo antes e descer tropeçando até o refeitório para pegar algo para comer. Daí seria a hora de assistir a algumas aulas, mas quando a gente está livre, dá para encontrar os lobisomens no parque e correr com eles. Como se você fizesse parte do bando.

Apesar de tudo, estava tendo sorte. Forcei-me a ficar em pé, pronta para desabar de volta na cama se minhas pernas ficassem bambas.

Não ficaram. Sustentaram-me como sempre.

Fiquei meio desajeitada sobre os dedos dos pés, experimentando-os ainda mais. Senti-me... estranhamente bem.

Exceto todas as coisas que estavam crescendo por cima de mim. Graves desaparecido. Ash e Augustine na enfermaria. E Anna...

Sacudi a cabeça, meu cabelo resvalou no pulôver de Christophe. Não queria pensar naquilo. Fui até a cômoda, achei um jeans novinho e roupas de baixo. Parti para o *closet* e peguei uma camiseta preta e um casaquinho com capuz cor de carvão. Fiquei ali por alguns segundos. Tinha uma camiseta vermelha que eu peguei lá na liquidação da Target, ela se destacava entre os tecidos escuros que eu curtia mais.

Levei-a até o banheiro, joguei na cesta de lixo. Fiquei mais relaxada debaixo de um pouco de água quente, a banheira de ferro fundido um tanto escorregadia e a cortina em sua argola parafusada à parede faziam barulho sempre que eu me movimentava debaixo da água. Será que minha mãe tinha ficado aqui? Se ensaboado e admirado os machucados que sumiam? Minha pele estava muito certinha, só havia uma sombra pálida onde o pior tinha acontecido, se você olhasse com cuidado.

Será que havia sido criada como *djamphir* ou o pai dela tinha mantido segredo sobre aquilo? Toquei a curva quente do medalhão e me enxaguei. Ela queria uma vida "normal". O que ela teria me ensinado a fazer se não tivesse sido assassinada?

E tudo acabava sempre em Anna. Como é que se pode odiar alguém tanto assim? Nem ao menos parece humano.

É. Eu gostei de sugar sangue. O quanto *isso* é humano?

Ainda me sentia ótima quando saí do chuveiro e me sequei, tratando meu corpo como se fosse um cavalo selvagem que pudesse se atirar em cima de mim a qualquer momento. Sentia aquela fome matinal e queria café, mas não um *banana latte*. Acima de tudo, eu queria ter certeza de que o Ash e o August estavam bem e partir para achar o Graves. Não ia saber o que dizer para ele porque...

Christophe.

A lembrança me atravessou outra vez. As marcas já cicatrizadas das presas no meu pulso repuxaram sem calor de novo. Como é que eu ia explicar aquilo para o Graves?

Será mesmo que eu *precisava*? Será que ele ligava para aquilo? Será que ele ficaria aliviado?

Se eu saísse daqui, o que o Christophe faria?

Prendi o cabelo numa trança. Parecia que minhas mãos estavam tremendo, só que não estavam. Minha sacola de lona ainda se achava no balcão perto da pia bonitinha em forma de folha. Torci por uma presilha de cabelo e pensei em todo o dinheiro escondido nela. Não era grande coisa conseguir mais. Meu pai me ensinou como.

Nunca tinha feito aquilo sozinha antes. Mas se eu já tinha sobrevivido a tudo isso, talvez não fosse grande coisa.

Apoiei-me no balcão e respirei. Inspira, expira, constantemente. Com cuidado.

Até que aquela dor esquisita e enjoativa no centro de mim desapareceu. A claraboia deixava passar uma luz de sol casual, tocando meu cabelo e o meu rosto. Não me queimava nem me feria os olhos. A luz solar era letal para os *nosferatus*. Pelo menos nos dias de hoje.

Eu suguei sangue e o sol não me feriu.

Quando escancarei a porta do banheiro, passando a alça da minha sacola pelo ombro e ajeitando-a de encontro ao meu quadril, Christophe observava sentado perto da janela. A luz recaía sobre ele novamente, transformando-o em outro tipo de estátua. Tinha nas mãos um dos livros, e seus olhos azuis me convidavam e aqueciam.

Só que ele não sorria.

– Bom dia. – Fechou o livro e o pôs de lado, cuidadosamente. – O Conselho solicitou uma reunião. Assim que você estiver pronta, eles querem vê-la.

Fiz força para engolir.

– E se eu não estiver a fim? Quero ver o Ash e o August e ... – *E estou caindo fora.*

Não podia dizer isso para ele.

– Fui ver o Submisso e o Augustine não faz nem meia hora. O Augustine está acordado tomando o café da manhã; o Submisso está melhorando. Samuel diz que ele vai conseguir.

Agarrei-me ao batente da porta. Busquei no rosto do Christophe algum sinal de mentira, e não achei nenhum.

– Mesmo? Ele tem certeza?

Concordou com a cabeça. Saiu do assento perto da janela e deu uns poucos passos na minha direção.

– Cem por cento de certeza, ele diz. Benjamin e sua equipe também estão ótimos; você irá vê-los no pôr-do-sol.

Estava difícil definir se a fraqueza tinha voltado ou se era apenas um alívio tão profundo e amplo que eu podia me afogar nele. Deu trabalho abrir a boca e fazer a pergunta mais importante.

– Graves? – coaxei. *Por favor. Por favor diz que ele voltou.*

A expressão no rosto do Christophe não mudou.

– Procuraram em toda a Schola Prima. Ele não está aqui, e ninguém o viu deixar as imediações. Eu... sinto muito, Dru. – Ele até parecia estar sentindo, apesar de uma tremulação de qualquer coisa ter atravessado seus olhos azuis. Estava lá e sumiu antes que eu pudesse descobrir o que era.

A decepção se abateu sobre mim.

– O que o Conselho quer?

– Não sei. Só que é algo importante. E posso adivinhar que estão ansiosos para compensá-la.

Ah, sim, Posso apostar.

– E quanto a *você*? Você é que foi posto em Julgamento!

– Alguns deles provavelmente já suspeitavam, embora não possam se mexer sem provas. Não tem tanta importância, Dru. Você está a salvo. Anna está foragida. As intenções de Sergej de dividir e conquistar fracassaram.

– Sergej. – Não encolhi ao dizer o nome dele, embora fizesse minha cabeça doer. – Ele... Mas Anna...

– Suspeito que ela achou que poderia igualmente controlá-lo e manipulá-lo. Ambos são muito, muito bons nisso. – Uma sombra percorreu seu rosto de proporções perfeitas. – Apesar de ele ter mais prática. Por favor, Dru. Venha ver o Conselho. Acalme os receios deles.

É, quem vai acalmar os meus, caramba? Eu, porém, encolhi os ombros.

– Certo.

Afinal de contas, era nele em quem eu estava confiando agora. Certo?

Só que eu não tirei minha sacola e ele não perguntou sobre ela, mesmo eu tendo visto-o olhando para ela. Não tinha certeza de como ia rolar esse lance com o Conselho. Eu só sabia que queria comigo a minha grana e meu kit de emergência.

Sério, se nenhum lugar era seguro e eu queria encontrar o Graves, para que ficar aqui? Para que ficar em qualquer lugar?

A única resposta a essa pergunta estava atravessando o recinto. Verificou o saguão, depois acenou com a cabeça. Fui atrás dele.

* * *

A Schola Prima parecia vazia, mas eu já sabia disso. Não dava pra saber quem estava vigiando enquanto eu seguia o Christophe pelos saguões.

Parou diante da porta com o entalhe de um rosto vesgo.

– Dru...

– O quê? – Baixei a mão, afastando-a do medalhão da minha mãe, com esforço.

– Só quero que você saiba uma coisa. – Mostrou a porta com um breve esboço de movimento, mas não disse nada mais.

– O quê? – repeti, nervosa. O saguão parecia quase o mesmo de sempre. Veludo, madeira antiga, bustos de mármore. Não parecia, de verdade, o tipo de lugar ao qual eu pertencia. Alternei o peso do corpo nas pernas e a ideia engraçada de que os ferimentos pudessem ter mudado de opinião e voltado flutuou na minha cabeça pela vigésima vez.

– O que quer que aconteça aqui, o que quer que me ofereçam, minha fidelidade é sua. Não duvide disso. – Seu queixo se inclinou levemente para baixo, o *disfarce* resvalando por ele, ajeitou seus cabelos e fez seus olhos brilharem.

Fiz força para engolir, novamente.

– Esse lance de fidelidade... não é um lance da Anna?

Ele ergueu a cabeça.

– Fidelidade é tudo que temos. Os *nosferatus* nos têm posto uns contra os outros muitas vezes. Anna não é a primeira a se tornar uma traidora. Também não será a última.

– Isso é realmente confortante, Christophe. – Não quis parecer sarcástica. – Vamos acabar com isso. Quero procurar o Graves.

Ele pareceu que queria dizer mais alguma coisa, mas visivelmente resolveu não se importar com isso e abriu a porta com um empurrão. Enxuguei, de forma sorrateira, minhas mãos suadas no casaco com capuz e torci para aquilo não demorar muito.

34

Quatro *djamphirs* idosos prestavam atenção. A cadeira na cabeceira da mesa estava vazia. Alton, Ezra, Bruce, Hiro estavam todos dispostos na frente como um pelotão de fuzilamento. Dessa vez não haviam servido o desjejum.

Christophe fechou a porta. Cruzei os braços de um jeito afetado, tentando não me perguntar se algum deles deu uma espiadinha quando minha camiseta estava rasgada. Meus cabelos ao menos uma vez estavam se comportando, mas eu ainda estava feliz por tê-lo prendido firme numa trança e o encharcado com condicionador para manter o *frizz* abaixado. Não que ele estivesse com muito *frizz* ultimamente, mas alguns hábitos são difíceis de perder.

Bruce apertou as mãos. Seu rosto estava rígido e branco, e isso não lhe fazia bem. Seus olhos eram carvões em chamas.

– Milady.

Lá fora, o sol estava brilhando, e os passarinhos piavam. Ali, porém, não havia luz do sol. Distribuí o peso do corpo nas pernas, nada à vontade. Cerrei as mãos para não cair na tentação de tocar o medalhão da minha mãe.

– O quê? Quer dizer, o que vocês querem?

– Creio que seria melhor se a senhorita se sentasse – disse Hiro, com gentileza.

Meus olhos passaram por ele, e havia um vestido de escuridão no brilho polido e suave da mesa.

Meu coração pulou na boca.

– Deus. – Parecia meio sufocada. – Não. Ah, não.

Fui empurrando entre Hiro e Alton e agarrei a coisa escura. Era um casaco de exército preto e comprido, de lona. Chegava até meus tornozelos, mas nele ia até o meio da panturrilha. Cheirava igual à fumaça de cigarro e a um jovem e saudável *loup-garou.*

Estava totalmente rasgado. Outro pedaço daquilo estava na minha sacola naquele exato momento. Tinha pego no meu outro jeans e guardado cuidadosamente.

Havia também um envelope, um papel pesado com textura de linho, cor de creme, com um lacre de cera. O lacre já havia sido rompido.

– Queríamos ter certeza – Hiro começou.

Deixei o casaco cair e agarrei o envelope. Rasguei-o.

– Quando? – Christophe estava bem atrás de mim. – Exatamente quando? Depois que ele desapareceu? E onde?

O rosto de Alton estava rígido e muito pálido.

– Não sabemos. Uma caixa foi entregue há meia hora contendo o casaco e o envelope.

Era um pedaço de papel caro e pesado. Letra antiga, muito fininha, mas firme, boa o suficiente para ser chamada de caligrafia. Quase dava para ver uma caneta-tinteiro raspando no papel, sua pena arranhando como um inseto ocupado.

Já que você roubou meu Submisso, farei com que outro caia.

– Não – minha boca continuava dizendo. – Não. Não.

Christophe tirou a carta de meus dedos enfraquecidos. Examinou-a depressa.

– Bom Deus. – Não parecia aterrorizado. Apenas... apreensivo.

Eu estava aterrorizada o bastante por nós dois.

Apanhei o casaco de novo. Estava rasgado, quase sem uma manga, e havia lama secando espirrada nele todo. Lama, e outro fluido mais negro que tinha secado até virar crosta.

Não queria pensar naquilo.

Um grito estava subindo em meu peito. Empurrei-o para baixo o mais forte que pude. Mas não quis descer. *Pensa, Dru. Pensa.* Firmei a vista, meus dedos foram transformados em garras no casaco destruído. Encontrei o olhar firme e gélido de Christophe.

– O que você vai fazer?

Mesmo já desconfiando da resposta. Ele não passava de um *loup-garou*. Eles não iam se importar.

Não como eu ia.

Vem atrás e me acha. Ai, meu Deus.

– Há pouca coisa a se fazer. – Bruce apanhou o envelope rasgado. Um rosnado silencioso cruzou seu belo rosto, seu nariz orgulhoso enrugava. – O garoto pode ter abandonado as imediações da escola; ninguém o viu sendo levado. Já faz bastante tempo – ele poderia estar em qualquer lugar nesse instante. Sergej espera que isso acabe numa tentativa de resgate por causa de sua ligação com...

– Anna – disse Christophe, sem emoção.

Hiro o olhou de relance, de um jeito sombrio e eloquente.

– Não podemos julgar que todos os infortúnios sejam culpa dela.

– Dru "me roubou"; é parecido com o que Anna disse. Por que não "roubar" a única pessoa que Dru confia plenamente? Isso tem uma certa simetria, e é o método de operação da Rainha Vermelha. Ela não conhece outra forma. Se encontrarmos Anna; ela nos ajudará a encontrar o *loup-garou*. E responderá a cada pergunta sobre suas atividades, de onze anos atrás até hoje. – Os ombros de Christophe se ergueram e caíram. – Simples.

– Espere aí – Ezra se manifestou.

– Não podemos arriscar – Hiro, disse outra vez.

– Isso é loucura – Alton ponderou.

– Não existe garantia – Bruce começou, mas eu inclinei a cabeça para trás e deixei escapar um som que era como um grito sufocado, um rugido, e todos se calaram.

– Seus inúteis! – Dessa vez o *disfarce* não parecia óleo quente. Parecia um manto de luz crepitando e se despejando sobre mim, e eu precisava me empenhar para pronunciar as palavras do jeito que eu queria. – Estou indo embora daqui.

Girei nos calcanhares, minha sacola batia no quadril, e passei empurrando o Christophe. Ou tentei.

– Dru! – Ele me agarrou pelo braço, e eu, de verdade, tive de me esforçar para reprimir o instinto de lhe dar um soco. – Não. Por favor.

– É o *Graves!* – Lágrimas me borravam os olhos. – Ele pegou o Graves! Eu tenho que *achar* ele!

– Nós iremos. Mas você não pode ajudar o *loup-garou* fugindo daqui sem uma ideia clara do fazer. Sergej não vai matá-lo. Ainda não.

– Me *larga*! – Minha voz soou como a de um garotinho. – É o Graves! Ele *pegou o Graves!*

Era como um pesadelo. Algo mais continuava acontecendo. E acho que desde que tirei aquele pedaço de tecido dos espinhos, vinha temendo que isso acontecesse. Eu só não havia dito exatamente isso a mim mesma.

Porque eu estava me tornando uma covarde. Preferia acusar o Graves de ter me deixado para trás, mesmo que isso fosse coisa da minha cabeça, a encarar o fato de que eu é que o tinha colocado naquela situação. E que ele provavelmente estivesse pagando por isso nesse exato momento.

Eu sabia o que faziam para derrubar um lobisomem. Tinha aprendido isso na outra Schola.

Sergej ia fazer isso com o Graves.

Ai, meu Deus. Eu brigava com as mãos do Christophe.

– Ele vai apanhá-la também se você sair correndo. – Seus dedos mordiscavam. – *Ouça-me*, Dru. Vamos conseguir seu *loup-garou* de volta. Juro pelas minhas espadas e por minha linhagem. Mas não há nada que você possa fazer *nesse exato momento*.

Mesmo sabendo que ele estava certo, isso não ajudava. O torpor tinha acabado, e meu peito se despedaçava. Água quente deixava meu rosto oleoso. Será que alguma vez eu iria parar de chorar? Jesus.

– Eu juro. – Christophe me olhava do alto como se fossemos as duas únicas pessoas na sala. – O resto do Conselho também jurará. Não é mesmo?

Passou-se um momento demorado, silencioso e tenso como o tique-taque de um relógio. Eu não conseguia tirar os olhos do Christophe. Ele me olhava fixamente, como se tivesse visão de raios-X e estivesse examinando as dobras do meu cérebro.

– Porque – continuou, sem piedade – estão me oferecendo um assento no Conselho, já que dois de seus membros são, falando de um modo delicado, inadequados. E estão prestes a lhe contar que *você,* caríssima, é agora a líder da Ordem.

– A Ordem que se dane. – E eu falava sério. – Podem enfiar a Ordem no meio do...

Ele ergueu a mão, e eu me contive. Era como ter meu pai me dando aquele Olhar Significativo. *Olha essa boca, Dru.*

– A Ordem é uma organização de porte, com recursos e – tão logo terminemos de eliminar as prerrogativas de Anna – bem treinada e leal. Você terá uma oportunidade muito melhor de encontrar seu amigo e sobreviver tendo-os ao seu lado. – Fez uma pausa, e o que disse em seguida não tinha nem sombra do deboche intencional. Era aquele tom gentil que ele nunca usou antes com ninguém, só comigo. – E se você não confiar neles, *skowroneczko moja*, tente confiar em mim.

– Eu – o protesto, porém, foi impedido antes que eu pudesse ao menos encontrar as palavras. Seu sangue ainda formigava pelas minhas veias, cochichando para mim. Eu sabia como era ter presas no pulso e experimentar a sensação horrorosa, consumidora e dilacerante. Ele tinha feito isso por mim enquanto eu estava na mesa de cirurgia. Anna tinha disparado com um *rifle de assalto,* pelo amor de Deus, e Christophe tinha se dobrado por cima de mim. Protegendo-me com seu próprio corpo.

Ele estava por perto a toda hora, cuidando de mim. E sempre retornava para mim.

Só havia uma pergunta que eu podia fazer naquele momento.

– Se eu sair daqui agora mesmo, Christophe, o que é que vocês vão fazer? – Ao menos uma vez, eu não ligava que todos estivessem me olhando.

– Você não faria tal bobagem. – Incrível, ele sorriu. Foi uma expressão lenta, bem particular, e iluminou seus olhos por um momento desprotegido, antes de desaparecer. – Se fizesse, *skowroneczko moja*, *moja księżniczko*, não iria sozinha.

– Espere só um momento – Bruce começou.

– Cala a boca. – Não havia prazer em dizer uma coisa dessas e ter alguém fechando a boca tão depressa que quase perdia parte da língua. – Você está falando sério? – Como se eu pudesse mesmo perguntar isso ao Christophe, com seu sangue queimando dentro de mim e minha boca ainda formigando, não apenas por causa do *disfarce* correndo por meus dentes, mas também com o gosto dele.

Um canto de sua boca se ergueu bem pouco. Então o rosto dele se tornou sério.

– Completamente. Confie em mim, Dru. Primeiro encontramos Anna. Depois sairemos à caça de Sergej. Com você plenamente treinada e desabrochada, a Ordem tem uma chance. Você não precisa mais ficar indefesa.

O que a gente faz quando alguém fala algo assim? Algo que provoca espasmos pelo corpo da gente feito um trem freando numa parada de emergência. Algo que deixa tudo de ponta-cabeça, por ser mesmo verdade.

Amontoei o casaco no peito. Tentei evitar as lágrimas na presença do Christophe e olhei para o restante deles. Bruce parecia preocupado, Ezra, triste. Alton tinha cruzado os braços e estava observando Christophe com atenção, uma linha entre suas sobrancelhas, os olhos escuros ressaltados e decididos.

Hiro me devolvia o olhar com firmeza, a boca estava rígida e os cabelos se agitavam suavemente conforme o *disfarce* os tocava. Como se ele estivesse me apressando a tomar a decisão correta.

Eu não sabia se *existia* uma decisão correta. Só que eu tinha de tomar uma. Naquele exato momento, ela contava. Eu precisava escolher a coisa certa a fazer, porque o Graves estava...

Ai, Deus. Nem queria pensar nisso. Mas era preciso. Porque eu o tinha colocado naquela situação. Era minha culpa. Tudo isso era minha culpa, e assim que eu começasse a fazer acusações, isso não ia parar. Tudo isso, toda essa confusão imensa, era culpa minha, caramba.

Hora de começar a fazer a coisa certa, Dru.

Com Christophe para ajudar, talvez até fosse possível. Era tudo o que eu *podia* fazer.

Abracei o casaco assim que dei meia-volta. Caminhei até a ponta da mesa, cada passo levava uma vida.

Puxei a pesada cadeira com entalhes na cabeceira da mesa polida e desabei sobre ela.

Os suspiros de alívio – Bruce e Hiro ao mesmo tempo, e Alton atrás só uma fração de segundo depois – foram audíveis. Tentei ignorar. Ezra cruzou os braços. Christophe ficou imóvel, mas seus olhos estavam em chamas. E fixos em mim.

– Tudo bem – eu disse, abraçando o casaco do Graves com tanta força que meus braços doeram. – Por onde a gente começa?